서정과 환상

— 모방의 시학

lyric and fantasy —Poetics of Mimesis

서정과 환상

모방의 시학

윤지영 평론집

푸른사상

모방의 시학

　시를 쓰고, 평하고, 연구하는 일인다역(一人多役)은 때때로 나의 정체성을 혼란스럽게 한다. 시를 쓰지 못하고 흉내내고, 평하지 못하고 매료되고, 분석하지 못하고 이해해 버리고 마는 어긋남. 그래서 하나의 글을 마칠 때마다 남는 건 어느 하나도 제대로 하지 못하고 있다는 자괴감이다. 그나마 여러 가지 작업들을 함께 하기 때문에 남들이 미처 보지 못하는 것을 볼 수 있으리라는 기대로 위안을 삼고 있을 따름이다.

　그 가운데서도 창작의 체험은 작품을 대할 때, '왜' 보다는 '어떻게'로 시작하는 질문을 더 자주 던지게 한다. 타인의 작품은 분석의 대상이기 전에 내 창작의 동력 가운데 하나이기도 하다. 그래서 뛰어난 동시대의 작품을 읽는 것은 희열이며 고통이다. 질투에 휩싸이고 또 안도한다. 그들은 내가 감히 하지 못한 것을 해냈으며, 또 가능할까 싶은 것을 작품으로 보여주고 있기 때문이다. 작품을 제대로 분석해보고 싶은 욕심이 생기는 것은 그 다음 단계이다.

　'어떻게'로 시작하는 질문에 답하기 위해서는 작품에 드리워져 있는 모든 아우라를 걷어내고 작품 한 편 한 편과 일대일로 마주하여야 한다. 언어와 효과에 대한 이러한 관심은 1990년대 말부터 최근까지의 작품을 분기별로 살펴본 2부의 글들이나 서평 및 해설을 모아놓은 3부의 글들에 일관된다.

이 과정을 거칠 때마다 나는 어렴풋이 감지하고 있던 한 가지 사실에 대해 점점 확신을 가지게 된다. 시의 어법이 전격적으로 교체되고 있는 현장에 내가 있는 것이다. 시는 더 이상 개인의 내면을 독백적으로 드러내는 장르만은 아닌 것이다. 1부에 실린 글들이 바로 그러한 감을 구체적으로 개진해본 것들이다. 가령, 90년대 후반 이후 새롭게 등장한 대다수 작품들이 환유적인 어법을 특징으로 갖는 것은 재현을 전제로 해서만 가능하다고 정의되어 오던 환상성이 시의 주요한 원리로 자리잡아 가는 과정의 일단으로 설명할 수 있다. 김광균이 구축한 작위적인 세계나 60년대 화자론의 등장은 시가 재현과 모방의 영역을 넘보고 있다는 하나의 단서이다. 성별이나 매체의 변화 등 작품과 직접적으로 관련이 없을 법한 요소들도 우리 시와 비평에 은밀하게 작동하여 우리가 알고 있는(혹은 소망하고 있는) 시의 위상과 가치를 재구축하고 있다.

이러한 변화를 '모방의 시학'이라는 말로 아우를 수 있을까? 보다 면밀한 관찰과 연구가 뒷받침되어야 하겠지만, 내가 창작자로서, 연구자로서, 그리고 비평가로서 느끼는 분열도 현대시의 이와 같은 경향에서 파생된 것이 아닐까 싶다. 따라서 이 책은 현대시의 모방적 경향을 심도 있게 논의하기 위해 포석을 까는 작업이자 나의 정체성을 찾아가는 작업이기도 하다.

그 전에 나는 먼저 이 책이, 그리고 그와 같은 문제의식이 나의 비평적 관심만으로는 만들어질 수 없었던 것임을 고백해야겠다. 어줍지 않은 글을 발표할 수 있는 지면이 없었다면 나의 관심은 아직도 머릿속에만 머물러 있었을 것이다. 일일이 이름을 밝히지는 않았지만 이 자리를 빌어 지면을 허락해준 문예지들, 이러저러한 글을 쓰도록 독려해준 여러 선배님들께 감사를 표한다. 흩어져 있던 글들을 묶고 보니, 내가 집중해야 할 것이 무엇인지 한결 선명해진다. 동시에 내 언어와 사유가 얼마나 얄팍한가도 드러나고 말았다. 이 또한 고마운 일이 아닐 수 없다. 이 책의 출간을 허락해주신 푸른사상사에 감사드려야 할 이유가 여기에 있다.

2006년 초겨울월

윤지영 글

■머리말을 대신하여

① 허구의 출발

② 서정이 난 자리

③ 유희, 치유, 탈출의 몸짓들

차례

1

허구의 출발

무엇을 보고 어떻게 말하는가

— 김광균 초기작[1]의 언어 및 문채(文彩) 효과를 중심으로

1. 머리말

김광균이 '최재서에 의해서 소개되고, 김기림에 의해 주장된' 모더니즘 시운동의 실천가라거나,[2] '소리조차 모양으로 번역하는 기이한 재주'를 가진 시인이라는 지적에는 별 이견이 없는 듯하다.[3] 그러나 김광균의 그러한 '재주'에 대한 평가 또한 모두 동의하고 있는 것은 아니다. 한편에서는 정서나 분위기'마저' 회화적인 이미지로 표현했다는 측면에 시사적 의의를 부여하는 반면, 다른 한편에서는 정서나 분위기를 완전히 배제하지 못했기 때문에 실패한 모더니즘이라고 평가하기도 한다. 이는 주로 초기의 연구들에서 발견되는 경향으로, 이처럼 동일한 현상을 놓고

---

1) 김광균의 초기작은 제1시집 『와사등』과 『기항지』에 실린 작품들까지를 말한다. 『기항지』는 1947년에 발행되기는 하였으나 여기에는 해방 이전에 발표된 작품들만을 수록하고 있다.
2) 조연현, 『한국현대문학사』(인간사, 1968), p.692.
3) 김기림, 「30년대 도미(掉尾)와 시단동태」, 『시론』(백양당, 1947), p.97.

상이한 평가가 이루어지는 것은 논자들의 주관적인 관점이 적지 않게 작용한 때문일 것이다.

한편, 근자에 이르러서는 영미 모더니즘을 잣대로 하는 이러한 사조 논쟁으로부터 탈피하려는 시도들이 보인다. 김광균의 초기작을 정신사적인 변혁의 한 단계인 근대성과 관련지어 바라보려는 이들 논의는 김광균의 텍스트에서 '산책자'4)나 도시 모티프 등과 같은 근대적 징후들을 찾는 방법으로5) 보다 거시적인 맥락에서 그의 텍스트가 차지하는 지정학적 위치를 가늠한다. 이러한 점에서 이 연구들은 그간 이루어진 현상적 진단이나 섣부른 가치 평가에서 한 단계 나아가고 있다고 하겠다.

그러나 이들은 시적 소재나 모티프의 차원에서 근대성의 징후를 언급할 뿐이다. 또한 이러한 접근 방법들이 초기의 연구 성과들을 이어받지 못하고 있는 점도 문제라고 할 수 있다. 즉, 회화성과 시각적 이미지가 근대성과 어떤 관련이 있는지에 대해서는 설명하지 못하고 있는 것이다. 다만, 회화적 이미지를 서구의 이미지즘과 연관 짓거나, 혹은 회화적인 그의 작품이 전시대의 시에 대한 반명제라는 점을 들어 근대성을 설명하는 정도이다.

본고에서 하고자 하는 바는 바로 이와 같은 간극을 메우는 것이다. 다시 말해, 김광균의 작품이 근대성을 담보하고 있다는 최근의 통찰에 동의하면서, 이러한 가정이 선행 연구자들이 지적한 바 회화성과 어떤 식

---

4) 발터 벤야민, 반성완 역, 「보들레르의 몇 가지 모티프에 관해서」, 『발터 벤야민의 문예이론』(민음사, 1983)
5) 가령, 김용직은 근대성을 과학과 기계문화 및 격정적 행동과 모험, 폭력, 질주 등 디오니소스적인 심상으로 본 스피어스의 견해에 입각하여 김광균의 모더니즘을 '식물적 모더니즘'으로 규정하고 있으며, 조영복은 김광균과 김기림, 이상 등의 텍스트에서 산책자의 상을 찾고자 한다. (김용직, 「식물성과 모더니즘」, 『한국현대시인연구』(서울대출판부, 2000), p.118 ; 조영복, 「근대의 폭풍과 도시의 산책자」, 『한국현대시와 언어의 풍경』(태학사, 1999), p.66)

으로 관련 맺고 있는지를 규명하려는 것이다. 이러한 시도는 무엇보다도 김광균에 대한 답보 상태나 나름 없는 연구들로부터 새로운 방향을 모색하기 위한 것이다. 현상적이고 소재 차원에서 이루어지지 않으면, 개별 텍스트의 특수성과는 무관하게 이루어지고 있는 '한국 문학의 근대성'에 관한 논의에 대해서도 마찬가지이다.

이를 위한 출발점은 시각적인 이미지가 김광균 텍스트의 주된 구성 요소가 된다는 점이다. 그리고 이러한 사실이 의미하는 바, 텍스트에는 사물을 바라보는 '눈'이 있다는 것과 그 '눈'이 보는 사물 혹은 풍경은 언어적인 구성물에 의해 환기된다는 점을 전제로 할 것이다. 그러나 이때의 '눈'이 역사적인 시인 자신의 눈일 필요는 없다. 또한 물리적인 풍경과의 직접적인 대면을 의미하는 것도 아니다. 그보다는 텍스트를 통해 독자들이 재구성한 존재로서, 그 풍경을 보고 있다고 추정되는 일종의 내포 작가에 가깝다.6) 따라서 김광균의 회화성은 관찰자가 무엇을 보고 있다고 독자가 재구하는가 하는 문제로 환언될 수 있을 것이다.

본격적인 논의에 앞서 선행 연구를 살펴보면, 특히 초기에 이루어진 것들 가운데 한 가지 주목할 만한 사실을 발견할 수 있다. 그의 특징으로 회화성만이 아니라 '작위적 세계'의 구축이 지적되고 있는 것이다. 가령, '시인 자신의 주관적 욕구가 꾸며내는 하나의 작위적 세계'7), '주제를 설정하고 그에 맞추어 소재를 선택하여 입체적으로 배열'8), '감정의 지적 균형이 아니라 자신의 감정이 꾸며낸 작위적 세계'9) 등의 언급이 그것이다. 따라서 문제는 한 가지 더 추가된다. 시각적인 이미지의 사용과 작위

---

6) S. 리몬 케넌, 최상규 역, 『소설의 시학』(문학과지성사, 1984) 참고. 본고에서는 이러한 존재의 시각적인 특성을 부각시키기 위해 관찰자라고 부르도록 하겠다.
7) 김종철, 『시와 역사적 상상력』(문학과지성사, 1975), p.21.
8) 정태용, 「김광균론」, 《현대문학》, 1970. 10.
9) 박철희, 「한국현대시와 그 서구적 잔상」, 『한국시사연구』(일조각, 1980), p.228.

적인 세계 사이에 모종의 연관성을 의심해 볼 수 있다. 이는 독자로 하여금 시각적인 이미지들로부터 작위적인 세계를 보게 하는 것은 무엇인가 하는 문제를 내포하는 것으로서, 말하는 방법과 관계가 있는 것처럼 보인다. 시각적인 이미지 혹은 회화성이 구현된 작품이라고 모두 작위적인 세계를 보여주지는 않기 때문이다. 따라서 관찰자는 무엇을 보는가, 그리고 그것을 어떤 식으로 말하는가, 또, 독자는 그로부터 무엇을 본다고 여기는가를 살피는 것이 이 글의 연구 과제가 될 것이며, 바로 이 과정에서 김광균의 초기작이 지니는 근대적인 징후가 밝혀질 것이다.

2. 근대의 여러 풍경 - 무엇을 보는가

김광균의 텍스트에 나타나는 회화적인 이미지들은 대개 도시의 범주로 묶이는 것들이다. '와사등'으로부터 '노대', '로타리', '빌딩', '전신주', '시계탑', '기차' 등에 이르기까지 근대 이후에 전래된 서구적인 문물들이 그가 그린 풍경을 가득 채우고 있다. 이러한 이유로 그의 초기작들은 대개 도시 풍경을 그리고 있다고 여겨져 왔다.

그러나 이를 면밀하게 살펴보면, 그렇게 말하기 힘들다는 사실을 발견할 수 있다. 그 가운데는 완전히 근대화된 도시풍경 이외에도 전통적인 풍경이나 전통과 근대가 혼합된 풍경도 있기 때문이다. 가령, 다음과 같은 작품에서 관찰자가 보고 있는 풍경이 과연 도시의 그것이라고 할 수 있는지는 의문이다.

　① 구름은
　　보랏빛 색지우에

마구 칠한 한다발장미
목장의 기ㅅ발도 능금나무도
부을면 꺼질 듯 외로운 들길

— 「데상」에서

이 작품에서 관찰자는 해질녘 들길의 풍경을 바라보고 있다. 그 들길 끝에는 목장이 있고, 목장에는 깃발이 날리고 있으며, 길가에는 능금나무가 줄지어서 있는 전형적인 시골 풍경이다. 따라서 관찰자는 근대적이라기보다는 전통적인 풍경을 보고 있다고 할 수 있다. 그러나 다음 작품과 비교하였을 때는 그러한 판단 또한 보류하게 된다.

①´ 창망한 하날가에
　　구름이 일고 지는 덕적산 너머
　　벌떼처럼 초록별 날아오는 초가지붕밑
　　희미한 등잔아래 구겨진 어머니얼굴

— 「荒京」에서

위에서 관찰자가 바라보고 있는 것이 전통적인 시골 풍경이라는 사실은 '초가지붕'이나 '등잔불', 그리고 '어머니'와 같이 같은 시적 대상이 먼저 말해준다. 뿐만 아니라 그 대상들이 구성하고 있는 전체적인 정경 또한 아직은 근대의 영향을 입지 않은 것이다.

그렇다면 ①과 ①' 모두에서 관찰자가 바라보는 것은 전근대적인 풍경, 즉 시골 풍경이다. 그런데도 불구하고 우리는 전자를 더 근대적인 풍경으로, 후자를 더 전통적인 풍경으로 본다. 관찰자가 보는 풍경은 크게 차이가 나지 않는데, 우리는 이를 각기 다르게 인식하기 때문이다. 즉, ①의 경우 관찰자가 보고 있는 것은 전통적인 풍경인데, 우리는 텍스트를 통

해 근대적인 풍경을 떠올리는 것이다.[10]

　한편, 전통과 근대의 풍경이 혼합된 예와 근대화된 도시 풍경의 예를 보면 다음과 같다.

　　② 동리는 발밑에 누워
　　　먼지 낀 삽화같이 고독한 얼굴을 하고
　　　노대가 바라다보이는 양관의 지붕 위엔
　　　가벼운 바람이 기폭처럼 나부낀다.

— 「山上町」에서

　　③ 만주제국영사관집웅우에 노란깃발
　　　노란깃발 우에 따리아만한 한포기 구름

　　　로타리의 분수는 우산을 썼다

---

10) 관찰자가 보는 풍경과 텍스트를 통해 독자인 우리가 보는 풍경이 같지 않게 되는 이유는 몇 가지로 생각해 볼 수 있다. 우선 두 풍경 모두 시골의 것이지만, ①은 산촌의, ①'는 농촌의 풍경이라는 점을 생각해 볼 수 있다. 목축업이나 과수업을 주로 하는 산촌은 농경 위주의 산업 구조를 기반으로 하는 우리의 현실에서 볼 때, 보편적이지 않다. 바로 이와 같은 특수성은 그 자체만으로도 낯설고, 낯설기 때문에 전통적인 것이 아니며, 전통적인 것이 아니기 때문에 근대적이라고 여겨질 수 있다. 이러한 이유 때문에 관찰자가 본 전통적인 풍경을 근대적으로 본다면, 이는 일종의 인식상의 오류에서 비롯된 것이라고 할 수 있을 것이다.
　그러나 ①이 실제로 ①' 보다 이국적이고, 그래서 사실상 근대적인 풍경일 가능성도 배제할 수는 없다. ①을 산촌의 풍경이라고 인식하게 만드는 결정적인 지표가 '목장'이라고 할 때, 이는 실제로 근대 이후에 유입된 이국적인 산물이기 때문이다. 따라서 관찰자가 보고 있는 ①의 풍경은 실제로 ①'의 풍경보다 더 근대적일 수 있다. 이런 경우, 관찰자가 보고 있는 풍경이나 우리가 텍스트를 통해 보는 풍경은 동일하다고 할 수 있을 것이다.
　그런데, 관찰자가 보고 있는 풍경을 이처럼 실제 세계와의 관련만으로 설명해서는 해결되지 않는 측면이 있다. 가령, ①과 ①'에서 공통적으로 관찰자가 보고 있는 자연물, '구름'의 경우가 그렇다. 관찰자가 보고 있는 '구름'은 무표적인(unmarked) 자연물인데도 불구하고 우리는 ①의 구름이 ①'의 구름보다 훨씬 더 근대적이라고 여긴다. 이러한 사실은 관찰자가 보는 풍경과 독자가 보는 풍경의 차이가 비단 지시 대상 간의 실제적인 차이에서 비롯되는 것만은 아니라는 추측을 가능케 한다.

바람이 고기서 조그만 카브를 돈다

모자가 없는 포스트
모자가 없는 포스트가 바람에 불리운다.

— 「도심지대」에서

②는 전통적인 풍경 속에 근대적인 사물들이 함께 어울려 있는 경우이다. 관찰자는 전통적인 동리를 보고 있는데, 그 동리에는 근대적인 건축물인 양관(洋館)이 있다. ③은 순수한 도시 풍경으로서, 만주제국영사관의 지붕, 노란 깃발, 구름. 로타리의 분수, 포스트 등 도시의 근대적인 산물들이 관찰자가 보고 있는 것들이다. 그러나 우리는 이 두 텍스트 모두에서 관찰자가 본 것 이상을 본다. ②에서는 관찰자가 보고 있는 풍경에는 존재하지 않는 파란 깃발이 나부끼는 모습을 보고, ③에서는 도시의 풍경을 실제와는 달리 기묘하게 일그러진 것으로 본다.

몇 개의 예에서 살펴본 바와 같이 우리가 '도시의 근대적인 풍경'이라고 보고 있는 것에는 사실상 완전히 근대화된 도시 풍경 뿐 아니라, 전통적인 풍경, 전통과 근대가 혼합된 풍경 등, 각기 다른 자질을 갖고 있는 풍경들이 모두 포함되어 있다. 다만 우리가 이들을 모두 근대적인 풍경으로 볼뿐이다.

그러나 이러한 오해는 독자의 부주의함이나 무능함에서 비롯되는 것이 아니다. 이는 바로 김광균의 텍스트가 지시하는 바, 김광균 텍스트의 특수성이 존재하는 지점이다. 즉, 그의 시각적 이미지와 그 구성 방법이 독자들로 하여금 관찰자가 본 것 이상을 보게 하는 것이다. 그 결과 관찰자가 보고 있는 풍경이 전통적인 경우에도 우리는 그것을 근대적인 풍경으로 보게 된다. 관찰자가 보고 있는 풍경에는 존재하지 않는 것을 보거나, 혹은 그가 바라보는 정상적인 풍경을 왜곡되고 기형적인 것으로 보게 되는 것도 마찬가지이다.

이러한 현상은 김광균의 텍스트에는 관찰자가 본 것과 우리가 보는 것을 다르게 만드는 특별한 기제가 있음을 짐작케 한다. 즉, 그 사이에 무엇인가가 개입되어 있거나 혹은 어떠한 작용이 일어났기 때문에 그러한 차이가 생긴 것이다. (관찰자가 본 것 + X = 우리가 보는 것). 다음과 같이 표현할 수 있다.

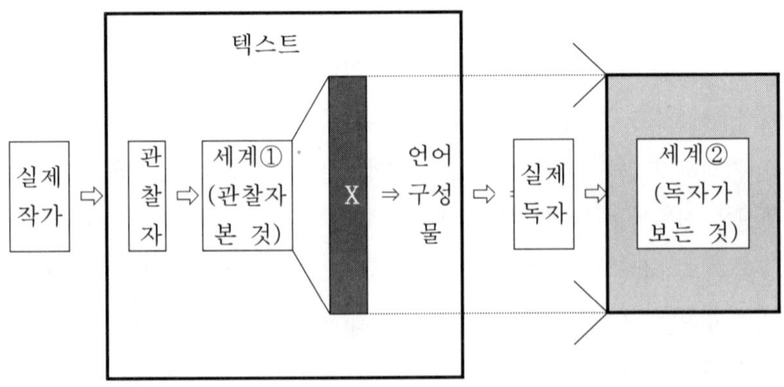

관찰자는 세계(①)를 바라본다. 이 세계는 시각적인 이미지로 구성되어 있다. 그리고 그것이 언어화되면 독자도 그로부터 세계(②)를 보게 된다. 이 세계 또한 시각적인 이미지를 구성요소로 갖게 된다. 그러나 이때 독자가 보는 세계는 관찰자가 보는 세계와 일치하지 않는다. 표에서 나타나듯이, 독자는 관찰자가 본 것보다 빗금친 부분만큼 더 보거나 혹은 왜곡해서 보게 된다. 이처럼 관찰자가 본 것과 독자가 보는 것을 다르게 만드는 X를 텍스트화 과정이라고 한다면, 관찰자가 본 것에 대한 첨가나 변형이 발생하는 것은 바로 이 과정에서이다.

다음 장에서는 김광균의 텍스트에서 이러한 과정이 어떻게 진행되고, 그 결과 어떠한 효과가 발생하는지를 구체적으로 살펴보고자 한다. 이는 김광균의 시각적인 이미지와 그 작위적인 세계와의 관계를 살피는 과정이 될 것이다.

3. 가상의 근대 풍경 - 어떻게 말하는가

관찰자가 본 것과 텍스트에서 보이는 것을 같지 않게 만드는 언어화 전략은 대략 다음의 세 가지로 생각해 볼 수 있다. 첫째, 축자적인 의미 literal meaning와 지시적인 의미referential meaning의 차이를 이용할 수 있다. 가령, '나는 사과가 먹고 싶다'고 말할 때나 '나는 애플이 먹고 싶다'고 말할 때, 그 지시 대상은 동일하다. 그러나 독자가 첫 번째 문장과 두 번째 문장에서 떠올리는 대상의 구체적인 자질은 같지 않다. '사과'가 환기하는 정서 및 관련 정보가 '애플'의 그것과 다르기 때문이다.

이러한 텍스트화 과정은 관찰자가 본 것과 독자가 보는 것을 같지 않게 만드는 가장 손쉬운 방법으로서, 김광균의 텍스트에 빈번하게 사용되는 외래어가 이와 같은 효과를 낳는다. 등불 대신 '램프', 작은 배 대신 '요트', 기둥 대신 '포스트', 교차로 대신 '로타리', 길이나 도로 대신 '페이브먼트' 등등, 고유어가 있음에도 불구하고 그에 대응하는 외래어를 사용할 때, 독자로 하여금 지시 대상 이상, 이 경우에는 이국적이고 근대적이며 도시적인 정서를 더하여 떠올리게 한다.

축자적인 의미의 차이를 이용하는 것은 행위나 성질에 대한 진술에 있어서도 마찬가지이다. 이는 일몰에 대한 묘사에서 단적으로 드러난다. 해가 지는 것은 객관적인 자연 현상으로서 지는 시각의 차이는 있을지언

정, 지는 속도의 차이란 있을 수 없다. 더구나 어떤 날은 해가 비스듬히 지고, 또 어떤 날은 직선으로 지고 하는 법도 없다. 그러나 해가 '기울어진다'라고 표현할 때와 '굴러 떨어진다'라고 표현할 때, 또 '구을러 떨어진다'라고 할 때, 우리가 텍스트를 통해 보게 되는 일몰의 풍경은 전혀 다르다. 이처럼 동일한 동작이나 상태를 지시적 의미로 갖더라도 그 축자적인 의미가 같지 않을 때, 독자는 관찰자가 보는 사실 세계의 '일몰'과는 다른 류의 '일몰'을 보게 되는 것이다.

이는 줄표(—)라는 시각적인 도상을 사용할 때도 드러난다. 가령, '차단—한 등불'이라든지, '긴—여름해', '길—게 늘인 그림자', '아득—한 곳을 향해', '갈매기 파-란 리본을 달고', '자욱—한 어둠 저쪽', '흘러가는 물소리가 가득—하고' 등에서 사용된 줄표가 그러하다. 이의 일차적인 기능은 이 어휘를 장음화하여 읽도록 하는 것이다. 그러나 이러한 지시가 단지 음운의 변화를 야기하는 것만은 아니다. 특수한 시각적인 자질이나 정서적인 자질을 부가시켜 줄표 없이 사용될 경우에는 환기되지 않는 의미까지 갖게 하는 것이다. 김광균의 경우에는 위의 예들에서 알 수 있듯이, 대개 공간적인 확장이나 속도의 지연, 밀도나 채도의 강하 등과 같은 자질을 부여한다. 그리하여 행위는 슬로우 모션이나 거의 정지해 있는 이미지로 환기되며, 사물은 경계가 지워진 채 희미하고 아련하게 떠오른다.

관찰자가 본 것 이상을 보도록 하는 방식으로 가장 전형적인 것은 수사법이다. 예컨대, '벌레 먹은 장미'라는 직접적인 진술과 '벌레 먹은 듯 한 장미'라는 비유적인 진술이 있을 때, 전자의 장미는 실제로 벌레 먹은 것을, 후자는 벌레 먹지 않은 것을 가리킨다. 그러나 우리가 떠올리는 두 장미는 거의 동일하다. 두 번째 진술의 '벌레 먹은 듯 한 장미'에서도 싱

싱한 장미를 떠올리는 것이 아니라 벌레 먹은 모습에 더 근접한 장미를 떠올리기 때문이다. 즉, 우리는 관찰자가 보고 있는 '장미'에 관찰자에게는 보이지 않는 '벌레 먹은' 이미지를 추가하여 떠올리는 것이다. 이처럼, 원관념과 보조관념 모두가 시각적인 이미지의 범주에서 채택될 때, 수사법은 보조관념을 통해 원관념의 의미를 보완하고, 시적 의미를 심화시키는 기본적인 작용을 하는 외에도 현전하지 않는 보조관념을 가시화하는 기능을 한다.

김광균의 경우에도 이는 매우 중요한 텍스트화 전략으로 이용되곤 한다.

> ① 구름은 한 떼의 비둘기/ 꽃다발같이 아련 — 하고나
> — 「신촌서 : 스케치」에서

> ② 가늘은 물살을 짓고/ 바람이 지날 때마다
> — 「정원」에서

①에서 관찰자가 실제로 보고 있는 대상은 '구름'이다. 그런데 이 지시 대상은 언어화 과정에서 두 가지 사물에 비유된다. 한번은 그 색채 및 형태상의 유사성 때문에 비둘기에, 또 한 번은 그 성질상의 공통점 때문에 꽃다발에 비유된다. 따라서 이 표현은 구름을 원관념으로 하고, '한 떼의 비둘기'와 '꽃다발'을 보조관념으로 취한 수사적인 표현으로서, 관찰자의 허전한 정서를 표출하는 것이라고 할 수 있다.

그러나 이처럼 원 의미를 추출하고도 남는 것이 있다. 즉, 한 떼의 비둘기와 꽃다발의 이미지가 남는 것이다. 이러한 잔상은 관찰자는 보지 않고 있는 것, 즉 관찰자에게는 현전하지 않는 것이다. 그러나 우리는 텍

스트를 통해 간접적으로 이러한 이미지들을 본다. ②의 경우도 마찬가지다. 이는 바람이 부는 자연 현상을 수사적으로 표현한 것에 지나지 않는다고 할 수 있다. 그러나 그것이 지시하는 바 바람이 부는 것만을 보는것은 아니다. 비가시적인 '바람'이 가시적인 '물살'의 흐름과 연결되면서푸른 여울의 물살까지 떠올리게 된다.

관찰자가 본 것과 우리가 텍스트로부터 떠올리는 것을 달라지게 하는세 번째 기제는 어휘들 간의 전염력이다. 즉, 동일한 어휘군 내에 함께사용된 어휘들은 다른 어휘들이 갖고 있는 의미나 역사, 혹은 자질들을공유하게 된다. 그럼으로써 그 어휘가 갖고 있는 본래적인 의미 이외의것을 부가적으로 갖게 된다. 예컨대, '마당에 놓인 의자'와 '발코니에 놓인 의자'라는 두 개의 어휘군에서 '의자'의 경우가 그렇다. 우리는 그 두개의 의자를 막연하게나마 같지 않은 것으로 여긴다.

이처럼, 동일한 어휘인 '의자'를 마치 전혀 다른 지시 대상을 갖는 어휘처럼 생각하게 되는 것은 언어기호와 지시대상의 관계와 관련된 문제가 아니다. 애초에 '의자'라는 어휘에 대한 어떠한 구체적인 정보도 제시되어 있지 않기 때문에 그 두 구절의 '의자'가 동일한 지시대상을 갖는지그렇지 않은지는 논할 수 없는 것이다. 그보다는 통사구문 상 인접하고있는 어휘의 차이에서 비롯되는 것이라고 할 수 있다. 다시 말해, 전자의'의자'가 '나무 걸상'을 환기시키는 것은 '마당'이라는 어휘의 전염력 때문이고, 후자가 '흔들의자'를 환기시키는 것은 '발코니'가 지니는 의미의전염력 때문인 것이다.[11]

김광균의 작품에서 예를 들면 다음과 같다.

---

11) 물론, 어휘들 간의 통사적 인접 이전에 마당에는 보통 걸상이 놓여 있기 마련이고,
   발코니에는 흔들의자가 있기 마련이다. 그러나 ③~⑤의 예에서 볼 수 있듯이, 지시
   세계에서의 관습적인 인접만으로는 설명할 수 없는 부분이 있다.

③ 愴茫한 하날가에/ 구름이 일고 지는 德積山 너머

④ 구름은 / 보랏빛 색지우에 / 마구 칠한 한다발장미

⑤ 구름은 한 때의 비둘기/ 꽃다발같이 아련—하고나

　이 세 예문에서 관찰자가 보고 있는 것은 모두 구름이다. 그러나 우리가 보는 구름 및 그에 대한 느낌은 모두 다르다. 가령, ③의 구름을 ④나 ⑤의 구름보다 더 전통적이라고 느낀다. 구름이란 더 전통적이고 덜 전통적일 것도 없는 중립적인 자연물인데도 말이다. 이처럼 ③의 구름이 보다 더 전통적이라고 느껴지는 것은 '창망'이라는 한자어와 '덕적산'이라는 향토적인 어휘의 전염력 때문이고, ④과 ⑤의 구름이 도시적이고 근대적으로 환기되는 것은 '보랏빛 색지', '한다발장미', '비둘기', '꽃다발'과 같이 보다 역사가 짧은 어휘들과 인접하고 있기 때문이다.

　이와 같은 세 가지 방법은 김광균의 텍스트를 매우 회화적으로 만들어준다. 이는 가시적인 사물에만 해당하는 것도 아니다. 그러나 더욱 중요한 것은 언표화되어 있지 않은 것, 즉, 관찰자가 보지 않은 것조차 독자들이 보게 만드는 기능이다. 앞서 살펴본 바 전통적인 풍경이나 전통과 근대가 공존하고 있는 풍경을 담고 있는 작품들을 근대적인 풍경이 담긴 것으로 보게 되는 것도 이러한 기제를 통해서이다.

　그렇다면 이와 같은 텍스트화 전략과 그 효과인 시각적인 이미지는 작위적인 세계와 어떤 관련이 있는 것일까? 그리고 이처럼 관찰자가 보고 있는 세계와 독자가 보는 세계를 다르게 만드는 언어화 전략이 지니는 의의는 무엇일까? 이러한 질문은 김광균 텍스트가 어떠한 측면에서 근대적인 면모를 지녔다고 말할 수 있는지에 대한 대답을 요구하는 것과 다

름없다.

4. 창조적 언어관과 작위적 세계

아무리 정밀을 기하더라도 말하는 주체와 그것을 듣는 주체가 완전히 동일한 의미 혹은 이미지를 공유할 수는 없다. 뿐만 아니라 말하는 주체 자신에게 있어서도 머릿속으로 생각하고 있는 바와 언표화된 것이 같지 않은 경우는 허다하다. 언어화 과정은 기본적으로 왜곡을 수반하기 때문이다. 과학적 혹은 일상적 언술에서라면 치명적일 수 있는 언어의 이와 같은 약점이 문학적인 언술에서는 오히려 전략적으로 이용된다.

이러한 언어의 특징은 근대적인 언어관의 창시자라고 할 수 있는 소쉬르에 의해서 비로소 주목을 받게 된다. 즉, 언어는 자의적이라는 제 1 명제가 그것이다. 만약 기호와 의미, 기표와 기의가 필연적으로 연결되어 있는 것이라면, 언표화된 것 이상의 의미는 발생하지 않을 것이며, 극단적인 경우, 모든 사물과 정서, 관념은 각각 그에 해당하는 기호를 하나씩 가져야 한다. 또한 언어가 역사적으로 변화하거나 국가를 달리하여 번역되는 과정에서 그 개념은 변하지 않고, 기표만 변화해야 할 것이다. 즉, 언어는 독립적으로 존재하는 개념에 붙여진 일련의 어휘 목록일 것이다.

그러나 주지하다시피 기표와 기의의 관계는 자의적이다. 이는 우선, 하나의 기표가 하나의 기의와 반드시 연관되어야 할 이유가 없다는 것, 기호가 기존의 범주에 단지 이름만 붙이는 것이 아니라 기존의 범주를 서로 다르게 분절한다는 것, 따라서 시대와 사회에 따른 변화는 기표와 기의에서 별개로 진행될 수 있는 점, 그리고 무엇보다도 하나의 절대적인 의미를 지시하는 기호라는 것은 존재하지 않는다는 점 등

을 의미한다.12)

이처럼 기표가 기의로부터 자유로울 때, 즉 하나의 기호와 연관될 수 있는 의미가 확정되어 있지 않다고 할 때, 기호들은 한데 어울려 의도하지 않은 의미마저도 창출해낼 수 있으며, 세계를 새롭게 재편할 수 있다. 즉, 언어가 사상과 관념에 영향을 미칠 수 있다는 것이다.

이러한 인식은 김광균의 시론에서도 찾아볼 수 있다.

> 새로운 시가 자연의 풍경에서 노래할 것을 발견하지 못하고 정신의 풍경 속에서 대상을 구했고, 거기 사용된 언어도 목가적인 고전에 속하는 것보다는 도시 생활에 관련된 언어인 것도 사실이다. 오늘에 와서 현대시의 형태가 조형으로 나타나고 발달된다는 사실은 석유나 지등을 켜든 사람에게 전등의 발명이 등불에 대한 개념에 중요한 변화를 주듯이, 형태의 사상성을 통하여 조형 그 자체가 하나의 사상을 대변하고, 나아가 그 문학에도 어느 정도의 변화를 일으키는 데까지 갈 것도 생각할 수 있다.13)

여기에서 주목할 부분은 두 번째 문장이다. 석유등이나 지등, 전등 등을 기표, 혹은 형태라고 하고, 등불을 그에 대한 사상, 혹은 기의라고 할 때, '석유나 지등을 켜든 사람에게 전등의 발명이 등불에 대한 개념에 중요한 변화를' 준다는 생각은 우선 기호의 역사성, 특히 기표의 역사성에 대한 자각을 담고 있다. 불을 밝히는 도구라는 기본적인 기의는 시대의 변화에 따라 다양한 기표와 관련을 맺을 수 있다는 것인데, 이는 언어의 자의적인 성질에 대한 인식에 다름 아니다.14)

---

12) 조너선 컬러, 이종인 역, 『소쉬르』(시공사, 1998), pp.32~37 참조.
13) 김광균, 「나의 시론」, ≪인문평론≫, 1940. 2, p.61.
14) 첫 번째 문장은 기표와 기의가 필연적으로 연결되어 있다는 전통적인 언어관에 입각해 있는 것처럼 보이기도 한다. 시는 노래할 대상(기의)과 언어(기표)로 이루어져 있다는 전제에 기반하여, 노래할 대상이 자연의 풍경으로부터 정신의 풍경으로 변화한 것에 상응하여, 언어 또한 변화했다고 말하고 있기 때문이다. 그러나 이어 '목가적인 고

뿐만 아니라 전등이 발명됨으로써 붉을 밝히는 도구라는 '등불'의 기본적인 의미에 수정이 가해진다는 이른바 '형태의 사상성'은 의사 전달을 위한 매체나 수단에 지나지 않던 형식, 기표의 가치를 끌어올린 것이라고 볼 수 있다. 이러한 언어관은 의미 중심적이고, 형이상학적인 전통적 언어관과는 거리가 먼 것이다.15) 즉, 하나의 중심 의미를 거점으로 다양한 기표 및 형태들을 추상화, 개념화, 동일화시키는 것이 아니라, 그 개별성을 확보해주는 언어기호 중심의 언어관에 가깝기 때문이다.

김광균의 텍스트가 회화적인 이미지를 통해 작위적인 세계를 구성할 수 있는 것은 바로 이러한 언어관과 관련된다. 우선, 상응하는 고유어가 있는데도 불구하고 외래어를 사용하거나, 기존의 어휘에 줄표를 해서 장음화하여 읽도록 하는 것은 전통적인 언어 계열체를 확장시킨다. 이러한 계열적인 확장은 종전까지는 미분화 상태에 있던 세계의 범주들을 좀더 잘게 세분화하며, 그 동안 너무 거칠고 성긴 언어들에 의해 소실되었던 세계의 숨은 부분까지 살아나게 된다. 이처럼 세분화된 세계는 현미경을 통해서 들여다보면 익숙하던 사물도 낯설게 보이는 것과 마찬가지로, 작위적이고 낯설게 보인다.

시각적인 보조관념이나 인접한 언어들 간의 전염력을 작동시키는 기제는 전통적인 언어 통합체를 확장시킴으로써 관찰자가 본 것 이상을 보게 한다. 수사법의 경우, 그 전통적인 목적은 알려지지 않은 사물을 알려

전에 속하는 것'과 '도시 생활에 관련된 언어'라고 하면서 언어의 유형을 구분하는 것은 언어가 단지 대상을 담는 그릇이 아니라, 식물이나 동물처럼 그 자체로 분류 가능한 인식의 대상이 되고 있다는 것을 함의한다는 점에서 근대적인 언어관이라고 할 수 있다.
15) 가령, '김치'와 '기므치'는 동일한 지시대상, 동일한 의미를 갖는다. 그러나 '김치'라는 형태와 '기므치'라는 형태는 각각 한국의 전통 의식과 일본화된 음식의 의미를 갖게 된다. 이러한 관점은 언어가 사상을 결정한다는 과점으로 국어 순화 운동 등과 같은 것의 기저를 흐르고 있는 것이기도 하다.

진 사물에 빗대어 알기 쉽게 하는 것이다. 이때 중요한 것은 알려지지 않은 사물, 즉 '원'관념이며, 그에 빗대어지는 것은 말 그대로 '보조' 관념일 뿐이다. 그러나 김광균의 경우, 수사법은 '원'과 '보조'의 경계를 넘어선다. 즉, 관찰 대상인 원관념 뿐 아니라 그에 대한 보조관념마저도 가시적인 사물을 사용함으로써 원관념과 보조관념을 독자에게 나란히 환기되도록 하는 것이다. 즉, 괄호 속에 은폐되어 있던 보조관념을 드러내어 <원관념-(보조관념)>의 통합체를 <원관념-보조관념>으로 확장시켜 놓는 것이다.

인접한 어휘들 간의 전염력을 활용하는 것 또한 역시 이와 유사하다. 즉, 관찰자가 본 것이 <A-B-C>라는 통합체를 이룬다고 할 때, 이 각 어휘들이 거느린 의미장은 서로에게 영향을 미쳐 독자는 관찰자가 보지 않은 부분까지 떠오르게 만든다. 그럼으로써 통합체는 <A-(a)-B-(b)-C>로 확장된다. 이때, (a), (b)는 관찰자에게는 현전하지 않지만 인접한 어휘 A의 의미장과 B의 의미장, B의 의미장과 C의 의미장이 상호 작용하여 독자에게 환기되는 것이다.

따라서 이 두 경우, 텍스트의 통합체는 관찰자가 본 요소들이 하나의 맥락을 이루고, 관찰자에게는 보이지 않으나 독자에게는 보이는 (   )의 요소들이 그 맥락에 끼어든 형국으로 이루어져 있다. 가령, 관찰자가 본 것은 전통적인 맥락을 이루는데, 텍스트화 전략에 의해 환기된 근대적인 요소들이 그 맥락에 끼어든다든지, 혹은 관찰자가 본 것은 농촌의 맥락인데, 마찬가지로 어촌의 맥락이 끼어든다든지 하는 경우를 생각해 볼 수 있다. 이때, 이 두 맥락이 서로 충돌을 일으키는 것은 당연하다. 작위적인 세계는 바로 이처럼 이질적인 맥락들이 혼재되어 있는 통합체로부터 발생하는 것이다.

김광균은 기성의 언어를 기성의 방법으로 사용하여 흔히 볼 수 있는 그런 주변 세계를 재현한 것이 아니다. 흔한 주변 풍경, 즉 관찰자가 보고 있는 일상적인 풍경을, '형태의 사상성'에 기반한 언어관에 투사하여, 확장·변형·왜곡시킴으로써 새로운 세계를 만드는 것이다. 이러한 방법은 언어기호가 실제 세계의 지시물과 관련되어 있는 것이 아니며, 그러한 맥락에서 언어 기호가 대상으로부터 자유롭게 되었다는 것을 보여준다.

5. 맺음말

본고는 김광균의 초기작에서 시각적인 이미지로 나타나는 풍경들이 대개 근대적인 모습을 띄고 있으나, 이러한 풍경이 당대의 사실적인 풍경은 아니라는 점으로부터 논의를 출발하였다. 독자가 텍스트에서 재구한 관찰자는 전통적인 풍경, 전통과 근대의 모습이 공존하는 풍경, 그리고 근대적인 도시 풍경 등 서로 다른 자질의 풍경을 보고 있다. 그럼에도 불구하고 독자는 이들을 모두 근대적인 풍경으로 본다. 이러한 차이는 시각적인 이미지를 언어화하는 과정에서 발생하는 것으로서, 구체적으로는 첫째, 사용된 시어의 지시적 의미와 축자적 의미 차이에서 발생하는 경우, 둘째, 직유나 은유와 같은 수사법을 통해 발생하는 경우, 그리고 인접한 어휘들 간의 의미 전이를 통해 발생하는 경우가 있다. 이러한 텍스트화 전략이 관찰자가 보지 않은 것까지 독자로 하여금 보게 하여, 관찰자가 본 풍경이 전통적이더라도 우리는 그것을 근대적이며 이국적인 것으로 보게 된다.

이러한 말하는 방법은 새로운 언어관과 관련된다. 즉, 기호는 사물과 일대일로 연결되어 있지 않으며, 나아가 기표가 기의에 종속되어 있는 부수적인 것이 아니라 기의로부터 자유로울 수 있다는 것, 그렇기 때문에 기표와 기의는 시대와 사회에 따라 각각 독립적으로 변화할 수 있다는 근대적인 언어관과 관련되어 있는 것이다. 김광균이 이러한 언어관을 철저하게 자각하고 있었다고는 단언할 수 없지만, '형태의 사상성'에 대한 언급은 적어도 형태가 사상을 전달하는 도구에 지나지 않는다는 전통적인 생각으로부터는 벗어나 있다.

만약 언어가 사물을 일대일로 재현하는 것이라고 생각한다면, 나아가 시가 현실을 반영하는 것이라는 관점을 취한다면, 김광균식의 표현들은 장식적인 것에 지나지 않을 것이다. 이와 같은 독법은 김광균의 텍스트에서 관찰자가 본 것 이상을 보지 못하는 것으로서, 그의 이미지즘이 정서나 감상을 완전히 배제하지 못했기 때문에 성공하지 못했다고 보는 기존의 관점들이 취하는 관점이 대개 이러하다. 그들은 텍스트에서 원관념으로서의 정서나 감정, 혹은 관찰자가 본 것만을 추상화해내는 데 그쳤기 때문에 그 이외의 것들은 부수적인 것으로 보았던 것이다.16) 따라서 김광균의 작품이 시각적이며 회화성이 강하다고 하는 것은 가시적인 사물을 시적 소재로 끌어들였다는 것, 그리고 정서와 같이 보이지 않는 것마저 눈에 보이게 만들었다는 점을 넘어서, 현존하는 세계와는 전혀 다른 원리로 이루어진 또 다른 세계를 우리 앞에 보여주었다는 것으로까지 확장될 수 있을 것이다.

그의 시각적 이미지와 회화성이 기법적인 차원에서 새롭기 때문에 근대적이라거나, 혹은 서구 모더니즘을 실험했기 때문에 근대적이라고 한다면, 그것은 표피적이고 서구 중심적인 견해가 아닐 수 없다. 그는 언어

---

16) 앞의 표로 설명하자면, 텍스트화된 것 중에서 하얀 부분은 모두 지워버리고, 짙게 칠해진 부분만을 보고 있는 것이다.

에 대한 자각을 바탕으로 언어로 세계를 창조하는 새로운 시적 차원을 개척하였기 때문에 근대적인 것이다. 그러나 김광균의 초기작에 대한 근대성 고찰이 좀 더 면밀해지기 위해서는 이 이외에도, 누가 이러한 풍경을 보고 말하는가 하는 주체의 문제와 이러한 언어관 및 전략이 지니는 인식의 문제 등을 보완해야 할 것이다.

화자론의 기원과 시의 허구화

1. 머리말

현대시에서 화자speaker는 시를 구성하는 중요한 요인으로 다루어진다.1) 시 비평이나 학술 논문에서 "이 작품의 화자는"이라는 구절을 쉽게 볼 수 있는 것은 화자가 하나의 시학 용어로 정립되었다는 것을 의미한다.

그러나 이와 같은 자명함은 본래적으로 주어진 것이 아니다. 화자라는 술어는 어떤 시기 이전에는 존재하지 않다가 새롭게 나타난 것이기 때문이다. 이는 시 연구에 유용한 용어가 하나 더 생겨났다는 문제를 넘어선다. '화자'가 시학적 도구로 사용되기 시작함은 화자의 존재에 대한 자각과 무관하지 않다. 이러한 점에서 화자라는 술어의 출현은 현대시의 이론 및 비평 담론 공간 내부에 '시인'을 대신할 '화자'라는 존재의 자리가 마련됨을 의미하며, 한국 현대시사에서 하나의 역사적 사건이라고 할 수 있다.

---

1) C. Brooks & R. P. Warren, *Understanding Poetry*(Holt, 1970), p.16.

이전에는 간과되던 어떠한 현상이 전경화되고, 새로운 연구 방법이 등장하게 되는 것은 새로운 질서의 재편이 이루어짐으로써 가능하다고 할 때,[2] 화자라는 술어의 도입은 한국 현대시의 담론 질서가 재편되었음을 의미한다. 이 글은 이와 같은 담론 공간의 변화와 관련하여 '화자'라는 술어를 재고하는데 목적을 둔다. 즉, 현대시 연구에 있어서 자명하게 인식하고, 또 유용하게 사용하고 있는 '화자'라는 개념이 현대시 연구에서 지금 이러한 모습으로 인식되고 사용되기 시작한 것은 언제부터이며, 어떤 과정을 거쳐 오늘날과 같은 모습으로 존재하게 되었는가를 연구하는 것이다. 또한 화자에 대한 자각이 현대 시사에서 함의하는 바를 고찰하는 것도 중요한 문제이다.

그렇기 때문에 이 글에서 주목하는 것은 '화자'라는 개념이 생겨나는 발생의 순간, 즉 60년대를 전후한 시기의 담론이다. 50년대 중반부터 60년대에 이르는 시기는 그 어느 때보다 활발하게 문학 담론들이 생산되고 다양한 서구 이론이 소개되는 시기였다는 사실로도 한국 현대시사의 중요한 기점이라는 가정이 가능하다. 이와 같은 연구는 한국 현대시사에 있어 60년대가 갖는 의의의 일단을 밝히고 나아가 현대시의 원류를 밝히는 출발점을 마련하기 위한 시도이기도 하다.

2. 화자론 발생의 전후(前後)

한국 현대시에서 화자[3]에 대한 연구가 집중적으로 이루어지는 시기는

---

2) M. 푸코, 이광래 역, 『말과 사물』(민음사, 1987), p.394.
3) 화자speaker, 퍼소나persona, 가면mask, 서정적 자아lyrical self 등의 용어를 분명히 구분할 필요가 있다. 퍼소나는 고대 그리스 연극에서 쓰이던 '가면' 또는 가면의 입mouth piece라는 용어에서 빌려온 것인 만큼(George T. Wright, *The Poet in the Poem*, Gordian Press, 1974, p.9) 어떤 역할role을 대행한다는 의미가 강조되어 있다. 이에 비해 서정적

1980년대이다. 이러한 흐름의 선두에는 김준오의 『시론』이 있다. 그는 1982년 초판본에서 어조 및 퍼소나를 언어, 리듬, 이미지, 비유 등과 동등하게 하나의 시적 요소로 다룬다.[4] 이어 1985년은 어조와 퍼소나를 방법론으로 하여 현대시의 주요 시인들의 시세계를 밝히는 시도를 한다.[5] 김준오의 이러한 선구적인 연구에 힘입어 시적 화자에 대한 연구가 이어지는데,[6] 이들은 대개 화자의 유형을 구분하고, 유형에 따른 시적 특질을 규명하는 방식을 취하고 있다. 이와는 조금 다른 방향에서 화자의 시학을 수립하려는 연구가 김소월의 작품을 대상으로 하여 윤석산에 의해 1992년에 시도된다. 그는 화자를 "중개자의 기능 및 주인물의 성격을 갖는 존재"라고 규정하고 그 기능을 "의미적 국면의 주체요, 전략적 국면의 주도자요, 조직적 국면의 산출자"[7]로까지 확대시키면서 시의 구조적 원리로서의 가능성을 살핀다.

이상과 같은 화자 연구사에서 주목할 것은 화자를 하나의 실체로 다루고 있다는 점이다. 이를 단적으로 보여주는 것은 화자 연구가 유형론에 치중되고 있는 현상이다. 유형 분류란 일종의 연역적 방법으로서, 모든

자아는 서정시의 '나'를 작가의 전기적 자아와 구분하려는 의도로 1910년 마르가레테 주스만Margarete Susmann이 처음 사용한 것이고(Vgl. Margarete Susmann, *Das wesen der modernen Lyrik*, Stutigarrt, 1910, besonders S. 15-20.(정두홍, 「시의 화자」, 『인문과학연구』, 서원대학교, 인문과학연구소, 2000에서 재인용), 시적 자아 역시 경험적 자아emprical I 와 구분하기 위한 목적으로 레오 스피쳐에 의해 처음으로 사용된다.(Leo Spitzer, "Note on the Poetic and the Emprical 'I' in the Medieval Author", *Traditio 4*, 1946, p.416). 이와 같은 유사한 용어 가운데 본 연구가 규명하고자 하는 것은 '화자'라는 용어이다.

4) 1999년 4판으로 개정 간행하면서 어조와 퍼소나를 시의 구성 원리에서 구분하여 별도의 장으로 다룬다.(김준오, 『시론』, 삼지원, 1999)

5) 김준오, 『가면의 해석학』(이우출판사, 1985).

6) 화자를 연구하는 초창기 논문으로는 다음과 같은 것이 있다. 박덕규, 「시적 화자 연구」, 경희대 석사학위논문, 1984; 조형순, 「현대시에 나타난 시적 화자와 청자의 연구」, 경남대, 1985; 조내희, 「한국시의 화자유형 연구」, 고려대 석사학위 논문, 1986 등.

7) 윤석산, 『소월시 연구』(태학사, 1992), p.28.

개체들을 관통한 어떤 내재적인 구조가 존재한다고 가정하고 그 구조들의 같고 다름을 살피는 것이다.[8] 이 과정에서 내재적 구조는 관념적인 실체로 환원된다. 화자의 유형을 나누는 것도 마찬가지인데, 화자를 텍스트에 선재(先在)하는 자명한 존재로 간주하는 암묵적인 합의하에서 그 동일성과 차이를 가리는 방식으로 유형을 분류하는 것이다.

그러나 정작 화자의 유형을 나누는 기준은 일관되지 않다. 화자의 유형은 화자와 청자의 관계에 따라, 자아와 대상의 관계에 따라, 시인과의 관련 양상에 따라, 의미의 전달 방향에 따라 나뉘어지는데, 이와 같은 기준들은 현상적 차원에 근거한 귀납적인 방식으로서, 그 기준이 다양한 것은 당연하다. 이때의 '현상'이란 실체의 외현을 의미하는 것으로서, 화자를 실체로 전제하고 있음을 암시한다. 가령, 가장 자주 분류 기준으로 채택되고 있는 <화자와 청자의 관계>라는 기준만 보아도 그렇다. 이 기준에 의하면 화자는 시 텍스트의 겉에 드러나느냐 아니면 잠재되느냐에 따라 구분된다. 화자를 일단 텍스트에 존재하는 안정된 존재로 전제하지 않고서는 겉으로 드러난다거나 아니면 잠재된다거나 하는 개념이 성립될 수는 없다.

실증적인 자료에 의거한 작가론 대신 '화자'라는 용어로 시인들의 시 세계를 설명하는 연구의 경우도 마찬가지이다. 이들 연구는 우선 한 시인의 시를 각각 다른 화자에 의한 발화로 보아 그 의미를 추출한다. 이 단계에서 화자는 텍스트를 발화하는 텍스트 내적 실체로 간주된다. 그리고 나서 개별 작품에 나타난 화자의 차이점을 마치 하나의 인물이 성장·변화한 결과로 취급한다. 마지막으로 그와 같은 변화의 과정을 시인의 시의식이 변모하는 과정과 유비적인 관계로 놓는다. 이것이 '화자'라

---

8) T. 토도로프, 이기우 역, 『환상문학서설』(한국문화사, 1996), p.20. 유형은 역사적 장르와 이론적 장르 가운데 이론적 장르에 대응하는 것으로 본다.

는 용어를 도입하여 한 시인의 시세계를 연구하는 대략적인 방법이다. 여기에서 화자는 개별 작품의 의미를 보장해주고 작품들 간의 관계를 설명해주며 나아가 전 작품을 아우를 수 있는 하나의 구심점으로 기능하는 셈인데, '저자의 기능'을 대신하고 있는 것이다.9)

그런데 우리가 시텍스트에서 먼저 접하는 것은 화자가 아니라 음향 구조, 이미지의 패턴, 행과 연의 형태와 같은 지극히 물질적인 생재료들이다. 그리고 그로부터 하나의 어조를 떠올리고, 그러한 어조를 사용하는 화자를 떠올린다.10) 따라서 화자는 구성되는 결과물이지 선재하는 실체가 아니다.11) 그럼에도 불구하고 최근의 화자 연구들은 마치 화자를 처음부터 텍스트에 내재하는 존재처럼 다룬다. 최종적인 결과물을 최초의 원인으로 간주하는 전도가 있는 것이다. 그렇다면 '화자'가 실체화되고, 또 '화자'라는 술어가 현재와 같은 지위를 갖게 되는 것은 어떠한 과정을 거쳐서 이루어지는가.

'화자'라는 용어가 한국 현대시사에 처음 등장하게 되는 것은 1960년대이다. 물론 이 시기에 화자에 대한 이론적인 자각이 이루어지는 것은 아니고 용어의 소개 정도에 그친다. 그전에 먼저 화자론의 기초가 되는 엘리어트의 「시인의 세 가지 목소리」가 1955년에 양주동에 의해 번역된 바 있다.12) 화자라는 용어와 유사한 '작중 설자(說者)'는 1963년 출간된 송욱의 『시학평전』에서 보인다. 클리언스 브룩스의 『공교롭게 빚은 유골항아리The Well Wrought Urn』에 실린 글 가운데 테니슨의 시분석을 소개하는 과정에서 speaker를 '작중 설자'라는 용어로 번역하고 있다.13) 이 용어

---

9) M. 푸코, 「저자란 무엇인가」, 권택영 역, 『후기구조주의의 문학이론』(민음사, 1999)
10) C. 브룩스, 앞의 책, p.131.
11) 이러한 관점에서 근자에 새롭게 부상하고 있는 연구는 정신분석학과 언어학의 도움을 입은 '발화 행위의 주체'에 대한 연구이다.
12) T.S. 엘리오트, 양주동 역, 「시인의 세 가지 목소리」, 《현대문학》, 1955. 5.

는 그가 1960년에 번역한 러보크의 『소설의 기술』에서 narrator의 역어(譯語)로 사용한 것이기도 하다.

송욱은 '작중 설자' 곧 화자라는 용어를 실제 비평에서도 사용한다. 정지용의 「불사조」를 분석하는 다음 글에서 이를 볼 수 있다.

> 작중 설자는 작가의 '심장을 차지한' 슬픔이기에 오히려 '창과 우슴을' 달고 신부처럼 이러한 슬픔에 대하려고 결심한다. 그리고 이러한 슬픔은 '청춘이 다한 어느 날' 죽는 것이며, 또한 사람이 살아 있는 한 항상 불사조처럼 부활하는 것─즉, 인간존재의 핵심에 있는 슬픔이라는 것이다. 그리고 이러한 슬픔은 종교만이 덜어줄 수 있는 것이기에 그는 천주교에 들어갔으리라.[14]

그런데 위의 인용문에서 '작중 설자'는 표현만 그럴 뿐 실제는 역사적인 시인을 가리키고 있다. 슬픔을 느끼고 그러한 슬픔을 견디겠다고 말하는 존재를 '작중 설자'라고 지칭하고 있지만 뒤이어 '그'가 슬픔을 견디기 위해 천주교에 들어갔다고 설명한다. 천주교에 귀의한 것은 이 시를 쓴 시인 정지용이다. 「불사조」의 화자가 그러한 슬픔을 덜기 위해 천주교에 귀의했다는 정보는 텍스트에 제시되어 있지 않다. 그럼에도 불구하고 작품 내의 인물을 그 작품을 쓴 작품 바깥의 시인으로 즉각 치환하고 있다.

물론 이러한 동일시는 화자가 시학적 개념으로 정립된 오늘날에도 흔히 발견된다. 그러나 동일한 현상이라 하더라도 시인과 화자의 구분을 전제로 하는가 하는 점은 중요한 차이를 낳는다. 다시 말해, 화자는 텍스트 내적 존재이며 시인은 역사적으로 실존하는 존재로서, 존재론적인 차

---

13) 송욱, 『시학평전』(일조각, 1963), pp.116.~118.

14) 송욱, 앞의 책, pp.200~201.

이가 있음을 자각하지 않은 상태에서라면 비록 화자라는 용어를 사용하고 있다 하더라도 화자는 시인에 대한 동의어라고 할 수 있다. 반면, 이 둘의 존재론적 차이를 자각해도 구별 없이 사용할 수 있는데, 화자와 시인의 차이를 부각시키는 것이 별 의미가 없을 정도로 유사성이 큰 경우일 것이다.

화자가 시인과 구별되는 존재를 의미한다고 하면, 화자에 대한 자각은 현대시 형성 초기부터 있었다고 할 수 있다. 가령 소월의 「시혼」에는 비록 화자, 혹은 작중설자라는 용어가 명시적으로 사용되지 않았지만, 역사적으로 실존하는 시인과 구별되는 어떤 존재에 대한 언급을 볼 수 있다.

> 우리에게는 우리의 몸보다도 마음보다도 더욱 우리에게 각자의 그림자 같이 가깝고도 각자에게 있는 그림자 같이 반듯한 각자의 영혼이 있습니다. … 그러한 우리의 영혼이 우리의 가장 이상적 美의 옷을 입고, 완전한 운율의 발걸음으로 … 혹은 말의 아름다운 샘물에 心想의 적은 배를 젓기도 하며 … 風飄萬點이 산란한 벽도화 꽃닢만 저훗는 우물 소에 즉흥의 드레박을 드놓기도 할 때에는 곧 이르는 바 시혼으로 그 순간에 우리에게 顯現되는 것입니다.15)

위의 인용문에서 소월은 '영혼'과 '시혼'을 구분한다. 영혼이 누구나 갖고 있는 것이라면 여기에 '미', 운율, '말', '심상' 등과 같은 시적 요소들이 갖추어질 때 '현현'하는 것이 시혼이다. 이와 같은 구분은 역사적 자아와 창조적 자아에 대한 구분으로서, 정지용의 '시의 위의(威儀)'에서도 유사한 구분이 보인다.

그러나 이때의 '시혼', 혹은 '위의'가 의미하는 바, 역사적 자아와 구분되는 창조적 자아가 엄밀한 의미의 화자는 아니다. 화자는 단지 시인이

---

15) 김소월, 「시혼」, ≪개벽≫ 59호.

아닌 어떤 존재를 의미할 뿐만이 아니라 텍스트로부터 구성된 존재를 뜻하기 때문이다. 반면 창조적 자아와 역사적 자아의 구별은 창작 과정 중의 시인의 심리 상태를 일상적인 상태와 구분하는 용어로서 외부 세계에 대한 자아의 관계 맺음 양상을 의미하는 융의 퍼소나persona 개념에 가깝다.16)

한편, 시를 만들어진 것이라고 보았던 김기림에게서는 화자에 매우 근접한 개념을 볼 수 있다. 그는 소월이나 지용과는 달리 이러한 존재를 다른 시인의 시를 읽는 과정에서 감지한다. 그가 인지한 존재는 텍스트 밖에 존재하는 창조적 자아가 아니라 텍스트 이후에 텍스트로부터 환기되는 존재이다.

> ① 夕汀이 사는 곳에 호수가 있고 없는 것은 나는 분명히 모른다. 그러나 석정의 시는 언제나 저 강한 햇볕이나 달빛조차를 피해서 산 그늘에 숨은 작은 호수가로 우리를 데리고 가곤 했다. 석정은 거기서 산비둘기들과 새새끼들과 구름과 그러한 것들의 이마주의 양떼를 기르는 어딘지 고향을 모르는 목자였다.17)

> ② 씨는 새 타입의 서정시를 세웠다. 거기 담겨 있는 감정은 틀림없이 현대의 지식인의 그것이다. 현실에 대한 극단의 불신임, 행동에 대한 열렬한 지향, 그러면서도 이지와 본능의 모순 때문에 지리멸렬해가는 심리의 변이, 악과 퇴폐에 대한 깊은 통찰, 혼란 속에서도 어떠한 질서는 추구해 마지 않는 비극적 노력, 무릇 그러한 연옥을 통과하는 현대의 지식인의 특이한 감정에 표현을 주었다.18)

①과 ②는 김기림이 신석정과 오장환의 시집을 읽고 나서 쓴 감상문이

---

16) 이부영, 『분석 심리학』(일조각, 1984), pp.65~91.
17) 김기림, 「촛불을 켜놓고: 신석정시집 독후감」, ≪조선일보≫, 1939. 12. 25. p.374.
18) 김기림, 「『성벽』을 읽고:오장환의 시집」, ≪조선일보≫, 1937. 9. 18.

다. 여기에서 그는 각각의 시집으로부터 하나의 세계와 그에 대응하는 인간상을 떠올린다. 신석정의 『촛불』로부터는 전원(田園)과 '목자'를, 오장환의 『성벽』으로부터는 혼란스러운 현대 사회와 '지식인'을 환기한다. 이들 인간상은 역사적으로 실존했던 시인 신석정이나 오장환을 의미하지는 않는다. 목자와 지식인은 그 시인들의 여러 시집 가운데 『촛불』과 『성벽』이라는 특정한 하나에서만 환기되는 존재이기 때문이다. 그렇다고 각 시집에 실린 모든 작품들이 '목자'나 '지식인' 화자를 갖지는 않는다는 점에서 엄밀한 의미의 화자라고 할 수도 없다. 그러나 그가 한 권의 시집으로부터 떠올린 이러한 인간상은 시인과 구분되는 어떤 존재를 의미함에는 틀림없다.

다음과 같은 부분은 김기림이 시인의 실존적인 자아와 구분되는 텍스트적 존재를 어느 정도 의식하고 있었다는 증거를 보여준다.

> ③ (…) 지용씨의 시(「귀로」: 인용자)에는 어디라 없이 생활의 냄새가 난다. 읽는 사람의 머리에 어느새 작자가 떠오른다. 아마 영탄하는 주관-그것은 생활의 표류물인지도 모른다.
>
> 그러나 「古花甁」에는 생활의 냄새가 아주 없다. 그리고 작자도 머리에 떠올리지 않는다. 읽는 동안에 점점 선명해 오는 것은 이 시 속에서 취급된 대상에 대한 아주 확실하고 특이한 시인의 인식의 각도이다.[19]

> ④ 가령 '파우스트'의 거대한 연극이 바야흐로 막을 열려고 하기 전 관중의 앞에 나와서 자못 기괴한 목소리로 그 극에 대한 일장의 序詞를 늘어놓는 '피에로'를 연상하여라. 그러한 '피에로'의 어조를 이 시는 본떠왔다. 자못 變幻이 많은 방대한 세계에 독자의 연상을 알아내려고 하는 작자는 그것이 이 시(「서반아의 노래」: 인용자)의 표정에 부여하는 가장 적당한 化粧이라고 생각했던 까닭이다.[20]

---

19) 김기림, 「현대시의 발전―하기(夏期) 예술강좌·문예편」, ≪조선일보≫, 1934. 7. 12~ 7. 22. 김학동 편, 『김기림전집』2(심설당, 1988), pp.332~333.

③은 정지용의 「귀로」와 장서언의 「고화병」을 비교하는 글인데, 김기림은 두 시의 화자가 같지 않음을 지적한다. 그에 따르면 정지용의 시에서는 '작자'가 떠오르는 반면 장서언의 시에서는 '작자'가 떠오르지 않는다. 이때 '작자'라는 단어가 의미하는 바가 문제가 된다. 우선 축자적인 의미 그대로 실제 정지용이나 장서언을 지시하는 것일 수 있다. 그러나 만약 '작자'라는 단어를 역사적·전기적으로 존재했던 작자의 의미로 사용했다면, 작자를 떠올리지 않기란 불가능하다. 그 작품이 누구 것인지 아는 이상 작자를 떠올리지 않을 수는 없기 때문이다. 따라서 그가 '작자'라는 단어를 정지용이나 장서언을 지시하기 위해 사용했다기보다는 시를 '읽는 사람의 머리에' 떠오르는 존재, 즉 화자의 의미로 사용했다고 보는 것이 타당할 것이다. 그렇다면 '작자'가 떠오른다는 정지용의 시에서는 시인과 일치하는 자전적 화자가 떠오르는 것을 의미하고, '작자'가 떠오르지 않는다는 장서언의 시에서는 몰개성적인 화자가 떠오른다는 것을 의미한다고 할 수 있다.

한편, ④는 김기림이 자신의 시, 「서반아의 노래」를 해설하는 글이다. 여기에서 김기림은 독자가 아니라 시를 만든 창작자로서 독자에게 자신의 시를 '피에로'를 연상하며 읽도록 권한다. 왜냐하면 그 시는 '피에로의 어조'를 본뜬 것이기 때문이다. 그는 피에로의 모습이 자신의 시의 표정으로 '가장 적당한 화장'이라고 생각했기 때문에 '피에로의 어조'를 본떴다고 말한다. 이와 같은 진술은 그가 시를 쓰는 과정에서 자신의 실제 모습과 구별되는 존재를 의식적으로 창조하고자 했음을 보여준다. 따라서 여기에 사용된 '본떠왔다', '화장'이란 표현은 화자와 유사한 함의로

---

20) 같은 글, p.334

사용된 말이라고 할 수 있다.

이상의 두 편의 글은 '화자'라는 표현을 사용하고 있지는 않지만, 오늘날 시학적 용어로 정립된 '화자'에 대응하는 개념을 보여준다. 가령, 독자가 텍스트를 '읽는 동안'에 연상하는 하나의 인간상(像)이라든지, 시인이 의도적으로 만들어낼 수 있다든지 하는 것이 그것이다. 이처럼 텍스트와의 관련 하에서 인식되는 화자는 김소월이나 정지용이 창작 과정 중에 일어나는 시인 내부의 심리적 변화를 구별한 것과도 다르다.

그러나 어떠한 현상이 있더라도 그것이 지각되지 않는다면 존재하지 않는 것이나 다름없다. 마찬가지로 화자와 유사한 개념에 대해 언급하고 또 그러한 존재를 실제 텍스트 생산 과정 중에 만들면서도, 화자를 대상화하여 하나의 개념으로 사용하지 않는다면 화자는 무표적인 것으로서 아직 존재하지 않는다고 할 수 있다.

이처럼, 경험이 이론화되고, 현상이 인식될 때에는 경험과 이론, 혹은 현상과 인식 사이에 이를 구분시킬 수밖에 없는 어떤 규칙성이 존재한다.[21] 시인과 화자를 구별하는 하나의 경험, 혹은 현상이 이론으로 정립되는 데 있어서도 마찬가지이다. 어떤 하나의 규칙이 있어서 현상과 경험으로 존재하던 '화자'를 자명한 개념으로 인식되게 만든 것이다. 그 규칙을 살펴보기 위해서는 그러한 전환이 일어나던 순간에 주목할 필요가 있다.

3. 화자론의 발생 현장

화자가 하나의 이론적인 개념이 되는 전환은 70년대를 거쳐 이루어진

---

21) M. 푸코, 앞의 책, p.131.

다. 이러한 과정을 압축적으로 보여주는 것이 76년에 정재완이 쓴 「한국 현대시와 어조tone」라는 글이다.[22] 그는 이 글에서 신비평가인 브룩스와 리차즈의 어조tone 개념을 소개하면서 이를 바탕으로 화자를 유형화하고 있다.[23] 이와 같은 유형 분류는 이후 화자 유형론의 기틀이 된다.[24]

그런데 그의 논문이 '한국 현대시와 어조'를 제목으로 하고, '가상적인 화자와 청자의 설정을 중심으로'를 부제로 했다는 사실은 주목할 만하다. 이는 우선 그 논의의 핵심이자 궁극적인 도달점이 시의 '어조'임을 보여 준다. 즉, 화자와 청자는 '어조'와 관련하여 파생된 다양한 논의거리 가 운데 하나일 뿐이다.

과연 그는 화자의 유형을 구분하는 작업을 하면서도 끊임없이 시의 '어조'가 초점임을 강조한다. 가령, "화자와 청자의 가정의 문제를 화자 의 태도의 표현방법과 유기적인 관련을 맺어 극적 상황이 어떻게 설정되 었는가를 파악함으로써 구체적인 작품의 어조를 전일하게 살펴보는 과 제"라고 하면서도, 화자의 태도는 어떤 표현방법으로 나타나는가, 시가 바로 시인의 자서전일 수 없고 화자가 시인의 개성과 꼭 동일시될 수 없 는 이유는 무엇인가, 한 편의 시에서 어조는 어떻게 파악되는가, 어조의 관점이 시비평과 우리나라 시사를 정리하는데 기여하는 바가 무엇인가 등[25], 향후의 연구 과제는 모두 어조에 초점이 맞추어져 있다.

---

22) 정재완, 「한국 현대시와 어조tone: 가상적인 화자와 청자의 설정을 중심으로」, 『한국 언어문학』 14집(형설출판사, 1976), pp.1~18.
23) 여기에서 유형을 나누는 기준은 화자와 청자가 어떻게 작품상에 나타나고 있는가 하는 점이다. 그 결과 ①화자와 청자가 나타난 시, ②화자만 나타난 시, ③청자만 나 타난 시, ④화자와 청자가 나타나지 않는 시, ⑤화자와 청자가 시인과 밀착된 경우, ⑥화자와 청자가 나타나지 않았지만 시인자신과 밀착된 경우, ⑦극적 초점으로서의 화자나 청자의 7가지 양상으로 구분된다.
24) 그러나 엄밀히 말해 이는 화자의 유형을 구분한 것이 아니라, 화자를 기준으로 시의 유형을 구분한 것이라고 할 수 있다. 그러나 이후의 연구들은 '화자의 유형'이라는 표제 아래 여전히 이와 같은 구분을 행하고 있다.

화자가 '어조'로부터 추상된 것이라면, 화자와 어조를 이와 같이 엄격하게 구분하는 것은 별 의미가 없는 것처럼 보인다. 그러나 화자 이론의 원천인 신비평에서는 화자란 어조로부터 도출된 하나의 개념일 뿐이다. 이러한 사실을 염두에 두면, '한국현대시의 감상과 비평, 창작, 문학사의 재정리 등 여러 부면에 걸쳐서 어조의 이론을 소화하고 어조의, 우리 시에서의 새로운 의의를 조명해 보는 작업은 한국시의 발전에 도움이 될 것'[26]이라는 기대를 갖고 어조의 이론을 소개·적용하는 입장에서는 초점을 분명히 하는 것이 당연하다. 그럼에도 불구하고 그는 어조로부터 '화자'를 '설정'하려고 한다. 이는 어떠한 이유 때문인가.

> 그러면 이와 같은 작품에 반영된 태도 내지 견해를 시인의 그것으로 보는 것보다는 시의 화자를 통해서 보는 것, 또는 시의 화자의 그것으로 보는 것이 왜 바람직한가? 이 문제의 해명은 한 편의 탁월한 작품의 이해·음미를 위해서는 극적 양상으로서의 작품의 파악이 요청된다는 것으로 밝혀질 수 있을 것이다. 즉 화자와 청자의 가정·설정의 필요성, 탁월한 시인의 태도는 단순하고 직접적인 태도의 표명이기보다는 화자를 통한 복합체로 나타난다고 볼 때에 있어서의 미학적 거리(예술적 표현방법) 설정의 필요성 문제, 시작품이 시인의 전기나 자서전일 수 있을 것인가 하는 문제 등을 다룸으로써 작품의 어조를 시인의 태도의 직접적인 표현으로 보기보다는 시작품 속의 화자의 태도의 표현으로 보는 것이 시의 이해와 표현에 있어서 더 바람직한 방법임을 수긍할 수 있지 않을까 한다.[27]

그는 '작품에 반영된 태도 내지 견해', 즉 어조를[28] 시인에게 귀속시켜

---

25) 앞의 글, p.16.
26) 앞의 글, p.17.
27) 앞의 글, p.3.
28) I.A. Richards, "The Four Kinds of Meaning", *Practical Criticism*, Routledge, 1970, p.182; C. Brooks & R. P. Warren, Ibid., p.112.

야 할 것인가 시의 화자에게 귀속시켜야 할 것인가를 묻는다. 그리고 화자의 것으로 보는 입장을 취한다. 즉 어조를 그 작품에 적합하다고 설정된 화자의 것으로 가정하는 것이다. 한 가지 분명히 할 것은 어조가 시인의 것임을 부정하지는 않는다는 점이다.

문제는 왜 어조를 시인의 것이 아니라 설정된 존재에게 귀속시켰는가 하는 점이다. 그에 따르면 어조의 주인으로서 화자를 삼는 것이 '요청'되기 때문에, 혹은 '필요성'이 있기 때문이다. 다시 말해 어조를 화자의 것으로 간주하는 것이 '시의 이해와 표현에 있어서 더 바람직한 방법'이기 때문에 시인이 아닌 화자의 것으로 보자는 것이다. 이와 같은 선택의 이유는 화자가 시의 구성 요소이거나 내적인 필연성으로부터 도출되는 존재가 아니라 규범적이고 전략적인 차원에서 요청된 것임을 보여준다. 즉, 미학적 거리가 있는 작품이 탁월한 작품인데, 시인의 직접적인 표현으로 보기보다는 화자를 매개로 한 표현으로 볼 때 이와 같은 미학적 거리가 유지되니 화자를 설정해야 한다는 것이다.

화자의 설정을 통해 극적인 상황을 가정하는 것은 비단 시를 읽는 독자에게만 유용한 것은 아니다. 시인이 시를 지을 때에도 이처럼 극정 상황을 설정하는 것이 도움이 된다고 말하거니와, 그는 또 화자와 극적 상황을 가상함으로써 현실을 그대로 표출하는 것에서 벗어나 한 차원 높이 승화시켜 '상상적 상황을 창조'하게 한다고 말하기도 한다.

이상에서 살펴본 바와 같이 화자라는 존재는 시를 이해하거나 창작하는데 있어 하나의 필요로 가정된 존재이다. 그리고 그와 같은 화자의 설정은 시의 이해 및 창작의 종착점이 아니라 출발점이다. 다시 말해 물질적인 요소들로부터 어조를 떠올리고, 다시 그 어조로부터 특정한 상황에 처한 화자를 떠올리는 것은 진정한 이해 및 창작을 위한 준비 단계에 지나지 않는 것이다. 그러나 필요 의해 '설정·가정'되는 순간 화자는 하나의 실체로 굳어진다. 화자가 시의 구성 요소가 되는 일은 이와 동시에 발생한다.

4. 화자론의 성립 배경과 시의 허구화 담론

텍스트로부터 시인과는 다른 존재를 떠올리고, 또 텍스트를 통해 어떤 인간상을 표현하려고 하던 시도는 현대시 형성 초기에 이미 있었다. 그러나 이러한 현상, 혹은 체험이 언어로 번역되고 나아가 개념화되는 것은 60년대를 지나면서이다. 그렇다면 왜 이미 있어 왔던 현상이 그때에는 지각되지 않다가 하필이면 60년대를 지내면서야 용어가 만들어지고 이론이 정립되기 시작했는가라는 질문을 할 수 있다.

몇 가지 가능한 대답을 생각해 볼 수 있다. 우선 이전에는 화자가 지각될 만한 토대를 갖춰지지 못했다가 60년대 들어서야 화자가 개념화될 수 있는 토대를 갖추게 되었기 때문이라는 대답이 가능하다. 그러나 이러한 대답은 질문에 대한 동어반복이나 다름없다. 알고 싶은 것은 '그것이 지각될 만한 토대'란 무엇이며, 60년대에는 왜 그러한 토대를 갖추게 되었는가 하는 점이기 때문이다.[29]

화자의 개념화, 곧 실체화가 60년대 이후에 이루어지는데 작용하는 또 다른 동인은 신비평의 이입이다. 50년대 중반부터 신비평이 소개되면서

---

[29] 여기에서 흔히 생각할 수 있는 한국 현대사에서 원인을 찾는 일은 일단 논외로 하기로 한다. 식민지 시대와 해방, 전쟁으로 이어지는 격변의 현실 조건이 문학사의 단절을 만들었고, 그 때문에 보다 일찍, 그리고 자생적으로 시학적 개념의 정립이 있을 수 있었음에도 불구하고 그것이 좌절되었다는 식의 대답은 어떤 점에서 타당한 지적이다. 그러나 언어 차원의 현상과 물질 차원의 현상을 대응시키기 위해서는 좀더 정교한 논의가 요구되는데, 여기에서는 그 일환으로 범위를 한정하여 문학적 담론 공간의 경우만을 생각하기로 한다.

은유, 상징, 아이러니, 역설과 더불어 화자 및 어조의 개념도 함께 소개된다. 그로부터 신비평은 오늘날까지 현대시의 중심 담론으로 자리 잡게 되는데,[30] 화자 이론은 바로 신비평 담론이 행사하고 있는 이와 같은 영향력에 힘입어 생겨나고 또 성장하게 되었다고 볼 수 있다. 특히, 이 가운데 시의 몰개성론은 시인과 구별되는 어떤 존재에 대한 필요성을 야기시킨 중요한 원인이 될 수 있다.[31]

그러나 무엇보다도 60년대를 전후하여 시 작품에 새로운 변화가 나타나기 시작했다는 점을 빼놓을 수 없다. 이 시기에는 역사적으로 실존했던 시인의 발화로 환원시키기에는 무리가 있는 작품과 반대로 시인의 자전적 이야기라고 여겨질 만큼 사실적인 작품들이 나타난다. 이러한 경향을 구분하기 위해서 화자와 같은 개념이 필요했을 수도 있다.

그런데, 이상의 몇 가지 사항들은 엄밀히 말해 60년대에 화자론이 성립된 이유라고 할 수 없다. 왜냐하면 이들 또한 60년대 문학 담론 공간에 일어난 하나의 현상일 뿐이기 때문이다. 예컨대, 신비평이 수용되었다면 그것이 수용될 수 있었던 토대가 무엇인지, 그리고 화자 개념으로 설명해야 하는 시가 출현하게 되었다면 그것은 어떤 맥락에서 가능하게 되었는지가 해명되어야 한다. 이러한 토대 또는 맥락이야말로 60년대를 지내면서 화자론을 성립시킨 바로 그 맥락이다. 어떤 한 시대의 담론에 새로운 이론 혹은 현상이 자리 잡게 되는 것은 어떤 규칙이 있기 때문인데[32]

---

30) 문학 연국 방법론 측면에서 신비평이 수용되어 교육적 영향력을 행사한 것에서 그 영향력을 확인할 수 있다. 가령 신동욱·이재선 공저 『문학의 이론』(시문학사, 1968), 구인환·구창환 공저 『문학의 원리』(법문사, 1969) 등이 그러한 경우이다. (우한용, 「신비평이 한국 문학 연구에 미친 영향」, ≪현대 비평과 이론≫10호, 1995. 가을·겨울, pp.77~78.)
31) 여기에서 몰개성론은 엘리옷으로 대표되는 영미 중심의 관점과 발레리로 대표되는 프랑스 전통의 관점, 그리고 「현대 예술의 비인간화」를 쓴 오르테가의 관점 등을 모두 의미한다.

신비평이 수용되고, 새로운 유형의 화자가 출현하게 되고, 그리고 화자가 시학적 개념으로 정립될 수 있었던 것은 바로 그러한 담론의 규칙이 작용한 결과이다.

이러한 규칙의 실마리는 화자론 내부에서 찾을 수 있다. 오늘날에는 그 강조점이 변위displacement되었지만, 화자론 성립시 끊임없이 화자의 허구성이 강조되었다는 바로 그 사실이 60년대 시적 담론에 작용하고 있던 규칙의 일단을 보여준다. 다시 말해 화자는 시인의 분신이나 시인의 자연스러운 투영물, 혹은 작품에 내재적인 구성 요소가 아니라 의도적으로 선택하여 만들어진 존재라는 사실이 강조되었던 것이다. 이처럼 화자를 허구적으로 설정해야 할 필연성은 기술technique의 차원, 훌륭한 작품의 창작과 탁월한 읽기를 위한 기술에서 찾아진다.

화자의 허구성을 강조했다는 것은 시에 대한 새로운 관점과 관련되는 바, 허구적이고 모방적인 것으로 시를 보는 관점이 대두된 것이라고 말할 수 있다. 시를 시인의 실존적 경험을 바탕으로 하는 장르라고 여겨오던 기존의 관점에서 볼 때,33) 시는 시인에게 밀착된 것이며, 그런 만큼 중요한 것은 진실성, 체험의 깊이, 혹은 인식의 방향 등이었다. 반면 시라는 발화는 시인의 것임이 너무나 당연한 문제여서 새삼스럽게 따질 게재가 아니었으며, 텍스트 이전의 시인과 텍스트 이후의 화자도 구별될 필요가 없었다. 그러나 60년대에 들어 시가 더 이상 시인의 직접적인 정서의 표출이나 자전적인 고백으로 국한되지 않을 가능성, 그러니까 허구적이고 모방적인 영역을 넘보게 되면서 시는 시인과 분리된다. 시인과 구분되는 존재, 즉 화자가 요청되는 것은 바로 이 과정에서이다.

---

32) M. Fcoucault, 앞의 책, p.31.
33) E. 슈타이거, 이유영 · 오현일 역, 『시학의 근본개념』(대방출판사, 1985), p.11; P. 헤르나디, 김준오 역, 『장르론』(문장, 1983), pp.37~39.

　시에 대한 담론, 좀 더 구체적으로는 시관의 변화는 화자론에서만 단서를 발견할 수 있는 것이 아니다. 담론 규칙은 동시적이고 편재적으로 작용하는 것인 만큼, 직접적으로 관련되지 않은 범주의 담론에서도 그 규칙은 작용하고 있다. 예컨대 리챠즈의 『과학과 시』에 나타나는 경험주의적인 시관을 비판하는 송욱의 입장은 이러한 변화를 대표적으로 보여준다. 그는 "시인이 실지로 전연 겪지 않은 경험도 작품에 표현할 수 있을뿐더러 작품 안에서 비로소 형성되는 이러한 경험이 그가 실지로 겪은 경험에 못지않게 시의 성분으로서 중요한 것"[34]이라는 근거를 들어 시인의 실제 경험과 작품을 통해 형성되는 경험을 구분한다. 그리고 이어

　　　리챠아즈의 견해가 그릇된 것이라면 언어의 지배자와 경험의 지배자 사이에는 아무런 필연적 인과 관계가 없다고 보아야 할 것이다. 또한 언어의 지배자와 경험의 지배자 사이의 거리가 가까운 시인도 있을 것이며, 먼 경우도 있을 것이다. (…) 훌륭한 시인이란 실지로 그가 겪는 경험의 지배자, 즉 (…) 놀라운 언어의 구사력을 통하여 훌륭하게 조화되고 압축된 실지경험과 예술경험을 거의 완전하게 '표현'함으로써 독자에게 그가 이러한 경험의 지배자인 것과 같은 '효과'를 드러내는 '작품을 만드는 사람'에 지나지 않을 것이다.[35]

라고 말한다. 여기에서 시는 시인으로부터 분리되고, 경험의 지배자는 언어의 지배자와 구분된다. 경험의 지배자가 '생활의 행복'을 느끼고 '도덕적 가치 혹은 시민으로서의 쓸모'를 갖는 역사적 존재로서의 시인이라면 언어의 지배자란 '놀라운 언어 구사력'과 완벽한 표현 능력을 가진 말 그대로 '작품을 만드는 사람'이다. 그리하여 훌륭한 시인이라면 시 속에 표현된 경험, 다시 말해 자신이 직접 겪지 않은 경험마저도 독자들로 하여

---

34) 송욱, 앞의 책, p.103.
35) 앞의 책, p.103.

금 '그가 이러한 경험의 지배자인 것과 같은 효과'를 불러일으키게 해야 한다는 것이다. 여기에서 시인 자신의 것이 아닌 경험도 그의 것처럼 느끼게 만들어야 한다고 하는 것은 시의 허구화에 대한 요청에 다름 아니다.

이처럼 시가 허구적일 수 있는 가능성을 갖게 되면서 동시에 몇 가지 사항들의 전환이 동반된다. 무엇을 쓸 것인가에서 어떻게 쓸 것인가, 시인중심에서 독자중심으로의 중심 이동이 대표적인 전환이다. 어떻게 하면 독자에게 자신의 작품을 효과적으로 전달할 것인가, 그리고 어떻게 작품을 읽어야 할 것인가가 화두가 된 것이다. 그리고 그에 대한 대응으로 작품의 통일되고 완결된 구조가 강조되고, 일관되고 완결된 미적 체험이 요구된다.

화자가 시 창작의 방법이자 이해의 방법으로 도입되는 지점이 바로 여기이다. 특정 인간을 모델로 상정하는 화자는 작품의 통일성과 유기성을 보장하고 그럼으로써 시인에게서 독자로의 전달을 용이하게 한다. 작가를 대신하여 시적 세계의 주체로 기능하고 시의 구심점으로서 유기성과 통합성을 가능하게 해주고, 그러면서도 미적 거리를 유지함으로써 예술적 성취도를 보장해주는 화자의 기능은 이와 같이 시의 허구화 경향을 중심으로 하는 시담론의 새로운 질서에서 출현하게 된 것이라고 할 수 있다.

5. 맺음말을 대신하여

이상에서 이 글은 60년대 이후 한국 현대시에서 화자라는 존재가 발견되고 또 이론화되는 상황을 시 담론, 그 가운데서도 이론의 영역에 국한

시켜 살펴보고, 시담론을 새롭게 재편시키는 규칙으로서 허구화 경향을 도출해 냈다. 만들어진 개념으로서의 화자, 허구적 구성물로서의 화자는 오늘날 시의 구성 원리이자 텍스트에 선재하는 것으로 기정사실화 되어 있다. 이와 같은 전도는 화자라는 개념이 현대시의 담론 공간에 출현하는 순간에 이미 일어나고 있었다고 할 수 있다. 개념화, 혹은 이론화라는 것 자체가 이미 이러한 전도를 전제로 한다.

그런데, 본고에서 60년대 시담론을 지배하는 규칙으로서 밝혀낸 '허구화' 경향은 보다 포괄적이고 광범위한 상위 규칙이자 한 측면일 뿐이다. 그리고 그러한 최종 규칙을 밝혀내기 위해서는 문학 담론 뿐 아니라 그 시대의 모든 언어적인 집적물들을 살펴보아야 한다. 한 시대의 담론들은 서로 관련을 맺으며 하나의 질서를 이루고 있으며, 그 질서야말로 담론의 규칙 그 자체이기 때문에 그 질서를 파악하기 위해서는 다양한 층위에서의 접근이 요구되는 것이다. 그럴 때에 이 글에서 해결하지 못한 왜 하필이면 시에서 허구화 경향이 60년대 일어날 수밖에 없었는가와 같은 문제들을 설명할 수 있을 것이다.

허구의 경계를 넘보는 환상 충동
― 환상시, 현대시의 새로운 유형

1. 머리말

'환상적인 표현', '환상적인 이미지', '환상적인 분위기'라는 수사들에서 볼 수 있듯이, '환상'이라는 용어는 특수한 함의를 지니지 않고도 광범위하게 사용되어 왔다. 이처럼 일상적이고 보편적인 것처럼 보이는 용어에 학문적인 관심이 쏠리기 시작한 것은 불과 몇 년 사이의 일이다. 그러나 시에서의 환상은 여전히 하나의 분위기mood로만 인정될 뿐, 환상에 대한 관심은 허구, 즉 소설에만 국한되어 왔다고 해도 과언은 아니다.[1] 그나마 시와 관련하여 환상을 심도 있게 고찰한 것은 노혜경의 논의 정도에 불과하다.[2]

그렇다면 시의 환상에 관해 논하기 위해서는 '왜 지금 환상이 문제인

---

[1] 정끝별은 90년대 후반의 젊은 시인들을 논하는 자리에서 시에서의 환상에 대해 문제 제기를 한 바 있다. (「세계를 지연시키는 자기 증식의 언어」, 『천 개의 혀를 가진 시의 언어』, 하늘연못, 1999)

[2] 노혜경, 「세기말 시의 환상성, 환각과 환멸 사이로 난 좁은 길」, ≪오늘의문예비평≫, 1997, 가을.

가’ 뿐만 아니라 ‘시에서는 왜 환상이 논의되지 않았는가’, 그리고 ‘과연 그럴만한 타당한 이유가 있는가’ 하는 문제를 먼저 생각해 보아야 할 것이다. 이러한 질문에 대한 대답을 마련하지 않고 시를 대상으로 환상에 관한 논의를 시작하는 일은 저울을 이용하여 무게를 다는 대신 길이를 재거나 옷감의 너비를 재는 일과 다를 바 없다. 즉, 대상의 본질을 고려하지 않고 이론적인 잣대를 성급하게 들이미는 무용하고 무의미한 수고가 될 공산이 큰 것이다.

시를 대상으로 하는 환상 논의가 미진했던 이유는 크게 두 가지로 나누어 살필 수 있다. 첫 번째는 시 자체의 본질과 관련되고, 두 번째는 장르의 구조적인 문제와 연관된다. 우선, 시는 원래 환상적인 것이기 때문에 시에서 환상을 논하는 것이 가능하기는 하지만 그다지 생산적인 논의가 될 수 없다는 이유를 들 수 있다. 또 다른 이유로는 시와 환상의 장르가 구조상 상호 모순적이기 때문에 아예 처음부터 시에서의 환상 논의는 불가능할 수도 있다. 특히 후자의 견해는 토도로프가 제안한 장르로서의 환상 논의에 기반을 두는데, 그가 환상을 허구, 즉 소설의 하위 장르로 규정한 것에서 비롯된다. 그리고 뒤에 살펴보겠지만, 이와 같은 두 가지 이유는 동전의 앞뒷면처럼 동일한 문제로부터 기인하는 것이다.

물론, 본고는 한국 현대시에서 환상의 가능성을 얼마든지 찾을 수 있다는 입장에 있다. 이 연구는 환상이라는 용어로 규정할만한 개별 작품으로부터 시작되었기 때문이다. 그리고 이를 출발점으로 하여 이들 텍스트가 지닌 몇몇 공통된 특징이 새로운 유형의 현대시가 출현하고 있음을 보여주는 하나의 징후가 될 수 있을지를 살펴보는 것에까지 나아가려고 한다. 이를 위해서는 앞서 언급한 대로, 시에서의 환상 논의가 미진한 이유, 즉 환상이 시에 적합한 잣대가 아니라고 생각되어온 배경을 살피는 일부터 시작할 것이다. 그리고 이러한 고찰을 바탕으로 시에서의 환상을 새롭게 정의하고, 실제 텍스트를 대상으로 하는 환상의 구조와 효과를 살필 것이다. 기존 논의에 대한 반박으로부터 출발하여 논리 상 환상시의 가능성을 도출한다고 해도, 실제적인 현상에 대한 검증이 이루어지지 않는다면 하나의 이론으로 성립시키는 일의 가치를 찾을 수 없을 것이기 때문이다.

이와 같은 연구가 비단 환상의 본질을 재확인하는 것에 그치는 것은 아니다. 이는 시의 본질을 재고하고, 나아가 한국 현대시의 특수성을 밝히는 일에 다름 아니다. 다시 말해 시에서 환상의 가능성을 타진함으로써 그간 주변적인 것으로 간주되어 소홀히 다루어지거나 혹은 논의에서 아예 배제되어 왔던 일단의 시적 경향들에 하나의 정당한 위상을 부여할 수 있는 근거를 마련할 수 있을 것으로 기대되기 때문이다. 특히, 개인적 서정의 표출이나 전형화된 삶의 제시라는 양대 축으로만 그려져 왔던 한국시의 단순한 구도를 생각할 때, 이러한 가능성은 현상에 보다 근접한 사실적인 구도를 조감할 수 있게 할 것으로 기대된다.

2. 창조적 충동의 발현으로서의 '환상적인' 시

가. 환상적인 시의 존재 가능성

시는 본질상 환상이기 때문에 시에서 환상을 논하는 일이 노력만큼 생산적인 결과를 얻지 못한다는 것이 타당한 입장일까? 이 질문에서 가장 먼저 살펴보아야 할 것은 '시는 본질상 환상이다'라는 명제이다. 이 명제는 일견 타당한 듯 보인다. 시를 '사이비진술'이라고 하는 정의나 시에서는 소설과는 달리 현실 세계의 A를 B라고 하거나 A를 非A라고 하면서 사실과는 다른 방식으로 이야기해야 한다고 하는 것만 생각해 보아도 그렇다.

사실 시뿐 아니라 모든 문학은 환상이다. 나아가 모든 예술의 본질은 환상에 있다고 말할 수 있다. 수잔 랭거는 현실 생활의 기구(機構)와 그 복잡한 이해관계로부터 감각적 현상의 요소를 분리하는 가장 확실한 방법은 환상을 창조하는 것이라고 말한 바 있다.3) 다시 말해, 예술의 본질은 비실용적인 데에 있고, 이를 위한 가장 효과적인 방법이 환상이라는 것이다.

환상의 특징은 이것만이 아니다. 그것이 예술적인 창조 활동으로 이어지거나 아니거나 간에 환상의 창조는 인간에게 내재하는 기본적인 욕망 가운데 하나이기 때문이다. 이와 같은 사실은 프로이트에 의해 이미 제안된 바 있다. 그는 시적 활동의 첫 흔적을 유년기에서 찾으면서, 어린이가 '자기 세계의 사물들을 자기 마음에 드는 새로운 방식으로 재배열함으로써 자기 자신만의 독특한 세계를 창조하는 것'을 작가의 창조적 활동의 기원으로 본다. 그러한 놀이가 성인이 되어서는 현실 원리의 개입으로 인해 공상하기, 일명 백일몽으로 대치되는데, 프로이드에 의하면 작가는 바로 그러한 백일몽을, 문학적인 장치를 이용하여 미적인 쾌감을 느끼도록 조정하는 사람이라는 것이다. 그리고 어린이의 '놀이'와 작가의 '환상Phantasieren'이 차이가 있다면, 그것은 다만 어린이가 상상된 대상이나 상황을 현실세계의 실체적이고 가시적인 사물과 연결 짓기를 포기하지 않는데 반해서, 작가는 상상 세계를 현실과 뚜렷이 구별 지으려 한다는 점에서만 다를 뿐이라고 말한다.4) 프로이드의 이

---

3) 수잔 K. 랭거, 박용숙 역, 『예술이란 무엇인가』(문예출판사, 1984), p.44.
4) S. 프로이드, 이규현 역, 「문학 창조와 백일몽」, 『상상력이란 무엇인가』(살림, 1997), p.60.

러한 견해에 따르면 환상이란 모든 문학의 본질이라고 할 수 있으며, 상상력에 의한 창조라고 정의 내릴 수 있을 것이다.

그런데, 만약 모든 문학 작품이 환상이라면 소설이나 시 모두 환상을 기본적인 속성으로 지니고 있을 테고, 그렇다면 시에서도 소설에서와 마찬가지로 환상에 대한 논의가 가능하여야 할 것이다. 그러나 사실이 그렇지 않다는 것은 앞서 말한 바와 같다. 소설을 대상으로 한 환상 논의는 활발한 반면, 시를 대상으로는 전무하다시피 하다. 이러한 사실은 현재 논의되고 있는 환상이 이와는 다른 함의를 지니고 있다는 사실을 암시한다.

또한 모든 시 텍스트를 이와 같은 개념의 환상으로 공히 수렴하기에도 심상치 않은 점이 있다. 가령, 떠나려면 자기를 즈려밟고 떠나라는 김소월의 시와 자기 팔에서 가지가 돋아난다고 말하는 이상의 시를 동일한 정도로 환상적이라고 말할 수 있을 것인가. 만약, 환상을 상상력에 의한 창조라고 정의한다면, 그렇게 말할 수도 있을 것이다. 그러나 청노루의 눈망울에서 흐르는 구름을 발견한 박목월의 시나, 좀 더 가깝게는 장날의 흥겨움을 노래하는 신경림의 시 등을 바다 밑에서 울음을 우는 거머리를 노래하는 김춘수나 자신이 집어든 과일마다 썩어간다고 말하는 김종삼의 시와 함께 환상이라는 동일한 범주로 묶을 수 있을 것인지는 재고해 보아야 한다. 결국, 상상력에 의한 창조라는 정의로는 모든 것을 설명할 수 있는 동시에 아무 것도 설명하지 못하는 셈이다.

이러한 사실은 환상을 좀 더 한정지어야 할 필요성을 암시한다. 이는 프로이드의 이어지는 언급에서 단서를 찾을 수 있다. 그에 따르면 문학 작품을 창조하는 태도는 다시 둘로 구분되는데, 하나는 기성의 소재를 취하는 것이고 다른 하나는 자기 마음대로 새로운 것을 창조하는 것이다. 이러한 관점은 캐서린 흄에게서도 발견된다. 그녀가 제안한 창조적 활동을 가능하게 하는 두 가지 충동 가운데 모방 충동은 전자와, 환상 충동은 후자와 각각 대응된다. 그녀는 환상 충동을 모방 충동만큼이나 본질적인 것이라고 지적하는데, 환상을 하나의 장르나 형식으로 보는 배타적인 정의는 모방 충동이 아리스토텔레스 이래 서구 문명을 지배해 왔음을 반증하는 것이라고 주장한다.5)

프로이트와 흄이 공통적으로 제시하는 것은 상상력에 의한 예술 창조라 하더라도 그 작용하는 기제는 같지 않다는 사실이다. 즉, 상상력을 그 작용 방향에 따라 구분할 수 있으며, 창조의 동의어인 '환상'과 그 하위 기제로써의 환상을 구분하는 것이다. 이와 같은 검토 결과에 따르면, 시 역시 크게 두 가지 양상으로 구분될 수 있다. 모방 충동이 우세한 것과 환상 충동이 우세한 것이 그것이다. 물론 예술 창조의 두 가지 충동, 즉 모방 충동과 환상 충동은 단절적인 두 개의 힘은 아니다. 이들은 예술 창조의 충동을 총량으로 갖는 반비례식의 양항에 불과하다. 다시 말해, 모방 충동과 환상 충동은 정도의 차이를 지니면서 상보적으로 공존하는 것이라고 말할 수 있을 것이다.

두 충동간의 이와 같은 역학 관계는 자기 마음대로 새로운 것을 창조하는 것처럼 보이는 것에 대한 프로이트의 설명에서 다시 시사받을 수 있다. 그는 기성의 것을 이용하는 경우와 새롭게 창조하는 경우를 구분하기는 하였지만, 후자의 경우에도 "실제로 어떤 것을 발명해낼 수는 없다. 그것은 단지 서로에게 낯선 요소들을 결합할 수 있을 뿐"6)이라고 말한다. 즉 직접적으로 전혀 다른 비-인간적 세계를 창조해내는 것이 아니라, 이미 존재하는 세계의 요소들을 전도시키는 것, 환언컨대 친숙한 것들의 구성 관계를 새롭게 재-결합시킴으로써 낯설고 친숙하지 않으며 그

---

5) 캐더린 흄, 한창엽, 역, 『환상과 미메시스』(푸른나무, 2000), p.67.
6) 프로이드, 앞의 책, p.70.

리고 명백하게 '새롭고' 절대적으로 '다른' 어떤 것을 산출하는 것처럼 보일 뿐이라는 것이다.[7] 이를 고려할 때, 환상 충동은 모방 충동에 뿌리를 두고 있으며, 이 둘은 단절된 전혀 다른 충동이 아니라 연속된 선상에 존재하는 것이라고 결론 내려도 좋을 것이다. 그렇다면, 현대시의 다양한 양상들은 이 두 충동의 역학 관계에 따라 크게 양대별 할 수 있을 것이다. 가령, 앞서 언급한 김소월이나 박목월, 혹은 신경림 등의 작품은 모방 충동이 우세한 것으로, 이상, 김춘수, 김종삼 등의 작품은 환상 충동이 우세한 것이라고 말할 수 있는 것이다.

그런데, 사실상 한국 현대시는 환상 충동보다는 모방 충동이 우세한 경향을 보여 왔다고 해도 과언은 아니다.[8] 모방 충동의 우세화는 비단 한국의 현대시에만 해당하는 것은 아니다. 한시(漢詩)라든지 시조 등과 같은 고시가들의 경우 또한 비현실적이고 낯선 것을 새롭게 창조하기보다는 현실 세계와 밀착하여 그와 같은 것들을 재현하고, 그로부터 촉발되는 정서를 담는 것에 편향되어 있었다. 환언하자면, 에이브람즈 좌표 가운데 모방의 축과 표현의 축이 주도적이었다고 말할 수 있을 것이다. 그 이유는 아마도 시를 도(道)의 전달 수단으로 보는(文以載道) 효용론적인 시관에 입각해 있기 때문일 것이며, 이러한 경향은 동아시아 시작품의 보편적인 특질이라고 할 수 있을 것이다.

이러한 경향은 근대 이전의 서양시관에 있어서도 크게 다르지 않다. 플라톤이 모방론을 경계하면서 시인을 공화국에서 추방해야 한다고 말할 때에도, 아리스토텔레스가 예술을 인간 행위의 모방으로 설명하려고 할 때에도, 예술의 주된 목적은 이상(理想)을 재현하는 데에 있었으며, 그 전제는 효용이었기 때문이다. 낭만주의에 이르러서야 시는 이상의 재현

---

7) 로즈마리 잭슨, 서강여성문학연구회 역, 『환상성: 전복의 문학』(문학동네, 2001) p.47.
8) 노혜경, 앞의 글.

을 위한 타동사적인 것이 아니라 스스로 존재를 현현해 보이는 미적인 구조체로써 인정될 수 있었다.

따라서 한국 현대시의 환상성을 논하면서 환상을 상상력에 의한 창조라는 개념으로 확장시키는 것은 지나치게 태만한 정의일 뿐이다. 여러 논자들이 환상 논의에서 시를 제외한 것에서 볼 수 있듯이, 그러한 논의는 전혀 생산적이지 않을 뿐만 아니라, 이상(李箱)의 시도 이후 90년대 시인에게까지 끊어지지 않고 그 맥을 이어오고 있는 일련의 작품들을 설명하는데도 전혀 도움을 줄 수 없기 때문이다. 그러나 환상을 창조의 두 가지 동력 가운데 비현실적이고 초현실적인 것의 창조로 기우는 충동이라고 제한하여 정의하고 이를 환상적인 시라고 범주화한다면, 그것은 현대시가 지니는 일단의 특수한 양상을 설명해줄 수 있을 것이다.

나. 환상적인 시의 제양상

로즈마리 잭슨은 환상을 많은 관련 장르들을 출현시키는 하나의 문학적 양식, 즉 랑그로 보고, 그의 다양한 조합으로 서로 다른 역사적 상황에서 생산된 서로 다른 종류의 산물들을 파롤로 본다.9)

이처럼 환상 충동이 우세한 시들이라고 해서 모두 같은 기제가 작동하는 것은 아니다. 가장 먼저 살펴볼 다음 작품과 같은 부류는 환상 그 자체의 생성에 목적이 있는 것이 아니다. 이들은 의심 없이 공인되어온 기존의 것에 대한 도전을 출발점으로 한다. 그 도전의 주된 대상은 언어의 투명성과 그에 대한 신념이다. 그 결과 그려지는 풍경은 기묘하고 왜곡된 모습으로 나타난다.

---

9) 로즈마리 잭슨, 앞의 책, p.57.

당나귀 도마뱀 염소, 자 모두 따라해!
선생이 칠판에 적으며 큰소리로 읽는다
배추머리 소년이 손을 든 채 묻는다
염소를 선생이라 부르면 왜 안되는 거예요?
선생은 소년의 손바닥을 때리며 닦아세운다
창 밖 잔디밭에서 새끼염소가 소리친다
국어선생은 당나귀
국어선생은 도마뱀
염소는 뒷문을 통해 몰래 교실로 들어간다
선생이 정신없이 칠판에 쓰며 중얼거리는 사이
염소는 아이들을 끌고 운동장으로 도망친다
— 함기석, 「국어선생은 달팽이」에서[10]

이 작품은 전혀 현실적이지 않으며, 따라서 환상적이기까지 한 풍경을 보여준다. 교실에 있는 아이들이 알고 보면 인간의 아이들이 아닌 당나귀나 도마뱀, 염소의 새끼이고, 시간은 하늘을 날아다니며, 하늘로 던진 시계는 새가 되고, 바람은 의자가 된다. 그러나 이 각각의 시어들이 지시하는 사물들은 우리의 주변에서 쉽게 볼 수 있는 것들이다. '선생', '교실', '칠판', '운동장'과 수업을 받는 아이들, 그리고 '당나귀'나 '도마뱀', '염소' 등은 현실 세계에 지시 대상을 갖고 있다.

그러나 이처럼 일상적인 시어들을 일탈적인 방법으로 결합시킬 때 환상적인 풍경은 출현한다. 즉, 관습적으로는 좀처럼 이루어지지 않는 방법으로 통사 구조를 결합할 때 그 시어가 지시하는 사물들이 원래의 맥락에서 벗어나 전혀 이질적인 맥락 내에 자리잡게 되고, 그럼으로써 새로

---

10) 함기석, 『국어선생은 달팽이』(세계사, 1998), pp.12~13.

운 풍경이 생성되는 것이다. 가령, '새끼염소'가 원래 있어야 할 맥락은 학교가 아니다. 그럼에도 불구하고 '창 밖의 잔디밭'이라는 공간 부사를 '새끼염소'와 연결 지음으로써 그 원래 있어야 할 맥락으로부터 새끼염소를 공간 이동 시킨다. 또, 원래 <+인간, +교육> 등의 의미자질을 갖는 '국어선생'을 전혀 이질적인 계열체에 속하는 '당나귀'나 '도마뱀'과 교체될 수 있는 패러다임에 귀속시키는 것도 마찬가지의 효과를 산출한다.

이처럼 언어적 조작을 통해 생성된 환상은 폭력적으로 결합된 언어의 원맥락을 재구함으로써 충분히 합리화시킬 수 있다는 특징이 있다. 위 작품의 경우, 각각의 사물들은 크게 <+인간, +교육>과 <−인간, −교육)이라는 두 개의 계열체로 양분될 수 있고, 이러한 이항 대립적 계열체가 해석의 코드로 작용한다. 이를 통해 이 작품이 다루고 있는 것은 누구나 경험해 보았을 학창 시절에 대한 것임을 짐작할 수 있게 된다. 규격화된 교실에서 개인의 정체성은 억압당한 채 '사육'당하는 교육 현장, 문학적 감수성이나 삶에 대한 사유의 방법 대신 철저한 암기만을 종용받던 국어 시간 등, 조작된 언어를 원위치시키는 순간 이 작품은 이 작품이 그리고 있는 환상적인 풍경보다 더 비현실적인 현실에 대한 지시로 환원되는 것이다.

그래서 독자는 교실에 '당나귀·도마뱀·염소' 등이 들어와 있는 이유나 국어선생이 동물들을 데리고 수업을 하는 의미가 무엇인지 짐작할 수 있게 된다. '당나귀·도마뱀·염소' 등은 아이들에 대립되는 계열체의 한 원소로써 <−인간, −교육>을 의미한다는 점에서만 가치를 지니는 기표일 뿐이며, 이들의 지시 대상이 문제가 되는 것은 아니라는 사실, 그래서 이들 대신 다른 어떤 동물을 대입시켜도 크게 상관이 없으리라는 것을 깨닫게 되는 것이다. 아이들이 '국어선생은 당나귀, 국어선생은 도마뱀'이라고 부르는 것도 현실 세계에서라면 양립 불가능한 두 계열체의 요소들을 연결지음으로써 이름과 사물의 일대일 관계를 부정하고 그러한 억압으로부터의 해방을 시도하는 것이라 하겠다.[11]

말하자면 이와 같은 부류의 작품은 현실의 대상이 지니는 '이름'에 대한 의도적인 치환과 폭력적인 결합으로부터 출발하여 환상에 도달한다. 의도적으로 언어의 관습적인 용법을 파괴하거나 언어를 유희의 도구로 사용하는 것에서 언어에 대한 불신감은 물론, 의미에 대한 회의까지도 볼 수 있다. 이와 같은 기제는 다음과 같은 작품에서 작동하는 기제와 구분된다.

> 그이는 미식가 그이를 위해 정성을 다해 요리했지만 까다로운 입맛을 만족시킬 수 없었어 그이에게 인정받고 싶었어 사랑하니까 모든 음식에 내 살을 조금씩 베어넣었어 그이에 대한 사랑으로 가득 찬 살을 말이야 예감은 적중했어 그이는 너무 맛있다고 입맛을 다셨어 내 살에 중독되기 시작한 거지 그이를 위해 살을 도려내다 보니 약간의 문제가 생겼어 몸에서 늘 피가 흘렀어 뼈가 드러난 내 팔을 보고 그인 울었어 자기를 위해 요리하느라 앙상해졌다는 거지 그인 뚱뚱해지고 난 뼈만 남은 채 덜그럭거렸어 더 이상 요리를 할 수 없게 되었어 죽을힘을 다해 겨우 그이에게 말했지 이젠 당신 차례라고 난 그이 못지 않은 미식가였지 이미 내 살에 중독된 그이는 가르쳐주지 않아도 내 혀가 원하는 요리를 척척 하더군 그

11) 이러한 이름 바꾸기 행위의 의도는 그의 다른 작품에서 보다 분명하게 드러난다. '소년은 매일 반복되는 단조로운 하루가 싫다 / 소년은 여러 가지 사물이 되어본다 / 변기는 일곱시에 침대에서 일어난다 / 구두는 욕실에서 알몸으로 샤워를 한다'로 시작되는 「학교가는 소년」은 본문의 작품과 마찬가지로 소년의 학교 생활을 다루고 있다. 매일 반복되는 단조로운 일상은 '소년'의 유희, '여러가지 사물이 되어보기', '형용사를 바꾸어 보기' 등과 같은 방법을 통해 새롭고 신기한 것이 된다. 이러한 유희를 '이름 바꾸기 놀이'라고 명명할 수 있는데, 가령, 여러 가지 사물이 되는 것은 사물의 이름을 바꾸어 부르는 일이며, 형용사를 바꾸어 보는 것 또한 사물의 속성에 다른 명칭을 붙이는 것이기 때문이다. 이처럼 이름 바꾸기 놀이는 현실의 사물 자체를 바꾸는 일이 실제로 불가능하기 때문에 취해지는 차선의 선택이다.

　　　　이도 나처럼 될 거라고 걱정하지마 그땐 내가 요리사가 되면 되니까
— 성미정, 「다소 악마적인」¹²⁾

　이 작품에 나타나는 화자는 '그이'에게 인정받기 위해 그이의 '까다로운 입맛'을 만족시킬 만한 요리를 하고자 한다. '그이'에게 인정받고 싶은 것은 그이를 사랑하기 때문이다. 그리고 화자가 발견한 그이의 '까다로운 입맛'을 만족시킬 요리 비법은 자신의 살을 조금씩 베어 넣는 것이다. 과연 '그이'는 화자의 의도대로 그녀의 살이 들어간 음식을 맛있게 먹는다. 그 결과 그이는 '뚱뚱해지고' 화자는 '뼈만 남은 채 덜그럭거리'는 신세가 된다. 이 작품이 보여주는 이러한 일련의 서사적 줄거리는 현실에서라면 전혀 있을 법하지 않은 것이다.

　그러나 텍스트 내에 그려진 여러 관계들을 파악하게 되면, 이 작품은 하나의 주제에 대한 알레고리임을 알게 된다. 즉, 그이와 나로 상정되는 인물들의 관계로부터 현실의 부부 관계, 혹은 연인 관계를 추론해 내고, 그이에게 주는 음식에 자신의 살을 베어 넣는 행위로부터 여자의 일방적이며 자학적인 희생에 의해 유지되는 관계를 재구할 수 있다. 또, 작품의 마지막 부분에 이르러 전도되는 관계로부터 일방적인 희생으로 이루어진 관계는 파괴와 폭력으로 귀결될 수밖에 없다는 의미를 추론해 낼 수 있게 된다. 따라서 이 작품이 그리고 있는 환상적인 풍경은 알레고리의 효과로 환원되며, 자신의 살을 넣어 음식을 만드는 그로테스크한 의미 뒤로 묻히게 된다.

　그런데, 이처럼 작품에 제시되어 있는 관계나 사건을 코드로 삼아 현실의 모습에 대한 알레고리적 의미를 찾아내기 위해서는 먼저 시어들이 지시하는 바에 충실해야 한다. 그래야 텍스트 내의 이야기를 파악할 수

---

12) 성미정, 『대머리와의 사랑』(세계사, 1997), p.23.

있고, 현실과의 관련성을 찾을 수 있기 때문이다. 바로 이 과정에서 현실의 모습에서 멀리 빗겨나게 하는 일탈과 왜곡의 풍경을 떠올리게 된다. 따라서 이와 같은 환상을 알레고리적인 환상이라고 규정지을 수 있을 것이다. 이와 같은 알레고리적 환상은 합리화를 허락한다는 측면에서 언어적 환상과 동일한 측면이 있다. 그러나 언어적 환상이 언어의 파괴적인 용법의 결과로 나타나는 것이라면, 알레고리적 환상은 텍스트 작용을 위한 전제 조건이라는 점에서 차이가 있다. 또한 모든 알레고리가 그러하듯이, 시에서의 알레고리적 환상 역시 서사적인 양상이 보다 두드러지며, 표층적인 의미와 그에 대한 알레고리적 의미의 이중적인 의미 관계를 맺는다는 특징이 있다. 반면, 언어적 환상은 서사적이기 보다는 순간 집중적이며, 표층적인 의미와 심층적인 의미가 뚜렷이 구분되지 않는다는 차이도 있다.

다음 작품은 앞의 작품들과는 전혀 다른 기제가 작동하고 있다. 비현실적이며, 환상적인 풍경을 보여 준다는 점에서는 앞의 작품들과 그 맥을 같이 하지만, 언어 유희적이지도 않고, 어떠한 의미나 관념으로 환원되지도 않는다.

어두운 방에 누워 있던 수염이 지저분한 그 사람. 오랫동안 닫혀 있던 문을 열고 집 밖으로 걸어나온다. 햇살이 너무 눈부셔 얼굴을 찡그리며 나무 그늘에 앉아 날아가는 나비를 본다. 흘러가는 구름과 흔들리는 들꽃을 본다.

들판 너머 들려오는 파이프 오르간 소리에 나비들이 흩어질 때 마네킹을 든 남자 언덕 너머에서 걸어온다. 노래를 부르며, 수염 지저분한 그 사람 옆을 지나간다. 두 사람 사이로 바람이 불고 마네킹을 든 남자 기침을 한다. 바구니를 든 여자 들판 너머에서 걸어온다. 검은 머리칼이 긴 그 여자, 두 남자 옆을 지나가며 흔들리는 들꽃과 흩어지는 나비떼를 본다. 들판 너머에서 파이프 오르간을 연주하던 검은 옷의 여자 자전거를 타고 달려와 바구니를 든 여자를 스쳐 지나간다. 들판과 언덕 사이의 좁은 길을 통해 수염이 지저분한 남자의 집 옆을 지나간다. 바구니를 들고 지나간 여자 어느새 들판을 넘어가 검은색 파이프 오르간을 커다랗게 연주한다. 검은 머리칼의 여자와 마네킹을 든 남자 팔짱을 끼고 언덕을 넘어간다.

혼자 남은 수염이 지저분한 사람 천천히 일어나 어두운 그의 방을 향해 뚜벅뚜벅 걸어가며 들판 위로 흘러가는 흰 구름과 흔들리는 들꽃을 본다. 그가 문을 닫고 집 안으로 들어가자 모든 풍경들이 조용히 사라지지 시작한다. 들판과 언덕이 사라지고 그 사람의 쓸쓸한 집도 그 사람의 길고 날카로운 비명소리와 함께 천천히 지워지기 시작한다.

— 김참, 「지워지다」[13]

크게 세 부분으로 나뉘는 이 작품에서 등장인물은 '수염이 지저분한 사람'과 '마네킹을 든 남자', '바구니를 든 여자', '검은 옷의 여자' 등의 네 명이다. 그리고 화자는 이들의 모습을 제삼자 입장에서 서술한다. 그러나 앞서 살펴본 알레고리적 환상의 경우와는 달리 등장 인물간의 관계는 전혀 짐작할 수가 없다. 우연히 길을 가다 만나는 사람들처럼 언덕이 보이는 들판에서 스쳐 지나가는 관계 이상은 아닌 것이다. 또한 유일하게 대립 관계를 찾아볼 수 있는, 수염이 지저분한 사람이 거처하는 '어두운 방'과 그 어두운 방 밖에 펼쳐진 햇살 눈부신 언덕이라는 공간도 <어두움과 밝음>, <폐쇄와 개방> 같은 대립 이외에는, 이러한 대립이 현실에서의 어떠한 공간에 대한 빗댐인지는 짐작하기 어렵다.

이처럼 현실에 대한 참조가 전혀 불가능한 이 작품의 풍경은 따라서 알레고리로 읽힐 가능성을 애당초 배제하고 있는 셈이다. 그렇다고 언어

---

13) 김참, 『시간이 멈추자 나는 날았다』(문학세계사, 1999), p.22.

적 환상의 경우처럼 기표와 기의의 고정된 관계를 파괴하려는 의도가 보이는 것도 아니다. 만약 그렇다면 왜곡되기 이전의 언어 구조를 짐작할 수 있어야 하고, 그럼으로써 본래의 의미를 어느 정도 유추할 수 있어야 할 것이다. 그러나 이 작품에서는 다만, '어두운 방안'과 '밝은 세상'이라는 대립으로부터 한 개인의 내면과 그를 둘러싼 세상의 대립이라는 것을 '추측'할 수 있을 뿐이다. 그리고 이러한 추측이 이 작품의 의미를 찾는데 어떠한 기여를 하는 것도 아니다. 따라서 이 작품은 햇살이 눈부시게 내리쬐는 들판과 그 들판에 피어있는 들꽃들, 그리고 어디서 들려오는지 알 수 없는 파이프 오르간 소리 같은 것이 만들어 내는 환상적이면서도 적막한 풍경과 '바구니를 든 여자', '검은 옷의 여자', 그리고 '마네킹을 든 남자'들이 만들어 내는 기괴한 분위기, 그리고 '수염이 지저분한 남자'가 내지른 외마디 비명의 의혹으로 남을 뿐이다.

이와 같은 부류의 작품을 읽는 독자들은 독서를 포기하거나 언어의 지시작용에 충실하게 읽는 수밖에는 달리 읽을 수 없다는 특징이 있다. 다시 말해, 시어들 하나하나의 그 지시적 의미 이외에는 다른 어떤 의미도 찾을 수 없는 것이다. 그리고 이처럼 지시 작용을 요구하는 언어의 연쇄에 따라 풍경을 그려나갈 때 떠오르는 것은 낯설고 환상적인 풍경이다. 이와 같은 부류의 작품을 다음 장에서 좀더 본격적으로 살펴보겠지만, 시의 하위 장르 가운데 하나로 구분하고, 환상시라고 명명할 수 있을 것이다.

이상의 세 가지 경향의 작품들은 그것이 의도하는 바는 다르더라도 환상 충동이 모방 충동보다 우세하게 작용한다는 점에서 모두 동일한 범주로 묶을 수 있다. 따라서 언어적 환상, 알레고리적 환상, 그리고 환상시는 환상 충동이 창조 활동에서 작동하는 세 가지 경향을 보여주는 것이라고 할 수 있으며, 이들은 각각 기표와 기의와의 관계를 의도적으로 왜곡하거나 인습적인 통사 결합의 원칙을 파괴하는 것, 하나의 관념을 우의적으로 표현하는 것, 그리고 새로운 풍경을 창조하는 것 등의 방법을 통해 환상을 구축해 낸다고 하겠다.

3. 시의 하위 장르로서의 환상시

가. 환상시의 존재 가능성

시에서 환상에 관한 논의가 미진한 두 번째 이유는 장르의 문제와 연관된다. 즉, 환상을 장르로 볼 경우, 그 구조적 특징이 시 장르의 구조와 배타적이기 때문에 시에서의 환상 논의가 애당초 성립되지 않는다는 것이다. 이러한 문제제기는 츠베탕 토도로프의 『환상성 : 문학 장르에 대한 구조적 연구The Fantastic : A Structural Approach to a Literary Genre』로부터 시작된다. 이 저서는 환상이라는 주변화되어 있던 문학 형식에 대해 진지한 비평적 접근을 시도했다는 점에서 의의가 있지만, '환상은 허구에서만 존재한다'는 단언을 통해[14] 환상에 대한 논의를 허구, 즉 소설에 국한시키는 결과를 낳는다.

토도로프가 환상을 소설에만 국한시킨 것은 환상을 장르로 규정하고, 이를 위해 수용자의 반응과 장르의 읽기 관습이라는 기준을 적용한 것으로부터 비롯된다. 우선, 그는 환상을 담화의 내적 특질과 관련하여 규명하면서 '수용자의 주저함'을 조건으로 든다. 이때 수용자의 주저함이란 환상이 지니는 구조적 특징에 예기(豫期)되는 반응으로써, 환상이 구조적인 특수성을 갖는다는 그의 견해를 반증하는 것이기도 하다. 여기에서 수용자란 독자와 등장 인물 모두를 의미한다. 독자라고 함도 물리적 실

---

14) T. 토도로프, 이기우 역, 『환상문학서설』(한국문화사, 1996), p.167.

체로서의 독자가 아니라 작품을 통해 기대되는 독자, 즉, 내포 독자를 의미하는데, 이러한 사실로써 그는 다시 한 번 환상물을 구조적이면서도 담화론적으로 다루고 있음을 보여준다.[15]

독자의 주저함을 위해서는 작품 내에 초현실적인 사건이 제시되어 있어야 하며,[16] 그러한 현상에 대한 수용자의 극단적인 두 가지 반응이 있을 수 있다는 것을 전제로 한다.

우선, 두 번째 전제부터 살펴보면, 수용자는 초현실적인 사건에 접해서 신기해하거나 놀랄 수 있다. 다시 말해, 초현실적인 사건을 합리적이고 과학적으로 설명하거나 그 자신이 속한 세계의 리얼리티로 받아들이게 되는데, 만약 수용자가 이 두 태도 가운데서 선택을 망설이게 되는 작품이 있다면, 그것이 바로 환상물이라는 것이다.

수용자의 반응을 유발시키기 위해서는 작품 내에 초현실적인 사건이 제시되어 있어야 한다는 그의 첫 번째 조건은 장르의 읽기 관습과 관련된다. 그는 환상을 하나의 특정한 읽기의 방법으로 규정하면서, <환상적> 읽기를 <시적> 읽기도 <우의적> 읽기도 아닌 읽기라고 소극적으로 정의한다.[17] 여기에서 시적인 읽기란 시어들이 지시대상을 환기하는 것이 아니라 단어에 대한 단어word for word, 즉 단어 그 자체로 지각하는 것을 말한다. 우의적 읽기는 텍스트에 제시된 발화를 발화의 원대상에 대한 것이 아닌 다른 어떤 것으로 읽는 것을 의미한다. 이때의 '다른 어떤 것'은 자의적이지도 않고, 독자마다 달리 지각되는 것도 아닌, 텍스트

---

15) 특정의 개별인 현실 독자가 아니라 텍스트 속에 암암리에 포함되어 있는 독자의 <기능>이라는 제한에서 볼 수 있듯이, 이때의 독자는 리몬 케넌적인 개념의 내포 독자를 의미하는 것이다.(토도로프, 위의 글, p.131)

16) 다시 말하자면, 환상이 성립되기 위해서는 가장 기본적으로 리얼리티 효과가 전제되어야 한다는 것을 의미한다. (Rorland Barthes, "Reality effect", (ed.) Tzvetan Todorov, trans, R. Carter, *French Literary Theory Today*, Cambridge Univ. Press, 1982)

17) 위의 글, p.132

자체에 명시적으로 지시되어 있는 것이다.[18] 그런데 만약 독자가 텍스트를 시적이거나 우의적으로 읽을 경우, 초자연적인 사건은 초자연적인 성질을 잃게 되고, 환상의 효과도 발생하지 않는다. 시적 읽기는 초자연적인 사건 그 자체보다는 각운이나 운율, 수사적 문채 등과 같은 면모에 주목하게 하고[19], 우의적 읽기는 초자연적인 사건을 하나의 의미로 환원시켜 버리기 때문이다. 반면, 환상적인 읽기는 초자연적인 사건을 텍스트 내에 재현된 것으로 읽게 한다. 그럼으로써 독자에게 주저하거나 놀라거나 두려워 할 꺼리를 제공해 준다.

이러한 차이는 언어의 의미를 다음의 세 가지로 구분하는 것과 비교할 때 분명해진다. 언어는 언어 그 자체, 언어가 지시하는 대상, 그 언어가 환기하는 개념으로 이루어져 있는데, 이들이 맺는 관계에 따라 축자적literal 의미, 지시적referential 의미, 비유적figural 의미를 갖게 된다. 여기에서 축자적 의미와 지시적 의미가 단일한 단어 내의 문제라면, 비유적 의미는 하나의 단어와 다른 단어 간의 문제라고 할 수 있다. 이를 기호의 삼각형을 이용하여 살펴본다.

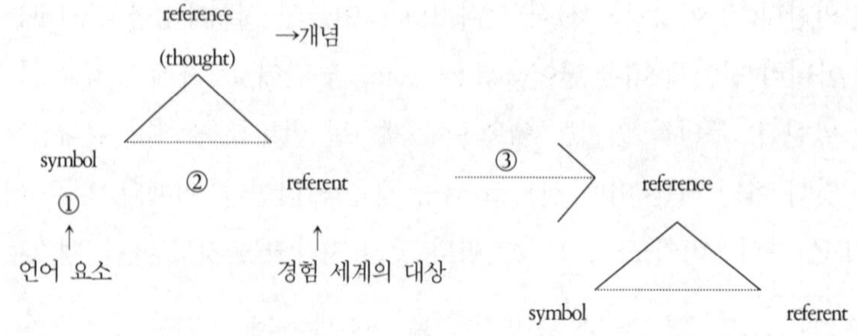

---

18) 위의 글, p.171.
19) 이러한 지적은 야콥슨이 제시한 언어의 여섯 가지 기능 가운데 메시지 자체를 지향하는 시적 기능에 대한 설명과도 연관된다. (Roman Jakobson, 신문수 역, 「언어학과 시학」, 『문학 속의 언어학』, 문학과지성사, 1989)

①은 언어 그 자체를 지향하는 축자적 읽기, ②는 개념을 매개로 하여 지시 대상과 관련을 짓는 지시적 읽기, ③은 하나의 기호를 말하면서 다른 것을 의미하는 비유적 읽기에 대응할 것이다. 이 가운데서 토도로프는 축자적literal 의미(①)를 지시적referential 의미(②)에 대립시킴과 동시에 비유적figural 의미(③)에 대립시킴으로써 언어가 지니는 의미의 이중적인 가능성을 제시한다. 이들은 각각 특정한 읽기의 방법에 연루되는데, 언어를 축자적으로 읽는 것은 시적인 읽기와, 비유적 의미에 초점을 맞추는 것은 우의적 읽기와 연관될 것이다.[20]

따라서 토도로프에 의하면 언어를 구성하는 세 가지 요소 가운데, 현실 세계의 대상을 참조하도록 하는 지시 작용에 기반하여 언어를 읽어갈 때 환상의 가능성을 생각할 수 있다. 수용자가 텍스트에 특정 언어군으로 제시되어 있는 초자연적인 사건을 해독하고 나서, 그에 대해 어떠한 태도를 취하기도 전에 그 언어군의 기표적인 현상에 주목하게 된다거나 제삼의 비유적인 의미를 찾아낸다면 환상이 성립하지 않기 때문이다.[21]

이처럼 환상을 허구의 하위 장르로 규정하고, 그 구조적 특징을 독자의 태도 및 장르의 읽기 관습과 연관 지어 설명하는 것에 따르면, 과연 환상은 시의 하위 장르로서는 고려 대상에서 제외된다. 우선 '주저함'과 관련하여 환상의 속성을 설명한 것이 그러하다. 앞서 주저함은 작품 내

---

20) 이때, 축자적인 의미와 지시적인 의미는 다음과 같이 구분될 수 있다. 샛별과 금성은 동일한 지시 대상을 갖고 있기 때문에 지시적 의미는 동일하지만, 그 기호 자체가 다르기 때문에 축자적인 의미는 다르다고 보는 것이다. (Gerald Mead, *The Surrealist Image: A Stylistic Study*, Peter Lang, 1978을 참조)

21) 이러한 견해는 시에서 리얼리티를 논의하지 않는 암묵적인 경향과도 연관되는 입장이며, 특수한 양식으로서의 허구fiction를 하나의 장르인 소설과 등가적으로 보는 입장과도 연관된다. 다시 말해, 시에 사용된 시어들은 하나의 실제 세계의 지시대상을 재현하는 것과는 거리가 멀기 때문에 진위를 따지거나 허구성을 논할 게재가 안 되는 것으로 간주되었던 것이다.

에 초현실적인 사건이 제시되어 있어야 하며, 그러한 현상에 대한 수용자의 극단적인 두 가지 반응이 있어야 하는 전제를 기반으로 한다고 했다. 그런데, 장르적 특징상 시에서는 초현실적인 사건은커녕 사건 자체가 다루어지는 경우는 일부에 국한된다. 시란 원인과 결과, 혹은 시간의 경과에 따라 변하는 현상들을 다루는 것이 아니라 '집중된 순간의 정서'를 다루며, 그러한 정서를 이미지 중심으로 표현하기 때문이다.

시에서는 화자 이외에는 등장인물이 따로 존재하지 않는 경우가 대부분이라는 사실도 '수용자의 주저함'이라는 조건의 충족을 불가능하게 한다. 등장인물이 존재해도 그것은 사건의 역동적인 주체가 아니라 화자에 의한 관찰의 대상일 뿐이다. 게다가 시에서의 화자의 권위는 소설에서의 서술자의 권위와 비교가 안 될 정도로 절대적이다. 소설에서는 서술자가 아무리 전지적이라 하더라도, 또는 사건의 주체로써 그 사건의 직접적인 관련자라 하더라도 독자들은 그의 발화를 의심할 수 있다.22) 독자, 즉 토도로프가 염두에 두었던 내포독자가 화자의 대가 되는 개념임을 고려한다면,23) 화자가 절대적인 권위를 가질 때, 내포독자 또한 당연히 절대적인 신뢰를 보낼 뿐이다. 따라서 애당초 시에는 독자의 머뭇거림을 위한 공간이 마련되어 있지 않다고 할 수 있을 것이다. 독자는 화자의 말이 아무리 비논리적이고 황당할지라도 그것을 화자의 내적 상태의 형상화로 받아들일 뿐, 초현실적인 사건의 진위 따위는 문제를 삼지 않는다.

두 번째로, 시의 읽기 관습과 관련하여서도 시를 지시적으로만 읽는 경우는 드물다. 최근의 작품 가운데 심심치 않게 보이는 서사적 사건, 혹은 나아가 초자연적인 사건을 다루는 작품을 접하는 경우에도 그것은 재

---

22) 신빙성 없는 서술자의 경우가 이에 해당한다. (S. 리몬 케넌, 최상규 역, 『소설의 시학』, 문학과지성사, 1985, pp.149~156, 참조)
23) 앞의 책, p.131.

현적으로 읽는 경우보다는 언어의 리듬, 어감, 반복 구조 등에 집중하거나 그 사건이 지시하는 바를 관념이나 정서에 대한 비유로 읽는 것이 보편화된 시 장르의 읽기 관습이다. 시 장르의 독서 관습이 이처럼 언어를 언어 자체로 읽는 것, 다시 말해, 언어의 물질성을 자각하며 읽거나 모든 언어를 다른 관념이나 정서에 대한 비유로 읽는 것이라면, 시는 결코 환상이라는 하위 장르를 가질 수 없다.

그러나 과연 토도로프의 이와 같은 가설들이 합당한 것인가. 또는 모든 시작품에 있어서 공히 해당하는 사실인가. 시는 특수한 구조적 특질을 지닌 장르이기 이전에 역사적 산물이다. 다시 말해, 특정한 사회·역사적 배경 하에서 나름대로의 변이와 증식을 해온 것이다. 토도로프의 환상 논의 또한 특수한 현상을 바탕으로 수립된 하나의 귀납적인 시학이다. 이때 그가 근거로 삼은 텍스트들은 후기 낭만주의 시대의 문학 작품에 국한되어 있다. 이는 소설의 하위 장르로서 환상을 거론하는 경우에 있어서도 마찬가지이다. 그 결과 그의 논의는 고대의 신화나 민담, 현대의 과학적 환상물은 물론 꿈이나 시각적 환영 등을 논의하기에는 제한적일 수밖에 없다. 그가 유념하고 있던 시 또한 사물로서의 언어, 자목적적인 언어, 자동사적인 언어, 생성 중인 언어, 존재로서의 언어를 지향하는 낭만주의 시대의 작품에 국한되어 있다.[24] 이러한 점을 고려할 때, 토도로프의 환상 논의가 다기적인 방향으로 분화되어 가고 있는 현대시의 전모를 포괄하지 못하는 것은 당연하다. 따라서 그의 논의에 기반을 두어 현대시에서 환상 논의를 접어두는 것은 부당한 일이다. 오히려 지금 여기에 공존하고 있는 작품에 적합하게 환상에 대한 조건들을 조정할 필요가 있는 것이다.

---

24) T. 토도로프, 이기우 역, 『상징의 이론』(한국문화사, 1995), pp.223~264 참조.

우선, 초현실적인 사건에 대한 수용자의 주저함이라는 반응과 관련해서는 초현실적인 사건이라는 조건을 초현실적인 이미지, 혹은 비일상적인 이미지의 연쇄라는 조건으로 수정할 수 있다.[25] 그리고 그에 대한 수용자의 주저함은 낯선 이미지에 대한 합리화의 좌절로 대치할 수 있다. 특히 두 번째 조정은 시가 소설에 비해 기본적으로 맥락이 불완전하고 불충분하게 제시된다는 사실과 연관된다. 다시 말해 소설에서는 충분한 세부 묘사와 설명이 가능하며, 독자는 그것을 따라가며 선택을 하는 수동적인 입장에 있는 반면, 시의 경우는 그러한 정보 자체가 제한되어 있기 때문에 많은 부분이 독자의 능동적인 재구를 기다리며 개방되어 있다. 따라서 독자는 주어진 정보를 바탕으로 화자의 권위를 침해하지 않는 범위 내에서 그것들을 합리화하려는 시도에 더욱 주력하게 되고, 그 정보의 진위를 판단 내리려는 생각 따위는 애당초 개입하지 않는다. 그 결과 시에서는 초현실적인 사건 자체에 대한 당혹스러움이나 놀라움, 그리고 주저함 보다는 초현실적인 사건의 합리화에 실패하는 당혹스러움이 더 크게 작용하는 것이다. 따라서 초현실적인 풍경이 제시되어야 하고, 그것이 독자에 의해 합리화되지 않는 작품들은 초현실적인 풍경이 합리화되는 작품과 다른 것으로 구분해야 할 것이다.

그런데, 합리화의 실패는 시적인 읽기나 우의적인 읽기가 불가능하다는 것을 의미한다. 다시 말해, 텍스트의 초자연적인 사건을 지시적으로 읽는 것 이외에는 달리 텍스트를 읽는 방법이 없을 때 초현실적이고 비

---

25) 이처럼 시에서의 환상을 이미지와 연관시키는 것은 환상이라는 용어의 기본적인 속성과도 연관되는 것이다. 환상이라는 단어는 라틴어 'phantasticus'에서 나온 말이다. 그것은 그리스어 'Φαντάζω'에서 파생된 단어로, '가시화하다, 명백하게 하다'라는 의미를 가진다. 따라서, 환상에서 무엇보다도 이미지가 기본 단위가 됨은 당연하다. (로즈마리 잭슨, 앞의 책) 그러나 서사적인 경향이 우세한 시들 또한 존재한다. 따라서 이를 소설에서처럼 초현실적인 사건이라고 해도 무방할 것이다. 그러나 이들 작품은 상당 경우 비유적 읽기를 요구한다는 점에서 장르로서의 환상시를 담보해주지 못한다.

일상적인 풍경이 그 자체로 유지되는 것이다. 이와 같은 가능성은 장르의 읽기 관습 역시 장르와 마찬가지로 역사적 산물이라는 점에서 찾아볼 수 있다. 사회·역사적 배경에 따라 읽기의 관습도 변화해 온 것이다. 가령, 고대 그리스에서 시를 모방적인 것으로 보았던 것은 시를 재현적, 즉 지시적으로 읽었음을 보여준다. 또한 시를 상징으로 보았던 후기 낭만주의 시대에는 시를 축자적인 것으로 읽었음을, 다시 말해 시적인 읽기를 했음을 반증한다.26)

따라서 현대시에 관한 읽기 관습 또한 역사적으로 구축된, 그야말로 '관습'일 뿐이다. 물론, 현대시를 읽는 방법이 이 가운데 어떤 특정한 읽기와 보다 긴밀하게 연관된다고 말할 수는 없다. 축자적 읽기, 즉 언어를 사물적으로 읽게 하는 작품도 있는가 하면, 그 비유적 의미에 주목하게 하는 작품도 있으며, 마찬가지로 지시적인 읽기를 요구하는 작품도 있기 때문이다.

특히, 근대 이후에는 언어의 지시적인 기능이 아니고서는 다른 방법으로 읽을 수 없는 작품들이 종종 발견된다. 그 대표적인 경우가 이미지즘이라고 할 수 있다. 파운드에 의해 본격적으로 이론화된 이래 현대시의 여러 양상 중 한 가지로 인정받고 있는 이미지즘은 낭만주의적 서정에 대해 반기를 들면서 주창된 만큼, 철저하게 시적 대상을 물질적으로 재현하는데 중점을 두고 있다.27) 따라서 모든 현대시에 대해서는 아니지만, 이와 같은 공통점을 지니고 있는 일군의 작품들, 즉 환상적 읽기만을 허

---

26) M. H. Abrams, *The Mirror and Lamp*(Oxford Univ., 1953) pp.35~40.

27) 이러한 가능성은 디이터 람핑에 의해서도 제기된 바 있다. 그는 야콥슨이 제시한 바 있는 의사소통의 모델을 형식주의자들의 지배소 개념을 빌어 확대 해석한다. 즉, 시적인 것은 언어의 시적인 기능을 기본적으로 포함하는 것을 말하지만 그에 덧붙여 정서적, 친교적, 지시적, 메타언어적, 그리고 지령적 기능이 각각 강화되는 정도에 따라 다섯 가지 종류의 시가 가능하다고 본다. (Dichter Lamping, 장영태 역, 『서정시: 이론과 역사-현대 독일시를 중심으로』, 문학과지성, 1994, p.179)

용하는 작품들을 시적 읽기의 방법에 적합한 작품 및 우의적 읽기에 적합한 작품과 구분하여야 할 것이다. 정리하자면, 초현실적이고 비일상적인 이미지의 제시와 이에 대한 합리화를 가로막는 작품, 이와 관련하여 지시적인 의미 이외에는 찾아낼 수 없는 작품들을 환상 충동이 지배적인 작품들 가운데서도 하나의 유형으로 묶어 환상시라고 명명할 수 있을 것이다.

나. 환상시의 출발

토도로프의 환상에 대한 정의에서 출발하여 이론적으로 현대시의 하위 장르로써 환상시의 가능성을 발견할 수 있었다. 이제 남는 문제는 실제 텍스트에서 발견되는 양상들을 살펴보고, 그것이 충분히 하나의 유형으로써 보편화될 수 있는가의 여부를 살피는 일이다.

초현실적이고 비일상적인 이미지가 제시되고, 이에 대한 합리화가 불가능하거나 지시적인 의미 이외에는 다른 의미를 찾아낼 수 없는 작품을 환상시라고 할 때, 우선 텍스트에 초현실적이고 비일상적인 이미지가 제시되어야 한다는 조건이 시 텍스트에서 구체적으로 어떻게 충족될 수 있을 것인가가 문제가 될 것이다. 이를 위해서는 두 가지 점이 해결되어야 한다. 하나는 시 텍스트의 구성 요소 가운데서 환상성을 드러내는 데에 가장 중심적인 역할을 하는 이미지와 관련되는 것이고, 다른 하나는 그러한 이미지들을 시 텍스트로 구성하는 것과 관련된다.

우선, 환상시가 되기 위해서는 이미지들이 구체적인 대상을 환기하는 것이어야 한다. 가령, '사랑'이라든지 '슬픔'이라든지 하는 시어들은 물질적인 어떤 하나의 상(像)을 떠오르게 하지 않는다. 이들은 개념을 떠오르게 할뿐이어서 실제 대상을 지시하는 기능이 가장 미약하고 나아가 그것이 현실적이든 초현실적이든 간에 '재현' 자체를 불가능하게 한다. 따라서 환상시는 구체적이고 물질적인 대상을 지니는 이미지를 구성의 기본 단위로 삼아야 한다.

그런데, 이들 구체적인 이미지들이 일상적이고 관습적인 방법으로 연결이 된다면 환상은 생겨나지 않는다. 그렇게 되면 오히려 리얼리티의 충실한 반영에 지나지 않게 되며, 독자에게 리얼리티를 창조하는 기쁨, 즉 낯설음에서 오는 놀라움을 선사하지는 못한다. 따라서 탈현실화 nonrealization시키는 기제가 필요하다.[28] 이러한 과정은 이미지들의 구성 방식에 개입한다. 다시 말해 구체적인 대상을 환기하는 이미지들이 리얼리티를 위반하는 방법으로 구성되어야 하는 것이다. 이는 이미지들 간의 환유적인 관계를 파기하는 방법, 혹은 탈맥락화의 방법으로 수렴된다. 다시 말해, 공간적인 인접성에 의해 유지되는 환유적인 관계는 인접한 이미지들을 떨어 뜨려 놓거나 현실에서라면 전혀 있을 수 없는 공간과 연관지음으로써 일상적인 관계를 파기시킨다. 시간적인 연속성에 의해 유지되는 환유적인 관계는 시간을 도치시키거나 아예 시간성을 탈각시킴으로써 탈현실화를 획득할 수 있을 것이며, 논리에 의한 인과성 또한 그러한 논리의 맥락을 끊어버리거나 왜곡시킴으로써 사건들을 재현하면서도 현실적이지는 않게 하는 이중의 효과를 창출할 수 있다.[29]

이러한 조건들을 충족시키는 작품은 앞장에서 제안한 바 있는 환상 충동이 우세한 작품 가운데서도 세 번째 유형에 속하는 것들이다. 앞서 예로 들었던 김참의 「지워지다」의 경우, 사용된 각각의 이미지들은 환상시

---

28) R. Cardinal, *Figure of Reality: A perspective on the poetic imagination*(Barnes & Noble books, 1981), p.38.

29) D. Lodge, "Metaphor and Metonomy", *The Modes of Moderrn Writing*(Edward Arnold, 1977) 참조.

라면 기본적으로 만족시켜야할 첫 번째 조건, 즉 구체적인 대상을 환기시켜야 한다는 조건을 충실히 이행하고 있다. '어두운 방', '햇살', '나무 그늘' 등의 시각적인 이미지와 '파이프 오르간 소리', '기침', '노래'와 같은 청각적 이미지들은 그 자체로서 현실에 참조 대상을 갖는다.

그러나 이들이 하나의 통사 구문으로 결합되면서 만들어 내는 이차적인 이미지들은 일상적인 현실에서의 어떠한 장면과도 대응되지 않는다. 뿐만 아니라 등장인물들의 정체성이나 그들의 행위, 그리고 그들 간의 관계는 지극히 불확정적으로 나타난다. 가령, '바구니를 든 여자'와 '검은 머리칼이 긴 그 여자', 그리고 '파이프 오르간을 연주하던 검은 옷의 여자'가 동일인인지는 모호하다. 2연의 첫머리에서는 '바구니를 든 여자'와 '검은 머리칼이 긴 그 여자'가 동일인이고, '파이프 오르간을 연주하던 검은 옷의 여자'가 제이의 인물인 것처럼 제시되지만, 그 끝부분에 이르러서는 '바구니를 들고 지나간 여자'가 '들판을 넘어가 검은색 파이프 오르간을' 연주하고, '검은 머리칼의 여자'가 '마네킹을 든 남자'와 함께 걸어간다고 하면서, 동일인이 둘로 분열되는 것으로 제시되고 있기 때문이다.

또한 '마네킹을 든 남자'가 난데없이 '언덕'이라는 공간을 배경으로 넘어 오는 행위와 '바구니를 든 여자'가 '들판 너머에서 걸어'오는 행위, 그리고 들판 너머에서 '파이프 오르간을 연주하던 검은 옷의 여자'가 '자전거를 타고 달려'오는 행위는 그 각각이 매우 비일상적이며 탈맥락화되어 있을 뿐만 아니라 이들 행위 사이에는 어떠한 인과 관계도 상정되어 있지 않다. 동일한 공간에서 발생하는 사건일지라도 그것들이 어떠한 관계를 맺지 않는다면, 그것은 동시적으로 우연히 일어난 해프닝에 불과할 뿐 하나의 의미 있는 사건으로 조직되지 않는다.

이러한 사실은 시간적 배경과 공간적 배경에 있어서도 마찬가지이다. 사건 혹은 행위 간에 인과 관계는 물론 시간적인 선후 관계도 배제됨으로써 시간의 흐름은 정지된 것처럼 느껴진다. 또한 집과 들판과 언덕이라는 지극히 낯설면서도 불특정적인 공간은 결국 공간적 배경을 아무 곳도 아닌 곳으로 만들어 버린다. 따라서 이 작품은 일상적인 시공의 질서를 애당초 탈색시키고, 인물의 일관된 정체성을 교란시키며, 사건들의 인과적 관계를 의도적으로 위반함으로써 제시된 이미지들을 지시적으로 읽지 않을 수 없게 만들고, 나아가 해석 불가능한 하나의 괴기한 풍경을 뇌리에 남겨 놓을 뿐이다.

그러나, 이러한 경향이 90년대 작품에서 새롭게 나타나는 특징은 아니다. 그 연속성은 60년대 김춘수의 무의미시나, 30년대의 이상의 시에까지 이어진다. 우선 김춘수의 작품에서 그러한 경우를 발견할 수 있다.

> 활자 사이를
> 코끼리 한 마리 가고 있다.
> 잠시 길을 잃을 뻔 하다가
> 봄날의 앵두밭을 지나
> 코끼리는 활자 사이를 여전히
> 가고 있다.
> 너무 작아서 잘 보이지도 않는
> 코끼리,
> 코끼리의 발바닥도 반짝이는
> 은회색이다.
> — 김춘수, 「은종이: 책장을 넘기다 보니 은종이가 한 장 끼어 있었다」

이 작품을 구성하고 있는 이미지들은 구체적인 대상을 환기시킨다. 그런데, 코끼리는 있어야 할 초원이 아닌, '활자 사이'에 있고, 그 코끼리는

'너무 작아서 잘 보이지도 않는'다고 표현하고 있다. 사물을 그 사물이 원래 있어야 할 곳이 아닌 전혀 예기치 않은 곳에 놓음으로써 이미지들 간의 공간적인 인접성을 파괴하고 있으며, 원래 사물이 지니고 있는 속성을 전도시킴으로써 현실에서는 볼 수 없는 전혀 새로운 이미지를 만들고 있는 경우이다. 게다가 이러한 이미지들의 조합이 다른 어떤 관념을 표현하는 것인지도 알 수 없다. 즉, 합리화가 불가능하다. 다만, 이미지들을 지시 작용에 의해 읽음으로써 환기된 하나의 낯선 풍경이 유지될 뿐이다.

그렇지만, 이 작품의 제목은 이 작품이 완전히 환상에 이르는 것을 가로막는다. 다시 말해, '은종이'라는 제목과 '책장을 넘기다 보니 은종이가 한 장 끼어 있었다'라는 부제는 화자가 화창한 봄날, 책을 읽다가 '책장' 사이에 끼어 있는 '은종이'를 보고, 그 종이의 색깔과 네모난 형상에서 코끼리를 떠올리고, 봄날의 나른한 분위기를 코끼리의 권태로운 습성과 연관 짓고, 다른 요소들을 이에 따라 조정한 것임을 조금만 주의 깊은 독자라면 유추해 낼 수 있기 때문이다. 그럼에도 불구하고 이러한 의도의 발견이 이 작품의 주제를 찾아내는데 도움이 되는 것은 아니다. 따라서, 지시적 의미로 창출된 비현실적인 풍경은 완전히 소거되지 않는다.

그에 반해 다음과 같은 작품은 리얼리티와 연관짓거나 비유적인 의미로 읽힐 수 있는 가능성을 철저하게 배제하고 있다.

그사기컵은내해골과흡사하다.내가그컵을손으로꼭쥐었을때내팔에서는 난데없는팔하나가접목처럼돋히더니그팔에달린손은그사기컵을번쩍들어 마룻바닥엠어부딪는다.내팔은그사기컵을死守하고있으니散散히깨어진것 은그럼그사기컵과흡사한내骸骨이다.가지났던팔은배암과같이내팔로기어 들기前에내팔이惑움직였던들洪水를막은白紙는찢어졌으리라.그러나내팔 은여전히그사기컵을死守한다.

— 이상, 「詩第十一號」

　이 작품에 사용된 이미지들 또한 위의 경우와 마찬가지로 구체적인 대상을 환기시키는 것들이다. 그러나 그러한 이미지들은 심하게 왜곡되어 있다. 팔에서 또 다른 팔이 돋아난다든지, 그 팔이 원래의 손에 들고 있던 사기컵을 던져 깨뜨린다든지, 그러고서는 돋아났던 팔이 다시 몸속으로 기어들어간다든지 하는 방식으로 일상적인 이미지들을 왜곡하고 있는 것이다. 그리고 이러한 일련의 이미지들은 독자로 하여금 현실과는 전혀 다른 풍경을 떠올리게 만든다.

　여기에 개입하는 환상 창조의 기제는 환유적 결합 원칙, 특히 논리성에 의해 유지되는 결합을 파괴하는 것이다. 이는 우선 1행에서 '그사기컵은내해골과흡사하다'라는 직유를 통해 '사기컵'과 '해골'이라는 현실 속에서는 전혀 다른 맥락에 속하는 사물들을 동질화시킨 것으로부터 출발한다. 이는 수사법 상으로는 비유에 해당하는 것이지만, 그 이후의 전개에 대한 계기가 된다는 점에서 비유적으로 읽히기보다는 초현실적인 사건을 위한 하나의 장치로 작용한다. 즉, 토도르프가 비유적인 담화에 관한 특수한 용법으로, 비유적 의미가 문자 그대로 취해지는 데서 초자연적인 일이 생긴다고 본 것과 연관된다.[30] 이러한 최초의 일탈 때문에 이 비유는 현실의 논리로부터 자유롭게 되고, 거듭되는 확장 또한 현실 논리와 무관하게 이루어진다. 그리고 마지막에 이르러서는 분명히 바닥에 던졌던 컵을 여전히 사수하고 있다는 모순적인 발언으로까지 이어진다. 이러한 일련의 비논리적인 사건들, 그리고 비현실적인 이미지들 앞에서 독자는 당혹스러움을 느끼게 된다. 그리고 그 당혹스러움은 그것이 어떠한 주제로도 환원되지 않는다는 것을 발견할 때 더욱 증폭된다.

---

30) T. 토도로프, 앞의 책, pp.187~190.

4. 남는 문제들

본고에서는 근자에 활발하게 전개되고 있는 환상 논의에서 왜 시는 배제되었는가 하는 단순한 문제의식으로부터 출발하였다. 그리하여, 그것이 과연 타당한가, 그리고 타당한 것이 아니었다면 어떤 오해가 있었기 때문에 이와 같은 일이 발생하였는가 하는 점을 살펴보았다.

먼저 논의의 결과를 정리하자면, 시를 대상으로 환상이라는 용어를 적용할 수 있는 경우는 세 가지로 구분된다. 우선, 상상력에 의한 창조적 산물이라는 점에서 시를 환상이라고 말할 수 있다. 이럴 경우, 시를 포함한 모든 예술 작품이 이 범주에 들어간다. 두 번째로, 창조를 추동해 가는 두 가지 힘인 모방 충동과 환상 충동의 역학 관계에 따라 특히 환상적이라고 말할 수 있는 작품들이 있다. 본고에서는 이를 '환상적인 시'라고 규정하고, 그 구체적인 창출 방법에 따라 다시 세 가지로 구분하였다. 언어 관습을 의도적으로 조작하여 환상적인 분위기를 창출해 내는 언어적인 환상, 하나의 비현실적인 이야기를 지니면서 그것이 다른 관념으로 수렴되도록 하는 알레고리적인 환상, 그리고 순수 환상시 등이 그것이다.

이 가운데 세 번째 유형인 순수 환상시가 시를 대상으로 환상이라는 용어를 적용할 수 있는 세 번째 경우에 해당한다. 본고에서는 이를 시의 하위 장르로 범주화하고, '환상시'로 명명하였는데, 이는 토도로프가 제안한 서사적인 환상물에 대응하는 것으로써, 변별되는 구조적 특질을 갖는다. 서사의 하위 장르로서 환상소설이 초현실적인 사건의 재현, 그에 대한 수용자의 주저함이라는 두 가지 조건과 이를 충족시키기 위해 수반되는 지시적인 읽기라는 특수한 독서 관습의 충족을 조건으로

한다면, 환상시는 초현실적인 사건 뿐만 아니라 초현실적인 이미지나 풍경을 그리되, 주저함 대신 합리화의 실패라는 조건을 충족시킨다. 이와 같은 조건을 만족시키는 작품은, 그것이 시임에도 불구하고 시적인 읽기나 우의적 읽기 대신 오로지 지시적 읽기만을 가능하게 한다.

이처럼 시를 대상으로 하는 환상 논의가 가능하고, 또 특수한 일단의 시 작품들을 해명하기 위해서 유용한 범주임에도 불과하고, 그것을 불가능하다고 보게 된 원인은 무엇보다도 <장르>에 대한 오해에서 기인한다. 시가 원래 환상적인 것이기 때문에 시에서 환상을 논하는 것이 가능하기는 하지만 그다지 생산적인 결론을 이끌지 못할 것이라는 회의적인 견해나, 시와 환상의 장르가 구조상 상호 배타적이기 때문에 아예 처음부터 시에서의 환상 논의를 불가능한 것으로 보는 소극적인 견해는 모두 장르란 특수한 구조를 지니고 있으며, 이러한 구조는 고정되어 변하지 않는다는 견해에 기반해 있다. 그러나 앞서 살펴본 바와 같이 동일한 시 장르라도 모방 충동과 환상 충동의 역학 관계는 시대에 따라 부단히 변화하고 있으며, 장르로서 지니고 있는 담화적인 구조 또한 그에 상응한다.

장르가 역사적 산물이며 따라서 통시적으로 변화해 간다는 사실만 간과한 것은 아니다. 장르는 시간을 달리하면서 변화하는 것은 물론, 공간을 달리함에 따라서도 그 구조적 특질을 변경시켜 나간다. 그럼에도 불구하고 서구 편향적인 연구 풍토에서는 장르가 특정한 사회의 산물이라는 사실이 종종 망각되곤 한다. 동일한 장르 명칭으로 불리는 것들이라 하더라도 그 생성되는 배경에 따라 전경화되는 요소는 달라진다. 그리고 그 변경은 아주 작은 것이라 하더라도 자연 과학에서와는 달리 완전히 다른 새로운 장르를 수립시키는 시발점이 된다고 말한 것은 다름 아닌, 장르로서의 환상시를 부정했던 토도로프 자신이다.[31] 결국, 한국 현대시에서 환상에 관한 논의가 소홀히 다루어져 온 것은 서구적 의미의 환상 장르, 서구적 의미의 시장르를 어떠한 이론적 고찰도 없이 고스란히 내면화시킨 데서 필연적으로 야기될 수밖에 없는 것이다. 서구의 낭만주의 시를 대상으로는 환상 논의가 불가능할 지는 모르나, 현존하는 우리의 작품 가운데는 분명히 그와 같은 잣대를 필요로 하는 현상들이 눈에 띈다.

이러한 경향의 작품들은 1930년대 이상으로부터 나타난다. 그리고 1950년대 조향의 초현실주의시, 1960년대 김춘수의 무의시미, 1970년대 이승훈의 비대상시, 그리고 1990년대 젊은 시인들에 의해 지속적으로 생산되고 있다. 이들 작품들이 환상적인 풍경을 그려내고 있다는 사실 이외에도 공유하고 있는 몇 가지 특징들은 주목할 만하다. 예컨대, 이들 작품이 일상적이고 관습적인 의미를 거부한다는 점, 대개가 산문시 형식이거나 산문시가 아니더라도 나열의 문장 구조로 이루어져 있다는 점, 이와 더불어 단문의 완결된 문장들을 사용하고 있다는 점, 그 구성 원리상 환유적 어법에 기반하고 있다는 점, 무엇보다도 독자에게 난해시로 평가받는다는 점 등, 소위 '비시적(非詩的)'이라는 용어로 수렴될만한 경향은 현대시의 또 다른 시정신을 보여줄 수 있을 것이다. 이러한 논의는 실제 현상에 대한 철저한 검증과 더불어 이와 같은 시 텍스트가 생산된 시대·역사적 배경과 사회적 맥락은 물론, 시사(詩史) 내적 맥락과 관련하여 구체적으로 살펴볼 때 보다 의의를 지닐 것이다.

---

31) 앞의 책, p.102.

현실의 도피, 환상의 창조
― 무의미시의 환상성

1. 연구의 실마리

한 작가의 총체적인 면모를 밝히기 위한 접근 방법은 실로 다양하다. 더구나 김춘수처럼 오랜 시간에 걸쳐 지속적인 실험을 해왔으며, 그 실험이 학계와 문단에 큰 파장을 일으킨 경우라면 더 말할 것도 없다.

과연 김춘수에 대한 논의는 매우 다각적으로 이루어져 왔다. 이 가운데서도 최근에는 전통적인 서정의 초기시나 인간 실존의 문제에 천착하는 「꽃」의 시편들에서 1969년도에 출간된 『타령조·기타』 이후의 무의미시들로 조명과 관심이 이동되고 있다. 무의미시에 대한 논의는 크게 두 가지로 수렴된다. 하나는 무의미시의 문학사적 가치를 따지는 것이고, 다른 하나는 무의미시의 형식과 기법을 규명하는 것이다.

이 가운데 전자의 논의들은 무의미시가 시도되던 동시대의 연구들에서 주로 발견된다. 한편에서는 이 새로운 실험이 곤궁한 현실을 외면한 '무의미한 말장난'이라고 보는 반면1) 다른 한편에서는 무의미시의 실험

---

1) 황동규, 「감상의 제어와 방임」(≪창작과비평≫, 1977, 가을); 최하림, 「원초경험의 변용」(≪문학과지성≫, 1978. 봄); 고정희, 「김춘수의 무의미론 소고」(≪시와의식≫, 1981, 가

성에 대한 긍정적인 가치를 부여하는 견해도 적지 않다. 무의미시가 이
승훈에 의해 '비대상시'로 이어지고,[2] 1980년대를 거쳐 90년대로 접어들
어 기표와 기의를 엇갈려 조직하는 기법이 젊은 시인들에게 보편적인 시
작 기법으로 채택되기 시작하면서 그 평가는 새로운 국면으로 접어든다.
무의미시에 대한 다분히 직관적이고 선언적인 평가 대신 무의미시의 구
성원리에 주목하면서 보다 과학적이고 객관적인 논의가 가능해진 것이
다. 80년대부터 활발하게 진행되기 시작한 무의미시의 기법과 형식에 대
한 연구는 지시적 의미의 삭제, 해체와 재구성, 언어유희, 묘사주의, 의미
의 무화, 병치 은유, 환유적 언술 방식 등의 술어를 통해 구성원리를 설
명한다.[3]

이와 같은 과학적 분석은 우리 시사에서 무의미시 이전과 이후의 차이

을) 등의 논의들 외에도 무의미시에 대한 초기의 연구에서 사회 윤리적인 차원에서
내려지는 가치 판단은 부정적인 경우가 대부분이었다.

2) 이승훈은 자신의 '비대상 시론'이 김춘수의 '무의미 시론'에서 시사받은 것임을 인정
하지만, 김춘수의 경우 대상에서 출발하여 비대상의 문제로 나아갔다면, 그 자신은
그 과정을 거치지 않고 바로 연상의 문제나 리듬의 문제에서 출발한다고 말한다.(이
승훈, 「비대상시」, ≪시문학≫, 1981. 10)

3) 무의미시의 기법과 형식에 대한 접근으로 가장 먼저라고 할 수 있는 것은 김두한의
논문이다. 그는 「김춘수시 연구」(효성여자대학교 박사논문, 1991)에서 김춘수 시세계
전반을 다루는 가운데 무의미시를 심상주도형과 리듬주도형으로 구분하여 거의 처음
으로 무의미시의 형식적 특질을 체계적으로 설며하고자 시도하였다. 이은정은 「김춘
수와 김수영 시학의 대비적 연구」(이화여자대학교 박사학위 논문, 1992)에서 언술 양
식, 시적 구조 등의 층위에서 김수영과 김춘수의 시를 대비함으로써 김춘수의 무의미
시가 통하적 질서를 깨뜨리는 실험을 통하여 의미와 통사의 해체로 나아갔다고 지적
한다. 이와 같은 연구를 필두로 무의미시에 대한 시작 방법은 지속적인 주목을 받게
된다. 김수영과의 비교를 통하여 무의미시의 시작 방법을 밝히는 연구는 권혁웅과 노
철에 의해 다시 시도되고 있으며, 권혁웅은 여기에 신동엽을 더 추가하여 비교하고
있다.(권혁웅, 『한국현대시의 시작방법 연구』, 깊은샘, 2001; 노철, 『한국현대시 창작방
법연구』, 월인, 2001) 이와 같은 비교 연구 이외에 김춘수 시의 기법적 측면을 다룬
연구는 휠라이트의 견해를 따라 그의 무의미시가 병치은유라는 견해를 보인 현승춘
의 『김춘수의 시세계와 은유구조』(제주대학교 석사학위논문, 1993)과 졸고 『김춘수시
연구: 무의미시의 의미』(서강대학교 석사학위논문, 1998) 등이 있다.

를 명료하게 드러내고 무의미시의 선구적 위치를 강조하는데 근거로 사용된다. 즉, 무의미시 이전의 작품들이 주로 시인의 외부 또는 내부에 존재하는 시적 대상을 묘사하거나 그로부터 촉발된 정서나 관념을 표현하는 것에 반하여 무의미시는 기표와 기의를 엇갈리게 조직함으로써 새로운 사물을 창조하는데 성공했다는 것이다.

그러나 이러한 연구들은 무의미시의 형식적 특질을 밝히는 것 이상으로 나아가지 못하고 있다. 시작 방법과 형식에 대한 규명이 개별 무의미시를 해석하는데 별다른 도움이 되지 못하고 있는 것이나 무의미시의 시사적 의의에 대해 일찍부터 제출된 포괄적인 판단을 뒷받침하는 정도로 쓰일 뿐이라는 것만 보아도 무의미시의 시작방법에 대한 연구가 김춘수의 시세계를 밝히는 다양한 연구 가운데 지엽적인 하나라는 혐의를 부인할 수 없다.

이 글은 무의미시를 고찰한 그간의 연구들이 개별적으로는 타당성과 정합성을 지니고 있으면서도 답보 상태를 벗어나지 못하고 있는 것은 그 연구들이 고립적으로 진행되어 서로 연관성을 갖지 못한 때문이라는 생각에서 출발한다. 그리고 서로간의 연결점을 갖지 못하는 기존 논의들의 간극을 메워 반복적으로 재생산되는 무의미시의 기법에 대한 논의를 일단락 짓고, 그로부터 보다 발전적인 방향으로 논의를 진행시키는 것을 목적으로 한다. 이를 위해서는 새로운 방법론이 아니라 다른 시각이 필요하다고 보아 '환상'이라는 술어를 끌어들이려고 한다.

새로운 개념을 사용하는 문제가 단순히 말만 바꾸어 논의를 반복하는데 지나지 않을 위험에도 불구하고 이와 같은 시도를 하는 것은, 새로운 개념이 새로운 시각의 수용을 전제로 하며 그 결과 동일한 현상을 전혀 다른 각도에서 보게 하여 이전에는 보이지 않던 새로운 문제와 연결고리를 보여줄 수 있을 것이라는 기대 때문이다. 그러나 그럴만한 타당한 근거 없이 그와 같은 원론적인 가능성만으로 새로운 술어를 끌어들일 수는 없다. 이 논의에서는 '환상시'와 무의미시의 형식적·구조적 유사성을 그 단서로 삼는다.

따라서 이 글은 무의미시와 환상시의 형식적 유사성을 밝히고 무의미시를 환상시로 재정의하는 과정을 통해, 기존의 논자들이 이미 밝혀낸 무의미시의 형식과 기법의 의의를 새롭게 하고, 한국 현대시사에서 무의미시가 차지하는 위치를 재정립할 것이다. 이러한 논의가 다행히 성공적으로 이루어진다면 김춘수의 무의미시가 개인적 서정의 표출이나 전형화된 삶의 제시라는 한국 현대시에 대한 완고한 이원적 분류로는 포착될 수 없는 새로운 종류의 출현임을 보일 수 있을 것이고,[4] 더 나아가 이러한 이원론적 대립 양상에 대한 새로운 문제제기를 할 수 있을 것이다.

2. 무의미시의 조건과 환상시로서의 가능성

환상시로서의 무의미시의 가능성을 살피는 논의인 만큼 가장 쉬운 방법은 환상시의 조건을 무의미시가 얼마나 만족스럽게 충족시키고 있는가를 살피는 것이다. 그러나 그와 같은 방법은 환원론에 빠지기 쉬우며 문제를 지나치게 단순화하여 생산적이지 못하다. 따라서 다소 우회하더라도 이 장에서는 무의미시에 주목하여 그 형식적이고 기법적인 측면을

---

4) 김춘수의 무의미시가 개인적 서정의 표출과 전형화된 삶의 제시라는 이원론적 잣대로 재단되어 왔음을 단적으로 보여주는 것은 김수영과 김춘수를 대비한 연구가 적지 않다는 사실이다. (이은정, 앞의 글; 노철, 앞의 글 등.)이와 같은 관점은 김춘수를 서정주, 김수영과 함께 한국현대시의 주축으로 기술하는 대부분의 문학사에서 발견된다. (김윤식·김현, 『한국문학사』, 민음사, 1973; 김준오, 「순수·참여와 다극화시대」, 『한국현대문학사』, 현대문학, 1989)

살펴보면서 환상시의 가능성을 살펴보는 방향으로 이야기를 풀어갈 것이다.

무의미시의 형식적 특성을 살피기 위해 가장 먼저 검토해 보아야 할 것은 이미지 혹은 시어 차원이다. 이미지 혹은 시어는 시의 기본적인 구성 요소일 뿐 아니라 무의미시를 정의 내리는데 김춘수가 잣대로 제시한 것이기도 하며, 환상을 정의 내리는데도 중요한 변별요소이기 때문이다.

김춘수는 「한국현대시의 계보」라는 글에서 현대시의 유형을 <대상을 갖지 않는 서술적 이미지 중심의 시>, <대상을 갖고 있는 서술적 이미지 중심의 시>, <대상을 가지고 있는 비유적 이미지의 시>로 분류하고,5) 이 가운데 첫 번째 유형의 시를 '무의미시'라고 명명한다. 그에 따르면 이 첫 번째 유형의 시는 외부 대상을 갖지 않기 때문에 '의미마저 소멸된 시'이며 가장 '자유로운 시'이다.6)

무의미시에 대한 이와 같은 간략한 정의는 많은 논란거리를 낳는다. 가장 주요한 반론은 대상과 의미를 갖지 않는 이미지란 있을 수는 없다는 것이다. 시를 일종의 담화라고 하였을 때, 주체subject, 지시대상object, 언어linguistic medium 가운데 어느 하나라도 제거되면 언어작용은 이루어질 수 없으며7), 따라서 대상을 소멸시키고 그로 인해 의미가 제거된다는 주장은 지시대상과 기의가 제거되고 주체와 기표만이 남는다는 것을 의미하는 바, 이는 언어의 필요조건 자체를 위반하는 것이기 때문이다.

---

5) 여기에서 분명히 하고 넘어가야 할 점은 '서술적'이라는 용어의 적절성 문제이다. '서술'이란 시간의 흐름에 따른 사상(事象)의 변화를 포함하는 개념으로서, 사상의 정지태보다는 변화태를 보여주는 것이기 때문에 추상적인 설명의 형태로 나타날 수밖에 없다. 따라서 그가 말하는 '서술적'이라는 술어는 'descriptive'에 대한 부적절한 개념으로서 엄밀히 말하면 '묘사적'이라는 것이 정확할 것이다. 따라서 이후 논의의 정밀함을 기하기 위하여 '서술적 이미지'는 '묘사적 이미지'로 바꾸어 부르도록 할 것이다.

6) 김춘수, 「한국현대시의 계보: 이미지의 기능면에서 본」, 『김춘수전집2』(문장, 1986), p.376.

7) 필립 휠라이트, 김태옥 역, 『은유와 실재』(문학과지성사, 1982), pp.21.~31.

그러나 문제는 그처럼 간단하지 않다. 실제로 김춘수가 대상을 갖지 않는 이미지 중심의 시를 무의미시라고 했을 때 실제로 아무 것도 지시하는 것이 없는 이미지를 의미하는지, 아니면 '용(龍)'이나 '유니콘' 같이 현실 세계에 존재하지 않는 대상을 지시하는 이미지들을 이야기하는 것인지가 분명하지 않기 때문이다. 따라서 그가 무의미시를 정의하기 위해 사용한 <묘사적 이미지 Vs 비유적 이미지>, <대상을 갖는 이미지 Vs 대상을 갖지 않는 이미지>라는 기준을 전반적으로 검토해볼 필요가 있을 것이다.

우선 이미지를 묘사적 이미지와 비유적 이미지로 나눈 것이 그 기능에 따른 것이라면, 이미지를 대상의 유무에 따라 나눈 것은 이미지의 내용을 기준으로 한 것이라고 정리할 수 있다. 이미지를 묘사적인 것과 비유적인 것으로 나누는 객관적인 기준을 김춘수가 명시적으로 밝힌 바는 없다. 다만, 묘사적 이미지는 이미지 자체를 위한 이미지, 비유적 이미지는 어떤 관념을 위한 이미지로 구분하고 있을 뿐이다.

그러나 한국의 대표시를 논하는 자리에서 '설명어'를 비유적인 이미지와 등가적인 것으로 보고 있음을 추론할 수 있다. 그는 정지용의 「지도」 가운데 한 구절인 '천변열도부근 가장 짙푸른 곳은 진실한 바다보다 깊다'에서 '깊다'가 감각적 인상을 알리는 것이고, 서정주의 「문둥이」에서 '새와 하늘빛이/문둥이는 서러워' 라는 구절에 사용된 '서러워'는 형이상학적 암시를 알리는 것이라고 구분한다. 또한 박목월의 「불국사」에는 '흐는히 젖는데'를 제외하고는 설명어가 없다고 보면서, '설명이 없으니까 인상의 강도 같은 것도 알 수 없다. 묘사적 이미지로 된 아주 극단의 경우다'라고 말하고 있다.[8] 즉, '진리'나 '사랑', '정의' 등과 같이 감각적

---

8) 김춘수, 앞의 글, pp.367~375.

으로 인지할 수 없는 추상어나 '서럽다', '슬프다'와 같이 정서를 드러내는 형용어들을 비유적 이미지로 간주한 것이다.

이와 같은 기준에서 볼 때, 김춘수의 초기시와 중기시에서는 단언 비유적 이미지들이 주를 이루다가 무의미시를 시도하게 되면서 점차로 묘사적 이미지에 집중하는 것을 알 수 있다. "어쩌다 바람이라도 와 흔들면 / 울타리는/ 슬픈 소리로 울었다"로 시작하는 「부재」나 "나는 시방 위험한 짐승이다./ 나의 손이 닿으면 너는/ 미지의 까마득한 어둠이 된다"로 시작하는 「꽃을 위한 서시」에서 공통적으로 눈에 띄는 비유적 이미지는 '울다'라는 정서 표출의 시어이다. 뿐만 아니라 중기시에 속하는 「꽃을 위한 서시」에서는 '위험', '미지', '존재', '무명', '추억' 등과 같이 감각적으로 묘사되지 않는 추상적인 관념어들이 사용되어 있다. 초기시가 '울음', '눈물', '슬픔' 등과 같은 정서 표현의 비유적 이미지들이 주를 이루는데 반하여, '꽃'의 시편들이나 「시와 나목(裸木)」 연작 등은 절대 순수나 실존과 같은 관념을 '꽃'에 비유하거나 '시(詩)'를 '나무'에 비유하는 등 추상적 관념의 비유적인 이미지가 우세하다.

그러나 이미지가 다른 관념이나 정서를 환기하지 않는 것만으로는 무의미시의 충족 조건이 되지 않는다. 이미지가 묘사의 기능을 하되, 그 묘사의 대상이 현실에 존재하지 않아야 한다. 실제로 김춘수가 대상을 갖지 않는 이미지로 이루어진 시의 예로 제시한 작품들을 살펴보면, 이미지가 환기하는 상이 전혀 없는 것이 아니라 비현실적이고 비일상적인 모습을 띠고 있다.9)

이러한 기준으로 그의 초기시와 중기시를 살펴보면, 묘사적인 이미지가 주를 이루는 작품들이라 하더라도 대부분 일상적이고 현실적인 대상

---

9) 김춘수가 예로 들고 있는 작품들은 전봉건·김종삼·김구용·김광림·김영태·이승훈·조향 등의 작품으로 하나같이 비현실적인 풍경을 그리고 있다.(앞의 글, pp.365~383.)

을 갖고 있다. 그러나 후기시로 접어들면서 일상적인 대상을 떠올리기 어려운 이미지들을 사용한 작품들이 늘어난다. 다음 작품들이 그러한 예에 해당한다.

①사과나무의 肝의 사과알이
　하늘로 깊숙이 떨어지고 있고
　뚝 뚝 뚝 떨어지고 있고
②금붕어의 지느러미를 움직이게 하는
　어항에는 크나큰 바다가 있고
　바다가 너울거리는 녹음이 있다

— 「시3」에서

③벽이 걸어온다. 늙은 홰나무가 걸어온다.
　머리가 없는 인형이 걸어온다.
　(어디서 오는 것일까.)
④노오뜰담 사원의 회랑의 벽에 걸린 청동시계가
　밤 한 시를 친다.
⑤어딘가, 늪의 바닥에서 거무리가 운다.
　그 눈물 위에 떨어져 쌓이는
　붉고 붉은 꽃잎.

— 「벽이」

　위의 두 작품은 모두 묘사적 이미지가 주를 이루고 있다. 그러나 일상에서 발견할 수 없는 낯선 풍경들을 환기시키고 있다. 우선 「시3」을 살펴보면, <①하늘로 사과가 떨어지는 풍경>, <②바다가 들어 있는 어항과 그 속의 금붕어>라는 두 개의 이미지 시퀀스로 이루어져 있다. 그리고 '사과알'은 땅으로 떨어지는 게 아니라 '하늘로' 떨어지고(①), 금붕어가 물살을 휘젓는 것이 아니라 '바다'가 '금붕어의 지느러미'를 움직이게 만들고 있다.(②) 「벽이」 역시 마찬가지이다. <③걸어오는 벽-걸어오는 늙은 홰나무-걸어오는 머리 없는 인형>, <④종소리가 울려오는 노오뜰담 사원>, <⑤거무리의 눈물과 붉은 꽃잎>이라는 세 개의 이미지 시퀀스로 이루어져 있다. 이때 개별 시어들이나 시퀀스는 하나의 상을 또렷이 환기시킨다. 그러나 이들의 결합으로 이루어지는 풍경은 낯설고 비일상적이다.

이처럼, 김춘수가 제시한 '대상을 갖지 않는 묘사적 이미지'라는 텍스트 구성 요소는 무의미시의 조건을 충족시키는 동시에 환상으로서의 조건을 충족시키고 있다고 할 수 있다. 환상시란, 초현실적이고 비일상적인 이미지의 제시와 이에 대한 합리화를 가로막는 작품, 이와 관련하여 지시적인 의미 이외에는 찾아낼 수 없는 작품들이라고 할 수 있기 때문이다.[10)]

'묘사적 이미지'란 이미지 이외의 것을 환기하지 않는 것을 의미하는 바, 지시적 의미와 연관된다고 할 수 있다. 그러므로 묘사적 이미지로 이루어진 시 텍스트는 시적 읽기나 우의적 읽기가 아닌 환상적 읽기를 가능하게 하는 필요조건을 충족시킨다. 또한 '대상을 갖지 않는다'는 것은 앞서 살펴보았듯 이미지가 아무 것도 지시하지 않는다는 말이 아니라 일상적 현실 세계에서 지시 대상을 찾을 수 없는 것을 뜻한다고 할 때, 이 또한 비현실적이고 초현실적인 사건과 풍경을 그리고 있어야 한다는 환상시의 기본조건을 충족시키고 있는 것이다.

그러나 이는 그야말로 기본 조건을 충족시키고 있을 뿐, 환상이 되기에 충분한 조건은 아니다. 예컨대, 위의 두 작품 모두 묘사적 이미지가 주를 이루고 있으며 환기하는 풍경은 낯선 것이 분명하지만, 「시3」에서

---

10) 졸고, 「허구의 경계를 넘보는 환상 충동」 참조.

<하늘로 떨어지는 사과>는 <땅으로 떨어지는 사과>를 역전시킨 것에 불과하며, <금붕어의 지느러미를 움직이게 하는 바다>의 경우도 마찬가지임을 알기란 어렵지 않다. 말하자면 낯설고 비현실적인 이미지가 역전된 것이며, 그 원상이 무엇인지를 쉽게 떠올릴 수 있다. 그것은 토도로프가 말한 우의적 읽기의 결과이며, 따라서 환상은 실패한 것이라고 말할 수 있다. 반면에 「벽이」에서는 '벽'이나 '늙은 홰나무' 등이 '걸어온다'는 이미지가 어떤 상황을 왜곡시킨 것인지 얼른 짐작하기 어렵다. 그 결과 제시된 이미지를 하나의 엄연한 풍경으로 받아들이지 않을 수 없다.

이처럼 비현실적인 이미지를 보여주면 즉각적으로 의미를 찾는 것이 어려울지는 모르나, 이미지들끼리 비교·대조·분류하는 과정에서 다시 원래의 대상을 추론하는 것까지 차단하지는 못한다. 따라서 환상의 효과를 야기하기 위해서는 낯설고 비현실적인 풍경을 비유적으로 읽히지 않게 할 필요가 있다.

이를 위해 김춘수는 다양한 전략을 구사한다. 그 전략에 대해서 김춘수가 이미지를 구분한 것만큼 체계적으로 설명하고 있지는 않지만 그의 무의미시를 분석함으로써 다음과 같은 몇 가지로 정리할 수 있다. 가장 간단한 방법은 작품의 제목과 본문을 어긋나게 설정하는 방식이다.

> 서재에서 보면
> 하늘 한쪽이 흔들리고 있다.
> 하늘 한쪽이 흔들리며 기울어지고 있다.
> 그런가 하면
> 짐승 한 마리 숲을 나와
> 바다로 가고 있다.
> 바다는 진눈깨비 내리고 있다.

지금은 꽃샘바람도
자고 있는데
꿈에서는 봄이 와서
탱자나무 사이 사이
샛노란 죽도화가 피고 있다.

— 「당초문 : 혹은 장 폴 사르트르」

이 작품은 묘사적 이미지로만 표현되어 있다. 또한 '하늘 한쪽이 흔들리고 있'는 풍경이라든지, '짐승 한 마리 숲을 나와/ 바다로 가고 있'는 풍경 같은 것은 현실 세계의 풍경이라기보다는 꿈속의 풍경처럼 비현실적으로 보인다. 그렇다고 지시된 풍경으로부터 '꿈 속의 풍경'이라는 이차적인 의미를 읽어낼 수 있는 것도 아니다. 이를 어렵게 하는 것은 '당초문'이라는 제목 및 '장 폴 사르트르'라는 부제이다. 본문에서 떠올린 '꿈 속의 풍경'과 이들 제목과는 어떠한 인과성이나 인접성도 없기 때문이다. 그리하여 독자들은 자신이 본문의 풍경을 과연 바르게 형성한 것인가를 의심하고 그로 인해 최종 의미를 확정짓는데 주저하게 된다. 제목이나 부제는 독자들이 작품을 대할 때 가장 먼저 접하는 것이며, 작품의 전체 의미를 하나로 수렴하는 지표인 만큼 본문과 제목, 또는 부제를 엇갈리게 조직하는 것은 묘사적 이미지가 하나의 관념으로 수렴되는 것을 제어하기 위한 중요한 장치의 하나이다.

그러나 제목을 덮어두고 본문의 의미만을 따르기로 한다면 여전히 이러한 전략만으로는 대상으로부터 자유로울 수 없으며, 낯선 풍경은 하나의 관념으로 환원된다. 따라서 의미로부터 자유롭기 위해서는 보다 직접적인 방법이 필요하다.

활자 사이를

코끼리 한 마리 가고 있다.
잠시 길을 잃을 뻔 하다가
봄날의 앵두밭을 지나
코끼리는 활자 사이를 여전히
가고 있다.
너무 작아서 잘 보이지도 않는
코끼리,
코끼리의 발바닥도 반짝이는
은회색이다.
　　　　　　 ― 「은종이 : 책장을 넘기다 보니 은종이가 한 장 끼어 있었다」

　이 작품을 구성하고 있는 이미지들은 구체적인 대상을 환기시킨다. 그런데, 코끼리는 있어야 할 초원이 아닌, '활자 사이를 걸어가고' 있고, 그 코끼리는 '너무 작아서 잘 보이지도 않는'다고 표현하고 있다. 사물을 그 사물이 원래 있어야 할 곳이 아닌 전혀 예기치 않은 곳에 놓음으로써 이미지들 간의 공간적인 인접성을 파괴하고 있으며, 원래 사물이 지니고 있는 속성을 전도시킴으로써 현실에서는 볼 수 없는 전혀 새로운 이미지를 만들고 있는 경우이다. 이러한 이미지들의 조합은 다른 어떤 관념을 환기하지도 않는다. 다만, 이미지들이 지시적인 차원으로 읽힘으로써 하나의 낯선 풍경을 불러일으킬 뿐이다.

　그렇지만, 이 작품의 제목은 이 작품이 완전히 의미로부터 자유롭게 되는 것을 가로막는다. 다시 말해, '은종이'라는 제목과 '책장을 넘기다 보니 은종이가 한 장 끼어 있었다'라는 부제는 '책장' 사이에 끼어 있는 '은종이'를 코끼리로 치환했다는 단서가 된다. 이를 출발점으로 각각의 시어는 지시적 의미를 잃고 비유적인 의미로 환원된다. 그러나 만약 제목마저 전혀 상관없는 것이었다면 낯선 풍경은 그 자체를 유지하고, 그 풍경의 의미도 찾기 어렵게 되어 독자는 당혹감을 느끼지 않을 수 없게 된다. 즉, 이 장면을 환상으로 읽게 되는 것이다.

그 이외에도 원상의 모습을 부분적으로 다르게 변형시키거나 원상을 구성하는 모습의 일부를 지우고 숨기는 방법, 그리고 원래의 대상이 존재하는 공간적 위치나 시간적 순서를 전도시키는 방법 등을 찾아볼 수 있다. 이러한 전략들을 일관하는 하나의 방법은 이미지들 간의 인접성을 파기하는 방법이다. 다시 말해, 공간적으로 인접해 있는 이미지들은 떨어뜨려 놓거나 현실에서라면 전혀 있을 수 없는 위치에 사물을 위치시킴으로써 파기시킬 수 있을 것이고, 시간적인 연속성으로 연결된 이미지라면 시간을 도치시키거나, 아예 시간성을 탈각시킴으로써 탈현실화를 획득할 수 있을 것이다. 이러한 방법으로 논리적인 인과성 또한 왜곡시킬 때 텍스트는 묘사적이지만 현실에 대상을 갖지 않은 상태를 유지할 수 있게 하며 환상시의 조건을 충족시키게 하는 것이다.

3. 새로운 문제

이처럼 무의미시를 환상시로 재정의함으로써 진전되는 논점은 무엇인가. 앞서 언급하였듯 무의미시를 환상시로 재정의 하는 일은 환상이 지니고 있는 구조적이고 형식적인 특성을 빌어 무의미시의 구조적 특성을 설명하기 위한 것이다. 그리고 그것을 한 마디로 정리하자면 재현, 혹은 모방의 구조라고 말할 수 있다.

무의미시의 기본적인 구성 요소에서부터 이와 같은 사실을 확인할 수 있다. 대상을 갖지 않는 묘사적 이미지란 비록 그 대상이 현실에서 찾아볼 수 없는 것이라 하더라도 지시적 의미 작용을 주요 기능으로 하는 것을 의미한다. 또한 구성의 차원에서 볼 때에도 무의미시는 모방과 재현에 기대어 있다. 기표 자체에 주목하는 <시적 읽기>와 초현실적인 사건을 합리화하는 <우의적 읽기>를 차단하기 위해 김춘수가 사용하는 탈현실화nonrealization의 전략11), 즉 리얼리티를 위반하는 전략은 기본적으로 공간적인 인접성과 시간적인 연속성, 그리고 논리적인 인과성을 전제로 하여 성립되는 것이다. 이는 바로 환유적 구성원리로서 유사성에 의한 대체를 기본 양태로 갖는 은유적 구성원리와는 전혀 다른 사고에 뿌리를 두고 있는 것이다. 그리고 이와 같은 환유적인 구성원리는 기본적으로 서사의 구성 원리이며, 재현과 모방을 실현하는데 사용된다. 다시 말해 무의미시는 재현과 모방에 뿌리를 두고 있는 것이다.

이미지를 대상으로부터 자유롭게 하기 위해 김춘수가 고안한 무의미시가 재현과 모방의 인식론에 뿌리를 두고 있음은 그의 시론에서도 확인할 수 있다.

> 사생이라고 하지만 있는(실재) 풍경을 그대로 그리지 않는다. 집이면 집, 나무면 나무를 대상으로 좌우의 배경을 취사선택한다. 경우에 따라서는 어느 부분은 버리고 다른 어느 부분은 과장한다. 대상과 배경의 위치를 실지와는 전연 다르게 배치하기도 한다.12)

위의 인용문은 무의미시가 '사생', 즉 현실 세계에 존재하는 대상의 모방에서 출발하고 있음을 보여준다. 그리고 일상적이고 친숙한 대상을 부분적으로 취사선택하거나 왜곡하고, 실제의 구성과 다르게 배치하는 방법을 통해 의도적으로 왜곡하고 있다고 말한다.

---

11) R. Cardinal, *Figure of Reality: A perspective on the poetic imagination*(Barnes & Noble books, 1981), p.38.
12) 김춘수, 앞의 글, p.387.

김춘수는 이와 같은 왜곡을 대상과 관념으로부터 자유로와지는 방법이라고 보았으나 위의 인용문은 대상과 관념으로부터 자유롭기 위해서는 먼저 대상과 관념이 있어야 하며, 그것에 대한 모방과 재현에서 출발하는 수밖에 없다는 아이러니를 보여준다. 일상적인 대상의 모방에서 시작하여 비현실적이고 낯선 것을 창조하는 방법은 일반적인 경우를 생각하더라도 쉽게 수긍할 수 있다. 즉 인간의 사고로는 '없음' 자체를 생각하기 어렵다. '없음'은 '있음'에 기대어서만 생각할 수 있다. 마찬가지로 비일상적이고 비현실적인 대상 역시 처음부터 만들어지는 것이 아니라 일상적이고 현실적으로 존재하는 것에서 출발하여 만들어지는 것이다.13)

이와 같은 사실은 완전히 무의미시, 혹은 환상이 불가능하다거나 실패할 수밖에 없다는 것을 의미하는 것이 아니다. 오히려 무의미시와 의미의 시, 환상과 모방에 대한 새로운 시각이 필요함을 의미한다. 가령, 과연 김춘수의 무의미시가 기존의 많은 논자들이 지적했듯이, 김수영류의 현실 반영의 시와 대척점에 있다고 볼 수 있을 것인가, 그리고 현실과 언어, 참여와 순수, 리얼리즘과 모더니즘 같이 한국 현대시를 대별하기 위해 사용되어 온 이원론적 잣대들이 과연 얼마만큼 합리적인 것이며, 생각처럼 그 구분이 유용한 것인가를 재고하도록 요청한다.

문학 작품을 창조하는 태도를 기성의 소재를 취하는 것과 자기 마음대로 새로운 것을 창조하는 것의 둘로 나눈 프로이드나 창조적 활동을 가능하게 하는 충동을 모방 충동과 환상 충동의 두 가지로 구분하는 캐서린 흄의 견해에서 알 수 있듯이 환상 충동을 모방 충동만큼이나 본질적인 것이며, 그 가운데서도 모방 충동이 아리스토텔레스 이래 서구 문명

---

13) Susan Stewart, 1979, pp.51~52. (Brain MacHale, "Making (non)sense of postmodernist poetry", Michael Toolan, (ed.), *Language, Text and Context*(Routledge, 1992), p.7에서 재인용)

의 중심적인 지위를 차지하고 있다.[14]

그러나 이 둘은 단절되어 있는 것도 아니고, 상호 배타적인 것도 아니다. 직접적으로 전혀 다른 비-인간적 세계를 창조해내는 것은 불가능하고 이미 존재하는 세계의 요소들을 전도시키는 것, 환언컨대 친숙한 것들의 구성 관계를 새롭게 재-결합시킴으로써 낯설고 친숙하지 않으며 그리고 명백하게 '새롭고' 절대적으로 '다른' 어떤 것을 산출하는 것처럼 보일 뿐이라는 프로이드의 지적을 떠올리면[15] 환상 충동은 모방 충동에 뿌리를 두고 있으며, 이 둘은 연속된 선상에 존재하는 것이라고 보아도 좋을 것이다.

과연, 시의 본질은 환상 뿐 아니라 그만큼의 모방에 의지하고 있다고 말할 수 있다. 다시 말해, 김소월이나 박목월, 혹은 신경림 등의 제 작품과 이상, 김춘수, 김종삼 등의 작품은 환상 충동과 모방 충동에 있어 정도 차이를 갖는다고 말할 수 있는 것이다. 단적으로, 가장 환상적이고 창조적인 것처럼 보이는 무의미시만 해도, 오히려 대상을 지시하고 모방하며, 현실을 재현하는 것을 떠나서는 만들어질 수 없다. 따라서 현실 반영적 시들의 기본적인 전략이 재현과 전형의 창조라고 할 때, 무의미시는 이들과 연장선에 놓여 있다고 보아야 할 것이다.

무의미시의 구성요소와 구성원리를 분석하면서 토도로프가 제안한 개념의 환상이 시에서도 가능하며 무의미시가 그 대표적인 예라는 것을 밝히는 이 글의 논지는 무의미시가 모방적·재현적 특성에 뿌리를 내리고 있다는 점을 규명하기는 했으나, 더 많은 새로운 문제를 야기한다. 시문학사를 양대별하는 기준의 적합성 문제, 그리고 무의미시 뿐 아니라 우리 시가 기본적으로 모방에 의지하고 있는 것은 아닌가, 그러다 역사적

---

14) 캐서린 흄, 한창엽, 역, 『환상과 미메시스』(푸른나무, 2000), p.67.
15) 로즈마리 잭슨, 서강여성문학연구회 역, 『환상성: 전복의 문학』(문학동네, 2001)

으로 특정한 시기에 시문학이 표현의 양식으로, 다시 모방과 재현의 양
식으로 전환된 것은 아닌가 하는 문제를 지속적으로 탐구하여야 할 것
이다.

현대 시비평에 나타난 성별화 전략

— 김현, 김윤식의 초기 시비평을 중심으로

1. 머리말

한국 문학, 특히 시가 문학에는 여성의 목소리가 여성의 타자에 의해 전유되어 온 기이한 역사가 있다. 소위 말하는 '여성 화자'에 의해 불렸다고 일컬어지는 일군의 시가들이 그것이다. 고려 가요에서부터 조선 시대 연군지정(戀君之情)을 읊은 시조들, 그리고 정철의 삼미인곡(三美人曲) 등에 이르기까지 사랑과 이별을 노래하는 화자들은 여성으로 간주되어 왔으며, 그러한 작품은 여성적이라고 규정되어 왔다. 이와 같은 규정은 근대 문학 가운데서 특히 20년대 시들에게도 적용된다.

흥미로운 사실은 이들 여성적이라고 불리는 작품들의 생산자와 텍스트의 관계를 따져볼 때 드러난다. 이들 여성적인 작품 가운데는 실제 창작자가 누구인지 알 수 없는 경우가 허다하며, 실제 창작자가 남성인 경우에도 여성적이라는 수식어로 규정된다. 즉, 텍스트에 대한 미학적 평가가 성별화의 전략에 의해 이루어지고 있는 것이다. 여기에서 확인해야 할 것은 그러한 전략이 야기하는 효과가 무엇인가 하는 점이다.

이와 같은 수사는 특히 신문학 초기시들에 대해 이루어진 비평 담론에서 자주 보인다. 주로 60년대 말에 생산된 이들 담론에서 20년대 시문학은 여성적이라는 말로 가치 평가된다. 이와 같은 사실은 이들 이전에는 식민지 초기 시문학을 여성적이라고 보는 견해가 없었다는 사실을 확인할 때 더욱 흥미롭다.[1] 물론 선행 연구에 따르면 20년대 담론들은 이미 그 당대에 성별화의 전략에 노출되어 있던 점이 없지 않다.[2] 그러나 애국가사나 시, 시사 논평 등에 여성적이라고 할 만한 재현 특성이 나타나는 문제와 이러한 재현 특성을 '여성적'이라고 명명하는 문제는 달리 보아야 할 것이다. 다양하고 무차별적인 현상을 선택하고 배열하고 또 명명하는 메타적인 작업은 다분히 가치 평가적이며 따라서 권력적인 작업이기 때문이다.

따라서 이 글에서는 식민지라는 특정 시기의 시문학을 여성적인 것으로 기술하는 작업이 왜 하필이면 60년대 말에 이루어졌는가, 그리고 그 전략의 양상과 효과는 무엇인가를 밝혀보려고 한다.[3] 이를 위해 텍스트

---

[1] 백철의 『신문학사조사』나 조연현의 『한국현대문학사』에서만 해도 이런 성별화 양상은 보이지 않는다. 20년대의 낭만적, 혹은 퇴폐적 감상성을 '사춘기의 소녀들이 지은 감상적인 작문과 같은 것'이라고 언급하고 있으나 이러한 수사는 동시대의 소설 문체에 대해서도 사용되고 있다. 20년대 시의 특수성을 지칭하는 변별적 개념은 아닌 셈이다. 이러한 점에서 성별을 핵심 키워드로 끌어들이는 메타 담론이 60년대 이후에 출현했다는 것은 심상하게 볼 일이 아니다.

[2] 예컨대, 고미숙은 한이 우리 민족의 고유한 정서인가를 고찰하는 과정에서 민족의식의 메타포가 영웅에서 연인으로 바뀌는 순간, "다방면에서 조선적인 것들에 수동적이고 여성적인 이미지들이 착색되어" 가고 있었다고 지적한다.(고미숙, 『한국의 근대성, 그 기원을 찾아서: 민족·섹슈얼리티·병리학』, 책세상, 2001, pp.62~72 참조.)

[3] 이러한 문제 의식은 궁극적으로 장르 구분과 문학사 기술를 젠더적인 관점에서 재조명하는 것이다. 만약 서정시가 여성적이고 소설이 남성적이라는 식으로 성별화된 것이라면 이는 장르라고 하는 공시적이고 보편적인 학문 체계의 수립 과정에 성별화의 이데올로기가 작용했음을 의미한다. 또한 후대에 들어 신문학 초기의 문학을 여성적인 것으로 규정한 것이라면 이는 문학사 기술에 성별화 전략이 개입하고 있음을 의미하는 것이다.

로 선택한 김현의 「여성주의의 승리」⁴⁾와 김윤식의 「한국시의 여성적 편향」⁵⁾은 신문학 초기의 시 텍스트를 대상으로 하고 있다는 점, 이러한 작품을 낳게 한 상상력의 원천, 혹은 발상법의 탐구를 글의 목적으로 한다는 점, 그리고 그 탐구의 결과를 여성성, 혹은 여성편향성으로 제시하고 있다는 점 등에서 유사성이 많다. 물론, 이들이 '여성적'이라는 수사로 설명하는 작품들이 일치하는 것은 아니다. 또 그 구체적인 함의에 있어서도 차이가 있다. 그럼에도 불구하고 이들이 사용한 '여성적'이라는 수사가 카프 계열과 주지적 모더니즘을 제외한 식민지 시기의 주요 시인을 거의 포괄하고 있는 것을 보면⁶⁾ 식민지 초기 시문학 전반에 해당하는 특징으로 파악했다고 할 수 있다.

먼저 수행해야 할 것은 이 두 편의 비평담론에서 식민지 초기의 시문학을 여성적이라고 규정하는 논리와 근거를 찾는 일로서, 2장에서 주로 행해질 것이다. 이를 바탕으로 3장에서는 성별화 전략의 숨은, 혹은 드러나는 의도를 추적할 것이다. 이 두 번째 연구과제는 20년대 시문학에 대한 여성화 논리가 위치해 있던 6~70년대의 담론적 상황을 살핌으로써 수행될 것이다.

---

4) 김현, 「여성주의의 승리」, ≪현대문학≫1969. 10.
5) 김윤식, 「한국시의 여성적 편향」, 『근대한국문학』(일지사, 1973)
6) 김현의 경우, 주요한, 김억, 황석우, 김소월, 그리고 한용운의 시를 여성적이라고 했으며, 김윤식은 이들 이외에 박용철, 김영랑, 정지용 등의 시문학파와 홍사용과 이장희, 모윤숙, 심지어 이육사와 유치환의 시 일부도 여성편향적인 것으로 보고 있다.

2. 식민지 시대 시문학에 대한 메타 담론의 여성화 전략 양상

가. '패배적 여성주의'와 '긍정적 여성주의'의 이원화—김현

1969년에 발표된 김현의 글은 '한국인의 상상력의 편향'을 밝히는 작업의 일환으로 쓰인 글이다. 그는 여기서 한국 문학사 초기의 시문학이 상징주의적이라는 초기 문학사의 견해들을 수긍하면서도 그 영향과 수용의 미숙성에만 초점을 맞추고 있다고 비판한다. 그리고 이러한 서구지향적인 문학사 기술을 극복하고, 20년대 전후의 시문학이 상징주의적인 것은 한국적 상상력의 필연적인 결과라는 것을 입증해 보이고자 한다.

'여성주의'라는 용어는 그 과정에서 '한국적 상징주의'를 지칭하는 것으로 제안된다.[7] 그러나 그의 글 어디에서도 여성주의에 대한 명확한 개념 규정과 왜 '구어 자유시'의 형식과 '자유로운 감정 표출'의 시를 여성주의라고 부르기로 했는가에 대한 설명은 찾아볼 수 없다. 따라서 그가 사용하는 '여성적'이라는 것의 의미는 그의 시 분석을 쫓아가며 추론하는 수밖에 없다. 이러한 과정은 김현이 '여성적인 것'에 부여하고 있는 가치와 이데올로기적 사항을 드러내는 과정이기도 하다.

우선 김현에게 있어 여성적인 것은 '실연(失戀)'이라는 테마를 '탄식 · 슬픔 · 한숨' 등의 정조로 표출하는 경향을 지칭한다. 이는 그의 글 여러 곳에서 발견되는데, 가령 다음과 같은 인용문에서도 이를 확인할 수 있다.

> 그 상징주의에는 자기의 한계를 극복하려는 말라르메적 고뇌보다는
> 집요한 패배주의가 자리잡고 있다. 모든 사태를 여성 특유의 탄식으로 바

---

7) 김현, 앞의 글, p.105.

꿔버리는 한국적 패배주의는 초기의 한국 상징주의의 근간을 이룬다. 역
사의식의 결여로 인한 상징주의의 여성화.[8]

위의 인용한 부분은 김현의 이원론적 사고의 전형을 보여주는 부분이
자 이 글의 문제적인 지점을 집약하여 보여주고 있는 부분이기도 하다.
첫 번째 문장에서는 한국적 상상력의 특징을 간략하게 정리하고 있는데,
그것은 패배주의로 환언된다. 그런데 두 번째 문장에서는 이러한 패배주
의를 아무런 논리적 근거도 없이 '여성 특유 탄식'과 연관짓고 있다. 그
리고 패배주의의 원인, 즉 여성 특유의 탄식에 대한 원인을 제시하는 마
지막 문장은 그 원인을 역사의식의 결여라고 제시한다.

자기 한계의 극복과 패배, 역사의식의 함양과 결여는 김현의 「여성주
의의 승리」를 지지하는 두 개의 주요한 이원론이다. 중요한 것은 이들 가
운데 후자의 항, 즉, 자기 한계에 함몰되는 것과 역사의식의 결여를 '여
성 특유의 탄식'과 동일한 패러다임으로 묶고 있다는 점이다. 이에 따르
며, 주요한, 황석우, 김억, 그리고 김소월 등이 이 '나약하고 부정적인 여
성주의'의 전형이다.

그러나 여성주의를 모두 부정적인 것으로 매도한 것은 아니다. 그는
한용운을 '여성주의의 승리'로 높이 평가하고 있는데,[9] 그의 긍정적 여
성주의는 '한국 사회의 구조'를 파악하는 힘, 즉 역사의식을 담보하고 있
기 때문이라는 것이다. 그에 의하면 한국사회의 전형적인 구조는 '자기
만의 사랑', '슬픔의 제스처', '탄식의 포즈'로 '자신의 안위·초월에 집착
하는 소승적 태도'로 일관되어 왔다.[10] 그러나 올바른 역사의식이 있다
면 이와 같은 한국 사회의 구조를 파악할 수 있으며, 또 그것을 극복하려

---

8) 앞의 글, p.119
9) 앞의 글, p.122.
10) 앞의 글, p.122.

고 하지 않을 수 없는 것이 그의 주장이다.

흥미로운 것은 한용운을 제외한 20년대 초기 다른 시인들이 역사의식을 갖지 못한 이유에 대한 김현의 설명이다. 그 차이의 원인은 '정열'이다.

> 과거는 척결하려 했지만 끈질긴 거머리같이 그들의 의식 속에 달라붙어 있고, 새것은 완전히 체질화되지 않는다. 이때에 긍정적으로 자기를 표출하는 길은 이 모순을 솔직히 인정하고, 그 모순을 야기시킨 한국사회의 구조로 눈을 돌리는 수밖에 없다. 그러나 그것은 불가능하다. 그러기에는 너무나 '정열'이 많은 것이다.[11]

정열의 과잉이 역사의식의 결여를 낳았다는 위와 같은 인식은 정열의 과잉은 곧 부정적 여성주의라는 논리를 내포하고 있다. 정열, 감성, 서정, 낭만 등에 대한 부정적인 가치 평가는 한용운의 긍정적인 여성주의 작품이 '초월적이고 비감각적인' '사랑'을 보여주고 있다고 보는 데에서도 나타난다.[12] 뿐만 아니라 그가 말하는 역사의식, 곧 대승적 태도는 타자의 자리를 전제로 할 때 성립되는 것으로서, 역사의식이 대승적이며 공적인 영역과 친연성을 갖는다면, 정열은 소승적이며 사적인 영역에 결부되는 것으로 인식되고 있다, 역사의식을 고리로 하여 정열의 과잉과 감각적

---

11) 앞의 글, p.117.
12) 한용운의 작품에는 "감각적 사랑이 갖는 질투·시선, 스탕달이 쓰는 의미의 사랑"은 등장하지 않는다. 그의 사랑에는 서정적 요소, 낭만적 요소가 끼어들 틈이 없는 것"이었다고 말한다(김현, 앞의 글, p.120). 물론 김현은 한용운이 이러한 초월적 상태에 안주하지 않고, 오히려 '초월적 상태에 돌입한다는 것에 대한 불신과 불만'을 갖고 극복하고자 했다는 사실을 지적한다. 그러나 한용운의 시에 나타난 사랑이 '초월적'이라는 것과 한용운이 초월적인 것을 극복하고자 했다고 할 때의 맥락은 전혀 다르다. 전자의 경우 김현이 대개념으로 상정하고 있는 것이 20대 초반의 시인들이 보여주는 감각적이고, 관능적이며, 감정표출적인 사랑이라면, 후자의 경우는 소승적 태도와 유개념이자 대승적 태도를 대개념으로 갖는다.

사랑, 그리고 사적 영역이 부정적 여성주의와 동일 선상에 놓이게 되는
것이다.

여기에서 한 가지 더 주목할 것은 이와 같은 인식과 태도의 차이를 시
인들의 생물학적 나이와 연관 지어 비교하고 있다는 점이다. 그는 당시
20년대 부정적인 여성주의의 시인들이 모두 20세였음을 곳곳에서 지적
하면서[13] 20세 전후의 나이는 기성 윤리의 장단점과 새로운 가치관의 장
단점을 뚜렷하게 파악할 수 없다고 진단한다.[14] 이러한 언급에 따르면,
역사의식의 유무는 단지 생물학적인 나이에 따른 발달 심리적 단계와 당
대의 시대적 분위기가 조응한 결과가 된다.[15] 또한 정열에 내재해 있는
부정과 전복의 힘을 간과한 것이기도 하다. 설사 나이가 세계 인식과 자
아 확립에 중요한 변수임을 인정하더라도 한용운과 비슷한 연배의 최남
선이나 이광수를 상기해보면 이와 같은 논리에 허점이 있음을 알 수 있
다. 이들이 김현이 말하는 바와 같은 역사의식을 갖춘 것은 아니고 보면,

---

13) "「불놀이」가 발표된 19년은 식민지 치하에서 가장 낙관주의가 팽배했던 시절이다.
그 19년에 주요한이 19세, 김억도 19세, 황석은 22세, 이상화는 19세, 박종화는 18세
이다(한용운만이 예외적으로 42세이다. 그의 『님의 침묵』은 49세에 발간된다.) 20세
전후라는 이 나이는 모든 사물을 낙관적으로, 그리고 자기 감정의 한계 내에서 바라
보는 나이이다. 이 19세 전후의 낙관주의적 시인들은 자유시를 통해 마치 자유연애를
통해서 그러하듯, 자기 감정을 해방한다. 그리고 자기 감정의 해방은 무의식중에 민
족의 앞날에 대한 막연한 희망으로 번져간다. 그러나 19년 이후의 일제의 압력은 점
차 가중된다. 그리하여 30년대에 이르면 희망은 완전히 사라진 것처럼 보인다."(앞의
글, p.110)
14) 앞의 글, p.117.
15) 이 20대라는 생물학적 나이는 김현에게 매우 중요한 의미를 지니는 것으로 보인다.
그가 50년대 문학인들을 설명하는 것도, 또 60년대 문학인들을 설명하는 것도 20세를
전후하여 굵직한 한국사적 사건을 체험했다는 것에 의한다. 즉, 50년대 문학인들은
20대에 해방과 전쟁을 체험했다는 점에서 동일 세대로 묶일 수 있으며, 60년대 문학
인들은 20대 초반에 4·19를 체험했다는 점에서 50년대 문학인들과 변별됨과 동시에
하나의 세대를 이룬다는 것이다. 뿐만 아니라 이 생물학적 나이는 곧 "세계와 현실을
보는 세계 저망의 확고한 기반 위에서 사태를 이해하지 못했으리라는 추측"의 직접
적인 근거로 사용되기도 한다.(대표적으로 「테러리즘의 문학:50년대 문학 소고」 참조.)

생물학적 나이가 '한국 사회의 구조에 대한 투철한 인식'을 가능케 하는 충분한 조건은 못된다.16) 여기에서 확인할 수 있는 것은 청년과 성인, 미숙과 성숙의 이원론이며, 양항 가운데 성숙을 긍정적인 것으로 파악하고 있다는 점이다. 이러한 미숙 대 성숙의 이원론은 여성성과 남성성의 이원론과 쉽게 유착되는 이원론이기도 하다.

정리하자면 김현은 '실연'이라는 테마, 즉 '탄식 · 슬픔 · 한숨 · 사랑' 등을 주로 표현하는 한국 문학의 한 흐름을 여성주의라고 명명하면서 한국 문학의 원형으로 파악한다. 문제는 이러한 특징을 '부정적'이고, '패배적'인 '여성주의'로 보고 있다는 점이다. 패배적인 여성주의의 원인을 역사의식이 결여로 설명하는 과정에서 정열, 미숙, 청년, 그리고 감각적인 것과 소승적, 즉, 즉자적인 것 등의 자질을 여성적인 것으로 귀속시키는 여성성에 대한 전형적인 관념을 재생산한다. 그러면서 이 여성성은 극복해야 할 대상으로 정립된다. 김현의 '긍정적인 여성주의'라는 표현이 '여성주의'에 대한 긍정을 내포하고 있는 것처럼 보이지만, '긍정적인 여성주의'에 내포되어 있는 가치들은 전형적으로 남성성에 대한 기호들이라는 사실을 주목해야 한다. 사실상, 김현의 패러다임에 긍정적인 여성주의라는 것은 존재하지 않으며, 부정적인 여성주의와 긍정적인 남성주의의 대립만이 존재한다고 할 수 있는 것이다.

나. 민족의식의 메타포로서 신비화된 여성성―김윤식

김윤식 역시 신문학의 발상법의 하나로 '여성편향성'을 지적한다. 그러나 그는 김현과 달리 이 용어에 대해 비교적 명확한 개념 규정을 하면

---

16) 김현, 『상징주의의 승리』, p.120.

서 논의를 전개한다. 그의 '여성편향성'은 젠더적 의미를 지닌다.[17] 그리고 이 여성 편향성이 나타나는 양상을 다섯 가지로 항목화하여 제시하고 각각의 예를 든다.[18]

그러나 그의 작품 분석은 상당히 피상적이며, 전체 글의 일부를 이루고 있을 뿐이다. 이와 같은 사실은 김윤식에게 있어 신문학 작품 속에 나타나는 여성 편향성의 양상을 보여주는 것이 그의 관심사가 아님을 의미한다. 그보다 그가 이 글에서 힘주어 말하고자 하는 것은 민족의식에 관한 것이다. 즉, "민족의식의 갈등이 어떠한 문학적 상징 혹은 이미지로써 객관적 상관물을 전개시켰는가" 하는 질문에 대한 답으로서 시의 예언자적 기능과 더불어 여성편향성을 논하고 있다.[19]

그는 먼저 시와 예언이 융합상태였던 고대와 이스라엘 민족의 경우를 예로 들며 시의 예언자적 기능에 대해 설명한다. 여기에서 그가 하고자 하는 말은 "자기의 민족이나 국가가 위기에 처했거나 타민족의 지배하에 놓일 때, 시인은 무엇보다도 선명한 예언자적 자세를 취하지 않을 수 없게" 된다는 사실이다.[20] 그리고 박용철의 「시적 변용에 대하여」가 '시의 지향성으로 이러한 예언적 기능을 가장 명확히 드러낸 대목'이라고 하여 일부를 인용하는데[21] '무명화(無名火)', '심두(心頭)'에 타오르는 '불기둥'

----

17) 여성, 혹은 여성적이라는 용어를 생물학적 차원이 아닌 문화적 차원에서 사용하고 있으며, 따라서 남성, 혹은 남성적인 것을 대개념으로 갖는 이항(二項) 가운데 한 축이라고 설명한다.(김윤식, 앞의 글, p.457.)
18) ①상당히 막연한 고아의식, 즉 잃은 모성을 향한 유아의식—홍사용, 이장희, ②님을 향한 지향성—한용운, ③sister-complex—정지용, 박용철, 김영랑, ④anima, animus—이육사, 유치환, ⑤스타일로서의 여성운(韻)—주요한, 김억, 김소월, 한용운, 김영랑 등이 그것이다.(앞의 글, p.460.)
19) 앞의 글, p.449.
20) 앞의 글, p.450.
21) "시인으로서나 거리 사람으로나 우리에게 가장 중요한 것은 심두에 한 점 경경(耿耿)한 불을 질르는 것이다. 나마(羅馬) 고대에 성전 가운데 불을 정녀들이 지키는 것과 같이 은밀하게 자결할 수도 있꼬 연기와 화염을 품으며 타오를 수도 있는 이 무명화

같은 박용철의 표현을 비중 있게 끌어들여 시에 앞서는 것, 즉 시정신의 중요성을 피력한다.

　주목할 것은 김윤식이 이 선시(先詩)적인 무명화를 민족의식으로 파악한다는 사실이다. 이러한 '무명화'의 은유는 김윤식의 논리를 이어가는 중요한 뼈대로 사용된다. 특히 '무명(無名)'일 때만 존재의 의미를 갖으며, 만약 섣불리 이름을 붙이게 되면 '어떤 권력의 신분화가 되고, 따라서 권력에 대한 노예'[22)가 된다는 무명화의 축자적 의미가 중요하다. 주지하다시피, 이처럼 말로 표현되지 않고, 규정할 수도 없으며, 이성의 논리로 잡을 수도 없는 무명화의 성질은 젠더로서의 여성성에 드리워진 전형적인 함의 가운데 하나이며, 김윤식은 그러한 점에서 무명화를 매개로 '민족의식'과 '여성적인 것'을 동일화시키고 있는 것이다.

> 　전설 속에서, 죽음의 모습이 여성의 얼굴로 되어 있고, 죽음 자체의 주재가 여성의 소관임은 흔히 쓰이는 '운명의 여신'이라는 말이 뒷받침해 줄 것이다. 이리하여 어머니인 여성은 어둠의 얼굴을 하고 있다. 모든 것이 여기에서 발생하고 여기로 歸著하는 혼돈이며 허무인 것이다. 그것은 魔의 심연이며, 대지의 내부이며, 번식의 가면의 모습을 취한다.[23)

　위의 인용은 보봐르에 입각하여 여성적인 것을 설명하고 있는 부분이다. 여기에서 김윤식은 혼돈과 죽음과 심연으로서의 여성적인 것이 평상시에는 '부장제사회의 권위를 유지시키기 위해 불가피'하게 남성적인 것

(無名火), 가장 조그만 감촉에도 일어서고, 머언 향기도 맡을 수 있고, 사람으로서 우리가 아모것을 만날 때에나 어린 호랑이 모양으로 미리 겁 없이 만져보고 맛보고 풀어볼 수 있는 기운을 주는 이 무명화, 시인에 있어 이 불기운은 그 시에 앞서는 것으로 한 선시적(先詩的)인 문제이다.(박용철, 「시적 변용에 대해서」, ≪삼천리문학≫ 1집, p.133)

22) 김윤식, 앞의 글, p.453.

23) 앞의 글, p.458.

에 의해 타자화되면서 형성된다고 정리한다. 그가 강조하는 것은 이처럼 평소에는 '금기사항'으로 배제되던 '여성적인 것이 사회적 의미를 띠게' 되는 것은 '그 사회가 위기에 놓일 때'라는 사실이다.[24]

그러나 중요한 것은 정작 박용철은 이념과는 거리가 먼 순수서정시를 강조했고, 집단화된 관념보다는 개인의 내면에 '어두운 면, 우수 같은 것을 내포하고 있는 점'에 주목했다는 사실이다.[25] 또한 박용철 그 자신은 무명화를 민족의식이라고 확언하고 있지 않다. 그럼에도 불구하고 김윤식은 무명화를 민족의식으로 파악하고 식민지 시기의 '한국 문인이라면 누구나 저 심두에 경경(耿耿)한 불기둥을 지녔던 것'이라고 단언한다. 그리고 더 나아가 '로마의 정녀들'처럼 '무명화'를 지키는 것이 바로 신문학의 시와 시인의 사명[26]이라고 말한다.

따라서 그가 왜 20년대 시들의 여성 편향성을 이야기하기 위해 무명화의 은유를 사용하였는가, 그리고 그것을 어떤 근거에서, 어떤 이유로 민족정신에 대한 메타포로 사용하였는가, 더불어 시의 예언자적 기능과 여성 편향적 특징은 어떠한 이유로 한 편의 글에서 핵심 키워드로 동시에 제시되어야 했는가 하는 의문이 남는다. 이와 같은 문제의식은 그의 평론이 놓인 60년대 말 70년대적 상황 속에서 살펴볼 때 보다 분명해질 것이다.

---

24) 앞의 글, p.458.
25) 김용직, 「시문학파 연구」, 이재선 외, 『한국근대문학연구:일반문학적 고찰』(서강대학교 인문과학연구소, 1969), p.262.
26) 김윤식, 앞의 글, p.453.

3. 60년대 비평의 여성화 전략의 효과

가. 세대론적 전략으로서 성별의 위계적 이원론-김현

앞서 언급했던 것처럼 김현은 서구지향적인 문학사를 비판하면서 「여성주의의 승리」를 시작한다. 이러한 비판은 비평가의 임무를 모색하고 정당화시키는 작업과 맞닿아 있는 것이라고 할 수 있다. 이러한 맥락에서 그는 초창기 시문학이 단순히 서구의 것을 무차별적으로 받아들인 것이 아님을 보여주어야 했고, "그것의 어느 부분 때문에, 그러한 뿌리 드리우기가 성공했는가를 밝혀" 내야 했다. 그는 이러한 사명을 상상력의 근원을 탐구하는 일로서 수행해 나간다.[27] 문제는 그 상상력의 일단으로서 여성적인 것을 주목했다는 것이며, 그럼으로써 어떠한 효과가 야기되었다는 것이다.

우선 김현이 부정적인 여성주의를 극복의 대상으로 설정했던 것을 상기할 필요가 있다. 여기에서 한 가지 더 생각해 보아야 할 것은 그가 부정적 여성주의를 배제함으로써 중심에 자리매김 하는 것, 부정적 여성주의를 타자의 자리에 놓음으로써 주체의 자리에 세우고자 했던 것이 무엇인가 하는 점이다. 한용운으로 대표되는 긍정적 여성주의는 그 표면적인 상징에 지나지 않을 수 있다는 단서는 다음과 같은 그의 다른 글과 비교할 때 확인할 수 있다.

그(청마: 인용자)와 서정주는 여러 면에서 대조적이다. 그의 시가 남성

---

27) 이광호는 80년대의 비평 전략을 분석하는 글에서 김현의 비평적 명제가 '문학은 욕망(혹은 꿈)이 드러나는 자리이다'라고 지적하고, 이러한 명제가 실제 비평 속에서 깊이를 획득한 것은 80년대 들어서라고 말하고 있다.(「비평의 전략: '읽기'의 역사적 차원」, 『위반의 시학』, 문학과지성사, 1993, p.58.)

적 강인함의 시라면, 서정주의 시는 여성적 부드러움의 시이며, 그의 시가 한자투성이의 고풍의 시라면, 서정주의 시는 토속어의 아름다움을 최대한도록 살린 시이다. 그의 시가 울분·탄식·저항·질타의 시라면, 서정주의 시는 체념·한·해학·포용의 시이며, 그의 시가 남성적 연모의 시라면, 서정주의 시는 여성적 사랑의 시이다.[28]

　꼼꼼한 분석으로 청마 시의 재평가를 시도한 위의 글은 청마를 남성주의적인 것으로 규정하고 있다. '남성적 강인함', '울분·탄식·저항·질타', '남성적 연모'와 같은 청마 시에 대한 수사들은 서정주의 '여성적 부드러움', '체념·한·해학·포용', '여성적 사랑' 같은 수사와 대조되면서, 청마를 「찬기파랑가」, 「혜성가」, 박인로와 이육사를 잇는 시적 흐름 속에 자리매김한다.[29]

　흥미로운 것은 청마의 시가 '한국시사에서 중요한 한 획'을 긋고 있는데도 불구하고 비교적 높이 평가받지 못했던 이유에 대한 김현의 설명이다. 그가 제시하는 이유는 두 가지이다. 하나는 서정주의 압도적인 영향력이고 다른 하나는 청마시의 고풍적인 어투이다. 여기에서 알 수 있는 한 가지는 김현이 청마와 서정주를 대결적이고 배타적인 관계로 설정하고 있다는 사실이다. 서정주가 없었다고 하여 유치환의 작품이 당대에 반드시 인정을 받았으리라고 단언할 수 없음에도 불구하고 이와 같은 논

---

28) 김현, 「『깃발』의 시학」, 『책읽기의 괴로움』(민음사, 1984), 여기서는 『전체에 대한 통찰』(나남, 1990), pp. 258~259에서 인용.
29) 그러나 서정주를 여성주의로 보는 것에 대한 김현의 입장은 모호하다. 그는 "서정주의 시는 「제망매가」의 뒤를 이어, 황진이·한용운의 시적 맥락을 이은 시"라고 계보를 밝히고 있는데, 여기에서는 부정적 여성주의의 극복으로 서정주를 보고 있다는 것을 짐작할 수 있다. 그러나 「여성주의의 승리」에서 긍정적 여성주의를 위한 필요조건으로 제시한 역사의식과 관련지어보자면 서정주의 시는 정확히 들어맞는 것은 아니다. 또한 그가 서정주를 긍정적인 여성주의의 계열에 놓고 있지만, 청마와 그를 대결적 구도로 설정해 놓았기 때문에 청마에 대한 옹호는 서정주에 대한 간접적인 비판으로 읽힐 수 있는 소지도 다분하다.

리를 펼쳐나가는 것은 당대의 시적 공간을 성별화 논리에 따라 파악하고 있는 것과 관련된다. 당대의 시적 공간을 투쟁적으로 파악하기 위해 성별화의 논리를 끌어들인 것이건, 성별화의 논리를 끌어들인 결과 당대의 시적 공간이 여성적인 것과 남성적인 것이 그러하듯 세력 다툼하는 관계, 어느 한쪽이 우위를 차지하게 되면 다른 쪽은 배제될 수밖에 없는 관계로 설정되는 것이건 간에 말이다.

보다 중요한 것은 이와 같은 성별화의 투쟁적이고 위계적 이원론을 세대 구분의 논리로 동원하고 있다는 점이다. 그리고 더 나아가 세대 단절론의 근거로 삼는다는 사실이다. 그 과정은 복잡하고 은밀하다. 김현은 해방 후 문단을 '서정주의 시공화국'이라고 단언하는데, 그 이유를 서정주의 작품성에서 찾기 보다는 작품 외적 원인, 특히 서정주를 택한 당대의 시인 지망생들의 체험적 특수성에서 찾는다. 청마가 고풍적 어투 때문에 평가받지 못했다, 다시 말해 "국민학교, 중학교 때에 일본어로 교육을 받은 시인 지망생들은 일본어에서 익히 본 한자투성이의 유치환의 시보다, 토속어의 여성적 울림을 최대한으로 살린 서정주의 시에 이끌리게 되었고 그의 시에 매혹되어 영랑·소월의 시에 이끌려가게 되었다"[30]고 하면서 50년대 시인들의 시적 출발을 소개한다. 여기에는 여성주의적 상상력과 한글 사용의 문제를 기준으로 50년대 시인들과 김현 자신을 포함한 4·19 세대의 정체성을 변별하고자 하는 전략이 숨어 있다.

특히 한글 사용의 문제는 김현이 다른 글에서도 50년대 문학인들의 특수성으로 자주 거론한 바 있으며, 이러한 특수성은 50년대 문학인들의 한계로 제시되곤 한다. 대표적인 것이 1971년에 쓰인 「테러리즘의 문학」이다. 50년대의 문학을 비판하고 새로운 문학 건설을 주장하는 이 글에

---

30) 김현, 앞의 글, p.259.

서 그는 언어의 문제와 관련하여 이어령, 전봉건, 성찬경의 진술을 인용하면서[31] 이들 50년대 세대가 겪어야 했던 언어의 문제가 그들의 한계라고 말한다.

> 20세를 전후해서 해방과 전쟁을 맞이했다는 것은 50년대의 문학인들이 세계와 현실을 보는 세계전망의 확고한 기반 위에서 사태를 이해하지 못했으리라는 것을 추측케 한다. 위의 진술은 두 가지 면으로 이해되어야 한다. 하나는 언어의 급변으로 인한 의식조정의 곤란이다.(…중략…) 20세를 전후해서 해방과 전쟁을 맞이했다는 사실은 또한 감정의 극대화 현상을 유발케 한다. 논리적으로 사태를 파악할 수 없을 때에는, 감정적인 제스처만이 극대화되지 않을 수 없다. 그 현상은 구체적인 사실에 대한 냉철한 인식·판단보다도, 추상적인 당위에 대한 무조건의 찬탄을 낳는다.[32]

위의 인용이 보여주듯, 김현이 50년대 문학인들의 뒤늦은 한글 습득을 문제삼는 것은 언어가 단순히 표현 매체가 아니라 세계 인식의 도구라고 보았기 때문이다. 김현에 의하면 50년대 세대의 언어에 대한 궁핍한 체험은 감정의 극대화와 더불어 50년대 문학인들이 세계와 현실을 확고한 기반 위에서 이해하지 못하게 하는 주요 원인이다.

여기에서 주목할 것은 한글 사용의 문제를 제외하면 50년대 문학인들의 한계를 지적하기 위해 그가 사용하고 있는 논리가 20년대 한국적 상징주의시를 비판하는 「여성주의의 승리」에서 전개하는 논리와 매우 흡사하다는 것이다. 20세를 전후하여 역사적 사건을 경험했으며, 그렇기 때문에 세계에 현실의 구조 파악에 실패했다는 점, 그리고 그 원인이 감

---

31) 김현, 「테러리즘의 문학: 50년대 문학 소고」, 『김현문학전집2』(문학과지성사, 1991), pp.241~242.
32) 앞의 글, p.242.

정의 극대화에 있다고 보는 점까지, 언어의 문제만 제외하면 50년대 문학에 대한 지적은 20년대의 부정적 여성주의에 대한 바로 그것이다.

김현이 현실 구조의 정확한 파악, 즉 역사의식을 문학의 중요한 사명으로 삼았던 것은 그가 당시에 '문화의 고고학'이라는 개념으로 골드만의 발생론적 구조주의를 적극 수용한 것과 무관하지 않다. 그러나 20년대 문학과 50년대 문학을 이처럼 유추적 파악하는 것은 또 다른 설명을 요구한다. "50년대 한국문학은 20년대의 한국 문학과 마찬가지로 혼란에 빠져버린다"[33]는 말로 20년대와 50년대 문학의 친연성을 노골적으로 표현할 때 김현이 말하고자 한 것은, 그리고 20년대를 시들을 부정적인 여성주의로 규정하면서 한용운을 여성주의의 승리로서 대비시킬 때 결과하는 것은 20년대 부정적 여성주의의 청산만이 아닌 것이다. 거기에는 50년대 문학의 극복과 60년대 문학의 정체성 확립에 대한 갈망이 은밀히 작동하고 있었던 것이다.[34]

나. 근대문학의 필요조건으로서의 타자성-김윤식

역시 신문학의 발상법을 탐색하는 일환으로 쓰인 김윤식의 글은 한국 신문학의 발상이 '서구문학과의 동질화와 민족주의라는 의식의 심연이 빚어내는 갈등'에 토대하고 있다는 전제하에서 시작한다.[35] 이와 같은 문제의식의 발로는 김현의 그것과 크게 다르지 않다.

---

33) 앞의 글, p.248.
34) "50년대의 한국 문학은 20년대의 한국 문학과 마찬가지의 혼란에 빠져버린다. 가장 표피적인 문제로는 그에게서 추천을 받고 싶은 선배 문인이 업어진 것이며, 가장 심각한 문제로는, 극복해야 될 대상이 없어진 것이다. 당대의 문학 지망생들로는 김동리·서정주·박목월·박두진·조지훈·김현승 등의 시인·작가들이 극복의 대상이라기보다는 함께 한국 문학을 만들어가야 할 동료에 지나지 않는다." (앞의 글, p.248.)
35) 김윤식, 앞의 글, p.448.

그러나 한국 근대 문학의 형성과 전개를 내재적인 동력으로 파악하고
자 했던 소장 비평가의 소명에 충실하기 위해서는 해결해야 할 문제가
있었다. 민족주의와 관련한 연구가 별로 진척되지 못했다는 점과36) 방법
론적으로 볼 때 식민지시대 작품들이 미숙하다는 지적을 부인할 수 없다
는 점이다. 여기에서 첫 번째 문제는 그다지 곤란한 것은 아니었다. 당시
문학을 비롯한 인문 사회학적 담론에서는 뒤늦게나마 민족주의 논리가
활발하게 구축되고 있었으며, 그가 「한국시의 여성적 편향」에서 일차적
으로 추구했던 것 또한 민족의식을 설명할 수 있는 논리적 뒷받침을 마
련하는 것이나 다름없었다.

　문제는 신문학 초기의 시들이 갖는 방법론적 미숙성을 어떻게 인식해
야 할 것인가 하는 점이다.

　　　한국문학에 있어서 시의 전개가 서구시와의 동질성을 획득하기 위해
　　서 기울인 노력은 시의 방법, 스타일, 사조 등을 포함하는 방법론이었을
　　것이다. 이러한 노력 자체가 현저히 개화를 보이지 못한 이유는 식민지치
　　하의 한국사회자체의 미숙 때문에 세계관에서 연역해 낸 서구적 방법론
　　이 접목될 수 없었던 데서 가장 쉽게 찾아진다. 뿌리 뽑힌 방법론은 이른
　　바 방법 및 사상의 무한포용현상에 놓이기 때문이다.37)

　김윤식은 위의 글에서 근대문학을 향한 욕망이 문학적 방법론의 모색
으로 이어졌지만 식민지라는 정치적·역사적 상황 때문에 "세계관에서
연역해 낸 서구적 방법론이 접목될 수 없었"다고 말한다. 이와 같은 평가
는 그만의 것이 아니었다. 문제는 바로 그것인데, 그가 이러한 사실을 인
정하는데서 그친다면 그의 타자, 그가 극복하고자 했던 아버지들, 즉 초

---

36) 앞의 글, p.456.
37) 앞의 글, p.457.

창기 문사들과 닮게 되고 만다는 게 문제이다. 그들은 초창기 시를 퇴폐적 낭만주의, 미숙한 감상성 등의 표제를 달아 결과적으로 "서구의 '본문'에 대한 '부록'의 상태"로 전락시킨 이식 문학론의 주창자들이 아니었던가.[38] 이는 또한 '한국 문학의 주변 문화성'을 극복하고 개별문학으로서의 한국문학사를 구축하고자 하는 그의 문학적 과제[39]에 위배되는 것이기도 하다. 따라서 한국 문학사 내에 식민지 초기의 시들의 자리를 만드는 일이 급선무가 된다.

그러나 당시 중심적인 문학적 방법론이 신비평의 분석적 방법이었던 점을 생각한다면 신문학 초기의 작품들에 긍정적인 가치를 부여하는 일은 결코 쉽지 않았을 것으로 짐작된다. 문학의 자율성과 심미성을 주요한 평가 기준으로 삼고 등장한 문학의 과학주의적 관점에서 보자면 신문학 초기시들은 감정의 과잉과 실패한 시적 형상화의 전형이라는 평가를 벗어날 수 없기 때문이다. 그도 그럴 것이 신비평은 지성 중심적인 패러다임에 기반하여 도출된 방법론이었으니, 감정과 토로의 20년대 시들을 가늠하기에는 적절하지 않은 잣대인 것이다.

김윤식이 이와 같은 상황을 타개하고자 할 수 있는 것은 '문학외적 기준'을 적극적으로 도입하는 일이다.[40] 그것은 분석 대상의 시대적 특수

---

38) 김윤식, 「식민지의 허무주의와 시의 선택: 김안서·김소월의 문학사적 위치」(≪문학사상≫, 1973, 5), p.270.
39) 김윤식, 「한국 문학의 인식과 방법」, 김윤식·김현, 『한국문학사』(민음사, 1973), pp.36~42.
40) "이 갈등의식(서구문학에로의 동질성을 일방의 목표로 하면서도 식민지를 정치적 상황으로 말미암아 민족의식의 심연을 인식하지 않으면 안 되었다는 사실)이 일제시대 한국시문학과 해방문단과를 현저히 차질되게 하는 요소로 파악되며, 따라서 이 일제시대의 한국문학에 대한 평가기준은 단순히 문학적 기준만으로는 미급(未及)한 것이라 하지 않을 수 없다. 이 문학적 기준이상을 일부분이나마 모색해 놓는다는 것은 급선무중의 하나로 보인다. 이를 위해 우선 우리는 시의 예언적 기능을 모색해 보았다."(김윤식, 「한국시의 여성적 편향」, p.456.)

성을 인정하는 일이며, '인접학문과의 공동보조'를 적극 추진하는 일이다.[41] 보다 구체적으로는 위대한 문학과 우수한 문학을 구분하는 엘리어트를 끌어들인다.

> 문득 이 대목에서 나는 '문학의 위대함'(the greatness of literature)은 문학적 평가를 초월한다는 엘리어트의 지적을 상기한다. 「초혼」의 외치는 소리, 그것이 우리에게 가장 소중한 것을 상실한 것에 대한 형언할 수 없는 공허감의 환기일 때, 이미 그것은 예술의 차원을 떠난다. 민족과 종교의 동질성의 부르는 소리, '그 누가 나를 헤내는 부르는 소리'(「무덤」)의 울림인 것이다. [42]

위와 같이 시대적 특수성을 문학 평가의 기준으로 적극 끌어들인 결과 그는 신문학 초기시에 가치를 부여할 수 있게 된다. "이러한 방법론상의 취약성을 지녔으면서도 이 시기의 시가 빛나 보이는 것은 물을 것도 없이 민족의식의 심연이 가로놓여 있었기 때문"이라거나 "이 신성한 것이 보호되어 있었기 때문에 이 시대의 시작품이 문학적 기준을 넘어설 수 있었던 것으로 파악된다"[43]는 언급이 대표적이다. 민족의식이라는 문학 외적인 기준을 적용하여 신문학 시기 시들이 지니고 있는 작품 자체의 한계를 극복하려고 한 것이다.

그렇다면 여성 편향적인 것은 그의 이러한 논리 전개에서 어떤 역할을 하는가. 그 단서는 김윤식이 민족의식을 갖춘 시 모두를 긍정하지 않았다는 점에서 찾아볼 수 있다. 그는 「해방기념시집」에 담긴 시들을 매우 가치폄하 하는데, 이들 작품들은 '무명화', 즉 민족의식에 이름을 붙였기 때문이라는 게 이유이다. 즉, '해방 전의 시들에서 한 번도 발음되지 못

---

41) 김윤식, 「식민지의 허무주의와 시의 선택」, p.279.
42) 앞의 글, p.285.
43) 앞의 글, p.457.

한 '조국', '대한', '독립', '만세' 등등의 명칭'으로 무명화를 환언함으로써 시인들은 '정녀'에서 '창녀'가 되었다고까지 말한다. 그는 청록파 또한 무명화의 자리에 생명이란 것을 대치한 경우로, 한국시의 퇴행현상에 지나지 않는다고 지적한다.[44] 민족의식을 담고 있는 작품들의 문학적 가치를 민족의식이 어떻게 드러나는가 하는 문제로 가늠하고 있음을 알 수 있다. 즉, 민족의식이라는 이념을 직접적으로 드러낸 것이 아니라 여성성의 메타포를 이용함으로써 미적 성취를 동시에 담지하고 있는 작품만을 긍정하고 있는 것이다.

그러나 김윤식에게 있어 여성적인 것이 민족주의에 대한 미적 상관물로서 중요한 의미를 갖는 보다 근본적인 이유는 다른 데 있다. 보다 중요한 것은 여성적인 것이 남성적인 것의 타자라는 사실이며, 이들 간의 역학이다. 김윤식은 여성적인 것이 남성적인 것에 의해 타자로 규정되어 평소에는 은폐되어 있다가 위기의 시기에 비로소 표면으로 드러나며, 그 여성적인 것이 신비롭고도 강력한 힘을 지니고 있다는 성별화의 역학 관계를 민족주의와 파시즘, 혹은 민족주의와 영웅주의의 관계에 고스란히 적용한다. 그와 같은 논리는 민족주의라는 강력하고도 신비한 이념적 힘을 신문학 초기 작품들에 귀속시킴으로써 그동안 폄하되어 오던 작품들을 문학사에 긍정적으로 수용될 수 있는 타당한 조건을 만들어주는 일이다. 뿐만 아니라 민족주의라는 이념에 의해 문학이 도구화될 위험을 차단하는 방패막이를 마련하는 일이기도 하다. 그러나 여성성의 타자성을 적극 수용함으로써 여성을 영원히 불가지의 모호한 혼돈 상태, 죽음과 두려움의 근원, 남성으로 대표되는 인류에 대한 타자로 고착화시켰다는 점도 간과해서는 안 된다.

---

44) 앞의 글, p.454.

4. 맺음말

이 글은 초기 식민지 시대의 시를 여성성의 메타포로 설명하는 두 편의 비평에 대해 그 여성화 전략의 의미를 밝히려는 것을 목적으로 시작하였다. 특히 이 글에서 중점적으로 살펴본 것은 다른 시기가 아니라 하필이면 1960년대 말에 초기 식민지 시대의 시작품들을 여성적이라고 규정하는 논의들이 잇달아 생산되었는가 하는 질문이다.

이 시기는 4·19 이후 등장한 세대들이 자신들을 전후 세대와 공공연하게 차별화하고자 하는 목소리를 드높이던 시기였으며, 60년대 중반부터 사학계를 중심으로 확산되기 시작한 주체적 민족 사관의 영향을 받아 문학계에서도 근대 문학 형성의 기원을 주체적인 것으로 파악하고자 하는 움직임이 일기 시작하던 때이기도 하다.

이와 같은 정황과 관련하여 살펴보면 여성 이미지와 메타포는 그들의 비평에서 다분히 전략적인 기능을 하고 있음을 알 수 있다. 김현의 경우, 여성성은 전형적인 위계적 이분법 안에서 부정적인 함의를 갖고 있다. 이러한 여성성의 관념은 50년대 세대를 극복하고 60년대 세대인 그 자신들의 정체성을 확고히 하는데 간접적으로 동원된다. 이는 50년대의 문학인 혹은 문학적 경향을 20년대의 그것과 유추적으로 구축함으로써 수행된다. 50년대 문학에 대한 그의 기술들은 20대 부정적 여성주의의 시들에 대한 기술과 거의 일치하고 있는데, 20년대의 부정적 여성주의가 극복의 대상으로 설정된 것처럼, 이러한 유추의 결론은 50년대의 문학적 경향을 60년대 세대의 타자로 정립하고 극복하는 것으로 귀결된다.

한편 김윤식 역시 신문학 초기의 시들을 여성편향적인 것으로 보았는데, 그가 주목하고 있는 여성적인 것은 남성적인 것에 의해 혼돈과 죽음으로 배제되지만 남성적인 것의 전형인 억압적 파시즘에 유일하게 저항할 수 있다는 점이다. 그는 이 여성적인 것의 부정성, 혹은 타자성을 매우 적극적으로 긍정한다. 민족주의에 대한 메타포로 해석하고 있기 때문이다. 김윤식은 이와 같은 여성성의 개념을 빌어 종래에 비판받던 신문학 초기의 시 일단을 당당히 문학사로 재편입시킴으로써 주체적인 문학사 구축의 난점을 해결하고자 한다.

그러나 이와 같은 해명은 지극히 부분적인 것에 불과하다. 가령, 김현이 20년대 시를 여성적인 것이라고 규정하고 특히 한용운을 긍정적인 것으로 평가한 이유가 정서의 절제와 초월을 강조한 때문이라고 본다면, 이러한 정서의 절제와 초월, 즉 부정적인 여성주의의 극복은 '미학적인 것'으로 나아가야 한다는 60년대 이후 형식주의의 영향과도 관련지어 살펴보아야 한다. 뿐만 아니라 여성적인 시들이 생산되던 1920년대 담론의 장이 조선심을 강조하는 언설들과 카프 진영의 언설들로 팽팽하게 분할되어 있었던 것처럼, 1960년대 말에서 70년대에 그와 유사한 장이 형성되고 있었다는 점도 간과할 수 없다. 여기에서 제기되는 문제는 시의 책임과 기능을, 오늘날까지도 우리의 문학의 중요한 화두가 되고 있는 민중과 민족의 이데올로기, 혹은 시대와 역사와 관련 하에서 정립하는 것이다. 뿐만 아니라 이와 같은 문학사적 관심사와 별개로 장르론적인 관점에서 성별화의 문제를 살펴보아야 하는 것도 계속 논의해야 할 중요한 문제이다.

김현과 김윤식은 성별화의 전략을 주체적이며 자생적인 근대성을 구축하는 담론 생산에 동원하고, 이를 통해 그들 각각의 문학적 정체성을 구축해갔다고 볼 수 있다. 그 과정에서 여성적인 것은 김현의 경우, 부정

적인 타자로서의 의미를 재생산하고 있으며, 김윤식의 겨우, 여성성의 타
자성을 적극 긍정하기는 하나 오히려 여성성의 타자성을 고착화하는 결
과를 초래하고 있다.

시각적인 것의 권력과 비(非) 시각적인 것의 혁명
— 현대시에 나타난 감각의 성(性)정체성

1. 감각의 성정체성에 대한 한 가지 통념과 시적 형식에 대한 정의

이 글은 100년 가까이 이어져온 한국시사에서 감각과 성정체성이 어떠한 방식으로 연루되어 있는지 살펴보는 것을 목적으로 한다. 물론 이 글은 시론적인 검토에 지나지 않기 때문에 치밀하고 본격적인 검증을 거쳐 하나의 결론을 제시하기보다는 오히려 또 다른 문제 제기를 하게 될 것이다.

본격적인 논의에 들어가기에 앞서 "남자는 시각에 약하고 여자는 청각 또는 촉각에 약하다"는 풍문에 대해 생각해 보자. <이성을 사로잡는 법> 같은 코너에 어김없이 등장하는 이 말은 검증된 바는 없지만 진리나 다름없이 받아들여지고 있다. '이성의 관심을 끌기 위해서, 여자는 남자의 시각을 자극해야하고, 남자는 여자의 청각 또는 촉각을 잘 활용할 줄 알아야 한다'는 결론으로 끝나는 이 명제.

만약 이 '설'을 받아들인다면 시와 감각과 성정체성이라는 세 개의 꼭

짓점을 연결 지어야 하는 이 논의는 한결 수월해질 것이다. 남성 시인의 시는 시각적 이미지가 비중 있게 나타나고, 여성 시인의 시에는 청각 또는 촉각적 이미지가 중요한 기능을 한다는 사실을 보여주기만 하면 되니 말이다. 그러나 문제는 그렇게 간단하지 않다. 감각, 성정체성, 그리고 시라는 세 가지 주제는 그 자체로 충분히 복잡하며 거대하다. 하물며 이들 간의 상관관계를 따지는 일에 있어서야… 따라서 먼저 그 복잡함의 단면들을 선명하게 드러낼 필요가 있다.

우선적으로 이야기해야 할 것은 감각과 성정체성의 문제이겠지만, 이는 이 논의의 핵심이자 가장 복잡한 문제이므로 뒤로 미루기로 하자. 그리고 우리가 비교적 잘 알고 있다고 여기는 사실 몇 가지를 살펴보는 것으로 시작하자. 첫째, 감각. 사전에 따르면 감각이란 감각 기관을 통해 자극을 받아들이는 행위, 또는 사물의 가치나 변화 등을 알아내는 정신 능력이다. 행위이면서 정신능력이라는 이 사전적 정의는 감각이 육체와 정신의 두 차원에 걸쳐 있다는 것을 말해준다. 감각은 또한 인간이 인접한 외계와 접촉하고 있는 하나의 생물체라는 사실을 스스로 깨닫게 해준다. 감각은 세계의 다양한 현상들을 오성으로 전달하여 인식론적인 확장을 가져오는 작용을 하기도 하지만 그 이전에 직접 몸으로 체험함으로써 세계가 우리에게 관여한다는 사실을, 그리고 내가 지금 여기 현존한다는 사실을 증명해주기도 한다. 따라서 감각은 생물학적·인식론적 차원 뿐 아니라 존재론적인 차원에서도 중요하다.

이러한 감각이 시와 직접적인 관련을 맺는 것은 이미지를 통해서이다. 온몸의 감각 기관을 최대한 활짝 열고 세상을 받아들여 이를 언어로 전환하는 시인에 의해 감각은 리듬과 더불어 시의 대표적인 구성원리인 이미지로 전환된다. 한편, 독자인 우리들은 그 언어에서 구체적이며 생생한 감각을 추체험하는 이차적인 감각의 생산자라고 할 수 있다. 시를 읽는 즐거움은 바로 우리의 제한적이고 국부적이며 미분화된 감각 경험을 보다 섬세하게 만들어 우리가 간과한 세계의 숨겨진 주름들을 볼 수 있게 되는 데 있다.

그런데, 감각과 관련하여 시의 이미지를 정의하는 여러 가지 의견들을 살펴보면 한 가지 수상한 점을 발견할 수 있다. 가령, 시의 이미지에 대해 가장 널리 알려진 정의로는 '언어로 만들어진 그림' 혹은 '마음속에 그리는 사물의 감각적 형상'과 같은 것이 있는데, 시의 이미지가 시각에 국한되고 있음을 알 수 있다. '그림'이라든지 '형상'과 같은 비유는 분명 여러 종류의 감각 가운데 시각을 지칭하는 것이다. 또한 M.H. 에이브람 즈는 문학적 용법으로의 이미지를 첫째, 한 편의 시나 기타 문학 작품 속에서 언급되는 감각・지각의 모든 대상과 특질, 둘째, 보다 좁은 의미로 볼 때는 시각적 대상과 장면의 요소, 그리고 마지막으로 가장 일반적으로는 비유적 언어, 특히 은유와 직유의 보조관념을 가리킨다고 정의하는데, 이들 역시 다른 어떤 감각보다 시각을 우위에 두는 정의들이다. 두 번째 정의에서는 직접적으로, 그리고 마지막 정의에서는 간접적으로 시각과 이미지를 연결 짓고 있다. 어찌된 셈인지 시에서 감각은 시각적 이미지에 온통 초점이 맞춰지고 있는 것이다.

2. 감각의 위계 질서와 뒤늦은 문제 제기

사실, 모든 감각 가운데 시각을 우위에 두는 견해는 그 기원이 매우 오래되었다. 그리스 철학에서부터 시각은 여타 감각에 비해 우월한 것으로 간주되어 왔다. 이를 입증할 수 있는 근거는 시각이 지식에 대한 모델일 뿐 아니라 다른 모든 감각을 대표하는 감각으로 기능해온 서구의 지성사에서 찾을 수 있다. 그러나 한 꺼풀 더 벗겨보면 서구 지성사에서 감관을 통해 주어지는 모든 경험은 오성에 대립되는 것으로 파악된다. 감각은 파편화되어 있고, 순간적이어서 '나는 생각한다'로 요약되는 인식과 존재의 필수조건, 즉, 이성을 위협하는 것이다. 그래서 감각은 언제나 이성으로부터 제거되어야 할 것으로 배제되어 왔다.[1] 그나마 시각이 인식론적으로 특권적인 지위를 누릴 수 있었던 것은 다른 감각에 비해 대상과 거리유지가 가능하며 그렇기 때문에 대상을 총체적으로 파악할 수 있다는 상대적인 관점에서이다.[2]

결국 시각과 여타의 감각 사이에 설정되어 있는 이러한 불평등한 관계는 그 자체로 독립적인 문제가 아니라고 할 수 있다. 거기에는 이성과 감각, 정신과 육체, 객관과 주관, 동일자와 타자 같이 두 개의 항으로 세상을 바라보는 고질적인 이분법적 세계관이 결부되어 있는 것이다. 최근 학자들은 이러한 이분법적 세계관이 동일자를 최고의 자리에 등극시키기 위한 전략이라고 주장한다. 동등한 것처럼 보이는 두 개의 항을 짝지어 놓고 이 가운데 한 가지를 억압・배제함으로써 다른 한 가지를 부각시키고 특권을 부여한다는 것이다.

이러한 메카니즘 덕에 특권을 부여받은 존재 가운데 하나가 바로 남성임은 주지의 사실이다. 이원론적 세계관을 공공연하게 남근중심적이라고 말하는 것도 이들 이항대립적 인식 체계와 남근중심적 사회 구조 사이의 상동성을 확신하기 때문이다. 그렇다면 이 글의 초두에서 언급했던 "남자는 시각에 약하고 여자는 청각 또는 촉각에 약하다"는 세간의 주장이

---

1) 로빈 메이쇼트, 허라금・최성애 역, 『인식과 에로스:칸트적 패러다임에 대한 비판』(이화여자대학교 출판부, 1999), pp.179~209.
2) 엘리자베스 그로츠, 임옥희 역, 『뫼비우스 띠로서 몸』(여이연, 2001), p.210.

전혀 근거 없는 것만도 아니다. 사실, 이 말은 저명한 페미니스트 철학자 루이스 이리가레이가 한 말이기도 한데, 그녀는 플라톤 이래, 이미지와 시각이 남성적인 것과 연합되어 왔다고 주장한다.[3]

그러나 시각과 남성을, 청각 및 촉각과 여성을 관련짓는 이와 같은 분류와 정반대의 견해도 있다. 갈톤은 이미지를 여성과 연관시켰으며, 미첼은 숭고와 미에 관한 버크의 이론으로부터 언어, 남성성, 어둠, 모호함, 그리고 청각을 숭고와 관련된 하나의 연합체로, 이미지, 여성성, 빛, 명료함, 그리고 시각을 미와 관련된 하나의 연합체로 구분한다. 또한, 사물로부터의 거리를 기준으로 구분하게 되면, 시각과 청각은 추상적이고 정신적이며 차가운 것으로서, 구체적이고 감각적이며 따뜻한 것으로 파악되는 촉각 및 후각과 대립된다.[4]

이상의 주장들은 모두 감각과 성 사이에 특수한 연합 관계가 있음을 지적하고 있다. 그러나 그 구체적인 대응 관계에 놓인 항들은 제각기 다르다. 그렇다면 특정한 감각과 특정한 성정체성 사이에 어떤 본질적인 관련은 존재하지 않으며, 오히려 이를 시에서 찾아보겠다는 이와 같은 문제의식 자체가 무의미한 것이 아닌가 하는 의문을 갖지 않을 수 없다.

그러나 반드시 그런 것만은 아니다. 차원을 달리 하면 분명한 사실 한 가지가 있음을 알 수 있다. 감각과 성정체성 사이의 관계가 고정되어 있지 않다는 점 말이다. 감각과 성정체성 사이의 이러한 자의적 관계야말로 본 논의의 핵심 쟁점이다. 좀 더 자세히 말하자면 감각이란 인간의 다른 모든 행위 및 정신 능력들과 마찬가지로 결코 중립적이지도 객관적이

---

3) Luce Irigaray, *This Sex Which Is Not One,* tras, Catherine Porter(Ithaca, N.Y.:Cornell Universuty Press, 1985), pp.25~26.
4) Ellen J. Esrock, *The Reader's Eye: Visual Image as Reader Response.*(The Johns Hopkins University Press, 1994), pp.14~15,

지도 않으며, 우리가 중립적이며 객관적이라고 믿고 있는 것들도 알고 보면 특정한 이데올로기와 연합하여 구성된 것이듯, 감각 역시 그런 것이다.5)

따라서 중요한 것은 그 연합의 내용이 아니라 메카니즘 자체이다. 사회·문화·역사적 맥락의 차이에 따라 감각 간의 위계는 전도될 수도 있고, 또 성별과의 연합 관계가 변경되기도 한다. 그러나 변하지 않는 한 가지는 인식의 대상들을 대립시키고 상호 소외시키는 메카니즘, 즉 위계화라는 메카니즘이다. 그것은 마치 어둠상자 같아서 무엇을 대입하건, 가령 감각이건, 생활양식이건, 혹은 습성이건, 취미이건 간에 부정적이며 소극적이고 타자적인 것은 언제나 여성적인 것의 꼬리표를 달고 나오게 한다.

이는 한국시에 있어서도 마찬가지이다. 그러나 시에서 특정한 감각이 특정한 성적 정체성과 관련되어 나타나는 것을 밝히는 게 중요한 것은 아니다. 문제는 시에서 특정한 감각과 성정체성의 연합이 이루어지는 현장을 포착하고 그 기제를 밝히는 것이다. 또한 그러한 연합이 우리 시의 창작과 해석에 어떤 방식으로 관여해 왔는지를 살펴보는 것도 중요하다. 전자의 문제의식이 문학사적이고 메타 비평적인 관점에 입각한 것이라면, 후자는 최근 10여 년 사이에 일어난 우리 시의 변화를 살펴보는 현장 비평적 방법이다. 이러한 두 가지 접근법은 감각의 성정체성이 한국시에서 어떻게 마련되고 있으며 작동하고 있는지를 단편적으로나마 보여줄 수 있을 것이다.

---

5) 과학이나 철학같이 객관적이며 합리적인 방식으로 진리를 추구한다고 자임하고 있던 학문들도 남성성과 보다 더 강력하게 연관되어 있다는 것이 최근의 연구들을 통해 속속 밝혀지고 있다.

3. 감격에서 감각으로, 또는 청각에서 시각으로

1930년대 초 김기림은 시의 감각과 관련하여 눈길을 끌만한 언급을 한다. "어떤 기럭지의 시이던지 시는 가시적이다 그렇지 않으면 그것은 지난하다. 그것은 동작의 힘, 또는 영상의 힘에 의하여 가시적이어야 한다. 그것은 시인 동안은 통지(通知)적 또는 개념적일 수는 없다."6) 이와 유사한 언급은 당시 그가 발표한 여러 평론에서 쉽게 찾아볼 수 있다. 시인은 "항상 즉물주의자가 아니면 아니된다"7)는 언급이나 파운드의 세 가지 시 구분법을 소개하고 현대시가 회화를 지향하는 방향으로 전개되고 있다고 진단한 것도 그이다. 김광균 역시 이와 비슷한 지적을 한다.

이들 30년대 모더니스트들이 자신의 주장을 실제 작품으로 보여주는 데 성공했느냐 여부를 떠나 시의 회화성에 대한 이들의 강조는 새로운 것에 틀림없었다. 이들이 등장하기 이전까지 우리 시의 주류를 이루었던 것들은 '음악적인 시', 즉 청각 중심의 시였기 때문이다. 이를 김기림은 낭만주의시', 또는 '격정적 표현주의 시'라고 표현했으며, 그 구체적인 대상으로는 안서와 김억류의 상징주의시나 김소월 식의 민요조 서정시, 혹은 생경한 구호들을 직설적으로 토로한 카프의 시 등을 지적한다. 다시 말해 30년대 모더니스트의 등장은 시의 강조점을 음악에서 회화, 곧 청각적 요소에서 시각적 요소로 이동시킨 중대한 사건이라고 할 수 있다.

여기에서 주목할 것은 시각 중심의 시와 청각 중심의 시를 설명하기 위해 구사하고 있는 '수사적 대응관계'이다. 김기림은 그가 추구하는 주지적이며 회화적인 시를 '건강', '명랑', '원시적' 등등의 어휘들과 연관짓

---

6) 김기림, 「1933년 시단의 회고」, ≪조선일보≫, 1933. 12. 8.
7) 김기림, 「시의 모더니티」, ≪신동아≫, 1933. 7.

는 반면, 극복해야 할 전대의 시를 '자연발생적', '자인(存在, sein)', '건강하지 못한', '애매하고 감상적인', '육체의 비만과 동양적 성격적 결함' 등과 같은 구절로 표현한다.

이처럼 시의 가치와 특징을 특정 감각과 연결 짓고 그것을 대립적인 위치에 놓는 논리 전개의 방식이나 시각적 시와 청각적 시를 설명하기 위해 사용하고 있는 패러다임은 매우 낯익은 것들로서, 자연/문명, 병적인/건강한, 애매한/명료한, 감상적인/이성적인, 육체적/정신적, 동양적/서양적 등, 양항의 동등함을 위장하여 후자의 항들을 우월한 자리에 놓는 방식으로 우리의 사고와 사회 구조를 조정해온 바로 서구의 이원론적인 세계관이다.

비록 이들 모더니스트들이 시각적인 시와 전대의 청각적인 시의 대립을 직접적으로 성별화시키고 있지는 않지만, 특정 감각과 시의 우열을 관련짓는 이러한 인식이 성차의 개념을 생산하고 그것을 진리로 내면화시키는데 지대한 공헌을 해온 바로 그 인식과 맥을 같이하고 있음은 다시 한 번 상기할 필요가 있다.

뿐만 아니라 김기림은 현대의 모든 예술이 이처럼 시각중심, 회화적 경향, 공간적 인식 체계를 지배적 경향으로 갖게 되는 이유를 다음과 같이 설명한다.

> 생성하고 변화하는 것을 꺼리고 따라서 그러한 것과 운명을 공유하는 것을 불쾌하게 생각하고 무기적인 기하학적인 예술을 고조한 T.E.흄의 이론은 안으로 돌아가보면 사실은 동요 속에서 안정을 찾는 열렬한 현대 그것의 소리였다. …음악적인 것 그것은 비유적으로 사라져가는 것, 불안한 것, 동요하는 것이다. 회화적인 것 그것은 영속하는 것, 고정하는 것이다.[8]

---

8) 김기림, 「30년대 탁미(晫尾)의 시단동태」, 『시론』(백양사, 1947), p.93.

말하자면, 시각은 영속과 불변, 그리고 확실함을 보장해주기 때문에 세기말이라는 위기의 시기에 추구되는 것이 당연하다는 것인데, 이 또한 전형적인 서구의 이성중심적 사고의 한 단면이다. 불확실하고 한계 지을 수 없으며 그렇기 때문에 이성의 힘을 위협하는 모든 것들을 두려움과 거부의 대상으로 보는 것, 따라서 억압하고 배제해야 할 것으로 규정짓는 이러한 인식론은 예술의 양식마저도 이로부터 자유롭지 않다는 것을 보여준다.

특정한 학문적 전통이 이론적 개념의 구성과 유통에 영향을 미친다는 펠스키의 지적을 염두에 둔다면,9) 김기림에 이르러 비로소 이론에 입각한 비평이 자리잡게 되고, 또 시를 대상으로 하는 이론이 비록 수입을 통해서이긴 하나 하나의 학문으로서 온전한 체계를 갖추게 되었다는 점은 매우 중대하다. 다시 말해 시론과 시비평이 우리 시문학사상 최초로 제도적인 학문으로 자리를 잡아가는 시기에 시각의 우위성, 좀 더 비약하면 이성과 합리성의 가치가 역설되고 있었다는 사실은 이후 우리 시사가 이들 시각 우위의 시론을 전범으로 삼게 됨을 의미하는 것이라고 할 수 있기 때문이다. 김기림을 위시한 30년대 모더니스트들은 의도하건 의도하지 않았건 간에, 한국 시의 양식들을 성별화하는데 기여한 셈이고, 시의 비평과 평가의 중요한 기준으로 감각의 성별을 제시한 셈이다.

과연 이후 시에 관한 감각, 특히 시각은 언제나 핵심 키워드가 되어 왔다. 시를 논하는 자리에서 던져지는 두 가지 중요한 질문 가운데 하나는 이 시가 인생과 세계의 핵을 얼마만큼 심도있게 포착했느냐 하는 것과 그것을 얼마나 구체적이고 생생하게 표현해 내었느냐 하는 두 가지였으

---

9) 리타 펠스키, 김영찬·심진경 역, 『근대성과 페미니즘: 페미니즘으로 다시 읽는 근대』 (거름, 1998), pp.70.~73.

며, 이는 여전히 유효하다.

특히 이 가운데, 후자, 즉 형상화나 구체화의 문제는 달리 말하면 시각적 시의 우위를 전제한 것으로서, 객관적 상관물을 사용하지 않고 관념이나 정서를 직접적으로 토로하는 시를 미숙하거나 아예 시가 아닌 것으로 치부하는 비평의 전통과 관련된다. '구체적', '감각적', '명징한', '생생한' 등의 어휘가 시각화에 대한 현장 비평적 술어라면, 1950년대 이후 신비평이 본격적으로 소개되면서 사용되기 시작한 '객관적 상관물', '거리 두기', '유기적 비유' 같은 학술적 용어들은 시각에 권위와 객관성을 부여하는데 기여한다.

이러한 상황에서 주로 비판을 받게 되는 시들은 '감상성'을 숨기지 못하는, '구체적이지 않은', '비애'와 '눈물'로 점철된, '비관적'이고 '우울한' 등, 비감각적이고 비가시적인 특징을 비판하는 술어들로 기술된다. 1920년대의 시를 대상으로 하는 1930년대 비평에서 주로 발견되는 수사이다. 이러한 작품들이 여성적인 것으로 불리기 시작하는 것은 훨씬 후대에 들어서이다. 1960년대 말에서 70년대에 이르는 김윤식, 김현, 유종호 등 당시 주목받던 신진 학자들은 1920년대 시를 하나같이 '여성적'이라고 규정짓는데, 김기림은 감히 행하지 못했던 감각의 성별화를 60년대 비평가들은 시도하고 있는 것이다.[10] 이들 작품이 실제 여성에 의해 쓰였는지 여부는 문제가 되지 않는다. 위와 같은 특징을 가진 시들이라면 '소녀적 취향'내지는 '여성적'이라는 꼬리표를 달게 된다. 결국 80년대 최승자, 고정희, 김승희 등 주목할 만한 여성 시인들이 등장하기 전까지 이들 감상적이며 관념적이고 구체적이지 못한 시들은 변방에서 맴돌 수밖에 없었던 것이다.

---

10) 이에 관한 논의는 졸고, 「현대시 비평에 나타난 성별화 전략」 참조.

이들의 감각적인 것, 시각적인 것의 우위성이 시에 있어서도 그처럼 강력하게 용인될 수 있었던 것은 근대적 합리성이라는 미끼가 있었기 때문이다. 근대성을 기본적인 동력으로 삼고 있다는 점은 이 땅에서 시를 쓰는 시인들에게 대단히 매혹적인 것이 아닐 수 없었다. 19세기 말부터 싹튼 근대에 대한 열망은 끈질기고도 강렬해서 서구에서 탈근대의 목소리가 높아진 최근에 들어서야 겨우 거리를 두고 돌아볼 수 있게 된다.

4. 시각에 대한 복수와 온몸의 감각화

명징, 명료, 구체, 선명 등 온갖 시각적인 메타포와 긴밀하게 스크럼을 짜고 있던 한국의 주류 시단에 새로운 목소리가 본격적으로 들리기 시작한 것은 1980년대이다. 그것은 말 그대로 목소리라고 할 수 있다. 보여주는 것이 아니라 토로하고 분노하고 내뱉음으로써 청각을 자극하던 시들은 '구체적으로 보여주어야 한다'는 기존의 시학적 권고에도 아랑곳하지 않고 어떻게 보여줄 것인가 보다는 무엇을 이야기할 것인가를 모색하는 데 더 많은 노력을 기울인다.

그 결과 이들은 모성의 힘에 기댄 시, 위악적으로 세상에 야유와 조롱을 퍼붓는 시, 자신의 여성성을 신비적으로 절대화시키는 시[11] 등으로 분류해야 할 만큼 다양한 영역을 개척하게 되고, 여성 작가들은 착한 여자, 광기의 여자, 나쁜 여자로 구분되어 이전의 '여자'라는 단 하나의 이름, 더 심하게는 '남자가 아닌'으로 두루뭉술하게 불리워지던 것에서 벗어나게 된다.[12] 모성성, 육체성, 몸, 에로티시즘이나 섹슈얼리티 등의

---

11) 김혜순, 「연인, 환자, 시인, 그리고 너·3」, ≪문학동네≫, 2000. 가을, p.420.
12) 김미현, 「여성, 말하(지 못하)는 타자」, 『판도라 상자 속의 문학』(민음사, 2001).

주제가 점잖은 시학의 영역에서 진지하게 논의되기 시작한 것도 이들 여성적인 작품들이 두드러지게 출현하기 시작하면서부터이다. '주술적 언어', '반사경의 언어', '기존의 문법을 파괴하는 언어' 등과 같은 여성적인 시의 어법들도 시각 위주의 기존 시학에서라면 엄중한 경고를 받았을 법하다.

여성적인 시가 어떤 유형으로 세분되건, 혹은 어떤 주제와 더불어 논의되건, 어떤 어법으로 규정되건 간에 한 가지 공통되는 것은 이들 시에서 두드러지는 감각이 다름 아닌 청각과 촉각, 그리고 근육 및 신경계적 감각들이라는 점이다. 여성시의 화자들은 가까이 다가가 만지고 냄새 맡고 그리고 그것을 온몸으로 받아들이기를 꿈꾼다. 그럼으로써 자기 자신을 기꺼이 변형시키고자 한다. 결코 자신의 정체성이 고정되고 경계가 항구 불변할 수 있다고 생각하지 않는다. 다소 폭력적으로 보이지만 타자를 받아 안기 위해서는 자기 몸의 해체와 분열, 파괴도 두려워하지 않는다. "모든 것은 콘크리트 벽이다./ 비유가 아니라 주먹이며,/ 주먹의 바스라짐이 있을 뿐,……그리하여 어느 날 사랑이여,/ 내 몸을 분질러다오./ 내 팔과 다리를 꺾어/ 네 꽃병에 꽂아다오."(「그리하여 어느날 사랑이여」)라는 최승자의 절규는 바로 이러한 전환의 출발 신호가 된다.

이와 더불어 눈. 시각, 보기에 대한 단죄는 매우 가혹하게 나타난다. 시각은 빛나는 이성을 약속함으로써 우리를 유토피아로 이끌 것이라고 장담했었다. 그러나 현실은 그렇지 않았다.

　　눈알을 앞으로 달고 있어도
　　눈알을 뒤로 바꾸어 달아도
　　약속된 비젼은 나타나지 않고

창가의 별이 쉬임없이 늙어 간다.
치아 끝이 자꾸 바스러져 나간다.
날마다 신부들은 무덤으로 떠나가고
날마다 앞 못 보는 아기들이 한 트럭씩 태어나고
느리고 더딘 미끄러짐이 시작된다.

— 김혜순, 「나날」에서

입 틀어막고 눈을 뜨다. 천장이 움직이다.
장미 넝쿨로 목 졸린 붉은 닭이 내려오다. 얼굴 가까이까지
흔들흔들 내려오다. 축 늘어진 닭의 발톱이
내 눈알을 뽑아버리다.
밤 2시와 3시 사이
붉은 닭의 가랑이를 찢다.

— 전영주, 「붉은 닭이 내려오다」에서

오히려 시각은 모든 것들로부터 거리를 둠으로써 세상에 존재하는 모든 것들을 대상으로 만들어 버린다. 우주를 파악하고 분석하고 구분하여 규정해야 할 것으로 만드는 이러한 대상화는 자기 자신에 대해서도 예외가 아니었으며, 이는 자아의 분열과 파괴의 기제가 되었다.

나는 내가 살다 나온 어항을 밖에서 쳐다봤어요. 팔을 뻗으면 팔이 접혀져 내게로 다시 돌아오던 어항을. 왜 그날 나는 어항 밖에 서 있게 되었을까요? 나는 살아있는 거울처럼 어항을 쳐다봤어요. 일생 동안 몸을 내리누르던 어항을요. 1999년, 온몸에서 물이 흘러내렸어요. 흡사 내 몸은 수영 풀에서 금방 몸을 건진 사람 같았어요. 옷밖으로 몸이 줄줄 녹아내렸어요. 어항을 무릎 사이에 묻고 울기도 하였어요. 어항은 점점 미끈거렸어요. 남의 얼굴 같았어요. 그러다 내 어항에서 당신 얼굴이 빠져나오더니 눈알이 증발되고, 내 손에서 당신의 두개골이 무너져 반죽된 밀가루처럼 뼈부스러기들이 녹아내렸어요. …중략… 그 일이 있고 또 몇십 년이 흐른 뒤엔 어항 밖 흰 탁자보를 검게 물들인 무언가 썩은 냄새 한 뭉치가

위의 작품에서 화자는 어항 속에 갇혀 있는 물고기에 비유되고 있다. 바라보고 감시하는 시각에 고스란히 노출되어 있는 존재, 그 감시의 시선은 화자의 몸을 일생 동안 내리누르는 감옥이다. 그러나 그 어항은 또한 거울이기도 하다. '팔을 뻗으면 팔이 접혀져 내게로 다시 돌아오던 어항'은 그 감시의 시선이 결코 타자에 의한 것만은 아님을 말해준다. 그것은 '눈알이 증발되고' 나서도 '여전히 어항 속을 들여다보고' 있을, 결코 탈출할 수 없는 견고한 감옥인 것이다.

사실, 라캉에 의하면 애당초 우리의 정체성은 이러한 '보는 것의 사기'에 의해 형성된다. 무정형성의 파편화된 이미지가 총체성을 띠게 되는 것은 거울에 비친 자신의 이미지를 자기로 파악하는 오인에 의해서이다. 이 거울에 비친 자신의 이미지는 '나'임과 동시에 '나가 아니'지만, 이 시각적인 확인 없이는 결코 자신의 총체적 정체성을 형성할 수 없다. 우리는 결국 시각의 포로가 될 수밖에 없는 것이다.

그러나 안정적인 것처럼 보이는 우리의 정체성은 이처럼 허상에 불과한 이미지에 기대어 있기 때문에 사실은 매우 불안정하다. 여성적인 시에서는 이러한 사실을 더 이상 은폐하려고 하지 않는다. 언제라도 기회만 있으면 우리의 정체성이 조작된 것임을 스스로 폭로한다. 시각에 우리의 정체성을 담보로 맡기는 이러한 메커니즘은 결코 여성들에게 호의적인 적이 없었기 때문일 것이다.

바로 이러한 이유만으로도 여성들이 시각의 폭력성과 억압성을 누구보다 먼저 간파했을 것이라는 짐작은 크게 틀리지 않을 것이다. 그래서 그들은 눈알을 뽑아버리고 대신 사물에 따라 귀를 갖다 대거나 손을 갖다 대거나 혹은 먹는다. 그럼으로써 사물과 일체가 되려고 한다. 이런 의미에서 '설사 여성시인의 눈이 시 속의 감각을 담는 기관이 되더라도, 여성시인의 눈은 보는 기관이라는 한정성을 넘어 접촉하는 공감각의 기관이 된다'는 김혜순의 지적은 지극히 타당하다.13) 그들의 눈은 보기만 하는 것이 아니라, 달려가서 끌어안고 쓰다듬고 냄새 맡고 맛보며 결국에는 몸 안으로 받아들이는 멀티 감각 기관이 된다. 귀가 말하고, 내장이 말하고, 자궁이 말한다. 시각이라면 이들 귀와 내장과 자궁은 모두 사물로 취급해서 거리를 두고 형상화하려고 했겠지만 이들 여성적인 시들은 거리를 두는 '보기'를 거부한다.

이러한 점에서 최근의 여성적인 시는 30년대부터 우리 시에서 줄기차게 영예를 누려오던 시각을 하야시키고, 촉각이나 근육감각, 혹은 신경계적 감각이나 후각과 같이 감각 중에서도 특히 비천한 것으로 취급받던 감각을 복권시키고 있다고 할 수 있다. 그럼으로써 '사람을 알려면 그 사람의 눈을 보아라', '눈은 마음의 창이다', '눈은 영혼을 들여다보는 거울이다' 등, 이성과 합리성이라는 사뭇 진지하고 그럴싸한 변명으로 다 봉쇄당했던 우리의 모든 감각이 다시 전 우주를 향해 활짝 개방되는 해방의 희열을 만끽하게 되었다. 세계를 만나는 방식에 있어 보다 다양하고 자유로운 가능성이 우리에게 주어진 것이다.

5. 결론을 대신하여, 또 다른 문제 제기

모든 문제가 그렇듯 시에 드러나는 감각과 성정체성의 문제 역시 단순히 문학, 혹은 단순히 감각의 문제로 환원되지 않는다. 그것은 이성과 육

---

13) 김혜순, 같은 글, p.429.

체, 정신과 물질, 예술과 과학, 신화와 역사 등 이분법적 세계관과 관련해서 이루어지는 우리의 인식 작용과 결과물에 대한 논의이기도 하다. 우리의 시가 시각 중심적으로 전개되어 왔으며, 그것이 남성중심적이고 이성중심적인 인식 체계와 무관하지 않다는 이상의 논의 또한 이러한 맥락에서 크게 벗어나지 않는다.

그러나 시 또한 시대의 인식 체계에 포섭되어 있으며 그 결과물에 지나지 않는다면, 다시 말해 한 시기를 지배하는 이데올로기로부터 자유롭지 못하다면 한 가지 중요한 질문을 던지지 않고 논의를 마칠 수 없다. 바로 시의 존재 의의에 관한 질문이다. 시란 세계를 보는 익숙해진 관점을 깨고 새롭게 바라보도록 만드는 데 그 존재의 의의가 있는 것인데, 만약, 이 시대의 지배적인 인식 체계가 시각 중심적이고 남근 중심적이며 이성 중심적인 패러다임이라고 해서 시에서도 감각과 형상화가 우위를 점하는 것이라면 시의 혁명적 기능 같은 것은 다 꿈같은 소리에 지나지 않는다.

과연 인식의 패러다임을 뒤엎는 혁명은 시 자체만으로 가능하지 않다. 변방을 떠돌던 희미한 목소리에 '여성적'이라는 표제를 달아줌으로써 우리의 '눈'에 선명히 드러나게 한 것은 다름 아닌 비평과 학문의 담론이다. 그 결과 요즘에는 오히려 '여성적'이라는 것이 다른 어떤 것보다 권위를 차지하고 있는 것처럼 보이기도 한다. 최근 일군의 남성 시인들의 시 가운데서도 여성적이라고 할만한 모티프가 종종 발견되는 것도 이와 무관하지 않을 것이다. 전에 없던 몸에 대한 관심이라든지, 몸의 해체와 분열 같은 것들이 그 대표적인 예이다. 물론 이들 남성의 시에 나타나는 여성적인 것들이 여성적인 시의 그것과 동일하지는 않을 것이다. 예컨대, 남자의 몸은 외부의 위협과 자극들에 의해서 느껴지게 된다. 반면 여성은 외부적인 자극 없이 내부로부터 추동되는 움직임, 기미들로부터 자신의 몸을 느낀다. 따라서 파괴된 육체를 다룸으로써 촉각, 혹은 근육 감각이나 신경계적 감각을 예각화시키는 남성 시인의 시에 대해서는 다른 원인도 찾아볼 필요가 있다. 그럼에도 불구하고 적어도 현상적으로는 비(非)시각적인 감각의 약진이 남성적인 시와 여성적인 시라는 견고한 경계에 미세하나마 균열을 내고 있다고 할 수 있을 것이다.

다만, 여기에서 주지해야 할 것은 이들 전복이 여성적인 것에 대해 한때 가장 적대적이었던 비평과 학문의 담론의 권위를 빌어서 이루어지고 있다는 점이다. 그리고 여성적인 것에 대해 가장 호의적인 제스처를 보내고 있는 이들 비평과 학문의 담론이 시라는 담론과 비교해 보았을 때는 여전히 시각적이라는 점이다. 더구나 이들 비평 담론이 새롭게 옹호하고 있는 멀티 감각적 시들은 주지적 시들이 관념을 고도로 시각화함으로써 반대중적인 엘리트주의로 비판받던 것과 마찬가지로 비판받을 여지가 다분하다. 온몸의 감각화로 인해 나타나는 파괴적이고 비논리적인 이미지들의 연쇄는 비평이나 시학과 같은 담론의 도움 없이는 쉽게 이해되기 어려울 것이기 때문이다.

디지털 시대, 시의 두 가지 면모

1. 디지털 시대, 시 다시 위기인가?

우리나라에서 문학, 특히 시의 위기를 운운한지 어느새 10년이 훌쩍 지났으니 그 논의는 이미 식상할 대로 식상해졌다. 더구나 그토록 무수한 문학의 위기'설'에도 불구하고 문학은 어떤 식으로든 제 자리를 지키고 있는 것처럼 보인다. 물론 그간 문학 내부와 외부에 일어난 크고 작은 변화들을 간과할 수는 없지만, 또 그와 같은 담론을 생존을 위한 문학의 자기보호 시스템의 가동쯤으로 보거나 고사절멸의 위기에 처한 시한부적 생존 양태라고 할 수도 있겠지만 어찌되었건 문학이 이렇게 사지 멀쩡하게 살아남아 있는 것을 보면 정말 따져 물어야 할 것은 디지털 시대와 문학의 위기, 혹은 대중문화와 문학의 위기가 아니라 문학 위기설이 한 시대의 담론을 지배해 온 현상과 그 배후이어야 할지도 모르겠다.

그토록 무성한 논의에도 불구하고, 그토록 문학의 위기를 진단하고 위기에서 구해내야 한다고 외쳤는데도 불구하고 문학은 아직도 위기를 벗어나지 못하고 있다. 이번에는 영상 매체의 후발 주자인 정보기술과 디지털 기술의 비약적인 발전 때문이다. 다행인 것은 영상 매체의 위협을 한번 겪고 난 터인지 어느 정도 내성이 생긴 듯하다는 사실이다.

그럼에도 불구하고 여전히 디지털 기술과 문학의 관계는 영상 매체와의 관계가 그러했듯, 적대적인 대립 관계를 기본 구도로 하여 논의가 이루어진다. 생산품의 질적 저하와 소비층의 양적 감소라는 경제 논리에 근거한 문학 위기설의 뻔한 근거와 이기느냐 지느냐, 살아남느냐 소멸하느냐 하는 양자택일의 뻔한 질문은 문학의 유일무이한 존재 이유가 문학 정신, 시정신, 진지성, 반성적 사유 등이라는 관점이 지배하는 한, 문학을 코너에 몰아넣고 있는 것이 무엇이건 간에 뻔한 대답만을 마련할 뿐이다. 위기는 곧 기회다. 궁지에 몰린 약자가 패배 일보 직전에서 극적인 반전을 꾀하게 되는 프로레슬링의 각본처럼 말이다. 심판관은 마지막에 구사일생으로 승리한 문학의 손을 치켜들며 외칠 것이다. 문학이여 영원하라!

그러나 이 글은 문학의 위기설이 문학의 위기를 주장하는 담론의 주체들에게만 의미가 있다는 어느 논자의 입장을 거들거나 어쩌면 문학의 위기 담론이야 말로 거대 담론이 사라진 1990년대 이래 우리 문학을 버티게 해준 자양분이었을지도 모른다는 막연한 생각을 입증하려는데 목적이 있지는 않다. 이 글의 시작은 문학의 위기설이 영화, 애니메이션 등과 같은 대중화된 영상 매체의 항(項)을 디지털 매체, 디지털 시대, 디지털 상상력 등이 대신하여 다시 또, 아니 여전히 논의되고 있는 현상에 있다. 그리고 영상 매체를 타자로 내세워 문학의 위기의식을 한껏 고취하는 논의들이 그 말미에 비장하게 제기하는 '그렇다면 이 시대의 문학은 어떻게 나가야 할 것인가'하는 질문들이 과연 실효성 있는 대답을 제시했던가 하는 회의적인 물음도 이 글의 방향을 잡는데 중요한 몫을 한다.

이러한 논의들이 이렇다 할 만한 대답을 생산해내지 못한 원인이 문제 제기 자체에 내재해 있다고 보면서 이 글은 디지털 시대의 문학, 특히 시에 대한 논의의 방향을 조금 수정해 보려고 한다. 말하자면 디지털 기술이 시의 존립을 위협하느냐 아니면 새로운 지평을 열어줄 것이냐 하는 소모적인 논의가 아니라 디지털 기술이 시의 영역에 초래한 변화는 무엇이며 그 의의는 또 무엇인가에 집중하려는 것이다. 이러한 현실 진단이 있고 나서야 향후 어떠한 변화들이 있을 것인가 하는 예측과 또 어떻게 변화시켜야 하는가 하는 당위를 논할 수 있을 것이다. 만약 문학의 위기설이 논의를 위한 논의가 아니라면 디지털 상상력, 혹은 디지털 기술이 새롭게 개척하게 될 정신의 지평, 말하자면 디지털 상상력에 의해 찬탈되었다고 간주되는 진지성 대신 우리가 조우하게 될 새로운 정신의 영역에 대해서 언급해야 공평할 테니 말이다.

2. 아날로그 언어에서 디지털 언어로

디지털 기술과 시에 관한 보다 생산적인 결론에 도달하기 위해서는 논의를 구분하여 진행할 필요가 있다. 거칠지만 적극적인 차원과 소극적인 차원으로 층위를 나누어 디지털 기술이 우리 시와 만나는 접점을 살펴보고 그것이 우리시의 현재와 미래에 미칠 영향을 살펴볼 때 그 가능성과 한계를 보다 분명하게 살펴볼 수 있을 것이다.

우선 편의상, HTML이나 자바 스크립트, 플래시 같은 컴퓨터 언어를 이용하여 시를 생산하고 향유하는 행위를 디지털 기술과 시의 적극적인 접목이라고 한정 지어보자. 말 그대로 언어를 바꾸는 것이다. 이러한 관점에서 보자면 우리나라에서는 아직 본격적인 디지털 문학, 혹은 사이버 문학이라고 할 만한 것들이 출현하지 않았다거나 아직 미흡한 단계라는 것이 지배적인 견해이다.[1] 특히 서사에서는 비교적 다양한 실험들이 시도되고 있으나 시에서는 그렇지 못하다는 것이다. 과연 선택과 배제를 기반으로 하여 시퀀스와 시퀀스의 이어짐을 기본 속성으로 하는 서사는 선택에 따른 재배열을 기술적으로 구현해 놓은 하이퍼텍스트와 접점을 찾기 어렵지 않으며, 이를 통해 모든 소설가들이 그토록 염원해 마지않던 상호 소통, 열린 결말, 다양한 가능성 등을 실제로 구현할 수 있는 가능성이 확대되었다.

그런데 반해 시의 경우는 디지털 기술과 그 생산물을 소재로 다루는 차원에서 벗어나지 못하고 있다. 시와 디지털 기술의 진정한 만남은 '나의 말(言)이 너에게 흘러간다'고 컴퓨터 한글 자판으로 모니터 위에 쓰는 것이 아니라 HTML 같은 디지털 언어를 이용하여 가시화하는 것이다. 가령, 좌우에 색깔이 다른 동그라미를 그려놓고, 왼쪽의 동그라미 한 가운데서 조그만 글자들이 줄지어 생겨나서 물결처럼 굽이치며 오른쪽의 동그라미의 가운데로 빨려 들어가는 그런 이미지 같은 것 말이다, 시의 중요한 덕목 가운데 하나가 형상화라고 한다면 이보다 훌륭한 형상화가 어디 있겠는가. 적극적인 차원에서 디지털 기술을 받아들인다면 "그립다 말을 할까 하니 그리워" 하는 감정은 다음과 같이 만들어야 할 것이다. 투명한 유리컵에 가득 찬 물이 마우스를 갖다 댈 때마다 넘칠 듯 잘름거리는 플래쉬 영상과 격정적이면서도 감미로운 음악.

그러나 진짜 디지털 문학을 위해서는 이들 디지털 언어를 문자 언어만

---

1) 신범순, 「사이버 시대 시의 유령적 초상과 창조적 고민의 소멸」, 김종회·최혜실 편저, 『사이버문학이 이해』(집문당, 2003); 이진우, 「한국의 사이버 문학 현황」, 류준형, 「현대 문학과 정보화 사회」(도서출판 형설, 1999)

큼 자유자재로 구사할 줄 알아야 한다는 견해[2]에 동의하면서도 현실적
으로 가능한가 싶다. 더불어 문학이란 특히 시란 언어를 떠나서 생각할
수가 없다는 가장 근본적인 차원에서 시인이 디지털 기술을 습득해야 한
다는 이러한 지적이 과연 근본적이고 타당한 것인가에 대해 묻지 않을
수 없다.

그런 의미에서 이제까지 우리 문학계에서 생산된 사이버 문학, 혹은
디지털 문학이라는 것이 '사이버' 혹은 '디지털' 문학이지 사이버 혹은
디지털 '문학'은 아니라고 하면서 '사이버 문학은 없다'고 주장한 김재인
의 지적은 주목할 만하다.[3] 그의 논지는 결국 이와 같은 적극적인 차원
에서 이루어지는 디지털 기술과 문학과의 접목은 새로운 형태의 예술,
새로운 장르의 탄생으로 보아야 한다는 것인데, 프로크루테스처럼 심
술궂게 자신의 침대에 맞추어 새롭게 태동하는 움직임들을 재단할 필
요가 있겠냐는 것이다. 전통과 역사는 삼촌에게서 조카로 계승이 된다
는 러시아 형식주의자들의 선언은 고전적이긴 하지만 문학사에만 적용
되는 말은 아닐 터, 문학 내에서 새로운 장르가 출현하는 현상 뿐 아니
라 문학, 미술, 음악 등등 거대 장르들이 서로 간섭하며 새로 탄생하는
예술사 전반에 걸쳐 유효한 통찰이다. 이때 새로운 기술, 새로운 매체
의 출현이라는 물질적 토대의 변화는 무엇보다 중요한 요인이 됨은 말
할 나위도 없다.

적극적인 차원에서 디지털 기술을 수용하는 문제와 관련하여 또 한 가
지 짚고 넘어가야 할 것은 시의 소통 방식에 관한 것이다. 시의 소통 방

---

2) 정과리, 「유령들의 전쟁＝디지털의 점령」, ≪문학과사회≫, 1999. 가을; 조용복, 「디지
　　털 혁명과 시의 미래 혹은 사치—시적 근대성 비판」, ≪시와사상≫, 2000. 봄.
3) 김재인, 「사이버예술의 도전—새로운 예술가를 기다리며」, http://www.cyberism.co.kr/ forum
　　/frame.htm

식에 일어난 변화는 문학 위기설의 근거가 되기도 하지만, 정반대의 주장을 위한 근거가 되기도 한다. 한편에서는 문학 소비자층의 감소, 따라서 곧 문학의 위기를 디지털 기술의 급격한 발전과 그에 의지하여 생겨난 다양한 문화 현상들 탓이라고 본다. 그러나 다른 한편에서는 디지털 기술이 갖고 있는 상호 작용적, 즉시적, 공간 초월적 소통 방식이야말로 엘리트적이고 비민주적이며 권위적인 시의 생산과 소통 과정을 뿌리부터 흔들 것이라고 기대한다.

과연, 디지털 언어를 이용한 적극적인 접목이 서사에 비해 미미하지만, 그 소통의 양적인 증가에 있어서만큼은 시가 서사를 훨씬 능가한다. 그리하여 어쩌면 다른 어떤 시대보다 시의 유통이 활발할지도 모른다. 인터넷 상에서 동호회를 만들어 좋은 시를 추천하고, 자작시를 발표하고, 서로의 시를 평해주는 이러한 사이트들은 시간과 공간의 제약을 넘어 언제 어디서나 문학의 생산과 소통을 가능하게 해주고, 일방적이고 비동시적인 자극과 반응의 흐름을 상호적이고 동시적이게 바꾸어 놓는다. 이러한 주목할 만한 현상에 대해 문학 왕국 내부의 반응은 미묘하다. 시의 소비자가 늘어난다는 점에서는 마다할 이유가 없으나 고귀하고 영예로운 선지자의 지위가 도매금에 떨이로 팔려 나가는 게 아닌가 하는 우려를 떨칠 수 없기 때문이다.

그러나 이들의 문학 중심주의, 시 중심주의가 지나치게 원리주의적이라는 점을 인정한다손 치더라도 과연 디지털 기술이 소문대로 시의 생산과 소비에 혁명적인 변화를 초래했는가에 대해서는 따로 꼼꼼히 따져보아야 한다. 누구나 시를 쓸 수 있고, 누구나 발표할 수 있는 공간이 마련되기는 했지만, 그리고 그렇게 발표된 글에 대해 독자의 반응을 보다 직접적으로 확인할 수 있게 되었지만, 그렇더라도 이들이 궁극적으로 지향하는 것은 기성 문단에의 진입이며 기성 문단으로부터의 인정이라는 혐의를 지울 수 없기 때문이다. 디지털 매체가 약속하는 이상적인 문화의 가능성이 서사보다 시에서 비교적 뚜렷하게 감지된다고는 하지만 그 안에서도 눈에 띄는 차이들이 보인다. 조금 활발한 움직임을 보인다 싶은 사이트들은 비교적 큰 출판사나 잡지사와 연계되어 있어 인터넷을 통한 유명 시인들의 첨삭 지도가 이루어진다. 창작 교실을 on-line 상으로 옮겨 놓은 듯한 이러한 사이트들은 구성원들 간의 동등한 수평관계로 이루어지지 않는다. 시의 전형을 가르치고 배우는 공간으로서 장르와 장르 관습, 그리고 좋은 시와 나쁜 시 등에 대한 기성의 이데올로기를 재생산한다는 점에서 문학의 사회화 공간이라 할만하다.

인터넷 상에서 조성된 동인회이건, off-line 상의 한계를 on-line을 통해 보충하려는 동인회이건 그 사정은 크게 다르지 않다. 동인회 사이트의 게시판들을 살펴보면 이를 확인할 수 있는데, 신춘문예나 각종 신인상, 그리고 문학상 등에 관한 정보들을 공유하는 게시판이 있다는 것이 이를 증명해준다. 진정 시가 나아가야 할 방향이 무엇인가 모색하고, 시를 문화 운동으로 확산시킬 궁리를 하기보다 기성의 문단에 당당하게 입성할 수 있도록 품앗이를 해주고 있는 것은 아닌가 싶은 혐의도 이로부터 나온다.

그러니, 시에 고귀한 의미를 부여하고 시작(詩作) 행위에 거창한 사명감을 갖고 있는 많은 시인들은 디지털 시대에 시가 과연 살아남을 것인가, 자신의 시쓰기 작업이 과연 가치가 있을 것인가에 대해 전혀 걱정하지 않아도 될 것이다. 무엇보다 시와 시인에 대한 평민들의 동경은 고래로부터 적어도 지금까지는 그치지 않고 있으며 누구에게나 개방적인 디지털 환경은 시를 보다 널리 확산시키고 접근하기 쉽게 만들어 줄 것이니 말이다. 뿐만 아니라 어떤 시가 좋은 시이고, 어떤 시가 말도 안 된다고 결정내릴 시에 대한 기득권을 당신이 갖고 있는 한, 그리고 시의 왕국에 편입되기를 바라며 당신의 한 말씀을 기다리는 사람이 있는 한, 시란 아무나 아무렇게나 쓸 수 있는 것이 아니라는 신화는 쉽게 깨어지지 않을 것이며, 디지털 매체는 오히려 이러한 신화를 공고하게 해주는데 훌륭한 도구가 되어줄 것이니 말이다.

3. 컴퓨터로 시쓰기, 변화와 지속

소극적인 차원에서 디지털 기술은 몇몇의 소수를 빼놓고 대부분의 시인들이 참여하고 있는 바이다. 원고지가 아니라 컴퓨터로 시를 쓰는 행위를 말한다. 고작 글쓰기 도구의 변화에 불과한 것을 이처럼 비중 있게 다루는 것이 과도한 의미부여는 아닌가 싶기도 하겠지만, 그에 대한 대답은 마샬 맥루한의 유명한 명제 '매체가 곧 메시지'라는 말로 대신하자. 월터 옹이나 데리다도 그 방향은 다르지만 일찍이 말하기에서 글쓰기로 표현 매체가 달라진 것에서 인식의 변화까지 읽어내지 않았던가.

90년대 말 시단을 휩쓴 시적 경향의 눈에 띌만한 변화들이 포스트 모더니즘, 세기말적 증후군, 해체적 징후 등의 정신사적인 맥락에서 설명이 된 것은 이미 오래지만, 직접적인 물질적인 차원에서 일어난 매체의 변화를 생각하지 않을 수 없다. 90년대 새롭게 등장한 시들이 공통적으로 갖고 있는 어법상의 특징을 환유적인 것이라고 할 때, 시의 본령이라 할 수 있는 은유적 어법을 환유적 어법이 대신할 수 있게 된 원인 가운데 한 가지가 바로 컴퓨터 글쓰기라고 할 수 있다.

소재를 찾고 글로 옮기는 시쓰기 과정이야 시인들마다 다르겠지만, 또한 컴퓨터로 시를 쓴다고 하여 모든 시인들이 같은 방식으로 쓰는 것은 아니겠지만, 더구나 컴퓨터로 쓴다고 하여 모든 글쓰기의 과정에서 동일한 현상이 발견되는 것은 아니겠지만, 적어도 오늘날의 관점에서 시라고 할 수 있는 것들이 은유적인 어법에 기대고 있는 것은 손으로 종이 위에 쓰는 방식과 전혀 무관하지는 않다. 은유적인 어법이 이종적인 것들 간의 유사성과 상이성의 발견을 주요한 사고 작용으로 한다고 할 때, 이를 위해서 깊은 사색과 통찰력이 요구되는 것은 당연하다. 사고의 흐름을 따라잡지 못하는 글쓰기의 느림은 이런 점에서 시를 더욱 옹골지고 알차게 해준다.

그러나 많은 논자들의 지적과 같이 속도를 생명으로 하는 컴퓨터로 글쓰기는 이와 같은 사색의 시간을 기다려주지 않는다.[4] 종이 위에 글쓰기가 어느 정도 완성된 시를 받아 적는 것이라면, 컴퓨터로 글쓰기는 한두 줄의 착상만으로 컴퓨터 앞에 앉아 자판을 두드리면서 시를 즉각적으로 자아내는 것에 가깝다. 마치 거미가 실을 뽑아내듯이, 자신이 방금 자판으로 쳐 넣은 구절을 보면서 즉각적으로 다음에 와야 할 말을 잇는다. 이는 지우고 고쳐 쓰는 것이 용이하다는 점, 한 눈에 시의 형태가 들어온다는 점, 복사하고 붙여넣기가 용이하다는 점 등과 같은 컴퓨터 글쓰기 프로그램이 갖고 있는 편리함들 덕이다. 적절치 않은 부분은 'delete' 키나 '백 스페이스 바(←)' 하나로 흔적을 남기지 않고 삭제된다. 교정부호 없이 완전히 삭제되고 그 위에 다시 쓰인 구절들은 자신이 본래 쓰려고 했던 것에 대한 기억마저 말끔히 지우고, 새롭게 고쳐 써 넣은 그 구절이 원래 쓰려고 했던 바로 그 구절인양 바로 그 지점에서 다음에 올 구절을 불러들인다.

---

4) 박주택, 「컴퓨터 글쓰기와 시적 사유의 변화」, ≪시와사상≫, 2002. 겨울호.

봉합의 흔적마저 말끔히 지워주는 이러한 기능 뿐 아니라 아무리 긴 구절이라도 'F3'의 블록 지정을 하여 'Ctrl+C'의 단축키를 누르면 본래 있던 자리에서 떼어낼 수 있으며, 'Ctrl+V' 단축키는 그렇게 복사한 구절을 원하는 자리 어디에든 통째로 갖다 붙일 수 있도록 해준다. 이러한 복사 기능은 시의 길이를 길게 만들 뿐 아니라 전통적인 서정시에서 볼 수 있는 반복과는 다른 반복을 보여준다.

> 그녀의 눈물 한 방울이 뼈 속으로 떨어진다
> 돌이 되어 떨어진다
> 알고 있니? 알고 있니?
> 뼈 속은 빛나는 밤
> 돌이 된 눈물은 밤에게 포획되어
> 별처럼 빛이 난다
> 알고 있니? 알고 있니?
> 그녀의 눈물 한 방울이 뼈 속으로 떨어진다.
>
> 첫 번째는 그녀의 이름, 두 번째는 나의 눈, 세 번째는 생각,
> 네 번째는 나에게 오는 밤, 다섯 번째는 별,
> 여섯 번째는 눈물, 일곱 번째는 바다, 여덟 번째는 그녀의 여름,
> 아홉 번째는 벌레들, 첫 번째는 그녀의 이름, 두 번째는 나의 눈,
> 세 번째는 생각, 네 번째는 나에게 오는 밤,
> 다섯 번째는 별, 사로잡힌 별.
>
> 별이 되어 떨어진다
> 알고 있니? 알고 있니?
> 별의 표면에 언덕이 솟고
> 나무들이 자라고
> 벌레들이 자라고
> 빛나는 밤을 먹는 짐승들이 자라고
> 알고 있니? 알고 있니?

그녀의 눈물 한 방울이 뼈 속으로 떨어진다

첫 번째는 그녀의 이름, 두 번째는 나의 눈, 세 번째는 생각,
네 번째는 나에게 오는 밤, 다섯 번째는 별,
여섯 번째는 눈물, 일곱 번째는 바다, 여덟 번째는 그녀의 여름,
아홉 번째는 벌레들, 짐승들. 첫 번째는 그녀의 이름, 두 번째는 나의 눈,
세 번째는 생각, 네 번째는 나에게 오는 밤,
다섯 번째는 별, 사로잡힌 별.
— 박상순, 「일주일에 세 번」(≪세계의문학≫ 2004. 봄호)

회화의 성공적인 접목을 시도했다고 평가받는 박상순의 위의 작품은 밑줄 친 부분을 제외하고는 1연과 3연, 2연과 4연의 거의 완벽한 반복으로만 구성되어 있다. 시가에서 반복이라 함은 규칙적인 운율을 만들어 노래 부르거나 읊조리기 좋게 만들어주며, 전통적인 구술 문학에서 주기적으로 되풀이 되는 정형구들은 구송자의 기억을 도와 이야기를 계속적으로 이어가게 하는 윤활유 역할을 담당했다면, 이러한 시에서의 몇 개의 단어만 바꾸어 계속적으로 반복되는 구절의 연속은 중심 모티프를 이끌어 가기 위한 부수적인 것이 아니라 내재율에 가까운 흐름을 만들어 시의 뉘앙스와 분위기를 조성하는 핵심적인 기능을 한다고 할 수 있다.

새로운 구술성을 창출하는 반복이라 할 만한 이러한 반복이 가능한 것은 앞서 언급한 편리한 컴퓨터의 문서 편집 기능 덕분이다. 워드프로세서의 사용이 어느 정도 익숙한 사람이라면 3연과 4연을 일일이 다시 처 넣는 대신 1연과 2연을 각각 블록 지정하여 복사해 놓은 후 부분을 수정했을 것이다.

이런 식의 글쓰기는 인접해 있는 것들 간의 자유로운 연상에 크게 의존하는 것으로써 그 연상의 흐름과 맥락이 반드시 의미를 중심으로 이어

지는 것이 아니기 때문에 은유보다 훨씬 접근 불가능하고 난해한 경우가 많다. 디지털 기술이 만들어준 가상의 공간에서 누구나 시를 쓰고 또 만방에 알릴 시쓰기의 민주화를 가져왔을지는 모르나, 디지털 기술의 편리함은 오히려 시의 소통에 장애를 초래하고 있는지도 모른다.

디지털 기술을 소극적으로 수용한 보다 보편적인 예는 컴퓨터로 글쓰기, 혹은 컴퓨터 사용에 관한 경험들을 시적 소재로 받아들이는 경우이다. 이 정도를 갖고 디지털 상상력이냐고 핀잔을 받는 경우가 대개 이들을 두고 하는 말이다. 그러나 이러한 소재가 단순히 소재적인 차원에서의 차용에 그치는 것만은 아니다. 먼저 디지털 기술이 열어준 새로운 경험의 세계를 그리는 작품들 또한 주로 환유적인 어법을 구사한다는 점을 먼저 기억해 둘 필요가 있다. 물론, 앞서 논의한 환유가 단절과 파편화를 주된 기제로 하는 환유라면 이들 디지털 시대의 경험을 시화한 작품들의 환유는 삭제와 생략보다는 인과와 인접이 주된 기제로 작동하는 산문 어법으로서의 환유 바로 그것이다.

여기에서 보다 중요한 것은 환유적 어법이 만들어내는 효과와 그 세계이다. 많은 논자들이 디지털 상상력에 의한 글쓰기가 미메시스와는 거리가 멀다고 말한다. 디지털 상상력이 만들어내는 인공 자연은 주관적 공간이기 때문에 자연을 모방한다는 미메시스적 글쓰기에 대한 회의로 연결된다는 지적이나,[5] 대중 매체나 디지털 매체를 통해서 비춰진 가상 현실을 통해 사물을 인식하고 세계와 소통한다는 점에서 이제 우리 문학 속에 리얼리티는 없고 가상 현실(virtual reality)만 있을 뿐이라는 지적[6]이 그 대표적인 경우이다.

그러나 현실 세계를 실제 자연과, 사이버 공간을 인공 자연과 각각 대

---

5) 이용욱, 「인터넷 시대의 서정시」, ≪시와사람≫, 2002. 가을.
6) 하상일, 「미메시스의 거부와 상상력의 위반」, ≪시와사상≫, 2002. 여름.

응시키는 이원론적 사고도 그렇지만 현실 세계를 물질성과 배타적으로 연결 짓는 것에 대해서도 재고해 보아야 한다. 현실 세계가 물질세계에 토대를 두고 있는 것만은 분명하지만, 그것'만'으로 이루어졌다고 하는 것은 보드리야르의 언급을 굳이 거론하지 않아도 문제의 소지가 있다. 무엇보다 복사와 원본의 구분이 더 이상 불가능해진 시뮬라크르 시대에 현실 공간과 가상 공간을 대립시키는 것, 더 나아가 각각을 물질적 상상력과 비물질적 상상력의 대립쌍으로 연결 짓는 것은 별다른 의미를 갖지 못한다. 비물질적 상상력은 디지털 기술의 혁명적 발전에 이르러 비로소 우리의 사고와 꿈과 실천을 지배하기 시작한 것이 아니라 언어를 사용하게 되면서 예기되어 있었던 것이기 때문이다.

따라서 다음과 같은 작품들이 현실을 제대로 반영하지 못한다고 말하거나, 유희적이라고 말하거나, 진지성이 결여되어 있다고 말하는 것 또한 섣부른 판단이 아닐 수 없다. 오히려 다음 작품들은 흐르는 물 위에 떠가는 꽃잎을 노래하는 것 못지않게, 어머니에 대한 그리움을 노래하는 것 못지않게 현실을 핍진하게 재현하고 있다.

그녀를 아직 구하지 못했다 술통들은 이리저리 구르고 원숭이는
코코넛을 던진다 제발 날 건드리지 마라 부탁에도 불구하고 코코넛 하
나가
내 머리를 때린다 이런 제기랄 욕을 하면서 나는 아파한다 혹이 났다
저 녀석
올라가기만 해봐라 나는 나무를 기어오르고 이 기묘하게 생긴 나무는
나에게 너무 불리하다 야 너 내려오지 못해! 나는 고래고래 고함을 지
른다
원숭이는 못 들은 척한다 원숭이는 나무 위에서 코코넛을 던지도록
프로그램 되어 있다 원숭이도 달리 방법이 없는 것이다. 이미
결정되어있다 원숭이는 내려오지 않는다 내가 올라가는 수밖에 없다

그것이 목적이라는 것을 중얼거리는데, 쾅- 푸른 별들이 반짝인다
먹을 수도 없는 코코넛이 머리를 때린다
에너지가 부족하다 방금 코코넛이 에너지 막대를 반이나 깎았다
도저히 참을 수 없다 아프잖아 살살 던져 표정에 변화가 없다 원숭이
는 어차피
나는 나무를 기어오른다 내 칼은 너무도 짧다 나무 꼭대기까지
올라가니까 그럭저럭 원숭이를 찌를 수 있게 되었다 푹-
단검으로 원숭이를 찌른다
원숭이는 눈물 한 방울 안 흘리고 나무 밑으로 떨어진다
나는 기분이 나빠져서 나무 밑을 본다 뭐 어차피 그렇게 프로그램 되
어 있으니까
그녀, 공주를 구하러 가야만 한다 원숭이는 500점이다 보너스까지는
아직 멀었고
에너지는 별로 남아 있지 않다
— 서정학, 「비디오 게임/모험의 왕과 코코넛의 귀족들」

물론 이 작품이 그리고 있는 공간은 현실 공간이 아니다. 단적으로 '프
로그램'이라는 시어에서 이 모험이 동물원이나 아프리카의 밀림 속에서
일어난 것이 아니라 컴퓨터나 비디오 게임 내지는 영화나 만화 속의 일
임을 알 수 있다. 다시 말해 비현실적인 가상 공간의 가상 체험을 가상의
주체를 내세워 그리고 있는 것이다.

디지털 상상력과 관련되어 언제나 제일 먼저 거론되곤 하는 이원의 작
품들 역시 마찬가지이다.

캐나다 토론토의 k가 보낸 첨부 파일을 클릭한다
붉은 장미들이 이슬을 꽃잎에 대롱대롱 매달고
흰 울타리 안에서 피어난다
k가 보낸 꽃은 시들지 않았다
곧바로 나는 인터넷 무료 전화 dialpad를 클릭한다

k의 전화번호를 클릭한다
나는 6589 마일리지 너머로 연결되고 있다
나도 누가 세팅해 놓은 프로그램인지 모른다
                    — 이원, 「나는 클릭한다 고로 나는 존재한다」에서

지고 있는 꽃들은 저희들 각각 지상에
내려와야 한다 나는 업데이트된 애기동자꽃을
연다 그러나 애기동자꽃의 서버를 찾을 수 없다는
그곳에서 나는 갑자기 멈추어 선다 막힌 세계
너머에는 광활한 신대륙이 펼쳐지고 있겠지만 창은
금방 벽이 되어 내 앞에 선다
진공 포장되어 장기보존되고 있는 것이
나일 수도 있다
        — 이원, 「나는 검색 사이트 안에 있지 않고 모니터 앞에 있다」에서

　오래간만의 안부를 묻는 편지에서 '붉은 장미들이 이슬을 꽃잎에 대롱대롱 매달고/ 흰 울타리 안에서 피어난다'는 표현은 보고픔과 애절함에 대한 시각적 형상화가 아니다. 'k가 보낸 꽃은 시들지 않았다'는 표현 또한 오랜 그리움과 보고픔의 감정을 비유한 것이 아니다. 여기에 그려진 장면은 컴퓨터 앞에서 화자가 실제로 보고 있는 장면이다. 두 번째 작품에서 '애기동자꽃을/ 연다'는 표현이나, '창은/ 금방 벽이 되어 내 앞에 선다'는 표현 또한 마찬가지이다. '열고 닫는다'나 '창'이나 '벽' 같은 표현은 새로운 창을 열 때마다 새로운 공간이 열리는 윈도우즈 운영 체제나 클릭 하나로 이 집 저 집으로 옮겨 다니기도 하고 또 방화벽에 부딪히기도 하는 인터넷 시대의 관용어에 불과하다.
　그런 의미에서 서정학의 작품이나 이원의 작품은 오히려 보이는 것을 충실하게 재현하고 있을 뿐이며, 따라서 새롭게 창조한 것이라고는 없다

고까지 말할 수 있다. '선택의 축을 결합의 축에 투사한 것이 시'라는 전통적인 정의에 따르면 이 작품은 결합의 축을 결합의 축으로 고스란히 옮겨다 놓은 산문적 진술에 불과하다.

이들 작품이 시적이라고 할 수 있다면 그것은 시적인 어법의 탁월함 때문이 아니라 다른 사람보다 먼저 새로운 현실이 열리고 있음을 포착한 기민함, 그리고 그 현실을 온몸으로 체험하고 또 그 체험을 추체험하여 언어화 하는 진지함 때문일 것이다. 말하자면, 물질적 현실과 비물질적 현실의 경계가 허물어지고 원본과 복사본의 구별이 무의미해지고, 무엇보다 그토록 견고하고 자명한 것처럼 보이는 주체가 신기루처럼 희미해지는 디지털 시대의 불안한 징후들을 금속성의 차가운 언어로 그려 보이고 있기 때문이다. '뭐 어차피 그렇게 프로그램 되어 있으니까'라는 서정학의 독백이나 '나도 누가 세팅해 놓은 프로그램인지 모른다', '진공 포장되어 장기보존되고 있는 것이/ 나일 수도 있다'는 의심은 윤동주의 순결한 언어로 토로된 자기반성 못지않게 심각하고 현실적이다.

더 나아가 자아에 대한 이러한 불안과 의심이 디지털 매체가 장악한 이 시대에만 특별히 적용되는 게 아니라는 사실은 이들 비시적인 시들이 결코 개인적이고 내면적인 데 집착하는 편집증적 징후의 발현이 아니라는 단서가 된다. 과장되어 말하자면 현실 비판적 면모마저 갖고 있다고 할 수 있다. 이 세상에 일어나는 모든 일들이 이미 그렇게 하도록 운명지어진 것일지도 모른다는 의심, 심지어 내가 하는 생각과 말과 행동마저도 나의 자의적인 선택에 의한 것이 아니라 누군가에 의해서 주입되고 조종되는 것이 아닌가 하는 불안감은 굳이 디지털 시대에 한정되지 않는다. 모든 현상의 배후에 숨어 나를 프로그램화하는 그 어떤 것은 자연의 힘이나 운명의 힘, 신이나 이성과 논리, 또는 메카니즘과 구조 등등, 시대에 따라 변화되어 왔지만 주체에 대한 자각이 이루어진 근대 이래 주체성이 위기에 처해있다는 인식만큼은 변함이 없다. 그렇기 때문에 이들 작품이 재현하고 있는 디지털 세계는 가상 공간의 단순한 재현에서 끝나는 것도 아니며, 지금 여기의 당대적인 현상에 대한 고발만도 아니다. 그보다는 최첨단 과학 기술 문명이 발달된 시대조차 반복되고 있는 인간 숙명에 대한 근본적인 물음을 상징적으로 보여주고 있는 것이다.

4. 맺음말

적극적인 차원에서 디지털 기술을 받아들였건 소극적인 차원에서 디지털 매체를 사용하여 시를 쓰고 또 읽었건 디지털 시대에 시를 생산하고 수용하는 일이 기존의 방식과 구별되는 것은 분명하다. 물론 그 때문에 전통적인 서정시의 영역이 협소해지고 또 전통적인 서정시의 생산이 당장에는 위축된 것도 사실이다.

그러나 그것을 섣불리 문학의 위기로 진단하는 것은 문학이, 그리고 시가 역사적 산물이라는 사실을 전혀 염두에 두지 않는 것이라고 할 수 있다. 소설과 비교하여 시가 오랜 역사를 지니고 있고, 그 시초가 인류 역사의 처음과 일치하는 의미심장한 우연이 있기는 하지만, 시 또한 시대와 사회에 따라 그 섬세한 결을 달리하는 엄연한 역사의 산물이다. 우리에게 서구식의 서사시가 없었던 점이라든지, 반대로 한시나 하이쿠 같은 단시가 서구에는 없었던 것을 굳이 예로 들지 않아도 시의 영역은 사회와 문화마다 다르며, 또한 시대마다 그 테두리가 넓어지기도 하고 또

좁아지기도 한다. 때로는 인접한 장르에 시의 영역을 침략 당하기도 하고, 때로는 전혀 다른 영역에서 시의 양분을 얻기도 한다. 그 계기가 디지털 기술이기 때문에 특별히 더 문제가 된다고 할 수 있는가? 그에 대한 대답을 하기는 아직 이른 듯하다.

2

서정이 난 자리

읽는 시와 쓰는 시

1. 증식하는 이미지, 기호와 무의식의 유희

시적 충동은 결코 논리 정연하지도 않고 단일하지도 않으며, 따라서 이를 전달하는 문학 작품 역시 단일한 목소리와 단일한 초점, 단일한 질감의 언어만으로 표현될 수는 없다. 시가 아무리 '순간의 집중된 정서'를 담는 것이라 하더라도 예외가 될 수는 없으며, 그래서 시 한 편 한 편마다 전인적인 감각을 모두 담으려고 부단히 노력하고 있다.

이러한 관점으로 지난 하반기에 발표된 여러 작품을 검토한 결과 한 가지 흥미로운 점을 발견할 수 있었다. 바로 전통적인 서정시에서는 좀처럼 수용하려 하지 않던 무의식적인 측면과 기호적 상징의 측면을 전적으로 받아들인 작품들이 대폭 증가했다는 점이다. 시 속에 무의식적인 측면이나 기호적 상징의 측면을 받아들이게 되면 시의 전개가 비인과적이고 자의적이 되기 마련이다. 그렇게 되면 감동은커녕 독자의 해석 자체를 차단하기 쉽다. 이러한 이유 때문에 이 두 가지 초점을 부분적으로는 받아들일망정 시 전체의 전략으로 삼는 경우는 드물었던 것이 종래의 현실이었다.

그러나 지난 몇 년 전부터 선구적인 몇몇 시인들이 과감하게 이를 받아들인 이래 이제는 많은 시인들이 무의식과 기호적 상징을 이용하여 새로운 시적 세계를 열어 보이고 있다. 최익자, 이영수, 김종미, 이진우, 박정대, 김연신, 김형술, 허수경, 송종규, 이수명 등의 작품이 그러하다. 이들이 일차로 주목한 작품들의 반 이상을 차지하니, 무의식이나 기호적 상징의 측면이 이제 엄연히 한국 현대시의 한 변수를 차지하게 되었다고 보아도 무리는 아닐 것이다.

≪게릴라≫ 가을호에 실린 정익진의 「사과나무」만 해도 그렇다.

> 비 냄새가 난다. 비는 어딘가에 내리고 있을 것이다. 난 비의 그 향기를 따라 길을 걸어간다. 길 옆 사과나무 밭 그 나무들 사이로 스테인레스 날개로 날아다니는 나비와 벌들, 빨갛게 익은 사과에 반짝이는 침을 꽂고 몸 가득히 액즙 빨아들인다. 점점 쭈그러지는 사과, 쭈그러진 깡통 되어 떨어진다. 굴러가는 굴렁쇠들, 길 막혀 버리고 금고식 강철 대문 버티고 서 있다. 다이얼 돌린다, 좌로 1/2 1/3 1/4 우로 1/2 1/3, 문 열린다. 안개 가득하고 비 향기 더욱 짙어진다. 길 옆 강철 사과나무에 사과 보이지 않고, 발 아래로 뻗어 가는 녹슨 뿌리들 기형의 식물들 피워올린다. 볼트 잎사귀 너트 줄기 베어링 사과, 양철로 만든 사람들 사과를 다 은빛 자루 속에 넣고 있다. 굴러가는 굴렁쇠들, 비 냄새가 난다. 쇠가루 섞인 비 냄새가 난다.
>
> — 정익진, 「사과나무」(≪게릴라≫ 가을호)

향기로운 '비 냄새'를 따라 시작한 산책은 '쇠가루 섞인 비 냄새'을 맡는 것으로 끝난다. 얼마 전까지만 해도 시인의 가슴에 와 닿아 지극히 서정적인 감흥을 불러 일으켰을 법한 소재인, 비, 사과나무, 사과, 나비, 벌

등은 이제 더 이상 순수한 서정을 불러일으키지 않는다. 오히려 '스테인
레스', '깡통', '강철', '볼트', '너트', '베어링', '양철' 등의 기계적이고 문
명적인 이미지들과 나란히 병치되어 이질적인 이미지들 간의 충돌과 불
협화음을 창출하고 있다. 비인과적이고 무작위적인 이미지들의 병치가
이제 이미지에 생명을 부여해 마치 살아 있는 생물처럼 자기 멋대로 증
식을 하면서 하나의 세계를 만들어 낸다. 독자는 그 이미지들을 따라 읽
어 가면서 역설적이게도 서정적인 감흥을 맛보게 된다.

　≪현대시학≫ 10월호에 실린 김종미의 작품들은 이러한 점에서 강렬
한 체험으로 우리를 이끈다. 김종미의 작품은 정익진의 작품 보다 훨씬
심하게 인과관계와 논리적 통일성이 파괴되어 있다.

　　1. 오전
　　겨드랑이에 키운 깃털을 모두 뽑아 새장에 가둔다
　　아우성치는 깃털, 새장이 심하게 요동을 쳤다 그러자
　　깃털들은 하나하나 이름 모를 하얀 새들이 되었다
　　얼굴이 닮고 목청이 닮고 취향까지 닮은 그들은 웬일인지
　　무섭도록 잔인하게
　　부리로 서로의 머리를 쪼아대었다
　　붉은 부리들의 전쟁, 결국
　　뇌수가 터져 죽은 새들이 다시 깃털이 되어
　　흰 천처럼 붉은 정원을 천천히 덮을 때
　　비로소 나는 알았다 그것이
　　너무나 격렬한 사랑이었음을

　　2. 오후
　　유방 속에서 키운 물고기들을 모두 쏟아 버린다
　　물고기들은 숨이 끊어질 때까지 붉은 풀밭을 뛰어갔다
　　비늘들이 흩어지며 희고 노란 꽃으로 피어올랐다
　　꽃 비린내를 좇아 늙은 여우 한 마리가

100년만에 붉은 정원을 찾았다
희고 노란 꽃들을 남김없이 먹어 치운 그는
잘생긴 사내가 되어 내게 프로포즈를 한다
붉은 정원에 가득 고이는 맑은 방울 소리……

3. 저녁
허벅지에서 키운 젊은 소나무들을 뽑아 버린다
샛노란 연막을 치고 송화가루가 터진다
나는 손수건 속으로 도망을 친다
푸른 손수건 속, 알록달록한 기호를 따라 도망을 친다
그만 멈추어 서자. 내가 도망쳐 온 기호들이 싸우기 시작한다
서로 나를 잘 안다고 우기고 있다
지친 내가 푸른색에 얼굴을 묻고 울고 있을 때, 기호들은
그들의 수만큼 나를 복제하여 붉은 정원에 내다 건다
  — 김종미, 「붉은 정원이 나를 내다 건다」(《현대시학》 10월호)

　이 작품에서 제일 먼저 눈에 띄는 것은 '오전', '오후', '저녁'이라는 세 개의 소제목이다. 그 다음으로는 범람하는 이미지들, 그 가운데서도 '붉은 부리', '흰 천', '붉은 정원', '희고 노란 꽃', '샛노란 연막', '푸른 손수건', '알록달록한 기호' 등과 같은 원색적인 이미지들이다. 소제목이 시간의 순서에 따른 나열이라는 점 말고는, 도대체 왜 오전에는 '겨드랑이에 키운 깃털'을 뽑아야 하며, 오후에는 '유방 속에서 키운 물고기'를 쏟아 버려야 하는지, 또 저녁에는 '허벅지에서 키운 젊은 소나무'를 뽑아 버려야 한다는 것인지 알 수가 없다.

　이러한 설정의 작위성이 이 작품의 한계가 되고 있기는 하지만 바로 이러한 설정에서 이미지들이 샘솟듯이 분출된다. 현실이 아닌 무의식적인 세계 속에서 건져 올린 이미지들이기 때문에 마치 살아있는 생물처럼 자유롭고 생기발랄하게 만나고, 몸을 섞고, 증식하고, 또 새로운 이미지

를 낳는다. 이들 이미지들의 전개를 해독하기 위한 어떠한 현실적인 참조의 틀도 발견할 수가 없는 것은 당연하다. 그것은 눈에 보이는 현실에서 출발한 것이 아니기 때문이다. 이제 이 작품은 무수한 이미지들의 격전장이 된다. 그래서 우리가 이 작품에서 보게 되는 것은 이미지들의 화려한 폭발과 열기이다. 바흐친이 소설을 놓고 언어들의 격전장이 되어야 한다고 했다면, 같은 의미에서 시는 이제 이미지들이 서로 충돌하고 경쟁을 하는 장이 된 듯하다.

김종미의 작품이 순식간에 눈앞을 스쳐 지나가는 이미지의 병치로 마치 선전을 보고 있는 듯한 효과를 낳는다면, 김형술의 작품은 완만하게 곡선을 그리며 흘러가는 한 편의 애니메이션을 보는 것 같은 효과를 불러일으킨다.

> 어둔 집이 한 채. 창문 너머 한 아이 서 있네. 검은 넝쿨 구불구불 벽을 타고 오르네. 달을 향해 일제히 푸른 꽃들 치켜드네
>
> 꽃들 속에 잠긴 서랍들이 숨어 있네. 달빛이 잠긴 서랍을 두드리네, 서랍이 열리네, 서랍들이 꽃피네. 괜찮아. 괜찮아. 한 서랍이 속삭이고, 안 돼. 안 돼, 한 서랍이 비명 지르고, 늙은 기차가 느릿느릿 달을 가로질러 달려가고
>
> 허공에 둥둥 떠 있는 알약, 날개.
> 고장난 시계들
>
> 아이 문득 창문 가까이 다가서네. 벽 틈에서 수많은 귀가 솟아나네. 깨어진, 거울처럼 번쩍이는 귀, 귀들, 폭포처럼 노을이 쏟아지네. 노을이 허공으로 집을 들어올리네, 자줏빛, 자줏빛, 차갑게 식은 핏빛
>
> 노을이 달을 물들이네, 아이의 얼굴에서 눈이 사라지네, 서랍이, 기차

게, 시계가, 알약이, 서로 마주보고 중얼거리네, "악취가 나, 악취가 나, 이
건 더러운 환영일 뿐이야" 달 속의 충혈된 눈 하나가 툭, 지붕 위로 떨어
져 내리네

　한 아이가 서랍을 닫네. 세상의 모든 서랍들이 잠기네, 서랍들이 시드
네, 서랍들이 사라지네, 아침을 삼키고, 그림자를 삼키고, 지붕 위에 수많
은 흐린 달이 태어나네.
　끊임없이 휘뿌연 너울이. 펄럭이네
— 김형술, 「잠」(≪문학사상≫ 11월호)

'어둔 집'의 창 밖에는 불길한 징조처럼 달이 떠 있고, 아이는 비록 어
둔 집이기는 하나 그 집으로조차 들어가지 못하고 창 밖에서 배회를 하
고 있다. 그 달을 향해 '푸른 꽃'을 피워 올리는 수고도 보람없이 달은 점
점 더 붉은 '핏빛'으로 물들어갈 뿐이다. 온갖 음울한 이미지들이 시간의
경과에 따라 팽창되고, 작품 전체를 물들여 가더니 마침내는 하나의 달
이 '수많은 흐린 달'로 해체 증식되는 것으로 이 세기말적 애니메이션은
종료된다.

이 '더러운 환영'은 우리가, 그리고 시인이 애써 외면하려고 했던, 그
래서 우리의 무의식 깊숙한 곳으로 밀어 넣으려 했던 우리의 두려운 환
영이다. 발전과 진보라는 이름 아래 억압했던 이 환영은 그러나 더 이상
우리의 깊은 곳에 얌전히 머물러 있기를 거부한다. '어둔 집'의 주변을
어슬렁거리는 이미지들은 우리의 통제를 벗어나 이처럼 스스로 자라고,
문을 열고, 솟아나게 된다.

현실의 통제에서 벗어난 자유로운 의식은 이미지라는 하나의 기호가
아닌 거침없는 주절거림이나 노래로 흘러나오기도 한다. 정찬일의 「내일
날씨」(≪현대문학≫ 9월호)나 다음에 살펴 볼 박정대의 작품들이 그러하
다. 이들의 독백은 형태적인 측면에서 보자면 지극히 산문적이다. 그러나

시인의 가장 내밀한 속내를 드러낸다는 점에서 가장 시적이라고 할 수도
있다.

<blockquote>

8. 만항 이야기

그것이 내 이름이다. 어둠 속에서 아무도 듣지 않는 이야기를 나는 중얼거린다.

그것이 내 이름이다. 어두워질수록 나의 이야기는 끝이 없다.

그것이 내 이름이다. 그대는 나의 이야기를 들으려고 하지 않는다.

그것이 내 이름이다. 이야기 속의 모든 것들이 아프기 때문이다.

그것이 내 이름이다. 나는 어지럽지 않다. 견딜 수 있다. 내가 아픈 건 당신이 아프기 때문이다. 갑자기 숲의 음악 소리가 커졌다. 바람이 아프기 때문이다. 끊임없이 바람의 전화벨 소리가 울린다. 나무들이 아프기 때문이다. 누군가 끊임없이 술잔을 비운다. 술잔 밖 세상이 아프기 때문이다. 나는 어지럽지 않다. 견딜 만하다. 그러나 당신이 아픈 건 내가 여전히 아프기 때문이다.

그것이 내 이름이다.

― 박정대, 「열두 개의 촛불과 하나의 달 이야기」(≪현대문학≫ 10월호)

</blockquote>

'나'는 '내 이름'을 찾아 방랑을 하는 자이다. 이름을 찾아 '열 두 개의 촛불'을 지나고, 열 두 개의 숲을 지나고, 열 두 개의 강을 건너 어둠 속을 헤매고 있다. 그러면서 그는 자신의 목적을 망각하게 될 것이 두렵기라도 한 듯 계속 자신의 이야기를 '중얼거린다.' 그의 '이야기'를 아무도 듣지 않는다는 사실을 그는 알고 있다. 그럴 수밖에 없는 것이 그의 이야기는 아픈 것들, 그것도 그의 무의식 속에 자리잡은 세계의 이야기이기 때문이다.

그러한 외면과 무관심을 그는 '견딜 만하다'고 말 하면서 계속 이야기를 한다. 이야기로 풀어내지 않으면 그 병이 낫지 않기 때문이다. 그러면서 아프고 병들어 있는 것은 '나' 뿐이 아니라 '당신'도 마찬가지라고 과

감히 도전한다. 결국 세상이 아프기 때문에 '나'는 이러한 이야기를 주절
거리지 않을 수 없는 것이다. 이러한 주절거림은 그 주절거림만으로 우
리의 아픔을 위무해주고 자신의 아픔을 치유해준다. 언어의 주술적인 기
능이 아닐 수 없다. 그런 점에서 이 작품은 산문적인 형식을 띄었다고는
하나 지극히 시적이다. 야콥슨이 시를 일종의 병렬체로 정의한 것에 따
르면, 이 작품은 '나'를 찾는 <과정>을 기술하고 있는 것이 아니라 '나'
를 찾는 <마음>을 다양한 방식으로 변주하고 있는 것이기 때문이다.
　한편 김연신은 「어두운 공책」에서 좀더 적극적으로 언어의 주술적인
특성을 구사한다.

> 어둑한 곳에 가서 공책을 펴본다
> 종이에 쳐진 줄 위에 무엇들이 매달려 있다
> 한참 있노라니 철봉놀이하는 아이들이다
> 내가 보고 있는 것을 알아채더니 차례차례 짧은 노래를 부른다
> 숫제 음악시간이다
>
> 첫째 아이는 짧은 반바지였다. 그 아이가 부르는 노래는 어려웠다.
>
> "담장 뒤에 숨어 있는 너는 누구냐
> 걸어서 집에 가니 나는 여기에
>
> 담장 세워 못 보게 한 너는 누구냐
> 보이는 모든 것이 눈에 가득히
>
> 되돌아보지 마, 되돌아보지 마라
> 작은 목수 뛰어나와 풍경 바꾼다"
>
> 둘째 아이는 볼이 진달래 꽃이었다. 그 아이가 부르는 노래는 우스웠다.

"바지를 벗어보아요 바지를 벗어보아요
아침에 일어나서 바지를 벗어보아요

물빛 치마 햇빛 사이를 나폴거릴 때에"

셋째 아이가 부르는 노래는 무서워서 작게 들렸다.

"도시락 반찬에도 시계가 세 개
저녁밥 먹을 때는 벽시계 두 개
뱃속에서 똑닥똑닥, 내일 시계도 똑닥똑닥

파랑새 등을 타고 시계 속으로
톱니바퀴 사이에 활짝 핀 풀들
미친개 어금니로 만든 태엽이 팽팽

밥알들을 먹어보면 똑똑닥닥
반찬을 먹을 때는 똑닥닥 똑닥닥"

넷째 아이는 키가 커져 있었다. 울면서 노래했다.

"너를 보면 나는
너를 보면 나는 언제나
나는 나는 너를 만나면
아, 너를 만나면"

다섯째 아이는 흉폭했다.

"검은 돛을 단 배는 왜 아직 오지 않는가
언덕에 서서 오늘도 항구를 본다
누가 있어 바다에 배가 없다고 말해줄 것인가

가자, 가자 우리가 그곳에서

빼앗긴 모든 것을 되돌려 받자

불을 뚫고, 물을 건너서"

여섯째 아이는 지쳐 있었다

"업고 가네 지고 가네
업고 가네 지고 가네
제멋에 겨워

업고 가고 지고 가니
참을 수 없어 기쁜 날들뿐
기쁜 날들뿐"

일곱 번째 아이가 노래를 시작했을 때
공책을 덮고 불을 켰다.
공책 뚜껑 밑에서 끈적끈적한 것이 흘러내려왔다.
흰 책상보가 더러워졌다.
— 김연신, 「어두운 공책」(≪내일을 여는 작가≫ 가을호)

 운율과 리듬을 갖춘 노래를 작품 속에 직접 끌어들이면서 세계의 아픔을 드러내고 있다. 작품에 순서대로 울려 퍼지고 있는 일곱 아이의 노래에는 저마다의 방식으로 체험한 세상의 아픔과 두려움이 담겨 있다. 이 노래들은 하나의 작품 속에 놓여 있음으로 해서 조화로운 하모니를 이루지 못한다. 이 불협화음이 불안과 두려움 사이에 유사성과 차이를 두드러지게 한다.

 이상의 작품들은 현실을 거부한다. 또한 현실을 은유적으로 표현하려고 하지도 않는다. 그렇다고 눈에 보이지 않는 절대 진리나 본질, 일자(一者) 같은 것들을 드러내기 위해 구체적이며 감각적인 현실 세계를 수단으로 이용하지도 않는다. 이들 작품은 한결같이 눈에 보이는 현실 이외의 새로운 시적 세계를 창조하고 있다. 현실화되어 있지는 않지만 우리 세계의 어느 귀퉁이, 어느 이면에 잠재되어 있는 <가능한 세계>의 문을 두드리고 있는 것이다. 그럼으로써 우리의 인식의 폭을 확장시킨다. 이제 우리는 눈에 보이는 것으로부터, 혹은 눈에 보이는 것 못지 않게 우리의 의식을 지배해왔던 눈에 보이지 않는 그 무엇으로부터 벗어나게 된 것 같다. 이것은 일종의 반역이며 자유의 몸짓이 아닐 수 없다.

그러나 이러한 의식의 전환 깊은 곳에는 음울한 우리의 현실이 자리잡고 있다는 것을 외면해서는 안 된다. 첨단 기계 산업의 발달과 자본주의의 엄청난 번식력 그 앞에서 해체되어 현실과 환상의 경계가 모호해져 가고, 오히려 눈에 보이는 더욱 추악해져 가는 현재의 모습이 우리를 우리의 내면으로, 새로운 세계의 발견으로 이끌고 있기 때문이다.

더구나 이와 같은 작품들이 몇 년 새에 급작스럽게 늘어났다는 점도 주의해서 보아야 할 것이다. 이미지들이 잡종적으로 무분별하게 몸을 섞으며 엄청난 번식력을 자랑하는 것과 상동적으로 이 같은 작품들 역시 자체 증식을 통해 마구 양산되고 있는 것처럼 보이기 때문이다. 나와 너의 구별, 이것과 저것의 구별, 중심과 경계의 구별이 의도적으로 철폐되어 가고 있는 지금의 현실에서 정체성 운운하는 것은 고리타분한 이야기가 될 지도 모르겠다. 그러나 창작의 주체가 주체성과 독자성을 잃게 되면 새로운 인식의 발견이든 자유로운 저항의 정신이든 창조의 기쁨이든 아무 소용이 없게 될 것은 아닌지 우려가 되는 것도 사실이다.

2. 서정과 풍자

한편에서는 이처럼 외부의 자극에 적극적으로 반응하는 몸짓들이 있다면, 다른 한쪽에서는 관념과 정서라는 오래된 무기를 갖고 이러한 도전들에 외롭게 맞서는 작품들을 만날 수 있었다. 외계의 사물로부터 촉발된 정서나 관념을 그리는 작품들이 그것이다. 이러한 작품들은 시란 '시인의 사상과 감정을 표현한 것'이라는 표현론적 문학관에 충실한 작품들이다. 따라서 우리는 작품 속에서 시인의 목소리를 강하게 듣게 되고, 작품을 보면서 의미와 주제를 찾게 된다.

이러한 작품들은 눈에 보이는 것으로부터 시작해서 인류 보편의 정서로 다가가기 때문에 무의식형이나 기호적 상징형의 초점을 추구하는 작품들에 비해 훨씬 공감하기 쉽다. 또한 외계의 사물이 지니는 물질적 감각만 놓치지 않는다면 그 구체성도 확보하게 되고 정서의 과잉상태에도 빠지지 않을 수 있다. 다음 작품이 바로 대표적인 경우라고 하겠다.

> 너무도 여러 겹의 마음을 가진
> 그 복숭아 나무 곁으로 나는 왠지 가까이 가고 싶지 않았습니다
> 흰 꽃과 분홍 꽃을 나란히 피우고 서 있는 그 나무는 아마
> 사람이 앉지 못할 그늘을 가졌을 거라고
> 멀리로 멀리로만 지나쳤을 뿐입니다
> 흰 꽃과 분홍꽃 사이에 수천의 빛깔이 있다는 것을
> 나는 그 나무를 보고 멀리서 알았습니다
> 눈부셔 눈부셔서 알았습니다
> 피우고 싶은 꽃빛이 너무 많은 그 나무는
> 그래서 외로웠을 것이지만 외로운 줄도 몰랐을 것입니다
> 그 여러 겹의 마음을 읽는 데 참 오래 걸렸습니다

　　흩어진 꽃잎들 어디 먼 데 닿았을 무렵
　　조금은 심심한 얼굴을 하고 있는 그 복숭아나무 그늘에서
　　저녁이 오는 소리 가만히 들었습니다
　　흰 실과 검은 실을 더 알아볼 수 없을 때까지
　　　　　— 나희덕, 「그 복숭아 나무 곁으로」(≪문학과 사회≫ 가을호)

　오랫동안 자기 만의 풍경과 서정을 그려내고 있는 나희덕의 작품을 접하는 순간 우리는 전혀 다른 세계로 들어온 느낌을 받게 된다. 아니, 이제서야 우리가 발을 딛고 있는 현실로 돌아온 것 같은 느낌을 받게 된다. 시인은 이 작품에서 한 그루 '복숭아 나무'에서 촉발된 마음의 움직임을 그려낸다. 그 '복숭아 나무'는 '흰 꽃과 분홍 꽃', 그리고 그 사이 '수천의 빛깔'을 흩날리며 서 있다. 그러나 우리는 워낙에 어둡고 차가운 문명의 복판에 살고 있기 때문에 오히려 복숭아 나무의 아름다움은 너무 '눈부셔서' 바라볼 수가 없다. 너무 아름답고 눈부시기 때문에 어쩌면 낭만적이고 감상적이지 않은가 하는 의구심마저 든다.

　그 복숭아 나무가 시류를 타지 않는 고결한 정신이든, 인간이 영원토록 지녀야할 본질이든, 소외와 무관심으로 병든 사회 속에 남아 있는 환한 마음의 소유자이든 간에, 아스팔트 공원의 깊숙한 곳에 홀로 뿌리 내리고 있는 한 그루의 나무임을 포기하지 않는다. 그것은 복숭아 나무라는 소재 때문이 아니라 복숭아 나무로부터 시인이 읽어낸 의미 때문일 것이며, 인간의 내면을 깊이까지 들여보고 그것을 복숭아 나무와 연결지을 수 있었던 섬세함 때문일 것이다. 잘 씌여진 서정시가 그렇듯이, 시인은 지나친 감정의 이입을 조절하면서 오히려 그 복숭아 나무에게 '가까이 가지 않'고 거리를 둔다. 또 마치 대단한 진리라도 발견한 듯한 호들갑스런 어조 대신 '그 여러 겹의 마음을 읽는 데 참 오래 걸렸습니다'라고 겸손하게 고백하는 것도 한 몫을 한다.

이외에도 강연호, 함민복, 이화은, 김정미, 지순 등의 작품이 힘들게 힘들게 우리의 마음 한 가운데로 들어온다. 양적으로 보자면 이러한 경향의 작품이 훨씬 다수를 차지했다. 그러나 대부분의 작품들은 우리의 단단하고 차가워진 마음에 와 닿기 전에 힘없이 부숴지고 마는 아쉬움을 남겼다. 보편적인 감정에 호소를 했지만 너무 진부하기 때문에 고리타분한 설교를 다시 듣는 기분을 들게 하고, 외계의 사물을 놓치지 않았지만 그 해석이 평범하기 때문에 새로움의 측면에서 우리의 주의를 끌기에는 부족했다.

진솔한 내면의 고백이 값싼 감정의 토로로 끝나는 걸 보는 것보다 아예 삐딱하게 풍자하는 것을 보는 게 마음이 덜 불편하다. 정끝별의 「우리집에 온 곰」과 김영탁의 「나 마음 깊은 저수지에 있는 무위사(無爲寺)」(≪시와사람≫ 가을), 「무좀에 대하여」(≪현대시≫ 10월), 여정의 「네게 거짓말을 해봐」(≪시와 반시≫ 가을) 등이 그러한 작품이다.

이들 작품은 감상이나 낭만적인 회고주의에 떨어질 염려가 없다는 점, 우리의 가려운 부분을 시원하게 긁어 준다는 점, 또 현실에 대한 날카로운 비판정신을 지니고 있다는 점 등의 미덕이 있지만 작품이 만들어내는 공명의 폭이 상대적으로 좁다는 것이 아쉬운 한계이다. 그 이유야 여러 가지가 있을 수 있겠지만, 대개는 알레고리적 구성 자체가 지니는 한계 때문이 아닐까 싶다. 한 가지의 주제 의식을 향해 촘촘하게 짜여진 구성과 이를 위해 선택된 한정된 질감의 시어들 때문에 독자의 자리는 애당초 마련되어 있지 않은 것이다. 다만 독자는 그들의 잘 짜여진 한 편의 작품을 보고 감탄을 하는 수밖에 없다.

3. 창조를 유혹하는 시

순수한 독자에게 좋은 시와 창작하는 사람에게 좋은 시가 크게 차이가 날까만은 사실은 큰 차이가 난다. 좋은 시를 쓰게 자극하는 시는 분명 감동을 주는 시와 다르다. 좋은 시를 쓰게 자극하는 시, 혹은 시를 쓰고 싶은 마음이 들게 하는 시는 보다 적극적으로 우리의 상상력을 자극하여 우리가 미처 인식하지 못하고 있었던 우리 내부의 가리워진 부분을 의식의 표면으로 떠오르게 만들고 싶은 욕망을 건든다는 말일 것이다. 그리고 이런 매력은 대부분 무의식적인 이미지의 흐름과 언어를 기호적으로 사용한 작품들에서 찾아볼 수 있다. 그럼에도 불구하고 그와 같은 작품들은 폐쇄성과 접근불가능성을 지닌다는 약점이 있다. 지나치게 사적으로 흐르는 이미지들의 전개와 시의 흐름은 독자들에게 당혹감만을 안겨주기 쉽다.

김혜수의 다음 작품은 그와 같은 검의 양날을 어느 정도 피하면서도 시적 성취를 보여준 것으로 보인다.

> 겨울 강에 구두 한 짝 얼어 붙어있네 얼음 속 구두는 입을 벌리고 뭐라 뭐라 말을 하고 있네 ┄┄┄┄┄┄┄┄┄┄┄┄┄┄┄┄┄┄┄┄┄ 어느 봄 날 만년설 계곡에서 흘러 내려온 푸른 주검을 안고 오열하던 노파가 있었네 얼어붙은 젊은 주검은 오래 전 등반하다 실종된 노파의 애인이었네 미처 한 발 빼지 못하고 봉합된 일생은 다만 길고 긴 겨울 한 나절이었을 뿐이네 얼음 속에 처박힌 사랑을 부둥켜안고 안간힘으로 녹여대던, 애인보다 훌쩍 늙어 버린 노파 ┄┄┄┄┄┄┄┄┄ 아직도 얼음 속 구두는 입을 벌리고 뭐라 뭐라 말을 하고 있네 한 발을 얼음 속에 묻고 다른 시간 속에서 내공의 힘을 키우며 늙고 있을 외짝 구두 무모하지 않은 것은 기다림이 아니네 벌린 구두의 입 속에서 얼어붙은 투명한 문장들 이미 흘러간 것들과 이제 흘러가 버릴 것들 틈새에 갇힌 세월의 무늬란 저런 것이네

— 김혜수, 「얼음 속 구두는 입을 벌리고」(《현대시》 9월호)

이 작품은 관념형과 즉물형, 그리고 부분적인 무의식형을 초점으로 취하고 있다. 우선 처음에는 일반적으로 받아들이기에 전혀 무리가 없는 외계의 사실적인 사물 '겨울 강'에 얼어붙어 있는 '구두 한 짝'으로부터 시작한다. 즉물형의 초점을 취하고 있다고 할 수 있다. 그 다음에는 '얼음 속 구두는 입을 벌리고'라는 진술을 통해 사실의 세계와 시인의 무의식적 세계를 교묘하게 결합시키고 있다. 그럼으로써, 한편으로는 독자인 우리들의 감각을 자극해서 밑창이 떨어지고 끈이 풀어진 허름한 구두가 반쯤은 얼음 속에, 나머지 반쯤은 얼음 밖으로 나온 이미지를 떠올리게 하고, 다른 한편으로는 그 구두에 생명을 부여해 스스로 이야기를 하게 만들고 있다. 그리하여 점점 현실의 세계로부터 무의식적이고 상상적인 세계로 접어들게 된다.

그러나 바로 그 순간 화자는 갑자기 거리를 두면서 실제 신문 기사로 난 적이 있는 실종사건을 이야기한다. 그 난데없는 구두의 출현에 대한 인과적인 설명을 시도하는 것이다. 그렇기 때문에 다시 말을 하고 있는 구두로 초점을 옮긴 다음에도 더 이상 말하는 구두가 돌연하거나 낯설게 느껴지지 않게 된다. 하나의 생명력을 갖는 이미지로써 순간과 영원, 삶과 죽음, 기다림과 같은 의미와 관념에 결부지어 해석하도록 만들기 때문이다.

이처럼 관념형과 즉물형에 이어 무의식적인 초점을 도입하려는 시도는 우리에게 감동도 주고 상상력을 작동시키기도 한다. 우리를 수동적이게도 만들고 능동적이게도 만드는 작품, 우리를 편안한 관람자로 만들기도 하고 또 적극적인 창조자로 만들기도 하는 작품, 좀 더 시론적으로 이야기하자면, 관념이나 정서, 즉물적 감각, 무의식적 흐름과 기호적 상징의 복합 초점을 지닌 작품이다. 이처럼 한편의 작품 속에 전인적인 감각을 담기 위해 고민하는 시인의 정신을 엿보는 일은 분명 질투 나고 즐거운 일이다. ≪현대시학≫ 8월호에 실린 이 시인의 「입산」이나 「나는 꽃이 아프다」가 보여주는 삶과 죽음에 대한 집요한 관심도 주목할 만하다.

‘하늘’ 어머니와 ‘화성’ 아버지
— 2000년 가을

1. 분열하는 이미지, 해체하는 인간

화려한 이미지의 유희와 미끄러지는 기표를 이용한 아슬아슬한 곡예도 이제 시들해진 것일까. 이렇다 할 주도적인 경향이 보이지 않은 가운데, 2000년 가을, 유수의 문예지에 실린 여러 작품들에서 우리가 읽을 수 있는 하나의 징후가 있었다면, 그것은 인간의 부재였다.

하긴 오르테가 E. 가제트가 예술의 비인간화 경향을 지적한 것이 언한 세기도 전의 일이니 새삼스러울 것도 없다. 예술은 더 이상 인간의 합일을 노래하지 못하고, 자연의 아름다움도, 신과의 끈끈한 유대도, 하다 못해 인간에 대한 그리움이나 공동체의 이상 같은 것들도 진부하고 시대착오적인 소재가 되어 버린 지 이미 오래 전의 일이다. 그런데, 왜 이제와서 새삼 ‘인간’에 주목하는가. 어차피 인간의 소외 현상은 근대를 특징짓는 간단하고도 핵심적인 한 마디 아닌가.

그러나, 다시 생각해 보면 인간의 소외에 관해 말하고 예술로 도피를 감행했을 때에도 그 저변에는 언제나 불안과 절망의 소용돌이가 흐르고 있었다. 플로베르가 ‘인생에서 참되고 좋은 유일한 것, 그것은 예술’이라고 한 말도, 사실은 부르주아 시민 계급에 대한 환멸에서 기인한 것이며, 그 때문에 스스로를 예술 속으로 유폐시키면서도 삶의 '소유'와 삶의 '표현' 간의 간격을 메우려는 시도를 결코 포기하지 않았다. '딱 들어맞는 낱말'(mot juste)를 찾기 위해 고심했다는 것이 그 단적인 예이다. 도스토예프스키 역시 내적 갈등과 분열로 인해 파탄에 이르는 인물상을 창조하긴 했지만, 그조차 개인주의와 자유를 반대하면서 그 이유를 인간 소외의 원인이 될 수 있다는 데서 찾은 바 있다.

멀리 갈 것도 없이, 무의미시를 실험함으로써 예술의 비인간화를 몸소 보여준 김춘수도 마찬가지이다. 그가 모든 관념을 포기하고 그래서 결국은 인간과 생활마저 탈색시킨 것은 단순히 유희가 아니었으며, 역사와 사회에서 비롯된 회의와 절망의 표현이자 하나의 힘겨운 몸짓이었던 것이다. 이들은 모두 인간 소외를 피할 수 없는 운명으로 받아들이면서도 거기에 항거하기 위해, 때로는 냉소적으로, 때로는 유희적으로 파편화되고 일그러진 인간의 모습을 다루었던 것이다.

이제 와서 새삼 '인간'에 주목하는 이유가 바로 여기에 있다. 지난 가을에 발표된 작품들 중 우리의 주목을 끈 작품들 가운데 상당수에서는 그러한 고통과 절망의 흔적은 찾아볼 수 없었다. 다만, 마치 인간이 이미지나 기표처럼 아무렇게나 해체되었다가 제멋대로 합체되었다가 다시 기형적으로 분화하는 모습의 연속뿐이었다. 비단 지난 가을의 시만 그런 것은 아니다. 사실 지난 세기말부터 우리 시단을 휩쓸고 있는 이미지와 기표의 화려한 유희는 이미 이러한 면모의 일단이었다.

그렇기 때문에 다음 작품들은 이러한 경향 가운데서 특히 우리의 주목을 끌었다. 이정록의 「쓰라린 젖꼭지」(≪현대시학≫ 10월호), 정재학의 「어린 마당에서」(≪현대시학≫ 10월호), 박해람의 「마술사」

(≪시와사람≫ 가을호) 이시훈의 「먼길」(≪시와반시≫ 가을호), 김신용의 『섬』·2(≪작가세계≫ 가을호), 김왕노의 「화성의 아버지」와 「그 여자, 뻘」(≪다층≫ 가을호), 이안의 「봄비」(≪실천문학≫ 가을호), 강수의 「벚꽃 질 무렵」(≪세기문학≫ 가을호), 신종호의 「부호의 제국」·1(≪현대시≫ 9월호) 등. 적어도 이 작품들에서는 인간에 대한 향수가 배어 있었으니 말이다.

2. 어머니의 상상력과 아버지의 어법

자기 자신에게서조차 소외된 우리들이 어떤 소외되지 않은 관계에 대해서 이야기할 수 있을까. 소외되지 않음에 대해서 이야기한다는 것은 결국 자기 기만에 지나지 않는 것은 아닐까.

그러나 소외되지 않음을 이야기해도 자기 기만이라고 하지 않을 만한 관계가 있다. 바로 아버지 혹은 어머니와의 관계가 그것이다. 설사 자기 자신에게서는 소외되더라도 우리 생의 원천이자 존재의 씨앗이 되는 부모에게서만은 소외되지 않는다. 아니 소외될 수 없다. 오히려 아무리 기를 쓰고 소외를 시도해도, 혹은 그 절연을 시도해도 언제나 고무줄처럼 우리는 그 중심을 벗어나지 못한다. 무엇이 우리로 하여금 그 질기디 질진 끈에서 벗어나지 못하게 하는 것인가. 다음 작품에서 보이는 바와 같은 화해와 평화의 소망 때문이 아닐까.

우연히 하늘을 바라보라

바로 그 순간만
찢어진 하늘에서 흘러내리는
어머니가 널어놓으신 홑이불을 잡을 수 있다

그 눈부신 호청을 펄럭이며 뛰어다닐 수 있다
이불잇 속에 해가 들어오고 낮의 별들이 반짝인다
그곳에 떠 있는 태양이 내 피를 그토록 뜨겁게 달구었구나

우연히 하늘을 바라볼 때에만
어머니의 콧노래와 마른 비누냄새를 맡으며
몸을 떠는 나비를 품에 안고 그곳에 앉아있을 수 있다
벗어놓은 신발에서 자라나는 벌레들과 얘기를 나누며
물결치는 작은 하늘을 만져볼 수 있다
움직이는 태양을 볼 수 있다

그 속에선 아직 어머니의 노래를 들을 수 있다
　　　　　— 정재학, 「어린 마당에서」(≪현대시학≫ 10월호)

　우리가 이 작품을 대하는 순간 어떤 유토피아와도 같은 공간을 본 것은 우연이 아니다. 유리알처럼 맑고 투명하게 빛나는 하늘이 금방이라도 머리에 닿을 듯 내려와 있는 것 같다. 이는 '하늘'과 '어머니가 널어놓으신 홑이불'을 등가화시키는 기본적인 메타포에서 발생하는 것으로서, 딱딱하게 굳어버려 어떠한 감흥도 불러일으키지 않는 죽은 단어 '하늘'과 사소하고 일상적이기만 한 단어 '홑이불'이, 평범하지만 다른 어떤 것보다도 강력한 마술적인 힘을 발휘하는 단어 '어머니'의 힘을 빌어 생생하게 살아나고 있는 것이다. 이 세 단어가 조합되는 순간 하늘과 어머니와 홑이불은 신비롭고, 비범하며, 환상적인 함의를 갖게 되고, 나아가 하늘은 시인이 만든 그만의 '우주 덮개'가 된다.

　그래서 이 작품은 '어린 마당에서' 본 것을 이야기하고 있지만, 사실은 '우주의 마당에서' 본 것에 관한 이야기로 읽힌다. 하늘에 '해'와 '낮의 별'이 떠 있다는 말은 하나마나 한 말이겠지만, 그 하늘이 어머니가 널어

놓으신 '눈부신 호청'이라면 이야기는 달라진다. '눈부신 호청을 펄럭이며 뛰어 다니'는 행위나 그 빨래를 널며 흥얼거리셨을 '어머니의 콧노래'와 청결하게 마른 호청에서 나는 '비누냄새' 같은 사소하고 작은 감각들이 우주와 교신하는 기표로 전환되는 것이다. 그뿐 아니라 우리는 어머니가 널어놓은 호청 안에 숨어서 '몸을 떠는 나비를 품에 안고 그곳에 앉아 있'는 아이의 모습이라든지, '벗어놓은 신발에서 자라나는 벌레들과 애기를 나누'다가 조그만 손을 내밀어 '물결치는 작은 하늘을 만져 보'는 아이의 모습을 떠올리면서 화자와 함께 우주의 조화에 동참할 수 있게 된다. 아름다운 이미지 속에서 우리는 천진난만한 화자와 만나고, 그럼으로써 우리의 정신까지 그에 동화되는 탈소외의 경험을 하게 되는 것이다.

무엇보다도 화자가 자신의 '피를 그토록 뜨겁게 달구었'던 것이 바로 '태양'이었으며, 그 태양은 바로 어머니가 널어놓으신 이불 호청, 즉 하늘 속에 있었던 것임을 이야기할 때 우리는 다시 한번 놀라게 된다. <하늘=어머니가 널어놓으신 홑이불>의 기본적인 메타포가 발휘하는 결정적인 위력 때문이다. 그저 하늘에 떠 있는 태양으로는 누군가의 피를 뜨겁게 달구지 못했으리라. 이미 식어버린 존재였을 테니 말이다. 그러나 그 태양은 어머니의 세계 안에서 발견되는 태양이었으며, 그렇기에 뜨거운 생의 체험을 가능하게 하는 것이다.

안타깝게도 이와 같은 순간은 수시로, 예고되고 찾아오지는 않는다. 그러한 신비로운 합일의 순간은 '우연히' 일어날 뿐이다. 하늘이 '눈부신 호청'으로 보이는 것도, 그로 인해 우주와 평화로운 합일을 하게 되는 것도 '우연'이라는 필연에 의해서만 경험할 수 있게 된다. 그 '우연'이 일어나기 전까지 화자는 그저 파란 하늘과 그저 하늘에 떠 있는 해와 별을 볼뿐이다. 그래서 우리는 화자가 '우연히' 어머니의 기억을 떠올리기를, '우연히' '어머니의 노래'를 듣게 되기를 간절히 소망하고 있으리라는 사실을 쉽게 짐작할 수 있다. 그러한 우연의 순간은 화자에게 존재의 기원을 알게 해주는 종교적인 순간이며, 고난한 삶으로 인해 소진되어 가는 '태양'에 다시 한번 불씨를 돋구어 주는 축제의 순간이리라는 것도 알 수 있다. 결국, 이 작품이 말하는 그 '우연'의 순간이란 어머니와의 근원적인 합일로 자기 소외와 자기 파괴에서 우리를 잠시나마 구원하는 순간이며, 이 작품은 바로 그 구원을 우리에게 체험케 하는 신화인 것이다.

그러나 사실, 우리들이 어머니에 대한 기억으로 삶의 위안을 삼고 있는 바로 그 순간, 어머니의 노래를 불쏘시개로 하여 삶에 새로운 불씨를 돋우고 있는 그 순간, 멀리, 그리고 홀로 계신 어머니는 무엇을 하고 계신가.

어둔 방에 앉아 울고 계셨다
이목구비가 사라진 어머니는
커다란 외짝 젖통 같았다
너무 많이 빨아올려서
꼭지가 아스라이 솟구쳐 있었다
큰애냐? 부엌칼이며 쇠말뚝이
녹슨 乳腺에 걸려, 잠시
덜걱거리다가 자리를 잡았다
이제 곧 저 검은 젖꼭지에 매달릴 은비녀
그 차고 무거운 것이 내 가슴에 박혀왔다
어머니는 무너지지 않을 거예요
작게 옹알이를 했다
서둘러, 그 쓰라린 젖꼭지 위에
알전구를 밝혀드렸다
칡넝쿨이 점령해버린

한 그루 겨울 소나무가
내 이름을 불렀다
　　　　　— 이정록, 「쓰라린 젖꼭지」(≪현대시학≫ 10월호)

　이정록은 우리가 기억으로만 어머니를 만나고 있을 때 현실의 어머니는 울고 계신다고 말한다. 그 지극히 안쓰럽고 민망하고 애처로운 모습에서 우리는 우리의 어머니를 잠시라도 떠올리지 않을 수 없으리라. 정재학이 보여준 기억 속의 어머니, 생명과 활력의 어머니가 오히려 아우라로 작용했기 때문일까. 이정록이 그리고 있는 어머니의 처참함은 더욱 아프게 와 닿는다. '어둔방'의 그 어두움은 어떠한 빛으로도 밝아질 것 같지 않을 만큼 어둡게 느껴지며, '이목구비가 사라진 어머니'는 정재학의 어머니가 '마른 비누 냄새'를 풍겨서 매력적인만큼, 끔찍해서 차라리 외면하고 싶은 어머니이다. 마치 허물어지기 쉬운 진흙으로 만든 조소라고나 할까. 게다가 '외짝 젖통'이라니, 그것도, '너무 많이 빨아 올려서/꼭지가 아스라이 솟구쳐 있'는 '젖통'이란다.
　이 그로테스크한 어머니는 무엇으로부터 기원한 것인가. 하나의 '외짝 젖통'으로 남은 어머니는 홑이불을 너시는 정재학의 어머니와 도대체 어떤 관계에 있는가. 마침 우리는 우연히도 이와 같은 의문에 답해줄 수 있는 작품을 만날 수 있었다.

　빗물은 모여서도
　흘러가지를 않네

　天
　地
　에

촉촉이
젖 물리는 소리

— 이안, 「봄비」(≪실천문학≫ 가을호)

이 짧은 작품에서 우리는 외짝 젖통의 어머니와 '봄비'의 유추관계를 생각해 볼 수 있었다. 그리고 '꼭지가 아스라이 솟구'칠 정도로 어머니의 젖을 빨아먹은 이는 다름 아닌 '천지'라는 대답을 얻을 수 있었다. 우리는 어머니 하늘이 내리는 젖줄, 봄비를 빨아먹으며 하루하루 연명하고 있었던 것이다. 결국 정재학이 보여준 하늘의 어머니와 이정록이 보여준 외짝 젖통의 어머니와 이안이 보여준 물의 어머니는 하나의 어머니, 즉, 우주의 어머니인 것이다.

다시 이정록의 어머니로 돌아가서, 그의 어머니는 도리어 우리의 위로를 필요로 하는 존재이다. 정재학의 어머니가 나에게 삶의 위안이자 원동력을 제공해주는 존재, 나의 소외를 잠시 잊게 하여 우주적인 조화에 동참하게 하는 존재였다면, 이정록의 어머니는 우리에게 그와 같은 생의 희열을 안겨 주고는 홀로 어두운 골방에 들어가서서 '울고 계시'는 존재이다. 이제 쓸모 없게 된 '녹슨 유선'과 '은비녀'(비석?)를 매달 일밖에 남지 않은 '검은 젖꼭지'를 슬퍼하며 울고 계시는 것이다.

그러나 어머니의 처참함이 심하면 심할수록 우리의 살길은 더욱 뚜렷해진다. 우리가 어머니의 처참함을 뼈저리게 느끼면 느낄수록 우리의 소외를 극복할 가능성은 높아지기 때문이다. 우리에게 모든 생명을 건네주고 이제는 무너질 일밖에 남지 않은 어머니에게 우리가 해줄 수 있는 일이란 게, 고작 '어머니는 무너지지 않을 거예요'라는 말 한 마디일지라도 — 그 말이 위로로써 얼마나 가당치 않은 말인지는 조금만 생각해 보면 알 수 있다. 무너지지 않을 거라고 하지만, 그 말속에는 언제라도 무너지게 되어 있다는 운명적인 예언이 전제되어 있기 때문이다 - 그리고 그 말조차 믿음직스럽고 든든한 말이 아니라 갓난 아이가 '작게 옹알이'하듯 하는 말일지라도, 우리가 어머니의 고통을 목격하고, 그 고통에 몰입하고 동참하는 순간, 그리고 연민과 죄책감을 느끼는 순간 우리는 잠시나마 우리 자신의 소외를 잊을 수 있는 것이다.

게다가 우리의 이 보잘 것 없는 위로가 최선의 것이었음이 밝혀지는 순간, 우리의 죄책감은 감면될 수도 있다. 이는 이 작품의 출발점이 되고 있는 기본적인 구조 <어머니=외짝 젖통>이 마지막에서 전환을 일으켜, <어머니=외짝 젖통=무덤>이라는 메타포로 완결되면서 가능해진다. 다시 말해, 어머니의 젖가슴이 그 유사함으로 인해 무덤으로 전환될 때 비로소 우리는 완전한 속죄의 기회를 얻게 된다고나 할까.

물론 이러한 전환이 명시화되어 있지는 않지만, 마지막 세 행에서 그와 같은 추측을 하는 것은 어렵지 않다. '칡넝쿨이 점령해버린 / 한 그루 겨울 소나무'가 보여주는 풍경은 우리가 두고 온 고향 집 뒤의 야트막한 언덕과 그 위에 버려진 무덤, 혹은 그 곁에 외로이 서 있는 겨울 소나무의 모습 바로 그것이기 때문이다. 그래서 화자가 '알전구'를 밝혀드리는 '쓰라린 젖꼭지'는 이 무덤 혹은 언덕과 오버랩 되면서, '무너지'려는 순간에 있는, 혹은 '칡넝쿨이 점령해버린', 혹은 '녹슨 유선'을 가진 어머니의 고단한 생을 따스하게 위로하는 의미를 지닌다. 화자는 우리의 죄책감과 부채 의식을 대신하여 어머니의 외짝 젖통에 처음이자 마지막으로 따스한 불을 밝혀 드리는 것이다. 여기에서 우리는 '서둘러'라는 부사에 주목하지 않을 수 없는데, 너무 늦을 것을 염려하는 마음, 그러나 이미 늦었음을 안타까워하는 마음이 이 단 하나의 부사에 집약되고 있다. 이러한 섬세한 마음배려, 그 불빛이 우리의 내면 깊숙이 파고들어 거미줄처럼 균열진 우리의 존재를 밝혀준다.

그런데, 이와 같은 작품들이 하나같이 메타포를 그 근간이 되는 어법으로 채택하고 있는 것은 우연일까? <하늘=어머니가 널어놓은 홑이불>, <어머니의 젖=봄비>, <어머니=외짝 젖통=무덤> 등은 모두 유사성의 원리에 기반하여 하나의 원관념과 그에 대한 보조관념을 일대일로 연결 짓는 구조를 갖고 있다. 바로 이러한 닫힌 구조 때문에 메타포는 종종 후기 구조주의자들로부터 폄하되어 왔는데, 원관념과 보조관념, 기표와 기의가 마치 필연적으로 결합되어 있는 것이며, 그 결합이 동기화되어 있다는 신화를 조장한다는 것이다. 라깡식의 관점에서는 이러한 사이비 합일은 권위적인 아버지의 세계에서나 가능한 것으로 간주된다. 하나의 보조관념이 단 하나의 원관념만 허용하는 메타포는 결국 그 풍요롭고 무한한 나머지는 모두 사장시켜버리는 것을 의미하며, 그 때문에 질서와 법으로 존재를 통제하려는 상징계적 질서의 일환이라는 것이다.

참으로 아이러니컬한 일이지만, 그것이 현실이다. 시라는 것이 꿈과 욕망과 무의식과 환상같이 언어로 잡을 수 없는 것을 담으려고 하는 것임에도 불구하고, 결국 언어라는 지극히 체계화되고 질서화되어 폭력적이기까지 한 도구를 사용할 수밖에 없다는 사실 말이다. 우리가 보여주고 싶은 순간의 감정이나 환상 같은 것을 도저히 언어로 건져낼 수 없다는 사실을 확인할 때, 우리는 좌절한다. 이것은 또한 우리를 우리 자신으로부터 소외시키는 하나의 원인 아닌가. '나'라고 말하는 순간, 그 말의 그물을 빠져 달아나는 무수한 '나'. 마치 강바닥에서 모래를 집어 올려도 결국 손에 남는 것은 몇 알 뿐이고, 나머지는 모두 다시 깊고 어두운 심연으로 사라져 버리는 일과 같지 않은가. 그럼에도 불구하고 우리는 그

손바닥을 햇빛 아래 펼쳤을 때 보게 되는 몇 개의 반짝임이나마 잡으려
고 얼마나 안간힘을 쓰는지.

3. 양성의 아버지와 노래하는 시

삶과 죽음, 환상과 꿈같이 언어로는 잡을 수 없는 불확정성의 세계가 어
머니의 세계라면, 그 불확정성을 개간하여 구획정리를 하고 거기에 의미를
부여하는 것은 아버지의 질서이다. 또한 메타포가 손바닥에 남은 몇 개의 반
짝임으로 강바닥으로 사라져버린 무수한 모래알을 떠올리게 하는 아쉬운
시도라면, 메타노미, 즉 환유는 강바닥에 손바닥을 가져다 대고 손바닥의 세
포 하나 하나를 곤두세워 그 모래의 촉감을 각인시키는 또 다른 아쉬운 시
도이다.

총 5연으로 이루어진 다음의 긴 작품은 그러한 아버지의 모습을 환유의
방법으로 표현하고 있다.

잠들면 화성으로 간다 화성엔 아버지가 홀아비로 사신다 혼자 밥 끓여
드시고 문틈으로 끼어 드는 모래보다 더 버석거리는 그리움을 쓸고 닦으
며 아버지 화성에 사신다 내 사는 지구의 종말이 올 것 같다며 화성 한
모퉁이 갈아엎고 보리밭 끝없이 일구어 놓았다 이 땅에 바람이라도 불라
치면 화성에서 보리 술렁이는 소리 들려온다 들려와 자꾸 거칠게 일어나
는 마음을 날 새우는 마음을 한나절 내내 비질해 주신다 가끔은 지구로
흘러들어 내 창을 기웃거리는 녹슨 별을 말끔히 닦아주며 화성에 사신다

지구에 달이 지면 화성에는 달이 뜨는 걸까 떠서는 캄캄한 아버지의
저승을 달빛으로 창호지처럼 물들이기도 하는 걸까 아버지 생시에 화성
에 물이 있느냐 물었을 때 세상이 가르쳐 준 지식으로 확신에 찬 답변 못
해드렸는데 잠들면 화성에서 깜박이는 아버지 담뱃불이 보인다

아버지 세상의 시름 이 땅에서도 담배연기로 날려보내셨는데 아득한 곳에서 지구를 보면 화성에서도 시름 깊어 가나보다 사람이 태어나 세상을 위해 한번도 일 하지 못한다면 죽어서라도 해야한다는 말 가끔은 은하수로 흘러와 눈시울 적시는데 잠들면 내 잠도 걱정되나보다 내 잠을 지켜주는 화성의 담뱃불이 보인다 깜박이며 타들어 가는 아버지 사랑이 보인다

잠들면 날마다 화성으로 간다 지워져간 섬을 데릴러 이제는 들려오지 않는 노래를 찾아 화성에야 달개비꽃 하나 피어있겠나 목 잠긴 세월 대신 소쩍새 울어 울어 주겠나 어두운 마음을 설거지하고 빨래하는 강물 소리 들리겠나
짓밟힌 사랑을 수습하던 피비린내의 골목도 없고 잃어버린 이름을 찾아가던 들녘도 비에 젖어 찾아가던 항구도 빵을 위해 피를 팔던 저녁도 없다
그러나 아버지 푸른 발자국 발자국 화성에 있어 아버지 깊은 발자국마다 고여있는 말씀과 이 땅의 봄을 길으러 잠들면 화성으로 간다 아버지 목소리 우주로 우주로 번져가며 별을 키우는 화성에 간다
… 하략 …

— 김왕노, 「화성의 아버지」에서(≪다층≫ 가을호)

이 작품을 대했을 때 제일 먼저 드는 생각은 꽤 길다는 것이었다. 그리고 이어서 우리에게 각인되는 것은 읽을 때 착착 감겨드는 그 리듬이다. 아버지가 어쨌다는 건지, 아버지가 왜 화성에 계신다는 건지, 그래서 화자는 뭐가 어떻다는 건지, 하는 일들은 그 다음에 가서야 눈에 들어온다.
작품이 긴 거야 흠이 될 게 없다. 워낙에 요즘의 추세니 말이다. 오히려 이 정도 길이는 양호한 편에 속한다. 그러나 설사 추세가 그렇다고 해도 끝까지 읽히지 않았다면 논의 대상이 되지는 못했을 것이다. 그렇다면 이 긴 작품을 끝까지, 그것도 매우 몰입해서 읽게 만드는 요소는 무엇일까? 이 비대한, 그러나 매혹적인 덩어리를 앞에 놓고 잠시 고민해보자.

리듬, 바로 리듬이 이 작품에서 우리의 눈을 떼지 못하게 한 것이다. 첫 연의 세 문장만 살펴보아도 알 수 있다.

① 　잠들면/ 화성으로 간다
② 　화성엔/ 아버지가/ 홀아비로 사신다
③-1 　혼자/ 밥 끓여 드시고//
③-2 　문틈으로 끼어드는 모래보다/ 더 버석거리는 그리움을/ 쓸고 닦으며//
③-3 　아버지/ 화성에 사신다

　모두가 동의할 수 있는 정연한 운율을 따질 수야 없지만, 율독한 대로 나누어 보면 대강 위와 같을 것이다. 첫 번째 문장은 2음보로, 두 번째 문장은 3음보로, 그리고 세 개의 문장이 이루어진 세 번째 문장은 크게는 3음보로, 그리고 그 내부는 다시 각각 2-3-2음보로 끊어 읽게 된다. 문제는 그러한 음보를 읽는 속도와 밀도인데, 처음에는 2음보로 완만하게 시작한다. 담담하고 일상적이어서 어떠한 리듬도 기대하게 하지 않는다. 의미의 층위에서도 화성으로의 이동이 무난히 수용되는데, 첫 번째 음보 '잠들면'과 두 번째 음보 '화성으로 간다' 사이의 휴지 동안, 그 비현실적인 공간으로의 이동이 '잠'을 매개로 해서 가능하겠다는 합리화를 하기 때문이다. 그러다가 ②에서는 비현실적인 공간 '화성'이 다시 한 번 반복됨으로써, 공간적 배경으로써 화성의 위상은 확정된다. 또한 2음보였던 것이 3음보로 늘어나면서, 마지막 음보 '홀아비로 사신다'는 2음보를 예측하던 우리의 기대에 부흥하기 위해 속도가 조금 붙게 된다. 더구나 '홀아비'의 유음이 이와 같은 가속도를 부추긴다. 그러나 ③-1에서는 속도가 다시 늦추어 지는데, 이는 ③-2에서 최대치로 상승하는 속도를 준비하는 것이다. 과연, ③-2에 이르러, 마치 고수위의 댐이 수문을 열기라도 한 듯이, 리듬이 일시에 휘몰아쳐 가기 시작하면서, 그리움이 '문틈으로 끼어 드는 모래보다/ 더 버석거'린다거나, 아버지가 그 '그리움을/ 쓸고 닦으 며' 사신다는 의미에 대한 이성적이고 합리적인 판단마저도 그 리듬과 함께 쓸려 내려가고 만다. 그리고 마지막에 이르러 오랜 여정을 마치고 귀소하듯, 최초의 속도로 돌아옴으로써 안정된 마무리가 이루어진다.

이와 같은 상승과 하강의 속도 곡선은 작품의 전편에서 다양한 정도로 반복되는데, 독자로 하여금 시인의 말에 무의식적으로 빠져들게 하는 주 술적인 힘을 발휘한다. 말하는 내용에 대해 이성적인 판단보다는 정서적 인 동화를 가능하게 하는 것이다. 화자의 정서가 고조되고 있는 작품의 3연 이후에 이르러 빈번하게 나타나는 반복, 가령, '아버지 푸른 발자국 발자국 화성에 있어'라거나 '아버지 목소리 우주로 우주로 번져가며', '개구리 울음 울음 떼 몰아 풀씨니 푸성귀씨 씨나락 가득 싣고' '농장 가 득 필 무우꽃 무우꽃을 찾아' 등 역시 리듬감을 강화시키면서, 화자의 그 고양된 감정 정서에 흠뻑 빠지게 한다. 물론, 이와 같은 반복에는 언제나 단순함과 지루함으로의 전락 위험이 내포되어 있다. 그렇지만, 이 작품의 경우에는 상승-하강 곡선의 반복이 만들어낸 최면 효과로 인해 오히려 리듬감을 배가시키는데 기여하게 된다.

이 작품에서 리듬감을 배가시키는 또 하나의 요인은 의미 단락의 반복 이다. 사실, 이 작품의 각 연에서 하고 있는 이야기는 대단한 것이 아니 다. 1연에서는 <아버지가 화성에 계신다>는 이야기이고, 2연에서는 <아버지가 화성에서도 세상 걱정을 하고 계신다>, 그리고 3연에서는 <나는 잠들면 화성으로 간다>, 4연은 <화성에 가고 싶다>, 5연은 다시 <아버지가 화성에 계신다>로, 어쩌면 동일한 이야기의 반복에 지나지 않는다. 그러나 이와 같은 반복은 이 작품의 리듬화에 기여하는 바 크다.

또한 이러한 반복과 병렬의 원리parallelism가 시의 기본적인 구성 원리이기도 하다.

그러나 보다 더 중요한 것은 이러한 반복과 그로 인해 생성되는 리듬이 미끄러지는 기표들을 고정시켜주는 고정점point of anchor의 역할을 하고 있다는 것이다. 다시 말해, 말하는 주체인 시인과 그 말로써 구성되는 작품 속의 주체 '나'와 그것을 읽는 주체 독자로 하여금 동일한 정서 체험을 가능하게 하는 아교와 같은 역할을 하는 것이다. 그렇지 않으면, 이 작품에서 쉴새없이 새롭게 제시되는 무수한 이미지들, 가령, 화성이라든지, 모래나 보리밭, 혹은 녹슨 별과 담뱃불, 은하수와 달개비꽃, 강물 소리, 빵 등등이 어떻게 의미만으로 묶일 수 있었겠는가. 설사 의미상으로 유기적인 관계를 맺게 된다고 하더라도, 그렇게 되면 그것은 아름다운 한 편의 서정적 산문이지 결코 시라고 할 수는 없었을 것이다.

풍부하고 다채로운 이미지들이 만들어내는 상상력의 역동성과 그러한 이미지들이 파편화되어 흩어지지 않도록 단단히 비끄러 매두는 이 조율된 리듬의 조화, 이것이 지구에 홀로 남아 아버지를 그리워하는 우리들을 파괴가 아닌 창조의 방법으로 일탈하게끔 독려하는 것이 아닐까.

그런데, 이 아버지는 참 어머니스럽다. '혼자 밥 끓여 드시고 문틈으로 끼어 드는 모래보다 더 버석거리는 그리움을 쓸고 닦으'시니 말이다. 그거야 홀아비로 살다보면 그럴 수 있다고 하더라도 '자꾸 거칠게 일어나는 마음을 날 새우는 마음을 한나절 내내 비질해 주'시는 모습이나 '녹슨 별을 말끔히 닦아주'는 것 같은 자상함은 아버지의 몫이 아니라 어머니의 몫 아니었던가. 그럼에도 불구하고 '사람이 태어나 세상을 위해 한번도 일 하지 못한다면 죽어서라도 해야한다는 말'은 아버지의 말이지 어머니의 말은 아니다. 3연에서 제시된 '목소리 우주로 우주로 번져가며 별을 키우는' '말씀'의 주인공도 아버지이지 어머니는 아니다.

이처럼 양면성을 지니는 아버지를 아버지답지 않다고 비난할 수 있는가. 혹은 남성의 권위를 실추시키고 있다고 불쾌해 할 수 있는가. 오히려 어머니의 자상함과 아버지의 엄격함, 어머니의 생산과 아버지의 거둠을 아우르려는 이 양성의 아버지야말로 하늘이자 땅이며, 카이오스이자 코스모스인 새로운 우주의 질서 아닐까.

그러나 우리는 이 작품의 마지막 부분에서 약간의 의구심을 갖게 되었는데, 화자는 그런 아버지의 아들답지 않은 면모를 보여주고 있기 때문이다. 화자는 '트랙터 한 대 몰고 화성에 가'서 '종일 일하시던 아버지 쉬시게 하고 화성 그 수십 만평을 갈아엎고 싶다'라거나 '꿈의 농장 하나 가꾸고 싶다', '꿈의 공판장'을 열고, 그 '이익금은 몽땅 불우한 지구를 위해 내놓겠다'고 말한다. 물론 그 의심의 출처가 남성의 전유물인 '트랙터'와 부권적인 경제 체제의 양식인 경작, 자본주의적인 '공판장'과 '이익금' 등의 축자적인 해석에 있는 것은 아니다. 다만, 경작이 곧 문명 culture과 어원을 같이 한다는 생각과 더불어, 아버지의 고단함을 나눠지려는 화자의 건강함, 그 건설적인 의욕이 차별과 통제로 질서를 창출해나가던 저 근대적 사고와 맞닿아 있는 것은 아닌가 싶기 때문이다. 그리고 그 근대적 사고야말로 인간 소외의 정신적 기원이 아니었던가.

그렇지만 우리는 또한 탈근대적 사고라면 소외된 인간을 새롭게 통합시켜줄 수 있을 것인가 하는 새로운 의심으로부터도 자유롭지 못하다. 오히려 그 간극을 더욱 깊게 하는 것은 아닌가 싶기도 하다. 다만, 현재의 우리로써 할 수 있는 선택은 양성적인 아버지의 전망을, 권위를 버린 환유적인 어법으로 제시하면서도, 그것으로부터 인간을 소외시키지 않을 가능성이었던 것이다.

형이상학적 정열을 비추는 유리
— 2000년 겨울

다들 지쳐버린 것일까, 우리는 길을 잃어버린 것일까. 새로운 세기의 문 앞에 와서 그 문을 열지 못하고 여전히 서성거리고 있는 것일까. 수다한 작품을 읽으며 드는 생각이다. 그렇다고 논의할 만한 작품이 없었냐 하면 그것도 아니다. 2000년에서 2001년으로 넘어가는 시기에 소개된 몇백 편 가운데 우리를 고무시키고, 우리를 설레이게 하는 작품들이 왜 없었겠는가.

가령, 이윤학의 「짝사랑」이나 서광일의 「딱지치기」에서 우리는 일상을 파고드는 날카로운 통찰에 놀란다.

둥근 소나무 도마 위에 꼽혀 있는 칼
두툼한 도마에게도 입이 있었다.
악을 쓰며 조용히 다물고 있는 입
빈틈없는 입의 힘이 칼을 물고 있었다.

생선의 배를 가르고
창자를 꺼내고 오는 칼.

목을 치고 몸을 토막내고
꼬리를 치고,
지느러미를 다듬고 오는 칼.

그 순간마다 소나무 몸통은
날이 상하지 않도록
칼을 받아 주는 것이었다.

토막 난 생선들에게
접시나 쟁반 역할을 하는 도마.
둥글게 파여 품이 되는 도마.
칼에게 모든 걸 맞추려는 도마.
나이테를 잘게 끊어 버리는 도마.

일을 마친 생선가게 여자는
세제를 풀어 도마 위를
문질러 닦고 있었다.

칼은 엎어 놓은 도마 위에
툭 튀어나온 배를 내놓고
차갑고 뻣뻣하게 누워 있었다.
— 이윤학, 「짝사랑」(≪현대문학≫ 2001년 1월호)

종이를 접는다
아이는 모서리를 맞추고
뻣뻣한 자신의 결심을 세로로 다진다
튼 손 때 낀 손톱 끝에서
악수하듯 만나는 날개

어떤 조언도 잣대도 없이
대각을 접는다 눈짐작만으로
딱딱 맞아떨어지는 희망을 접기까지

아이는 얼마나 많은 겉지를 뜯어내고
빈 속지를 버렸을까 하루하루
가늠할 수 없이 커 가는 키 만큼씩
연습장이며 물려줄 수 없는 교과서
늘 숙제로 남아 있는 세상의 문제지까지
×字로 단단히 날개를 달아 준 것이리라
한 쪽 한 쪽 지그시 콧노래도 포개고
쏘옥 마지막을 밀어 넣으면
서로 굳게 어깨 걸고 다짐하는 딱지

아이는
온몸으로 내려친다
땅에 누운 딱
해진 꿈의 모서리
하늘 끝까지 당겨
딴에는 세상의 끝과 끝을
딱 접고 싶은 것인지도 모른다
잘 뒤집어지지 않는
아직 낮은

— 서광일, 「딱지치기」(≪현대시≫ 2000년 12월호)

　박강우의 「섹시한 새엄마」에서는 예의 그 톡톡 튀는 언어가 만들어 내
는 예기치 못한 정서를 다시 만나게 되어 반가웠으며, 김행숙의 「오늘밤
에도」와 「두 개의 전선」은 의미의 미묘한 어긋남과 그 아이러니적인 효
과로 우리를 즐겁게 했다.

새엄마는 침실 벽에 창문을 그리고
창문을 열고
발뒤꿈치를 들어 내다 본다
새엄마의 종아리에서 피어나는 찔레꽃

창문을 기웃거리는 나의 눈을
찔레꽃이 찌르고
새엄마는 피 흘리는 나의 눈을 열고
병든 앵무새를 먹어 보렴
찔레꽃이 깔깔 웃는다

새엄마는 나의 속옷에 창문을 그리고
창문을 열고
병든 앵무새를 꺼내어
이렇게 먹는거야
머리부터 한 입 베어 물고
찔레꽃이 깔깔 웃는다

나는 새엄마의 종아리에 창문을 그리고
창문을 열고
병든 앵무새를 꺼내어
머리부터 한 입 베어 물고
병든 앵무새의 눈물이 찔레꽃을 적신다

찔레꽃이 깔깔 웃는다
나는 찔레꽃을 한 입 베어 물고
창문을 닫는다
창문이 열린다
— 박강우, 「섹시한 새엄마」(≪시와 사람≫ 2000년 겨울호)

오늘밤에도 소년들 소녀들 전화를 한다. 오늘밤에도 하늘은 푸르스름
하고 해는 떠오르지 않는다. 소년들 소녀들 오늘밤에도 총총하다.
　낮에 소년과 소녀는 같이 아이스크림을 먹지 않고, 아이스크림은 햇빛
에 녹지 않고, 오늘밤은 아이스크림 같아서 달콤하다. 딸기 시럽같이 성
수대교를 흘러가는 자동차들은 어디서
　어디서 스르르 녹겠지. 12층 아파트 베란다에서 소년은 전화를 한다.

난 달리지 않을 거야. 달려가서 누군가를 만나고 덜컥, 아빠가 되고 싶지
않아.
　　난 오토바이족을 동경하지도 않고 여자애를 엉덩이에 붙이고 싶지도
않아. 나는 무섭게 세상을 쏘아보지 않지. 그런 눈빛은 이제 아주 지겨워.
몇 명의 소년 소녀 오늘밤에도 머리를 너풀거리며 추락하고,
　　그 몇 초에 대해 오늘밤에도 명상하는 소년들 소녀들 전화를 한다. 오
늘밤도 쉽게 깊어진다. 우리는 어디서도 만나지 않을 거야. 이렇게 말하
면 항상 오늘밤이 아주 달콤해지지. 딸기 시럽같이
　　성수대교를 흘러가는 자동차들은 어디서, 어디서, 스르르 녹겠지.
　　　　　　― 김행숙, 「오늘밤에도」(≪내일을 여는 작가≫ 2000년 겨울호)

　　현희와 윤예영이 각각, 「움직이는 사물들: 나에 관한, 혹은 나의 부재
에 관한 최근의 한 보고서·3」와 「겨울이었다」에서 보여주는 삶의 지리
멸렬함에 감염되지 않을 수 없었으며, 특히, 「철가면X」와 「내 마음엔 달
이 세 개」, 「하하(夏夏)」, 「와전(蛙傳)」(이상 ≪문학과 사회≫ 2000년 겨울
호)에서 김중이 보여준 거침없는 말솜씨와 자유로운 사고의 전환은 우리
의 상상력을 자극하기에 충분했다.

　　신문을 읽는 남자의 몸 위로 활자와 광고들이 하나 둘 기어올라가(기
어올라간다) 그 사람 천천히 신문이 되어 넘겨지는 동안, 휴대폰을 들고
잡다한 일상과 수다스럽게 통화하는(통화한다) 여자의 온 몸이 야광 번호
판으로 업그레이드되는 동안, 건너편에 혼자 앉아 창 밖을 내다보던 사람
천천히 의자 바닥에 들러붙고(들러붙는다) 그의 영혼이 바스락거리며 부
서지는 동안, 노트북을 두드리던 사람 순식간에 모니터 안에 갇히고(갇힌
다) 노트북이 경주용 자동차를 타고 신나게 게임을 즐기는 동안, 치즈햄
버거가 햄버거 먹는 사람을 아주 맛깔스럽게 씹어 삼키다가(삼킨다) 장난
처럼 코카콜라를 푸― 내뿜기도 하는 아주 잠시 동안, 종로 3가 지하철역
근처 롯데리아 한쪽 구석에 놓인 벤자민은 몹시도 외로워 몸을 꼬았다고
한다. 마음을 후비는 칼날같은 햇살을 털어내며 한 번 더 자신의 몸을 꼬

았다고 한다.

늦가을 오후 내가,
침묵의 셔터를 굳게 내리고(내린다) 통조림 깡통 안에서 조금씩 부패되
기 시작하는 잠시 동안,
사물과 사물들 사이로 실종(失踪)된 아주 잠시 동안.
    — 현회, 「움직이는 사물들: 나에 관한, 혹은 나의 부재에 관한 최근의
한 보고서 · 3」(≪다층≫ 2000년 겨울호)

증명사진을 찍어야 했다. 겨울이었다. 불만은 늘 적당했다. 그저 생의
언저리에서 찰랑대는 작은 소요. 질겅질겅 씹다 뱉은 단물 빠진 껌. 그러
나 사실은 유리 조각. 헛바닥에선 온통 유리 조각이 돋아나고, 증명사진
을 찍어야 했는데, 서류를 내야 하는데, 겨울이었다. 아무렇게나 화를 내
고, 아무렇게나 웃어 버리고, 아무렇게나 손을 잡아 버렸고, 그때마다 세
상의 등뒤에서 나는 깜빡거렸다.

깜깜하다.
그의 등이 보인다.
사람들의 등이 보인다.
환하다.
그의 등이 열린다.
나뭇가지 사이 하늘이 얇게 펄럭거리고,
깜깜하다.
사람들의 등은 빨리도 지나간다.
가만히 서서 휘파람을 불어 볼까.
환하다.
함부로 내 중심을 거쳐 가는 수많은 등,
깜깜하다.
내내 깜깜하고만 싶었다.
누군가 나를 혹 불어 주길 바랐다.

겨울이었다. 눈은 오지 않았다. 증명사진을 찍어야 했다. 딱딱한 껍질
이었다. 때로는 종이처럼 얇아진 나의 생을 그의 등에 기대고 싶었다. 증
명사진을 찍어야 했다.

— 윤예영, 「겨울이었다」(≪현대문학≫ 2001년 1월호)

그러나 몇몇 눈에 띄는 수작들을 제외하고는 바로 그 눈에 띄는 작품
들을 또 눈에 띄게 닮아있는 모습들이라니. 창조자로서의 특권을 맘껏
누리겠다는 건지 혹은 의식조차 못하고 그러는 건지, 이미지를 마구 결
합시키고, 표피적인 것들을 화려한 언어로 치장하고, 한껏 고조된 목소리
로 거북살스럽게 감동을 강요하거나, 그것도 아니면 어디선가 많이 들어
본 듯한 말투로 어디선가 많이 본 듯한 풍경을 그려내는 것, 바로 지난
계절에 발표된, 아니 벌써 꽤 오래 전부터 볼 수 있는 것이 우리시의 현
주소인가.

그 가운데서도 특히, 사소한 감정이나 사사로운 이야기, 그리고 사적
인 경험이 미세한 파문조차 불러일으키지 못하고 고스란히 시인 속으로
다시 가라앉고 마는 경향은 시 장르의 본질적 특수성을 방패삼아 우리가
자주 묵인해온 문제였다. 다시 말해, 시란 개인적인 정서의 산물이라는
독자성이 마치 역사나 사회나 인류와 같은 심원하고 거대한 문제들에 대
해서는 함구해도 좋다는 면죄부, 혹은 함구해야 한다는 규율의 근거라도
되는 양 착각하는 면이 없지 않은 것이다. 그러나 누가 남의 구질구질한
일상이나 권태, 혹은 우울함을 듣고 싶어 하겠는가. 그렇지 않아도 내 삶
의 비루함과 사소함이 나를 생기로움으로부터 멀어지게 하는데 말이다.

바로 이 지점에서 사적인 것이 공적으로 확대되어야 하는, 특수성이
보편성을 획득해야 하는 공리적인 이유가 존재한다. 시가 사상서가 아닌
다음에야 반드시 사상을 담아야 하는 것은 아니다. 사회·역사서가 아닌

다음에야 사회적 현실이나 역사적 사건을 다루지 않는 것이 어쩌면 당연하기도 하다. 게다가 이데아니, 진리니, 윤리니, 역사니 하는 것들이 개별 존재자의 개체성을 억압해 온 주범이라고 보는 전복적인 사상을 빌어, 공공연하게 공적이고 보편적인 것들을 거부하는 시도 있다. 과연 그와 같은 것들을 선험적으로 강조할 때 자칫 개인은 죽어 버리고, 시도 그 시다움을 잃어버리기 쉽다. 그러나 그렇기 때문에 시가 30초 동안 우리의 시선을 잡아끄는 TV 광고물과 같아도 되는 건 아니지 않는가.

문제는 사상이다. 김우창이 선지자적인 목소리로 단언하였듯이, '일상적인 세계의 지루하고 얼크러진 것들의 밑바닥을 꿰뚫어 보고자 하는 형이상적 정열'이 문제인 것이다. 그와 더불어 그러한 형이상적 정열을 어떻게 심미적인 형식으로 담아낼 수 있을 것인가도 문제이다. 그러나 이즈음에는 이와 같은 문제 이전에, 과연 이 시대에 그러한 사상이라는 것이 존재하기나 하는 것인가 하는 보다 근본적인 질문에 대한 답이 마련되어야 한다.

그런 의미에서 다음 작품이 보여주는 바는 소중하다.

> 유리가 흐려지면 풍경도 흐려지네
> 유리에 금이 가면 풍경에도 금이 가네
> 유리가 깨져 없어져도 풍경은 멀쩡하네
>
> 내용이 없어 투명한 유리야
> 다 담을 수 있어 아픈 마음아
>
> 가자
> 상처가 몸뚱이다
>
> — 함민복, 「유리」(≪문학과 창작≫ 2001년 1월호)

　우리는 어차피 '유리'를 통해서밖에는 세상과 만날 수 없다. '이해의 지평'이라는 유리를 통과하지 않고서는 아무 것도 우리의 의식에 들어오지 못한다. 그러니만큼 그 유리의 상태가 중요하다. '유리가 흐려지면' 그 유리를 통해 보이는 '풍경'이 흐리고, '유리에 금이 가면' 그 '풍경'에 금이 가는 것도 당연하다. 유리의 표면이 균질하지 못하면, 풍경은 일그러지고 만다. 그 유리에 은박을 입히면 심지어 풍경 대신 한 번에 세상을 거머쥐려는 탐욕에 가득찬 나의 시선과 만나기도 한다.

　유리를 통해서만 세상을 보도록 결정지워진 존재는 유리를 통해 보이는 풍경이 곧 세상이라고 착각하기 쉽다. 아니, 착각이 아니다. 유리를 통하지 않고서는 아무 것도 볼 수 없다면, 유리로 보이는 세상이 전부라고 말해도 큰 잘못은 아니다. 물론 관념론과 실재론에 대해 악명 높은 논쟁을 펼칠 자리는 아니니, 유리로 보이는 풍경은 거짓이고 참 풍경은 어딘가에 있다는 생각과 유리로 보이는 세상이 곧 세상의 전부라는 생각이 얼마나 큰 차이를 지니고 있는지에 대해서는 심각하게 논하지 않겠다. 어쨌듯, 유리로 보이는 세상이 전부인 사람에게는 '유리가 깨져 없어져도' '멀쩡한' 세상 같은 것은 아무래도 좋다. 그러니 안타깝지만 금가고 얼룩진 유리로나마 세상을 보는 것에 만족해야 한다.

　그러나 2연에서는 이러한 안타까움과 한계가 자유와 해방에 대한 일종의 댓가일 수도 있음을 보여준다. 먼지와 빗방울 자국으로 흐려지기는 했지만, 누군가 무심코 던진 돌멩이에 금이 가긴 했지만, 그 유리는 '내용이 없어 투명'하니, 이것이야말로 극락과 지옥의 선택권이 우리 손에 있다는 게 아니고 무엇이겠는가. 우리는 그 유리를 통해 무엇이든 볼 수 있는 것이다. 이제는 알아볼 수도 없이 변했을 첫사랑도, 코끝에서 맴도는 어머니의 체취도, 파고다 공원의 벤치 아래서 매일밤 조금씩 사그라

드는 작은 생명도, 언어로는 도무지 잡히지 않는 영원이나 우리의 공동체적 이상도, 혹은 순간 명멸했다 사라져버리는 황혼도, 그 유리를 통해서라면 모두 볼 수 있는 것이다.

이제 거기에서 어떤 풍경을 볼 것인가를 결정할 때이다. 그리고 그 선택은 각자에게 달려있다. 유리를 투명하게 닦고, 상하지 않게 하여, 가능하면 풍경을 왜곡하지 않도록 하는 것도 중요하지만, 그 유리에 어떤 상이 맺히게 할 것인가에 대해서도 고민해야 하는 것이다.

시인은 바로 유리의 그 무엇이든 '다 담을 수 있'음이 아프다고 말한다. 그러나 그 아픔이 남기는 상처가 바로 시 아닌가. 그리고 시인도 말한다. '가자'고, '상처가 몸뚱이'니 그 아픈 몸뚱이를 끌고 가자고. 그러니 우리는 얼마만큼 아파해야 마음으로 풍경을 안을 수 있을까. 봄이 오기를 기다리는 것도, 문예지의 봄호를 기다리는 것도 그 때문이다.

서정의 불안, 서정의 기회

— 2002년 겨울

최근 몇 넌 사이 상상력의 자유로운 구사와 낯선 세계의 창조 등은 하나의 흐름으로 자리잡아 가는 것처럼 보인다. 더불어 난해함과 산문성, 그리고 고전적인 의미의 감동을 주지 못하고 너무 사적(私的)이며 그래서 현실 세계와 괴리되어 있다는 등의 비판도 확산되어 가고 있다. 그래서 일까? 해체되고 파편화된 이미지들의 연쇄 대신 자연과 인간의 냄새가 배어 있는 작품들이 눈에 들어온다. 삶의 작은 단면에 의미를 부여하는 서정의 본질이 여전히 우리의 관심을 끌고 있다는 증거이다.

≪문학인≫ 겨울호에 실린 이경림의 작품이 그 대표적인 경우이다.

> 저기 잎사귀들 사이에 바알갛게 불 밝힌
> 둥그런 상자들을 보라
>
> 하초를 허공에 대고 위태롭게 디룽거리는
> 노오란 속이 다 비치는 저 유구한 것들을

그래, 사과라 불러보자

그것!
어느 날 문득 어지러운 가지 위에서 생겨나
겹겹의 이파리 뒤에 숨어 큰 것

저 가지에서 저 이파리까지 얼마나 먼지
이파리 뒤 어둠이 얼마나 깊은지

그 사이 아이들일 폴짝 크고
두엄더미는 황금이 되었다

지금 그 길을 수천 년 걸어온 한 늙은 영혼이
마치 가을볕처럼,
가지마다 저리 바알갛게 등불을 걸고 있다

엄마! 사과다!

철모르는 것들은 그 아래서
송충이 같은 손가락을 들어 가리키지만
과수원집 젊은 과수는 아직도 가슴이 답답하고
손발 뜨거운 낱짝 속을 떠돌고
까마귀들은 귀신 소리로 울며 우듬지를 맴돌리

누군들!
단물 뚝뚝 떨어지는 저 둥근 상자 속을 벗어날 수 있으리
　　　　　　— 이경림, 「상자들·3」(≪문학인≫ 2002년 겨울호)

　‘상자들’이라는 제목의 위 작품에서 ‘둥그런 상자’가 지시하는 것은

'사과'이다. 그러나 가을과 결실, 풍요와 빈곤, 고독과 회한으로 이어지는 이러한 이미지의 전개는 너무 오랫동안 너무 많은 시인들에 의해 노래되어 왔다. 그래서 새로운 시를 쓰려는 욕망을 충족시키기에는 너무 위험 부담이 큰 소재이자 정서이다. 쓸쓸한 가을날 가지 끝에 '위태롭게' 매달려 있는 사과알에 내심 깊은 정서적 충격을 받으면서도 시로 쓰려고는 하지 않는다. 섣불리 달려들었다가는 본전도 못 찾고 망신만 당하기 십상이라는 계산이 있기 때문이다.

그러나 이경림은 위의 작품에서 감히 그러한 모험을 단행한다. 그리고 그 결과 확장되는 의미의 파장은 우리를 놀라고 또 부끄럽게 만든다. 무엇이 이처럼 보편적이고 낡은 이미지에 생명을 불어 넣은 것일까.

그 진원지를 '둥그런 상자'라는 비유에서 찾아본다. '사과'를 상자에 비유한 것은 단순히 새로운 표현을 위한 것이 아니다. 각진 상자를 둥글다고 수식한 것이나 '사과'를 나무가지에 걸린 '등불'에 비유하고 있는 것 역시 마찬가지이다. 이러한 언어적인 장난(비유)은 견고한 인식의 껍질에 금을 가게 하는 촉매의 역할을 한다. 이는 '가을'이 지니고 있는 관습적 의미와 결합할 때 그 진가가 드러난다. 둥근 상자에서 관으로, 등불에서 조등(弔燈)으로 이어지는 연상의 물꼬가 트이기 때문이다. 그러면서도 죽음은 삶 안으로 포용된다. 둥근 것과 각진 것의 모순 관계를 극복한 것처럼 말이다. 이는 '상자'를 수식하는 '둥그런'이라는 관형어와 '바알갛게 불 밝힌'이라는 '등불'에 대한 묘사, 그리고 다시 '둥근 상자'를 '단물이 뚝뚝 떨어지는' 등과 같은 밝고 따뜻한 어휘로 수식한 덕분이다. 단어 하나의 신중한 선택이 죽음에 온기를 돌게 한다. 또 다른 미덕이다.

이 작품과 더불어 정영선의 「창문과 나와 너와 나무」, 우대식의 「푸른 상처」, 이경교의 「안개는 둥글고」, 문태준의 「한 호흡」 등도 비슷한 화두

를 던져준다. 이 작품들은 하나같이 너무 시적이어서 오히려 비시적인
소재들에 정면으로 도전하여 일정 정도의 성취를 이루고 있다. 그 성공
비결은 언어를 생에 뿌리내리게 함으로써 언어의 의미역(意味域)을 넓히
는 데 있다.

오층 아파트를 안아보겠다고
오층 보다 웃자란 메타세콰이어 바늘잎을 푸들거리네
안아봐, 안아봐
층마다 베란다 궁색한 속살을 내비친 덩치가
나무 품으로 옆구리를 디미네

슬쩍 닿아본 그는
그럴싸한데
한 번 더해 보자 덤비는데
흠칫 한 발 물러서는 척

너하고 나하고 함께 사는 건
나 뛰어나갈 거야 층층이 문 열고 아찔 위협하는 창문일 때
너는 붙박혀 서서
바람 빌려오면 될 거 아내 식식대는 저 멀대 나무

꼼짝 못하면서
생각 속에서만 천 번 만 번 떠나보는 창문과 나와 너와 나무
고향을 떠나보지 않은 사람은 고향을 모른다는데
우린 발가락이 닮은 걸까
　　　　　— 정영선, 「창문과 나와 너와 나무」(≪문예연구≫ 2002년 겨울호)

비가 오는 가을
국화 옆에서 내 몸도 시드나 보다
지상에서 사람을 만나

몇은 이별을 하고 몇은 남았다
쇠 살로 된 수레바퀴 아래서
한 철에서 다른 한 철로,
이것이 여행이라면 빨리 다른 곳에 닿고 싶다
비가 오나 보다
젖은 것들이 내 안에서
안개가 되어 피어오른다
사람 이전
깊은 중력의 물기를 머금고 올라오는
푸르고 푸른 감각들,
깊은 상처 위에 혓바닥을 대본다
더 따뜻하게 비를 맞고 서 있지 못해서 미안하다.
　　　　　 — 우대식, 「푸른 상처」(≪문학마을≫ 2000년 겨울호)

다리 천천히 끌며, 안개밭 지날 때
내 눈은 은회색으로 저문다
예민한 잎새들은 날카로운 칼이 되고
새들의 흐린 눈에 알전구가 켜진다
나의 창은 비릿한 졸음, 나의 정원은 잠의 숲이다
지금 반짝이는 건 안개의 눈이 아니다
절뚝절뚝, 다리 끌며 건널목을 지나가는 저건
기억이란 이름의 기차다
건널목은 추억의 저쪽까지 뻗어있다
신호등 불빛이 지워진 안개 교차로
은회색 그림자 마디마디 끊어진다
추억은 언제나 느릿느릿 모퉁이를 돈다
안개의 모퉁이는 둥글다, 기다림도
저처럼 모가 지워질 때가 있다
하지만 나는 예각의 축축한 골목길을 서성인다
내 사랑은 아직도 은회색이다
칼날같은 저 잎새들도 둥글고 싶어졌는가

안개 속에 슬며시 목을 디민다
　　　　　　　— 이경교, 「안개는 둥글고」(≪다층≫ 2002년 겨울호)

꽃이 피고 지는 그 사이를
한 호흡이라 부르자
제 몸을 울려 꽃을 피워내고
피어난 꽃은 한 번 더 울려
꽃잎을 떨어뜨려버리는 그 사이를
한 호흡이라 부르자
꽃나무에게도 뻘처럼 펼쳐진 허파가 있어
썰물이 왔다가 가버리는 한 호흡
바람에 차르르 키를 한번 흔들어 보이는 한 호흡
예순 갑자를 돌아나온 아버지처럼
그 홍역 같은 삶을 한 호흡이라 부르자.
　　　　　　　— 문태준, 「한 호흡」(≪현대시학≫ 2003년 1월호)

　이들이 우리에게 던진 도전은 분명하다. 첫째, 무엇에 대해 쓸 것인가 뿐만 아니라 무엇을 어떻게 볼 것인가에 대해 고민해야 한다는 것, 둘째, 언어에의 천착이 궁극적으로 목적하는 바가 무엇인가를 돌아봐야 한다는 것. 김영남의 「박, 그 잠든 풍경에 동참하고 싶다」(≪다층≫ 2002년 겨울호), 이안의 「홍시」(≪시작≫ 2002년 겨울호) 등도 이러한 점에서 주목할 만하지만, 그 날카로운 시선이 일회적이고 순간적인데 그친다는 아쉬움이 남는다.

　한편, 한국현의 「낙서를 했다」, 서안나의 「나는 날마다 죽음에 검문당한다」는 상상력의 새로움이라는 측면에서 돋보이는 작품들이다. 특히 한국현은 가족이라는 날줄과 개인의 성장이라는 씨줄을 '낙서'라는 북을 이용하여 환상적으로 짜고 있다.

염소에 대고 염소가 뜯어먹다 가버렸다 나는 여섯 살 낙서를 했다 구
름에 대고 구름이 엄마 구름 품속으로 밥 먹으러 가버렸다 나는 일곱 살
나는 여덟 살 늦은 엄마를 기다리며 벽에 대고 낙서를 했다 내려놓은 보
퉁이처럼 고개 수그린 엄마에게 주인집 아저씨가 마구 소리를 질렀다 갑
자기 나이를 먹었다 나는 마흔 살 낙서를 했다 족보에 대고 늘 집을 비웠
던 아버지가 나타나 나를 집어던졌다 울면서 세어보니 나는 백 아흔 여덟
살 집을 나가 낙서를 했다 여자의 등에 대고 여자가 낙서를 지운 등을 보
이며 가 버렸다 내 나이는 육 백 일곱 살 심심해서 몸에다 낙서를 했다
그들이 옷을 벗기더니 낙서를 했다고 마구 때렸다 쓰러진 내 나이는 이천
스무 살 낙서를 했다 밖에서는 악어가 내 남은 한 쪽 다리를 기다리고 동
굴 벽에 고래 한 마리, 고래 두 마리, 고래 열 마리를 그리는 동안 내 나이
는 만 이천 살 낙서를 했다

— 한국현, 「낙서를 했다」(≪시와반시≫ 2002년 겨울호),

일견, 위의 작품은 사적인 내면의 의식을 풀어놓은 것처럼 보인다. 그
러나 꼼꼼히 살펴보면 실상은 매우 리얼하다는 것을 알 수 있다. 가난한
가계, 인고하는 어머니, 부재하는 아버지, 유기(遺棄)된 자아 등과 같은 생
활의 아픈 편린들은 전면에 드러나 있지 않다. 먼저 눈에 들어오는 것은
'염소', '낙서', '구름', '악어', '고래' 같은 동화적인 어휘들과 '낙서를 했
다'는 단문의 반복이다. 그 결과 현실 세계는 상상 세계에, 성인의 시점
은 아이의 시점에, 고통의 정서는 유희의 정서에 자리를 내준다. 이러한
비현실적이고 동화적인 이미지가 불러일으키는 가볍고 발랄한 정서는
역설적으로 배면에 깔린 삶의 지난함을 전경화시킨다. 이 작품을 보면서
다시 한번 언어와 이미지의 최종 목적이 어디에 있는가를 생각하지 않을
수 없었다.

밤이면 나는 컴퓨터 속으로
슬며시 잠입한다.
머리에 검은 두건을 쓰고
바짓단을 졸라매고
아이디와 비밀번호를 조회받으며
칼 냄새 자욱한 무림의 땅으로 들어선다.

적도 동지도 없는 쓸쓸한 눈 덮인 벌판으로
발을 내딛으면 어둠 속에서 소리없이 열리는 길
등뒤에서 나를 노리는 자들의 발 소리
바람 속에 섞여있는 살의를 경계해야한다
한 번 실패는 죽음이다

인디언처럼 적의 머리가죽을 벗기고
불쑥 튀어오르는 적의 가슴을 베려
내공을 키우는 밤
죽음은 어디서나 한 방울의 피처럼 가볍다

무림의 땅에서는 위장할 수 있는 검객의 이름들이 필요하다
잿빛 쟈칼, 붉은 여우, 칼빛 사랑, 바람의 신화
컴퓨터 화면마다 튀어오르는 핏자국들

숨을 멈추고 손 끝에 기를 모아 단칼에 내리쳐야 한다
머리뼈를 가르는 묵직한 長劍의 소리
죽음이 죽음을 부르는 소리
피 냄새를 맡으면 퍼들거리며 날개가 돋아나는 칼날
목숨들이 한줄기 칼빛으로 사라진다

나는 밤이면 검은 두건을 쓰고 칼을 차고
금기의 땅으로 들어선다

누구도 이 무림의 땅에서는 죽음으로부터 자유로울 수 없다
장검을 차고 피의 온기로 달빛이 맑게 뜨는 밤
달빛 위를 걸어가는 밤
길 위에서 나는 수시로 죽음에게 검문당한다
— 서안나, 「나는 날마다 죽음에 검문당한다」(《리토피아》 2002년 겨울호)

서안나는 꾸준히 죽음과 분열된 현대인의 내면을 탐구하고 있는데, 그 때마다 새로운 상상력을 발휘한다는 점에서 우리를 놀라게 한다. 이번 겨울에 발표된 작품들도 마찬가지이다. 「나는 날마다 죽음에 검문당한다」는 사이버적인 상상력을 동원함으로써, 그리고 「러시안 룰렛 하는 밤」은 문화적인 코드를 동원함으로써 죽음의 공포에 맞먹는 현대인의 불안을 의미화하는데 성공하고 있다.

이처럼 매번 새로울 수 있는 것은 집요한 노력과 연구의 산물일터, 그에 비하면 작품의 어조가 주제와 긴밀한 상관성을 맺고 있다는 점, '죽음은 어디서나 한 방울의 피처럼 가볍다'(「나는 날마다」)나 '죽음이란 거 뭐 별건가요'(「러시안 룰렛」)에서처럼 현대인의 심리를 과감하게 보여주고 있다는 점, 혹은 '피 냄새를 맡으면 퍼들거리며 날개가 돋아나는 칼날 / 목숨들이 한줄기 칼빛으로 사라진다'(「나는 날마다」)처럼 언어에 대해 남다른 감각을 지니고 있다는 점 등은 사소한 것이다. 다만, 그의 작품이 보여주고 있는 냉소가 어떤 의미를 지닐 것인가에 대해서는 고민해볼 일이다.

이러한 점에서 이덕규의 「구름궁전의 뜨락을 산책하는 김씨」는 지난 계절에 발표된 작품 가운데 단연 돋보인다. 이제까지 논의한 작품들도 그러했지만 그의 작품은 우리에게 여러모로 자극을 준다. 함께 실린 「유언」을 먼저 살펴보자. 여기에서는 귀농 생활을 하는 그의 일상이 투명하

게 엿보인다. 그러나 그것으로 그치지 않는다. 짧고 간결한만큼 거기에는 허투로 사용된 시어들이 없다.

> 온종일 고추밭에 뽀듯하게 돋아난 잡초를 뽑았더니, 손끝에 초록물이 들었다
>
> 지워도, 지워도 지워지지 않는 핏물!
>
> 간곡하다
>
> 내 땀방울 떨어져 스며든 자리마다 잡초들, 다시 푸르게 푸르게 싹을 틔우는 저녁
>
> — 이덕규, 「유언」(≪문학동네≫ 2002년 겨울호)

온종일 잡초를 뽑고 나면 손끝에 '초록물'이 베어있는 것처럼, 그의 시어들 하나하나에는 시와 땅을 일군 흔적이 베어있다. 고추밭의 잡초들을 '뽀듯하게 돋아'났다고 표현할 수 있는 것이나, 3연에서 뜬금없이 사용된 '간곡하다'는 한 마디만 보아도 알 수 있다. 이들 시어에는 현란한 이미지의 나열로 표현할 수 없는 의미가 농축되어 있으며 때문에 이들은 기발한 상상력만으로는 도저히 찾아낼 수 없는 표현들이다.

굳이 다른 점이 무엇이냐고 묻는다면 거칠고 성글기 그지없는 산문의 언어로 다음과 같이 말하는 수밖에 없겠다. 스스로 잡초임을 자각한 자가 스스로를 솎아내어야 하는데서 오는 아이러니. 그러니 잡초에 대한 태도가 각별한 것은 당연하다. 잡초는 뽑아버려야 할 것이지만 동시에 안쓰럽고 기특한 것이기도 하다. '뽀듯하게'라는 부사와 '간곡하다'라는 동사에는 바로 이러한 복합적인 심경, 즉 자신을 낮추어 땅에 다가가려는 자의 겸손하면서도 자부심에 가득찬 정서가 베어있다. 주목할 것은

이처럼 바로 무기물에 지나지 않는 언어 집적물에서 살아 꿈틀거리는 인간을 발견할 수 있다는 것이다. 그것도 쉴새없이 해체되어가는 현대 사회에서 일말의 희망을 놓치지 않으려 안간힘 쓰는 인간을.

「구름궁전의 뜨락을 산책하는 김씨」의 경우도 마찬가지이다. 작품 속의 김씨는 '비계공(飛階工)'으로서 '더 높은 곳'으로 올라가 마침내는 '지상과 연결된 모든 안전고리를 남기없이 풀어버'리는 존재지만, 이 작품은 매우 단단히 땅에 발 딛고 있다.

<blockquote>

허공에 발판을 놓고 길을 내는 그는
飛階工이었다 고층으로 올라갈수록
거대한 자본의 산맥을 넘어오는 높새바람 속에서
중심을 잡기 위해 지상과 연결된 안전고리를
수시로 확인해야만 하는,

지상에선 날마다 더 높은 곳을 주문했다
현장사무실 앞 풍향계는
늘 한 곳으로 고정된 채 첨단의 극점을 가리키고 있었고
촉박한 예정공정의 천후표에는
기후와 상관없이 늘 해가 떴다
이윽고, 그는 지상의 통제권이
도달할 수 없는 높이까지 올라갔다

그리고 안전수칙을 무시하고
아슬한 난간 위에 서서 아주 잠간
고개 들어 훔쳐본,
....
아 현기증이란
구름궁전의 뜨락을 거닐 듯
얼마나 황홀한 산책인가

</blockquote>

마침내 그곳에서
중심을 잡기 위해서는 지상과 연결된 모든 안전고리를
남김없이 풀어버려햐 한다는 걸
깨닫는 순간,
오랫동안 지상에 묶여 있던 부표 하나가
둥싯 떠올라,

뇌 단층촬영실
모니터 화면에 번져가는 구름 한 점
— 이덕규, 「구름궁전의 뜨락을 산책하는 김씨」(《문학동네》 2002년 겨울호)

사실상 이 작품은 다소 서사적이다. 중심에의 욕망에서 중심으로부터의 이탈에 이르는 과정을 뼈대로 하고 있기 때문이다. 뿐만 아니라 '거대한 자본의 산맥을 넘어오는 높새바람'이라든지, '촉박한 예정공정의 천후표에는/ 기후와 상관없이 늘 해가 떴다'는 문장 등은 의미가 확연히 드러나는 산문적인 비유이다. '구름궁전의 뜨락을 거닐 듯/ 얼마나 황홀한 산책인가'라는 표현 또한 중심에의 욕망이 전도되는 계기가 되기에는 다소 빈약하다.

그럼에도 불구하고 이 작품에 박수를 보내지 않을 수 없는 것은 최근의 많은 작품들이 간과하고 있는 요인들을 갖고 있다는 점 때문이다. 무엇보다도 도전적이며 진취적인 문제의식을 들 수 있다. 여기에서 말하는 중심이 과연 무엇인가는 중요하지 않다. 그것은 작품에서 언뜻 보이듯 자본주의일 수도 있고, 그에 비견하는 세상의 완고한 질서일 수도 있다. 중심에의 매혹과 해방이라는 이러한 문제의식은 자칫 이념적이고 공허할 수 있다. 이러한 위험이 그간 우리로 하여금 세상과 이웃으로부터 스스로를 고립시키고 자신의 내면으로만 치닫게 한 보이지 않는 강요였을

지도 모른다.

　그러나 이 작품은 그러한 위험에 정면으로 맞서고 있다. 자아는 고립된 개체이자 단독자로서 뿐 아니라 세상의 좌표 위에 한 점을 차지하는 사회인으로서 서 있다. 그렇기 때문에 세상과 자신, 나아가 언어와 시를 바라보는 각도는 넓다. 이러한 관점에서 보자면 다소 거칠고 무뚝뚝한 시어들과 폭이 넓은 걸음걸이는 오히려 합당하다. 마지막 두 연에서 이제까지와는 질감이 다른 언어로 반전을 도모한 것은 이러한 분석에 대한 또 다른 증거이다. 「무지렁이」가 표나게 중심을 비난함으로써 도리어 중심에의 욕망을 노출했다는 아쉬움을 제한다면, 대상 없는 냉소와 포즈에 가까운 절망에 끌리는 최근 경향에 의미하는 제동이 된다.

비대해진 시의 왕국과 평화로운 시인들
— 2004년 봄

1

계간평을 쓰기 위해 적지 않은 문예지들을 읽으며 문득 떠오른 짧은 생각들로 이 글을 시작하려고 한다. 제일 먼저 든 생각은 문예지가 참 많아졌다는 것이다. 특히 최근 몇 년 사이 시 전문지의 급격한 증가는 두드러진다. 서울 지역을 중심으로 하는 소위 중앙지는 물론, 지방에 근거지를 둔 시전문지들도 심심치 않게 생겨나고 있다. 액면 그대로 보자면 이러한 현상은 그만큼 시의 수요와 공급이 활발히 이루어지고 있다는 것을 말해준다. 그러나 이러한 현상이 함의하는 바에 대해서는 보다 심도 있는 논의가 필요하다.

두 번째 생각. 각각의 문예지들과 시인들의 관계. 특정 문예지에 특정 시인들의 작품만이 실리는 현상. 지방 문예지들은 그 정체성을 해당 지역의 유망 시인들을 발굴하여 키우는 것에서 찾는다. 동시에 지방지의 한계를 벗어나야 하는 부담도 있다. 그렇기 때문에 지방지의 경우, 지역 출신 문인들 뿐 아니라 중앙 시인들의 작품도 싣게 되고, 그럼으로써 비교적 다양하게 발표의 기회를 주고 있다. 반면, 오랜 역사와 전통을 갖는 중앙의 잡지들은 자사가 발굴한 신인들 이외에는 그다지 관심이 없는 것처럼 보인다.

세 번째, 계간평, 또는 월평의 의의에 대해. 일정 기간 동안 생산된 작품을 평하라고 마련된 이러한 지면들은 작품의 상찬을 논하기 위한 것인가, 아니면 그 시기의 대체적인 경향을 진단하기 위한 것인가. 대개는 평자가 주목할 만한 작품이라고 생각해서 뽑았음에 틀림없는 몇 편의 작품이 꼼꼼하게 분석되고 있다. 그러나 여기에서 한 가지 우연치 않은 공통점을 발견할 수 있는데, 논하고 있는 작품의 2/3가 이미 평단에서 검증받은 시인들의 작품이라는 점이다. 작품의 시적 성취 때문만이라고 볼 수 있을지 재고해볼 문제이다.

이러한 단편적인 질문들은 개인적인 잡담 수준에 지나지 않는 것처럼 보일지 모르겠다. 특히나 내 시가 이번 계간평에 언급되지 않았을까 하고 이 지면을 들춰본 시인들에게는 쓸데없는 지면 낭비로 보이기 십상이다. 그러나 다들 감지하고는 있으되 시의 본질적인 문제가 아니라는 이유로 덮어두고 지나온 이상과 같은 일차원적인 질문들이야말로 우리 시단의 현주소를 알게 해주는 중요한 척도의 하나가 된다.

말하자면, 시전문지의 양적 팽창이 보여주고 있는 과열 현상, 그리고 게재 대상 시인을 제한하는 것으로써 표명하고 있는 정체성의 고수 같은 시단 내부의 움직임들은 나름대로 시의 활발한 생산과 그에 따른 논의의 활성화를 보장할 만한 하다. 그럼에도 불구하고 20여 종의 30여 권이나 되는 문예지들을 훑어보고 2004년도 봄 시단에 대해 내린 결론은 새로운 문제의식이나 어법의 모색이 이루어지고 있지 않다는 것이다. 불과 몇 년전 환유적 어법이니, 이미지의 파편적 나열이니, 혹은 비현실적이고 환

상적인 세계의 창조니 여성성의 부각이니 하는 참신한 시도들이 활발히
이루어지고 더불어 시에 관한 담론도 양적·질적으로 팽창했던 것과 비
교해 보면, 우리 시단은 그후로 답보 상태에 있는 건 아닌가 의심이 든
다. 문학사가 그 시대의 주된 흐름을 논의하기 보다는 새롭고 급진적인
경향의 출현에 주목한 것을 생각해 보면, 2004년도 봄이 한 시기를 마감
하거나 혹은 새롭게 시작하는 분기점으로서 기록될 가망성은 거의 없어
보인다. 물론 새로운 것이 늘 의미 있는 것도 아니고, 새로움의 모색이
시인에게만 주어진 책임도 아니다. 새롭다는 것 하나만으로 어떤 시가
주목받기에는 시에 부과된 의미가 너무 크다.

문제는 시의 외적 조건과 작품 자체가 보여주는 부조화이다. 속단하자
면 지나치게 비대해진 시의 왕국에 다들 안주하고 있다는 인상을 지울
수 없다. 따라서 이 짧은 지면을 빌어 지난 계절에 쓰여진 작품들을 살
펴보는 것은 이미 쓰여진 작품들에 의의를 부여하기 위해서만은 아니
다. 그 못지않게 기대하는 것은 아직 쓰여지지 않은 작품들에 대한 예
측이자 바램이다. 그래서 이 글은 어떤 작품이 왜 좋은지를 논하기 보
다는 지난 계절에 발표된 작품의 대략적인 지형도를 그리는데 더 치중
할 것이다.

2

이 계절의 작품들이 새로운 경향을 보여주진 않지만 한 가지 두드러진
인상은 있다. 과거에 대한 회상과 자연 친화적인 탐색이 그것이다. 사실,
이 두 가지 모티프는 비단 2004년 봄에만 두드러진 것은 아니다. 1920년
대의 시도 돌아갈 수 없는 과거에 대한 향수를 노래했으며, 그래서 1930

년대 비평가인 김기림은 이러한 시들을 오후의 시라고 비판했었다. 또한 계절에 따른 식물들의 생태나 작고 보잘 것 없는 미물들의 습성 같은 것은 짧지 않은 한국 현대시사에서 계속 반복되는 시적 소재이다. 인간의 이해를 넘어서는 자연의 섭리들은 특별한 시적 장치가 없어도 그 자체로 시적이기 때문이다. 이들 두 가지 경향이 그토록 오래 시에서 다루어진다는 것은 과거 회상과 자연 친화적인 정서가 그만큼 시간을 초월한 인간 보편의 정서에 감응하기 쉽다는 것을 의미하리라.

그러나 익숙하고 자명한 만큼 그 한계에 대해서는 간과하고 지나쳤을 가능성이 많다. 가령, 과거에 대한 회상을 표현한 시들은 기본적으로 과거와 현재를 대립적인 것으로 설정한다. '한때는 ~했었다'는 회상으로 요약되건, 아니면 '그런데, 지금은 ~하다'라는 비교까지 문면에 드러내건, 이러한 시들은 대체로 '한때'에 방점을 찍는다.

<blockquote>

지나고 보면
봄날은 다 눈부시었다.
그리고 지상의 크고 작은
나무들 곁에는
그들을 지켜주시는
신성한 우물이 있다는 것을
지천명을 몇 해 더 넘기고서야
나 겨우 알았다
나 정말 너무 늦게 알았다.
오늘 관악산 오르다가 힘에 부쳐
붉게 진 영산홍 꽃무덤에 앉아
지난날 회한이 사무쳐오는
저녁 한 때,
지나간 모든 실패가
옳은 길이라고 믿었던 젊은 날

</blockquote>

내 삶의 고단한 도정에도
간절한 우물터 하나쯤 있었는지 몰라
옛 유년의 숲 찾아가다
거기서 마지막으로 크게 길 잃어
나 홀로 고립되고 싶다
나 이제 잊혀져 사라지고 싶다.
　　　　— 홍일선, 「길을 잃고 싶은 저녁」(≪시와 반시≫ 봄호)

　등산을 하면서 지나온 삶을 돌아보고 있는 위의 작품은 완벽한 회상의
구조를 갖추고 있다. 해질녘이라는 시간과 산속이라는 공간은 자연스럽
게 내면으로 시선을 돌리게 만드는 배경이 되고, 육체의 한계 체험과 화
려하게 타오르는 '영산홍 꽃'의 대비는 시간의 흐름을 강조한다. 결국 이
러한 구조는 '청산은 유구한데 인걸은 간데없다'는 인생무상의 주제와
과거에 대한 낭만적 동경을 구현하기에 더할 나위 없이 유기적이다. 이
잘 짜여진 설정 덕에 독자들은 화자의 정서적 추이에 동화된다. 그리하
여 화자가 자신의 삶을 움직였던 힘, 즉 '우물'을 새삼 발견하게 되는 사
건도 내면화할 수 있고 더 나아가 현재 내가 걷고 있는 '고단한 도정에도
/ 간절한 우물터 하나쯤' 있을지도 모른다는 생각을 하면서 자신의 험한
산행을 버텨보자고 생각할 수도 있다.

　그러나 앞서 말했듯 과거를 회상하는 작품은 과거에 대한 낭만적 감상
에 떨어질 위험이 다분하다. 위의 작품과 같은 경우, '지나고 보면/ 봄날
은 다 눈부시었다'는 서두의 회상이나 '옛 유년의 숲 찾아가다/ 거기서
마지막으로 크게 길 잃어/ 나 홀로 고립되고 싶다'와 같은 퇴행적이기까
지 한 마지막 구절이 특히 이를 부추긴다. 그럼에도 불구하고 위의 작품
이 이처럼 얄팍한 감상으로 떨어지지 않는 것은, 그리고 지나간 것들에
대한 근거없는 미화(美化), 낭만적인 감상으로 떨어지지 않는 것은 마지막

구절 덕분이다. 유년의 기억 속으로 '나 이제 잊혀져 사라지고 싶다'는 한 마디는 삶을 초월한 자의 대가연하는 목소리라기보다는 그 모든 시련을 다 겪고 나서 도리어 자신의 나약함을 고백하는 겸손한 목소리로 들리기 때문이다.

과거에 대한 회상이 감상으로 떨어지기 쉬운 것은, 그래서 한편으로는 그 아름다운 회상에 공감하면서도 다른 한편으로 거부감을 갖게 되는 것은 과거를 현재의 고통과 갈등에 대한 해결책으로 제시한다는 데에 원인이 있다. 현재와의 대비를 통해 과거가 아름답고 순수한 것으로 설정되는 순간, 과거의 회상은 현재의 고통과 갈등을 상쇄시켜준다. 그러나 그것은 찰라적이고 표피적일 가능성이 농후하다. 말할 것도 없이 모든 과거가 결코 그처럼 아름다운 것은 아니기 때문이다. 상당 경우 과거는 오히려 현재의 불안과 고통의 뿌리이다. 다음 작품들처럼 말이다.

왕벚꽃 풀풀 날리는 옛집 골목에 갔다 목덜미를 묶인 개처럼 이 골목에서 이십구 년 팔 개월 맴돌았다

청남파크…에선 오 년 살았다 나팔꽃 채송화 맨드라미 꽃대궐에 파묻혀 첫사랑을 익혔다 '지상의 방 한 칸'을 쓰던 밤인가 감나무 아래에서 홀딱 벗고 목욕 했다 지금도 사람들은 근처에서 매일 밤 몸을 씻는다

MOTEL ROMACE 주차장…중사 2호봉 한 달 월급을 쏟아 부었던 쑥색 전화기가 부서질 때까지 칠년을 살았다 아버지 회갑 날 막내는 왼쪽 다리를 곧추 세워(그냥 허공에 짧은 발끝이 매달려 있었는지도 모른다) 옥상에서 언니들과 사진 찍었다 셔터를 누를 때도 그랬지만 나는 사진을 볼 때마다 막내의 왼쪽 다리를 잡아 늘리고 싶다

처갓집숯불가든 우물가에서 내 발등에 말발굽 모양의 흉터가 찍혔다 그즈음에 막내의 무릎이 썩었을 것이다.…하하, 지금 생각해도 우습다 철

거하던 날 걸어보니 기껏 네 걸음도 못되는 단 칸 방에서 일곱 식구가 한
이불을 덮었다니, 십 년 가까이 개꿈을 꾸었다니

　　언제쯤 이 골목 빠져나갈까
　　이십구 년 팔개 월 남의 집 지붕만 허물어버리다가
　　이 골목 어디쯤 내가 있을까
　　추억의 발자국 더듬거리는 옛집 골목
　　보스턴 가요주점과 팡팡 노래방과 나팔꽃과…
　　　　　　　　　　— 이강산, 「옛집 골목에 갔다」(≪시와 정신≫ 봄호)

　　일곱 살 때 찍은 흑백사진
　　나는 아버지와 엄마 틈에 있었다
　　한쪽 팔은 엄마 무릎에 걸치고
　　다른 팔은 아버지 어깨에 기대고 있다
　　서로 걸친 어깨가
　　더 긴 이야기로 묶여진다는 거은
　　나중에 안 일이지만
　　드나들 간격이 따로 없었으므로
　　일가는 덩이째 깊어졌다
　　매미의 몸통처럼
　　숱한 얘기를 풀어낸 나는
　　양 날개 사이에서
　　얼마나 꼬무작거렸을까
　　혼자만 훌쩍, 키가 자랐다
　　몇 마디의 기억만 남기고
　　내 몸 슬쩍 빼나오니
　　쩌억쩍 금가는 흑백사진
　　아버지와 엄마는 사진 속에서
　　내가 벗은 허물로 남아 있었다.
　　　　　　　　　　— 천수호, 「흑백사진」(≪리토피아≫ 봄호)

　이강산의 과거는 현재의 '왕벚꽃'을 배경으로 회상되지만 현재의 그러한 아름다움도 '목덜미를 묶인 개'처럼 살았던 치욕적인 과거를 덮어주지는 못한다. 「흑백사진」은 특별히 따뜻할 것도, 특별히 애정 어릴 것도 없는 가족사를 단조롭기까지한 목소리로 회상하고 있다. 이들 작품이 그리고 있는 과거는 시간이 흐르면 자연스럽게 아름다운 것으로 승화되는 그러한 과거가 아니다. 돌아가야 할, 혹은 회복해야 할 것이라기보다는 덮어두고 싶고 잊고 싶은 것이다. 그러나 그러한 과거의 아픔을 감추지 않고 그대로 드러내는 것, 그리고 그 과거를 부정하지 않는 것이 오히려 과거를 현재 고통에 대한 치유책이 되게 한다. 이는 분명, 과거를 낭만적으로 그림으로써 요술처럼 현재의 모든 고통을 순식간에 잊게 만들어주는 방식과는 다르다.

　자연을 노래한 작품들도 과거를 감상적으로 회고하는 작품이 빠지기 쉬운 함정과 같은 위험을 갖고 있다. 인간의 지력으로는 결코 파악할 수 없는 자연 현상은 은유의 힘을 빌어 인간의 복잡다단한 인생 수수께끼를 푸는 열쇠가 되어 왔다.

무쇠솥 달구는 잉걸불도
구겨진 종이 한 장부터 시작한다는 걸
눈보라치는 아궁이 앞에서 배운다 소리없이
타는 참나무도 저 혼자는 불붙지 못하나니
잘 마른 관솔잎과 잔가지들이 몸을 태우고야
장기전에 들어갈 수 있나니 숱한
불쏘시개들의 분신을 보며 다시 배운다
아무리 한 구덩이에 들어가 얽혀도
다리 펄 자리는 있어야 한다는 걸 서로
엎고 걸치되 위 아래로 옆으로 뻗어나갈 틈이 없고서는
서로가 서로를 불러들이지 못하나니

믿고 기다릴 일이다 조금 더디게
때로 하늘로 치솟으며 저 생긴대로 타들어가는 불꽃
부지깽이 휘저어 함부로 쑤석거리지 말 일이다
그리고 잊지 말 일이다 뜨거운
금빛 혀와 풀어헤친 머리카락 사이
푸르게 빛나던 불의 눈물방울을
이미 사그라진 불쏘시개들의 소신공양을
　　　　　　　　　— 김해자, 「영구혁명론」(≪시와 사람≫ 봄호)

참새 가슴을 쥐어보았니?
요 한 줌 신사
가슴엔 화산을 품고 있어도
생활은 좁쌀 한 톨로 만족한다고
　　　　　　　　— 반칠환, 「화산과 좁쌀」(≪문학과 경계≫, 봄호)

　자연이 우리에게 가르쳐 주는 가치는 작은 것의 소중함과 저력, 생명의 유기성과 상호 보완적 존재 양식 등, 무한 경쟁 시대에 사는 각박한 삶을 돌아보게 만들기 충분한 것들이다. 시인은 이처럼 우리가 익히 알고 있으나 미처 돌아보지 못하는 자연의 소리없는 경고와 격려의 신호들을 날카로운 눈과 번뜩이는 직감으로 발견해내는 존재이다. 그리하여 우리의 제한적이며 편협하기 그지없는 관심의 영역을 확장시켜준다.

　이와 더불어 자연을 노래하는 작품들이 주는 최고의 선물은 다음 작품에서처럼 생명의 경이로움에 대한 자각이다.

어느새 담쟁이 덩굴이 붉게 물들었다!
살 만하지 않은가, 내 심장은
빨간 담쟁이덩굴과 함께 두근거리니!
석류, 사과 그리고 모든 불꽃들의

빨간 정령들이 몰려와
저렇게 물을 들이고,
세상의 모든 심장의 정령들이
한꺼번에 스며들어
시간의 정령, 변화의 정령,
바람의 정령들 함께 잎을 흔들며
저렇게 물을 들여놓았으니,
살 만하지 않은가, 빨간 담쟁이덩굴이여,
세상의 심장이여,
오, 나의 심장이여.

— 정현종, 「빨간 담쟁이덩굴」(《현대문학》 3월호)

가을이 되어 담쟁이덩굴이 붉게 물드는 사소한 자연 현상에서 삶에의 의욕을 느끼는 이 민감함이라니! 작품의 초두에 느낌표를 두 개나 찍을 정도로 시인에게 이 자연 현상은 놀라운 기적이며, 또 전율이었던 게다. 이 단순한 발견은 더불어 우리의 '심장'도 '두근거리'게 만든다.

그럼에도 불구하고 자연을 노래하는 작품들도 함정에 빠지기 쉽다. 교훈성을 말하는 것은 아니다. '무목적성의 합목적성' 운운하면서 시의 자율성을 아무리 강조한다 해도, 요즘 같이 어디에서도 삶의 지표가 될만한 가르침을 얻기 어려운 때에 교훈은 오히려 절실한 것인지도 모른다. 더구나 자연이 주는 가르침은 너무나 자명해서 어느 누구도 뭐라 반박할 수 없으니 그 진리다움의 권위는 가히 오늘날의 경전으로 손색이 없다. 문제는 '살 만하지 않은가'라는 저 질문에 있다. '붉은 심장'과 '붉은 담쟁이 넝쿨'의 시각적·형태적, 그리고 존재론적 유사성을 발견하고 거기에서 역동적인 생명성을 발견한 직관과 통찰에 놀라면서도 '살 만하지 않은가'라는 질문을 받았을 때 우리는 과연 기꺼이 동의할 수 있는가.

3

과거 회상과 자연 친화적인 두 가지 경향이 지난 봄에 발표된 작품들의 두드러진 경향이라고 하면서, 그 가운데 눈에 띄는 몇몇 작품들에 대해 언급하다가 마지막에 슬쩍 몇 마디 꼬투리를 덧붙이는 것은 사실 텍스트 내적인 문제가 아니다. 이글의 서두에서 나열했던 몇 가지 질문들과 마찬가지로 텍스트가 놓여진 맥락과 관련된 문제이다. 따라서 시에 있어서는 비본질적인 문제일 수도 있다.

그러나 아무도 작품의 가치와 의의가 본질적이라고 믿는 것들에 의해서만 평가된다고 생각하지 않는다. 그러기를 바랄 수는 있지만, 텍스트 외적 요인이 작품의 생산과 소비에 전혀 영향을 미치지 않는다고 하는 것은 지나치게 순진한 생각이다. 따라서 맥락도 중요하다. 속되게 말하자면 어떤 '판'에 이 작품이 끼어 있는가도 무시할 수 없는 것이다.

가령, 과거를 아름답게 추억하는 태도나, 자연의 신비에서 인생의 해답을 찾으려는 태도는 우리 자신에게 매우 익숙한 것이기 때문에 그 자체로 우리의 심부 깊은 곳을 건드린다. 게다가 위의 작품들처럼 그 시각의 섬세함과 표현의 탁월함, 그리고 언어의 신선함이 더해질 때야 더 말할 것이 없다. 그러나 그러한 작품이 어떠한 맥락에 놓여 있는가, 그리고 어떠한 맥락을 만들고 있는가 하는 점 역시 간과해서는 안 된다.

그렇다면 지난 계절에 발표된 작품들 가운데 위의 두 가지 경향은 어떠한 판 속에 위치해 있는가. 한 가지 분명한 것은 대부분의 작품들이 지금, 여기라는 시공간적 좌표로부터 과거로, 그리고 저곳이라는 너머에 시선을 옮기고 있다는 점이다. 그리고 이 봄의 이러한 시단 '판'에서는 현재의 나, 현재의 우리, 그리고 현재의 그들에 대한 관심이 '두드러지게'

눈에 띄지 않는다는 점도 분명하다. 이미 죽어버린 과거를, 그리고 죽여버린 자연을 언어로 활성화시키는 일 못지않게 시가 중시해야 할 또 하나의 중대한 사명은 쉽게 파악되지도 않고, 규정되지도 않았으며, 계속해서 변하고 있는 '지금 여기'의 유동성을 언어로 포착하는 일이다.

> 오늘 내가 만지는 세상
> 오늘 내가 보는 세상
> 또 하나의
> 지붕을 덮으면
> 세상은 내일의 박물관이 된다
> 참으로 길고도 먼
> 어제의 지층들
>
> 나는 유리상자 앞에 선다
>
> 한 켜 한 켜 벗겨진
> 표층에서
> 살아나는 시간들이
> 그늘처럼 눕는다.
>   — 이사라, 「오래된 미래4: 박물관, 그늘」(≪시와 사상≫ 봄호)

그 일은 어쩌면 위의 작품이 말하고 있듯, 언어를 통해 현재를 '박물관' 속에 안치시키는 것인지도 모른다. '오늘 내가 만지는', '오늘 내가 보는 세상'의 생생함은 언어라는 성긴 그물에 걸리지 않고 다 빠져 도망가 버릴 지도 모른다. 기껏 성공해야 현재를 훼손하지 않고 유물로 만들어 버리는 정도일 지도 모른다. 하지만 바로 그 순간 우리는 언어의 한계를 절감할 수 있을 것이며, 현재의 살아있음을 한결 더 절실하고 생생하게 느낄 수 있을 것이다. 현실에 가장 가깝게 다가서려고 할 때, 가장 환상적이고 또 언어에 가장 집중하게 되는 역설이 여기에서 비롯된다.

이러한 점에서 시인 자신이 몸담고 있는 현실에 천착한 작품이 좀처럼 눈에 띄지 않은 것은 주목할 만한 일이다. 그러나 그것은 평면적인 차원에서 주목할 일이고, 그보다 더 근본적인 문제는 우리 시단의 양적 팽창에도 불구하고 몇 년 째 이렇다할 새로운 시도가 이루어지지 않고 있다는 사실이다. '침묵이 곧 평화를 말하는 것은 아니다.' (이수익, 「밤열차」, ≪서정시학≫ 2004년 봄호)

보편의 힘, 언어의 힘
― 2005년 여름

1. 익숙함에 기대어

원로 평론가 유종호는 시에는 좋은 시와 나쁜 시가 있을 뿐 쉬운 시와 어려운 시가 있는 것은 아니라고 말한 바 있다. 시를 향수하는 훈련을 충분히 받지 못한 일반 독자들은 어려운 시에 지레 겁을 먹고 경외감을 갖기 마련이지만 그렇다고 해서 그 시가 반드시 좋은 시는 아니라는 것이다. 사실상, 50년대 말부터 일반화되기 시작한 모더니즘적 경향은 시의 난해성을 부추기는데 한 몫을 했고, 이러한 난해성은 90년대 들면서 포스트모더니즘이나 후기 구조주의 같은 이론의 도움을 얻어 정당화되기에 이르고 있다.

서정시가 주는 정서적 충격의 스펙트럼은 다양하다. 세상에 태어나 한 번도 생각해보지 않았던 것들에 대해 생각하게 하거나, 늘상 생각하고는 있었으나 한 번도 언어화해본 일 없는 정서에 형태를 부여하는 일, 마음 깊은 곳에 담아 두었던 기억과 느낌을 다시 체험하게 하는 일이 잘된 서정시가 우리에게 보장하는 것이다. 이러한 일은 대체로 언어의 힘에 기대어 발생하는데, '언어의 폭력적 결합'이라든지, '객관적 상관물'이라든지, '낯설게 하기'라든지 하는 용어들은 모두 언어를 일탈적으로 사용하여 마음을 움직이게 하는 메커니즘을 설명하는 것이다.

그러나 쉬운 시는 그와 조금 다른 방식으로 우리의 정서에 울림을 준다. 쉬운 시들은 일상의 어법에서 크게 벗어나지 않으며 보여주는 이미지들도 비교적 온건하고 익숙하다. 그렇기 때문에 우리는 이해를 위한 특별한 주의나 에너지를 기울이지 않아도 좋다. 물론 이와 같이 쉬운 시가 모두 좋은 시는 아니다. 어려운 시가 사기일 가능성이 많은 것만큼이나 쉬운 시는 시가 아닐 가능성이 많다. 따라서 쉬운 시이면서 좋은 시가 되기 위해서는 또 다른 무엇인가 필요하다고 하겠는데, 그 한 가지가 '기억의 힘'을 적극적으로 비는 것이다.

> 길을 비스듬히 등지고 누워 있는 사십 계단을 지나면서
> 오십 년째 등을 구부리고 뻥튀기 기계를 돌리고 있는
> 뻥튀기 아저씨와 그 옆에 귀를 막고 서 있는 코흘리개 소년과
> 오십 년째 돌계단에 주저앉아 손풍금 소리에 가슴을 묻고 있는
> 젊은 악사를 바라보며 한 시절 나의 친구 J시인이 동거한 적
> 있는 으슥한 골목을 기웃거리며 동광동 고갯길을 걸어간다
> 생각하면 그때 귀를 막고 서 있던 코흘리개 소년은 지금쯤
> 동대문 근처에서 老友들과 화투장을 뒤지고 있을 것 같고
> 그때 뻥튀기 아저씨는 이승을 뜨자 이내 눈길을 밟고 함경도로
> 달려가 그 무던하던 뻥튀기를 열심히 돌리고 있을 것 같고
> 그때 사십 계단에 주저앉아 가슴 태우던 젊은 악사는 지금쯤
> 가족들 곁에 뿌리처럼 잠들어 있을 것 같고,
> 눈감으면 십이 열차 기적이 들릴 것만 같은 사십 계단,
> 동광동 고갯길에서 빤히 보이는 사연 많은 영도다리,
> '금순아'하고 그리운 이름 불러본다.
> — 박철석, 「사십 계단을 지나며」(《시문학》 7월호)

위의 작품은 특별한 언어적 기교도 충격적인 이미지도 보여주지 않는
다. 심지어 주제마저도 매우 전통적이다. 변화하는 인간사와 불변하는 자
연물의 대립, 그리고 과거와 현재의 대립 구조는 시간에 발목 잡힌 우리
인간에게 가장 근본적인 화두이기는 하다. 하지만 "'금순아'하고 그리운
이름 불러본다"라는 마지막 행은 지나칠 정도로 낯이 익다. 이 작품이 보
여주고 있는 풍경들도 새로울 게 없다. 떠돌이 악사가 조금 생소하긴 하
지만 그도 TV 드라마에 자주 등장하는 걸로 봐서 그 세대에게는 익숙한
풍경 가운데 하나가 아닐까 싶다. 그러나 바로 이와 같은 익숙함이야말
로 이 작품의 생명이요, 맛의 근원이라고 할 수 있다. 이 익숙한 기억들,
동일한 시대를 살았다면 한번쯤 보았음직한 풍경들이 이 작품을 읽는 사
람들의 마음을 움직이게 하는 힘이 되는 것이다.

그러나 이와 같이 독자 공동체의 기억에 기대기만 해서는 쉬운 작품
이상을 넘어서기 어렵다. 좋은 시가 되기 위한 가장 기본적인 조건은 일
단 우리로 하여금 작품을 읽게 만들어야 하는데, 새로움이 없다는 사실
은 지루함과 식상함의 동의어이며 그렇기 때문에 작품을 중도에 포기하
게 할 수 있다. 이 작품이 쉬운 시를 넘어서 좋은 시라고 할 수 있는 것
은 이러한 고비를 무사히 넘겼기 때문이다.

우선, 익숙한 풍경이나 기억을 떠오르게 하는 것은 매우 중요하다. 그
러나 그 풍경이나 기억이 익숙하기만 해서는 안 된다. 그것은 보편성을
갖추되 개개인의 기억 속에 가라앉은 체험을 의식 위로 떠오르게 할 정
도로 구체적인 것이어야 한다. 그러한 점에서 '동광동'이나 '동대문', '영
도 다리' 같은 사실적인 지명이 기여하는 바는 적지 않다. 물론 이러한
지명들이 그 자체로 시적 성취를 보장하는 것은 절대 아니다. 그러나 정
서적 유대감이 조성된 다음에 이와 같은 사실적 지명은 구체성을 빌어

보편성을 보완한다. 동광동이나 동대문, 그리고 영도 다리를 한번쯤 가본 사람들에게 이러한 지명은 부유하는 기억들의 정착점이 되고, 스쳐가는 상념의 현실적인 집합소가 된다. 가본 적 없는 사람들에게도 이 지명은 힘을 발휘한다. 이름은 다르지만 제각각의 추억은 특정 공간과 결합되어 있으며, 이 지명은 그러한 공간을 상기시켜주는 스위치 기능을 하기 때문이다.

그러나 이처럼 내밀한 기억들이 저장되어 있는 곳으로 내려가기까지가 문제이다. 이를 가능하게 해주는 것은 뭐니뭐니해도 텍스트 자체이다. 즉 성공적으로 짜여진 텍스트의 시어와 행, 그리고 연들이 우리를 은폐되어 있는 기억의 공간으로 데려다준다.

이 작품의 초입은 이와 같은 기대를 저버리지 않는다. 사십 계단에 대해 "길을 비스듬히 등지고 누워 있는" 것으로 수식하고 있는 첫 행은 형태의 유사성에 기반한 의인법이지만 효과는 그 이상이다. 일단 '비스듬히 등지고 누워 있는' 이라는 수식어는 한 인간에게나 적합한 진술인데, 삶의 한 고비를 넘어서 한숨을 돌리고 있는, 다소 여유로우면서도 체념 어린 모습을 떠오르게 한다. 이러한 이미지는 계단이 지니고 있는 보편적인 의미, 그러니까 삶의 강팍함, 수고스러움, 황폐함 등의 이미지와 연관되면서 의미를 심화시킨다. 이 첫 번째 행의 묘미는 "오십 년째 등을 구부리고 뻥튀기 기계를 돌리고 있는"으로 이어지는 두 번째 행과 함께 읽을 때 더욱 살아난다. '비스듬히 등지고 누워 있는'과 '등을 구부리고' 의 대구, '사십 계단'과 '오십 년째'의 대구는 그야말로 고된 삶의 고개를 오십 년쯤 오른 사람만이 구사할 수 있는 표현이 아닐 수 없다. 결국 이처럼 쉽지만 잘 짜여진 언어들이 독자 개개인으로부터 보편적이면서 동시에 구체적인 기억들을 떠오르게 하고 이를 통해 작품을 한층 풍부하게 만들고 있는 것이다.

또 한 편의 쉬운 시가 눈길을 끈다.

> 사거리 불가마 사우나탕
> 동네 아낙들 둘러앉아
> 소금 마사지 하고 있다
> 쓱쓱, 뱃살을 문지르는 부산정육점
> 지네발 같은 수술자국 출렁인다
> 비늘이 벗겨진 한물 간 생선처럼
> 쌍둥이를 담았던 몸이 헐겁다
> 왼쪽 가슴 도려낸 안성이불집
> 다섯 아이가 빨던
> 젖꼭지는 끝물 포도처럼 시들하다
> -중략-
> 오늘은 정기휴일, 시장 사람들
> 발가벗고 친목계를 치르는 중,
> 사철 뼈가 시린 여인들 모두
> 벌겋게 잘 익었다
> 형님 아우 얼굴이 달덩이다
> 관절염을 앓는 형제식당
> 또 한번 모래시계를 뒤집는다
> — 마경덕, 「불가마 사우나탕」(≪현대시학≫ 7월호)

제목 그대로 '불가마 사우나탕'의 정경을 보여주고 있다. 사우나탕이 이 시대 모든 아줌마들의 빨래터 같은 역할을 한다는 익히 알려진 사실은 이 작품이 시인만의 독창적인 체험을 시화한 것은 아니라는 예측을 하게 만든다. 과연 예측대로 세 번째 행까지도 제목에 이어 새롭게 알려주는 정보는 없다. 작품을 다 읽고 난 후에도 이러한 최초의 인상은 크게 달라지지 않는다. 아줌마들이 둘러 앉아 남편 흉, 시댁 흉, 나라 흉 보면서 한담을 나누는 모습은 사우나탕과 가장 잘 어울리는 전형적인 모습이다. 바로 이 전형성 때문에 이 시는 쉬운 시라고 할 수 있다.

그러나 이 작품은 이와 같은 전형성을 보여주는 것에 그치지 않는다. 동네 아낙들은 '부산정육점', '안성이불집', '이천쌀집', '어물전', '형제식당' 등 상호명으로 지칭된다. 이와 같은 지칭은 사우나에 모여 앉은 아낙들이 유한 마님들이 아니라는 정보를 알려줄 뿐 아니라, 삶의 치열한 터전인 시장통을 사우나 안으로 고스란히 옮겨 놓는 기능을 한다. 사우나는 여고 동창 모임의 시간 죽이기나 살을 빼기 위한 것이 아닌, 고달픈 자신의 육신에게 한 달에 한 번 허여하는 귀중한 선물이다.

상황에 대한 전체적인 그림은 각각의 아낙들에 대한 묘사를 통해 완성된다. 이 묘사는 주로 그들의 몸에 대한 것이다. "쓱쓱, 뱃살을 문지르는 부산정육점", "지네발 같은 수술자국", "비늘이 벗겨진 한물 간 생선", "끝물 포도처럼 시들"한 젖꼭지, "어물전 뻐드렁니", "벌겋게 잘 익"은 얼굴들 등은 몸의 노쇠함을 가감없이 드러내는 수식들이다. 몸의 추함을 두드러지게 강조하는 이와 같은 수사는 형태상의 유사성을 기반으로 하는 소박한 비유이며, 그래서 인식의 새로움이라든지 사유의 확장을 가져오지는 않는다. 원관념과 보조관념 사이의 거리가 지나치게 가깝기 때문에 독자의 사유가 개입할 여지가 거의 차단된 결과이다. 이 시가 쉬운 것은 이처럼 노골적이고 직접적인 비유로 인한 결과이며 그런 만큼 이 작품은 유치하게 보일 가능성도 갖게 된다.

그러나 이러한 평이함은 단순함으로 읽히기 보다는 맛깔스러운 것으로 읽힌다. 개개의 원관념과 보조관념들 간의 거리가 아니라 원관념들의 패러다임과 보조관념들의 패러다임의 충돌이 빚어내는 효과의 측면에서 보면 그렇다. 제왕절개로 인한 배의 수술자국, 유방암 수술 자국, 사철 시린 뼈, 관절염으로 곱은 뼈마디의 패러다임과 한 물간 생선이나 포도알의 패러다임은 육체와 시간, 생산과 소멸 등의 의미를 산출한다. 동시에 낡은 것, 추한 것, 소멸되어 가는 것 등으로 이루어진 보조관념의 패러다임은 이와 같은 숭고함과 진지함을 끊임없이 방해하고 희화화의 방향으로 작동한다. 바로 이와 같은 충돌과 소음이 이 작품의 표면적인 평이함 뒤에 숨어서 긴장과 맛을 더해주는 원동력이 된다. 그럼으로써 시장통 아낙들의 몸은 희화화의 대상이 아니라 연민과 애틋함의 대상으로 전환된다. 또한 기억의 작용도 역시 무시할 수 없다. 우리의 기억은 원관념의 패러다임을 우리들 어머니의 몸에 대한 제유적인 등가물들의 집합으로 치환시킨다. 출산과 양육으로 당신의 젊음을 교환한 어머니의 상처이자 무력한 아버지를 대신해서 우리 가정을 힘겹게 지켜낸 억척스러운 생명력의 훈장으로 읽게 되는 것이다.

다음 작품은 좀더 사적인 기억을 훌륭하게 보편적인 차원의 정서로 풀어낸 경우라 하겠다.

> 골수암을 앓아 아홉 살 어린 나이에 죽은
> 동생을 양지로 옮기려고 무덤을 열었다
> 팔뼈를 수습하는데
> 왜 갑자기 자치기를 하고 싶은 것이냐
> 가늘고 흰 손가락뼈를 수습하는데
> 왜 자꾸만 토끼풀꽃을 꺽고 싶은 것이냐
> 동생의 귀밑머리가 그리운 것이냐
> 내 귀밑머리는 왜 이다지도 허전한 것이냐
> 엄숙하게 들어올리는 해골은 왜 또 경망스레
> 떼굴떼굴 굴리고 싶은 것이냐
> 공놀이를 하고 싶은 것이냐

고스란히 두고 간 것이야
지상에서 누린 아름다웠던 순간들

황천에선 여태껏
'뼈에 사무친다'는 전보가 한 건도 오지 않았어
간혹 아름다웠던 순간을 기억하는 뼈의 집으로
토끼풀꽃 같은 눈이 송이송이 내릴 뿐이었어
그때마다 동생의 얼굴이 가슴에 사무치고 사무쳤어
　　　─ 원무현, 「遺物: 순간을 기억하는 뼈」(≪시와 사상≫ 여름호)

위 작품에서 '순간을 기억하는 뼈'라는 부제는 매우 의미심장하다. 어린 나이에 병으로 생을 마감한 동생을 이장하면서 화자는 '순간을 기억'해낸다. 그 순간이란 아마도 동생과 함께 했던 추억의 순간일 터, 겨우 9년을 함께 살았으니 떠올릴 추억이 그렇게 많지도 않을 테지만 생활인으로서 하루하루 숨 가쁘게 살아가야 하는 처지인즉 반추할 시간도 많지 않았음을 '순간을 기억'한다고 표현했으리라. 동생이 조각난 '뼈'로만 남아있는 것처럼 동생에 대한 기억도 '순간'으로만 떠오른다. 전체적으로 이 작품이 죽음, 그것도 때 이른 죽음을 다루고 있고, 주된 소재 또한 '팔뼈', '흰 손가락뼈', '해골' 등, 엄숙함과 경건함에 닿아있는 것들이다. 그러나 이 작품의 묘미는 이와 같은 기대를 배반하는 데서 발생한다. 화자는 동생의 '엄숙'한 뼈들을 보고 '자치기', '토끼풀꽃' 꺾기, '공놀이' 같은 놀이를 생각해낸다. 죽음에서 놀이, 엄숙함에서 가벼움으로 이어지는 이와 같은 전개는 당혹스러울 수 있다. 이 작품의 맛은 바로 죽은 동생의 뼈와 유년시절의 놀이라는 이율배반적인 두 항을 충돌케 하는 데서 산출된다. 성인으로서 당연히 가져야 하는 사회화된 반응 대신 어린 동생과 놀던 시절의 미숙하고 천진한 반응을 보임으로써 죽음의 어두움을 유년의 천진함으로 씻어버리고 있는 것이다.

사실 오래 전 어린 나이에 세상을 뜬 동생의 묘를 이장할 때의 슬픔이 지금 이 시점에서 부모를 잃거나 벗을 때의 슬픔과 같지는 않을 것이다. 동생의 죽음이 이미 오래 전 일인데다가 화자 자신이 어린 나이에 겪은 비극인 탓도 있을 것이다. 이러한 점에서 진지하게 엄숙한 태도는 오히려 과장되게 보이고 정서의 결을 평면적으로 보이게 했을지도 모른다. 그래서 2연이나 3연의 "그때마다 동생의 얼굴이 가슴에 사무치고 사무쳤어" 같은 진술은 1연의 복합적이고 생생한 감정들에 비해 진부하고 평범하다. 다만 "간혹 아름다웠던 순간을 기억하는 뼈의 집으로/ 토끼풀꽃 같은 눈이 송이송이 내릴 뿐"이라는 마지막 연은 경쾌한 그리움과 애틋함을 성공적으로 그려낸 표현이라 아니할 수 없다.

2. 식물성 꿈

식물은 평화롭다. 식물은 착하다. 파리지옥이나 끈끈이주걱 같은 극소수의 식충식물을 제외하고 대부분의 식물은 자족적이다. 식물은 죽음보다 삶에 가까이 있고, 어둠보다 빛에 가까이 있다. 식물은 구분이나 경계보다 흐름과 이어짐에 어울린다. 그래서 식물은 웅장하고 정교한 심포니의 악기들처럼 우주와 조화를 이룬다. 우리 삶의 방식은 이러한 식물의 그것과는 전혀 다르기 때문에 우리는 굳이 식물을 찾아 여행을 떠나고 식물을 곁에 두고 기르며 식물을 완상한다. 투쟁과 반목과 갈등의 방식으로 세계와 관계 맺는데 더 익숙한 우리는 공존과 어울림과 평화의 삶을 갈망하며 식물의 아우라에 전염되기를 꿈꾼다. 서정적인 시에서 식물이 오래 전부터 자주 다루어지는 것도 그 때문이다. 동일시와 교감이야

말로 서정시의 정신이며, 이는 또한 식물의 존재양식이 아니던가. 예컨대
다음 작품처럼 말이다.

마당에 다람쥐 두 마리가 찾아왔을 뿐인데

찾아 와, 잠시 놀다 갔을 뿐인데

맨발로 마당에 나가 팔 벌려 서 있고 싶어지네

그 적신 위에도 새가 날아 올 것 같아

새가 날아 와 앉아, 한 나절을 놀다 갈 것 같아

아, 두 팔 벌려 맨발로 나무처럼 서 있으면

한 낮의 고요 또한 푸르게 푸르게 잎 나부낄 것 같아

너와 나 사이, 끊긴 정관 이어져 맑은 물줄기의 길이 열릴 것 같아

푸른 잎사귀가 마른 뺨에서도 돋아나네

푸른 엽맥의 눈이 발 끝에서도 돋아나네
(…후략…)
— 김신용, 「도장골 시편: 赤身의 꿈」(≪현대시학≫ 8월호)

　식물이 되고 싶은 꿈을 직접적인 소재로 다루고 있는 이 작품은 다람
쥐 두 마리가 마당에 찾아온 이야기로 시작하고 다시 그 이야기로 맺는
수미상관의 구조로 이루어져 있다. '겨우 다람쥐 두 마리가 마당을 찾아
왔을 뿐인데/ 찾아와, 잠시 놀다 갔을 뿐인데'라고 말하고는 있지만 화자

로 하여금 구체적인 꿈을 꾸게 만들었다는 점에서 다람쥐 두 마리가 찾아온 일이 사소하고 빈번한 일은 아니다. 두 마리의 다람쥐는 일종의 전령과 같이 자연의 부름을 전하는 것도 같고, 화자가 자연의 일원으로 받아들여지고 있다는 표지인 것도 같다. 화자는 그 부름을 기다렸다는 듯이 마당에 나가 '맨발'의 '적신'으로 서 있는 꿈을 구체화한다. 인공의 상징물인 신발과 의복을 던져버리고 자연의 상태로 돌아가면 그 또한 하나의 식물이 될 것 같다고, 식물이 되면 생명의 싱그러움을 맛볼 거 같다고, 식물처럼 자타의 구별 없이 소통할 수 있을 것 같다고 말한다. 그리고 우연이지만 다람쥐가 그를 찾아와 생명에의 기대를 불러 일으켰던 것처럼 새들이 날아와 깃들 수도 있지 않을까 조심스럽게 소망한다.

수동적으로 자연의 부름에 응답하는 입장에서 적극적으로 자연을 끌어들이는 입장으로의 이러한 전환은 자연계의 운용 방식과 매우 흡사하다. 수혜자가 시혜자가 되고 시혜자가 다시 수혜자가 되는 연결고리는 에고에 대한 고집이 무의미한 지경, 즉 자연의 상태에서나 가능하다. 에고로 똘똘 뭉친 우리는 경계의 견고함을 가로지르며 상호 전염시키기를 마다 않는 이러한 순환의 고리에 끼어들지 못한다. 언제나 수혜자 입장에 서기만 바라기에 우리가 끼어들면 그 고리는 깨어진다.

하지만, 화자는 그토록 나무가 되고 싶어 하면서 어째서 '맨발로 마당에 나가 팔 벌려 서 있'지 않을까. 화자는 그저 그러고 싶어진다고만 말할 뿐이다. 그것이 뭐 그렇게 어려운 일이라고 그러지 않는가. 설사 실제 그러지는 않았더라도 소망형이 아닌 사실의 진술형으로 쓸 수 있는 일 아닌가. 과학적 진술이 아니라 어차피 다들 눈감아 줄 것을 믿고 하는 사이비진술인데 말이다. 이 점 시인이 의도적으로 그러한 것인지 아니면 별다른 이유없이 그러한 것인지는 단언해서 말할 수 없다. 그러나 적어도 이와 같은 소망형의 진술을 작품의 초두와 말미에 반복적으로 위치시켰다는 것은 이 진술을 가볍게 넘길 수 없게 만든다. 더구나 작품 후반부에서 화자는 이 소망의 간절함을 어떠한 고통과 시련을 감수하고서라도 포기할 수 없는 것이라고 강조하고 있다.

> (…전략…)
> 또 그렇게 서서 새가 날아 올 때까지 피 말리고 살 말리다 보면
>
> 마음 또한, 산뻐꾸기 울음소리로 무거워 제 가지 뚝 부러뜨린다 해도
>
> 맨발로 마당에 나가 팔 벌려 서 있고 싶어지네
>
> 겨우 다람쥐 두 마리가 마당을 찾아왔을 뿐인데
>
> 찾아 와, 잠시 놀다 갔을 뿐인데
>   — 김신용, 「도장골 시편: 赤身의 꿈」에서

　식물이 된다는 것은 평화와 공존과 순응을 받아들이는 대신 자유와 선택, 능동성을 포기한다는 말에 다름 아니다. 투쟁하고 쟁취하는 대신 기다리고 순응해야 한다. 새가 날아오기를 마냥 기다리는 시간은 '피 말리고 살 말리'는 시간일 뿐더러, 그런 고통의 시간을 견뎠다고 해서 반드시 새가 찾아오느냐 하면 그러지 않을 수도 있다. 화자는 그러한 고통을 '산뻐꾸기 울음소리로 무거워 제 가지 뚝 부러뜨리'는 것에 비유한다. '제 가지 뚝 부러뜨린다'는 분명 '가지가 부러진다'와 다른 의미를 갖는다. 그 일이 얼마나 고통스러운 일이면 제 가지를 제 스스로 부러뜨리겠는가. 기다림의 고통스러움을 실감나게 표현하고 있는 구절이다. 그리하여 나무가 되고 싶어하는 화자의 소망이 얼마나 강렬한 것인지도 나타난다.

식물 또한 생물인지라 나름의 생과 소멸이 있는 건 사실이다. 때가 되면 싹을 틔우지만 척박한 땅에 떨어진 씨는 때가 되어도 싹을 틔우지 못한다. 양지에서 충분한 빛을 받아 무성하고 건장하게 뻗어나가는 놈이 있는가 하면 음지에서 시들시들 말라가는 놈도 있다. 가을이 되면 생명력은 소진되기 시작하여 겨울이 되면 죽음의 상태에 이르고, 한창 때의 꽃이 그 아름다움을 비할 데가 없는 만큼 꽃의 시듦은 한층 더 볼품없고 허무하다. 물론 봄이 되어 다시 살아날 것이기 때문에 그 죽음은 일시적인 죽음이라고 할 수 있으며, 낙화는 결실을 위한 것이므로 단절이나 소멸이라고 할 수도 없다.

그럼에도 불구하고 우리는 식물의 어둠을 본다. 아니 바로 그 점 때문에 우리는 식물의 현상적인 조락과 순간의 소멸에 주목한다. 우리가 동물의 노쇠나 죽음에 특별히 주목하지 않는 것과 비교해볼 때 이는 식물에 대해 유난히 두드러진 점이라 하겠다. 무슨 말인가 하면 식물과 인간의 교집합을 확인함으로써 인간의 식물다움을 재발견하려는 것이다. 다시 말해 영원한 순환과 조화의 고리에 속해 있는 식물과 우리의 유사성을 확인함으로써 우리 존재를 확장시킬 수 있기를 기대하는 것이다. 식물의 죽음이 한시적인 것이라면 역시 자연의 일부인 우리의 죽음 또한 한시적이라고 생각해도 되지 않겠는가. 그들의 연약함이 오히려 강인한 생명력의 근원이라면 우리의 연약함도 값진 덕목일 수 있지 않겠는가. 이와 같은 공감적 인식은 우리의 생득적 한계를 한편으로는 강화시키지만 동시에 그 한계를 넘어설 수 있게 해준다. 우리는 식물의 패러다임을 빌어서야 우리 패러다임의 또 다른 가능성을 볼 수 있는 것이다.

앞뜰에 예고도 없이 푸석 떨어진 후박나무잎

앙상하게 세월 빠져간 내 손금을 똑 닮았다

도도한 만추의 대하에 표류하는 텅 빈 배.
— 김교한, 「후박나무 잎」(《월간문학》 8월호)

　식물의 조락 이미지는 죽음에 대한 비유로 매우 흔하게 사용된다. 가을마다 목도해야 하는 식물의 조락은 연례적으로 우리의 한계를 확인하는 잔인하고도 숭고한 입사제의의 일종이다. 우리의 운명을 "예고도 없이 푹석 떨어진 후박나무잎"에 비유한 것은 그래서 관습적이다.

　하지만 <말라버린 후박나무잎=손금=표류하는 텅 빈 배>로의 이미지 연쇄는 이러한 상투성을 넘어선다. 우선 손금과 말라버린 후박나무잎은 형태상의 유사성에 뿌리 내리고 있다. 그러나 그것이 다는 아니다. 세월의 각인이라 할 수 있는 손금이 생기를 잃어버려 앙상하게 마른 손에서 한층 또렷하게 보이는 것과 마찬가지로, 생명력을 나르던 수관이 말라버린 잎사귀는 그 자체로 시간과 순리의 가혹함을 시각화하고 있다. 다시 말해 손금과 후박나무잎의 형태적 유사성이 존재론적 유사성으로까지 확장되고 있는 것이다.

　뿐만 아니라 이 비유는 종장에 이르러 그 의미가 한층 더 확장되고 심화된다. '나뭇잎 엽(葉)'을 매개로 하여 '일엽편주(一葉片舟)'라는 관용구를 끌어들이고 있는데, '도도한 만추의 대하'가 의미하는 바, 측량할 수 없는 우주 혹은 헤아릴 수 없는 시간을 말라 떨어지는 '후박나무잎'과 대조시키는 것, 그리고 수명을 다해가는 한 인간의 '손금'이 만들어내는 의미의 장이 존재의 유한성을 극대화하는데 매우 효과적이다. 도도한 강물 위에 떨어지는 낙엽 한 잎과 광대한 우주 속에서 함몰되어 가는 한 개인. 이 작품의 실제 작가가 원로라는 사실은 이러한 주제의식에 실감을 보탠다.

그러나 이 작품은 유한자의 비극적 허무함을 이야기하는 것으로 그치지는 않는다. 생과 사, 청춘과 노년, 푸른 잎과 낙엽, 앙상한 무한자와 유한자의 대비가 분명 어찌할 바 없는 비극적인 허무함을 만들어내는 것이 사실이기는 하나 그것으로 끝나지 않는다. 왜냐하면 이 비극상의 보조관념이 식물이기 때문이다. 영원한 순환의 차원에서 보자면 자연에게 가해지는 현재의 조락은 영원하지 않으며 다음을 기약하는 현상적인 단절에 지나지 않는다. 이러한 사실은 인간의 죽음 또한 마찬가지라는 점을 새삼 환기시킨다. 아니, 그렇게 믿고 싶은 우리의 소망에 근거가 된다. 물론 이러한 해석은 어디까지나 작품 이후의 해석이며 따라서 과잉 해석일 가능성도 배제할 수 없다. 그럼에도 불구하고 우주 안에서 식물의 위상이 어떠한지 아는 이상 식물의 아우라를 빌어 인간 존재의 한계를 극복해보고자 하는 이러한 해석이 크게 무리는 아니다. 오히려 그것이 바로 식물의 모티프를 끌어오는 서정시가 우리에게 주는 선물이고 축복일지도 모른다.

다음 작품도 식물의 속성을 적극적으로 빌어와 주제의 형상화에 성공한 경우이다.

> 그늘에 핀 꽃은
> 목이 길다
>
> 내 여자도
> 목이
> 길다
>
> 우편함 바라보다가
> 툭하면 운다
>
> — 김필립, 「목이 긴 여자」(≪시문학≫ 8월호)

그늘에 피어 빛을 충분히 받지 못한 식물은 웃자라기 마련이다. 이 작품의 출발은 바로 이와 같이 자명한 현상으로부터 시작한다. 음지에서 자란 식물이 꽃을 피웠다는 것은 기적에 가까운 일이며 따라서 이 작품에서 꽃은 화려함이나 건강한 결실의 이미지로 이어지지 않는다. 그것은 도리어 결핍과 기형의 이미지에 더 가까워 안쓰러움과 안타까움을 불러일으킨다. 그러나 이 안쓰러움과 안타까움은 목이 긴 꽃 코스모스가 풍기는 가련함이나 애처로움과는 다르다. 코스모스가 목이 긴 것은 생존의 조건이 충분히 갖추어지고 나서도 그러한, 따라서 당연하고도 가장 그다운 것이다. 코스모스의 가련함은 그 자체로 아름다움이며 그 자체로 충분함이다. 바로 이러한 점에서 이 작품에서 목이 긴 꽃의 이름을 구체적으로 언급하지 않은 것은 작품의 의미를 응집시키는데 적절한 선택이었다고 하겠다. 즉, 이 작품이 '내 여자'를 '코스모스'가 아닌 목이 긴 불특정한 꽃에 비유함으로써 아름다움과 그에 대한 사랑을 노래하는 것으로 비춰질 소지를 최소화한 것이다. 그렇기 때문에 마지막 연의 의미가 한층 빛을 발한다.

마지막 연이 주는 일차적인 정보는 '내 여자'가 누군가로부터의 소식을 기다리고 있다는 것이다. 그녀가 '툭하면' 울음은 터트리는 것은 그녀가 기다리는 소식의 빈도나 기간이 그녀의 기다림의 시간이나 절실함에 전혀 부응하지 못하고 있음을 말해준다. 또한 그러한 기다림의 상태가 오래도록 지속되고 있음도 말해준다. 여기에서 누구를 기다리느냐, 얼마나 기다리고 있느냐, 왜 기다리느냐 하는 사연은 그다지 중요하지 않다. 그러한 모든 사정들을 아는 것이 기다림을 형상화한 솜씨가 불러일으키는 정서적 공감을 능가하지는 않기 때문이다.

3연에 이르러서야 우리는 '내 여자'의 목이 왜 긴지를 알 수 있게 된
다. 그것은 다름 아닌 기다림 때문이다. '애가 탄다', '속이 끓는다'처럼
정서적 상태를 신체적 비유를 통해 물리적인 차원으로 구체화하는 일은
자주 있는데, 이 작품에서는 '기다리다가 목이 빠지겠다'는 관용구와 관
련이 있다. 그러나 이 작품의 묘미는 이러한 관용구를 은밀하게 감추어
놓았다는 점이다. 정작 작품에서는 그녀의 긴 목을 기다림과 직접적으로
연관시키보다는 그늘에서 웃자란 꽃을 연관짓고 있다. 겉으로 쉽사리 드
러나지 않는 이러한 비유를 포착하게 될 때, <목이 긴 꽃=여자의 긴 목
=기다림>의 결합의 의미가 확장된다.

또 한 가지 주목할 만한 효과는 '툭하면'이라는 부사어이다. 이 부사어
는 '무슨 일이 있을라치면 버릇처럼 곧'이라는 사전적 의미를 갖고 있지
만 동일한 의미를 갖고 있는 '걸핏하면'을 사용하였을 때와는 짐짓 다른
효과를 낸다는 점을 주목해야 한다. '우편함을 보다가/ 걸핏하면 운다'라
고 했을 때, 이 부사는 사전적 함의 이상을 갖지 못한다. 그러나 '툭하면
운다'고 했을 때는 의성어 혹은 의태어로서의 '툭'과 연관되면서 정서적
효과를 낳는다. 우선 '툭'은 단단하지 않은 물체가 바닥에 떨어지거나 끊
어질 때의 소리 혹은 모양을 표현한다. 담담하게 진행되는 시행들을 따
라 읽다가 '툭하면'이라는 어휘가 나오면 가슴이 철렁함을 느끼게 된다.
유난히 기다란 줄기 끝에 피어 있는 꽃이 바닥에 떨어지는 모양이나 소
리를 환기시키며, 동시에 목이 긴 꽃에 비유된 역시 목이 긴 '내 여자'가
떠오르기 때문이다. 더구나 이 부사는 이 작품에서 유일하게 격음을 포
함하고 있다. 또 다른 한편으로 이 '툭'은 '운다'에 의해 커다란 눈물방울
이 떨어지는 것을 환기시킨다. 물론 그 눈물은 목이 긴 '내 여자'의 눈물
일 것이다. 결국 이 작품은 슬픔과 기다림에 대해서 한마디 단어도 사용

하지 않고, 다만 식물에 대한 기초적인 지식과 신체어의 관용구, 그리고 동음이의어적 효과를 적절하게 사용함으로써 충분한 정서적 울림을 만들어 내고 있다. 거기에 덧붙여 시인 자신이 호주에 거주하고 있다는 전기적 사실은 또 다른 의미에서 이 작품의 의미층을 두텁게 할 것이다.

3. 보편적 상상력의 힘

상상력을 두고 기억의 잔재들을 이용하여 새로운 창조를 해내는 것이라고 정의내리기도 하거니와 기억은 창조의 영역에서 매우 핵심적인 기능을 담당한다. 교묘하게 언어를 조직하지 않더라도, 충격적인 이미지를 선보이지 않더라도 우리가 공유하고 있을 법한 이미지나 모티프 하나쯤만 잘 포착하여 제시한다면 그 힘만으로도 그 시는 읽히는 시가 되고 감동을 주는 시가 된다. 성공적인 이미지나 모티프는 기억의 촉각을 건드린다. 우리의 기억을 살아나게 한다. 이렇게 부분적으로 살아난 기억은 다시 작품에 제시된 여타의 이미지들과 교직되어 작품을 읽는 각자의 기억으로 해석되고 추체험된다. 쉬우면서 좋은 시가 되는 경우이다. 우리의 기억을 건드리는 그러한 모티프나 이미지는 충족이나 만족의 정서 보다는 가질 수 없는 것, 그래서 결핍과 좌절의 정서와 결부되어 있는 것이면 더욱 좋다. 결핍감이 클수록 기억이 환기되는데 걸리는 속도와 세기가 강렬할 것이기 때문이다. 갖지 못한 것이기에 그에 대한 우리의 열망은 현재에도 유효하며 그래서 우리의 마음을 움직이는데 탁월하다. 가질 수 없는 것에 대한 꿈을 현실화 시켜주는 것이야말로 시, 그리고 문학의 고유한 사명이 아니겠는가.

동일시, 그리고 거리두기
— 2005년 가을

1. 좋은 사랑의 시

서정시의 본질을 규정하는 여러 명제 가운데 하나가 현재의 시간에 집중하는 양식이라는 것이다. 과거에서 현재로, 현재에서 다시 미래로 이어지는 시간의 흐름을 보여주는 서사나, 모든 시간을 현재화하는 극 양식과는 달리 현재에 집중된 정서를 표현하는 것이 서정시의 주된 존재 양식이라는 것이다. 그렇다고 서정시가 과거를 다루지 않는가 하면 그런 것은 아니다. 오히려 서정시에서 과거에 대한 회한과 그리움은 빈번하게 다루어진다. 다만 여타의 장르들이 과거를 다루는 방식과는 차이가 있을 뿐이다. 말하자면 서정시는 과거의 경험이나 사건 자체보다는 그때의 경험이 촉발하는 정서나 울림을 현재화하여 다룬다.

물론 이와 같은 제한은 낭만주의라는 특정 시기의 작품들을 대상으로 하여 도출된 견해이다. 따라서 현재적 양식이라는 용어가 '서정시'의 본질을 말해줄 수 있을지는 몰라도 '현대시'의 정체를 말해줄 수 있는 것은 아니다. 그럼에도 불구하고 과거의 시간을 다루는 일이 자칫 시의 긴장

을 늦추고 시성(詩性)을 위협할 수 있다는 우려가 터무니없는 것만은 아
니다. 과거를 이야기한다는 것은 처음과 중간과 끝을 이야기하는 것이며,
그 과정에서 시간의 흐름 내지는 인과의 흐름이 만들어지기 마련이니 말
이다. 더구나 주요 모티프가 과거의 사랑 이야기라면 이는 더욱 쉽지 않
다. 이러한 점에서 다음 살펴볼 두 작품은 전혀 다른 방식이지만 과거의
이야기, 그것도 사랑 이야기를 솜씨 좋게 풀어내고 있다.

 고서(古書)같은 내 그리움의 도서를 뒤적입니다 세월처럼, 찢겨나간 표
지를 천천히 넘겨봅니다
 세로로 씌어진 문자들을 거꾸로 읽어 들어갑니다 문자들의 배관을 타
고 반대로 반대로 걸어갑니다
 어제를 지나 그제를 지나 삼월과 겨울을 지나 그 가을로 들어서니 떠
나는 그대가 보입니다 청동 같은 상처를 들고 돌아서는 내가 보입니다
 노랗게 바랜 책장을 넘기니 나의 가난이 넘어오고 그 시절 가요들이
낮게 희미하게 들려 옵니다 지나온 수백장의 시간을 단번에 넘기어 나는
길을 재촉합니다 크게 접힌 곳에 잠시 머뭅니다 나는 읽지 않고 다만 구
겨진 곳을 문지릅니다
 접힌 기억들이 날아와 가슴에 붙습니다 이제 그 일들이 다시 아프지는
않습니다 가슴으로 가슴으로 덮습니다 아무 것도 묻지 않고 불문에 붙입
니다 다시,
 나를 넘깁니다 사루비아 꽃대를 물고 돌아보는 아이는 아직 나를 만난
적이 없습니다 내 생에 길고 오랫동안 떨어지던 단 한방울, 꽃물 그것이
내 문자의 액체였습니다 달고, 서늘한,
 돌아가는 길에 바람이 주저주저입니다 플라타너스 늘어선 교정을 지
나 고대의 하늘이 손닿을 듯한 언덕에 서면 내 가슴 갈피마다 스미는 바
람 아,
 내 가슴을 종이로 만든 당신은 누구입니까
　　　　　　 ― 박지웅, 「고대를 향해 가다」(≪시와 사상≫ 가을호)

지나온 생의 이야기를 책 한 권 쓰는 일에 비유하는 것은 종종 있는 일이다. 살아온 이야기를 하자면 한 권의 책으로도 부족하다는 말을 흔히 하는 것만 보아도 알 수 있다. 누구나 자신의 경험은 유일무이하고 또 자신의 운명이 기구하다고 생각하기 마련인 때문일까. 여하튼 이 작품 또한 인생을 책에, 회상을 독서에 비유하고 있다.

주목할 것은 <인생=책>의 비유를 주제적인 차원에서 뿐 아니라 구조적인 차원에서도 적절하게 이용하고 있다는 점이다. 즉, 과거로 회상해 들어가는 과정을 책장을 한 장 한 장 거꾸로 넘기며 읽어가는 것으로 표현하고 있다. 그 결과 독자는 현재에서 미래로 흘러가는 시간을 따라 시를 읽어가지만 그럼으로써 체험하게 되는 시적 세계 내의 시간은 반대로 현재에서 과거로 거슬러 올라간다. 시간이 흘러갈수록 과거로 가게 되는 이러한 역설적인 시간구조는 독자로 하여금 화자를 따라 과거로 향하게 하고, 동시에 작품의 전개를 따라 미래로 향하게 함으로써 정서적 공간을 한층 넓히는데 기여한다. 이와 같이 시간이 엇갈려 흐르는 구조는 영화 「박하사탕」과 유사한데, 현재로부터 과거로 거슬러 올라가는 플롯을 통해 관객은 "나, 돌아갈래"라는 주인공의 절규를 몸소 체험한다.

책장을 넘기는 행위는 또한 제목 '고대를 향해 가다'와 맞물리면서 여행의 패러다임을 끌어들인다. 2행은 이러한 전이가 일어나는 지점이다. "세로로 씌어진 문자들을 거꾸로 읽어 들어갑니다 문자들의 배관을 타고 반대로 반대로 걸어갑니다"에서 <문자 읽기>가 <배관을 타고 반대로 걸어가기>로 이어지면서 <인생의 회고=책읽기>라는 은유는 <인생의 회고=여행>의 은유와 자연스럽게 결합된다. 그럼으로써 <과거의 회상>, <독서>, <여행>이라는 세 개의 패러다임이 맞물리며 이 작품의 의미와 울림의 진폭을 확장시킨다. 시간적 흐름을 공간적인 이동으로, 수

평적인 진행을 수직적인 탐사로 전환하는 이와 같은 전개는 무엇보다도 서정시가 갖추어야 할 현재성을 유지하는데 기여한다. 즉, 과거 이야기를 하되 시간의 흐름을 정지시켜버림으로써 서정시의 기본 요건을 충실히 견지하는 것이다.

이 작품에서 거리는 시를 읽는 독자와 과거를 이야기하는 화자 사이에서만 발생하는 것이 아니다. 화자 또한 현재의 화자와 과거의 화자로 분리되면서 거리를 만든다. 화자 자신이 자신의 과거에 대한 관찰자, 즉 독자가 되고 있기 때문이다. 그리하여 독자가 원하지 않는 부분은 건너 뛰며 책을 읽듯, 독자로서의 화자 또한 '크게 접힌 곳'으로 표현되고 있는 고통의 시간들은 '읽지 않고 다만' 문지르는 행위로 위로한다. 사랑의 고통을 담담하게 기술할 수 있는 것도 이러한 이유 때문이다. "어제를 지나 그제를 지나 삼월과 겨울을 지나 그 가을로 들어서니 떠나는 그대가 보입니다"에서 알 수 있듯이 과거와의 충분한 거리 확보는 '청동 같은 상처'도 담담하게 진술할 수 있게 한다. 시간적으로 화자는 현재에 위치하고 있으며, 공간적으로는 인생의 책 밖에 위치하고 있기 때문에 가능한 것이다. 바로 이와 같은 적절한 거리두기가 이 작품에 대한 공감을 가능하게 하는 주요 계기가 된다.

특히 사랑과 이별을 다루는 경우에 이와 같은 거리두기는 더욱 중요하다. 시에서 사랑을 이야기하는 것이 쉽지 않은 것은, 더욱이 좋은 사랑의 시를 쓰는 일이 쉽지 않은 것은 거리조정의 실패로 화자 홀로 감정에 몰입하게 되면서 관념적이 되거나 감상적이 되기 쉽기 때문이다. 서구적 자유 연애 감정을 표출하고 있는 주요한의 「불놀이」가 당대 열병처럼 번지던 사랑과 자유 연애라는 서구 근대 문명의 코드를 자유롭게 표출했다는 시사적 의의를 인정받는다 하더라도, 사랑의 시로서는 그다지 성공적이지 않은 것도 그러한 이유 때문이다. 대동강변에 흐르는 물과 거기에 비친 불빛들을 보며 화자가 이루지 못한 사랑 이야기를 털어놓는 방식은 시적이라기보다 변사의 그것처럼 과장되고 극적이다.

그러한 점에서 위의 작품은 이루지 못한 사랑과 지나온 과거의 강력한 끌어당김에도 불구하고 그로부터 거리를 두는데 성공한다. 그러면서도 완전히 외면할 수는 없는 끌림을 읽을 수 있기에 우리는 이 작품에 애틋한 공감을 갖게 된다. '돌아가는 길에 바람이 주저주저' 이는 것이나, 마지막에 '내 가슴을 종이로 만든 당신은 누구입니까'라고 누구에게인지도 모를 질문을 던지는 부분이 바로 그러한 이끌림의 누수가 발생하는 지점이다. 그리하여 그가 아무리 '이제 그 일들이 다시 아프지는 않습니다'라고 말해도 그것은 완전한 치유가 아님을 짐작할 수 있다. '가슴으로 가슴으로 덮습니다 아무 것도 묻지 않고 불문에 붙입니다'라는 화자의 말처럼 그의 거리둠은 시간의 힘을 빈 망각이며 다독임인 것이다. 이처럼 옅게 비치는 감정의 흔적들이 이 작품을 한 편의 파스텔화를 보는 듯 독자로 하여금 따뜻함을 느끼게 하는 것이다.

위의 작품과 비교하여 다음 작품은 전혀 다른 방식으로 우리의 정서를 건드린다. 다음 작품 또한 과거의 회상과 사랑의 코드로 작품을 엮어가고 있으나 그 양상은 전혀 다르다.

> 아홉 살의 나는 철길에서 돌아와 공구통을 뒤집니다
> 나사못, 대못, 구부러진 녹슨 못.
> 아주 튼튼한 놈들만 긁어모았습니다
>
> 당신께 보냅니다
>
> 내년엔 나도 열한 살이 됩니다

열 살 때의 일들은 그냥 없었던 걸로 합시다

당신께 보냅니다
즐거운 편지처럼

내년엔 나도 통통한 애인과 함께
오동도나 제주도
아니면 카프리 섬의 소형 버스 안에서
삼십대를 보냅니다

껄렁한 이십대는 없던 걸로 합시다
나사못, 대못, 구부러진 녹슨 못,
아주 뾰족한 놈들만 당신께 보냅니다

선물로 보냅니다

내년엔 나도 여덟 살이 됩니다
여덟 살의 나로 다시 돌아갑니다

당신의 가슴에 대못을 박고
구멍을 뚫고, 튼튼한 나사못으로
당신이 가는 길을 막아버린 뒤

다시 아홉 살이 되면 나는 철길에서 돌아와
내 인생의 공구통을 뒤지다가
당신이 내게 보낸 편지를 읽습니다
내게 남겨진
당신과 나의 기나긴 이별의 편지를
　　　　　　　　— 박상순, 「공구통을 뒤지다가」(《문예중앙》 가을호)

이 작품은 의문만 잔뜩 만들어 놓고 좀처럼 그 해답은 주지 않는다. 화자는 도대체 몇 살인지, 아홉 살의 화자는 왜 학교가 아니라 '철길'에서 돌아온 것인지, 돌아와서 공놀이나 딱지치기를 하는 게 아니고 왜 '공구통을 뒤'지는지, 그리고 공구통에서 긁어모은 못들을 왜 '당신께 보내'는지, 작품을 몇 번이고 읽어보아도 알 수 있는 것이 별로 없다. 다만, 나와 '당신'은 연인 관계이며, 나는 8살, 9살, 20대, 30대의 나이를 오가고 있다는 것, 그리고 선물로 보낸 못이 연인에게 상처가 되었다는 것 정도를 짐작할 수 있을 뿐이다.

무엇이 무엇에 대한 비유인지 부분적인 의미 파악이 불가한 것은 그렇다 치더라도 전체적인 윤곽조차 파악하기 쉽지 않다. 사실적인 풍경에 대한 기대는 접어두더라도 상상 속에서나마 가능한 통일된 그림도 보여주지 않는다. 이 작품이 풍기는 분위기, 즉 정조 역시 마찬가지이다. 쓸쓸한 것 같으면서도 장난스럽고, 경쾌한 것 같으면서도 허탈하다. 담담한 것 같으면서도 애달프나 그렇다고 심각하지도 않다. 이처럼 통일되지 않은 정서는 일견 작품의 미숙함으로 비춰질 수도 있다. 또한 집중된 정서를 다루어야 한다는 서정시 본연의 방향성과도 어긋나는 것처럼 보인다.

그러나 우리의 정서가 특수한 상황이 아니고는 대개 복잡하게 얽혀 있음을 시인한다면, 그것도 격렬하기 보다는 다양한 감정의 작은 파동들이 작게 소용돌이치면서 일었다 가라앉기를 반복하고 있다는 것을 시인한다면, 사랑 역시 한때는 격렬하고 순연한 감정이었을지 모르나 오랜 시간이 지난 후의 그것은 빛바래서 아련한 기억으로만 남아 있는 허상임을 인정한다면, 이 작품은 오히려 과장 없이 자신의 과거를, 과거의 사랑에 대한 감정을 솔직하게 드러내고 있다는데 동의할 수 있다..

장난스럽고 경쾌하며 담담한 것은 단순한 시어들의 반복적인 사용과 수식이 거의 없는 간결한 문장, 있다 하더라도 '아주 튼튼한 놈', '통통한 애인', '껄렁한 이십대'와 같은 단순한 수사에서 유발된다. 그러나 이처럼 아무렇지도 않게 내뱉는 말들의 내용은 결코 가벼운 것이 아니다. '열 살 때의 일들은 그냥 없었던 걸로 합시다', '껄렁한 이십대는 없던 걸로 합시다'와 같이 그야말로 '껄렁한' 말투는 도리어 바로잡을 수 없는 과거에 대한 회한과 그리움을 은밀하게 환기시킨다. 이러한 정서를 바탕에 깔고 다시 이 작품을 읽으면 '내년엔 나도 열한 살이 됩니다', '내년엔 나도 여덟 살이 됩니다', '내년엔 나도…삼십대를 보냅니다'와 같이 시간의 논리를 파괴하는 문장들도 전혀 맥락 없는 것이 아니다. 시간을 입체파의 그림처럼 평면적으로 이어붙이고 있는 것이다. 이미 흘러가버려 돌이킬 수 없는 과거를 상상을 통해 현재나 미래와 나란히 놓고 그로써 과거를 회복하고 싶은 욕망을 문자적으로 충족시킨다. 이때 아마도 돌아가 바로잡고 싶은 과거의 일이란 이별일 것이다. 내가 선물로 보내어 '당신의 가슴'에 박은 '대못'으로 인한 이별 말이다. 이러한 터무니없는 상상력은 발랄하고 그래서 이 작품은 경쾌하다.

그런데, 이 작품에서 통일된 정조를 교란시키는 것은 이 작품이 그렇게 상상적으로 끝나지 않았다는 사실이다. '다시 아홉 살이' 되어 뒤져보는 공구통에도 '당신이 내게 보낸' '이별의 편지'가 남아 있음을 알기 때문이다. '내게 남겨진' 것은 '당신과 나의 기나긴 이별의 편지'이며, 그것은 나의 공구통에 담겨 있어 공구통을 열 때마다 되살아난다. 그러나 그것은 또한 엄밀히 말하여 못 견디게 괴롭고 애통한 것은 아니다. 다소 후회스럽고 미안하고 안타깝지만 이미 어쩔 수 없는 일이다. 이 작품의 미덕은 바로 거기에 있다. 집중된 순연한 정서를 제대로 형상화해내는 것도 쉽지는 않지만 그때의 정서가 요철처럼 도드라져서 오히려 눈에 잘 뜨일 수 있는 것이라고 보면, 이 작품의 경우처럼 미세하고 또 미묘하게 얽혀 있어 변별하기 어려운 정서들을 포착하고, 읽는 이로 하여금 그와 같은 정서를 체험하게 만드는 일은 더욱 쉽지 않은 일이다.

사랑의 시를 쓰는 일은 어렵지만 반드시 좋은 사랑의 시를 써야겠다고 작정하지 않는다면 그렇게 어려운 일도 아니다. 사랑은 태어나고 죽는 것 다음으로 우리 삶의 중심에서 굴러가고 있기 때문이다. 사랑의 시구들은 누구나의 마음 속에 고이 간직되어 있는 기억에 감응하여 저절로 피어나게 된다. 그리하여 그 스스로 그리움, 외로움, 안타까움, 어쩔 수 없음, 서글픔, 아쉬움 등등을 마구 증식시키며 읽는 이의 것으로 완성된다. 유치하다고 하면서도 정작 그 많은 대중가요 가사들이 구구절절 마음에 와닿는 것만 보아도 알 수 있다. 사랑의 시를 쓰는 일이 어려움에도 불구하고 계속 쓰여지는 것은 이 때문이다.

한 가지 흥미로운 것은 사랑에 관한 시들이 사랑의 환희나 기쁨보다는 사랑의 좌절을 더 자주 노래한다는 사실이다. 처음 눈이 마주쳤을 때의 떨림보다는 엇갈린 시선을 노래하고, 온전한 합일의 체험에서 오는 충만감 보다는 이제는 비어 버린 자리의 쓸쓸함에 대해 노래한다. 영원히 함께 할 미래의 희망보다는 돌이킬 수 없는 지난날을 노래한다. 이는 사랑의 본질이 그러하기 때문인가 아니면 시의 장르적 특성이 그러하기 때문인가.

어찌 생각하면 사랑은 합일과 떨림과 충만함이라는 순간적인 달콤함으로 존재의 덧없음과 불안정함과 비어 있음의 기나긴 고통을 감내하도록 요구하는 불공정한 거래인지도 모른다. 그러나 영화나 드라마 같은 대중적인 예술에서 종종 행복한 사랑을 다루고 있는 것을 상기해보면 좌절된 사랑을 다룰 수밖에 없는 것은 현대시의 태생적 한계인지도 모른다. 다시 말해, 주요한처럼 자신의 감정에 몰입하여 그것을 노골적으로 표출하는 시 쓰기가 더 이상 미덕이 아닌 이런 풍토에서 사랑의 환희와 기쁨을 노래하는 일은 쉽지 않은 것이다. 사랑의 환희로 가득 찬 노래를 상상할 수 있는가. 만약 그런 게 있다면 그것은 역설로 읽힐 것이다. 동일시의 미학, 그러나 몰입은 금물, 그것이 바로 현대시의 존재 방식이기 때문이다.

2. 도시 산책, 일상의 아픈 발견

러시아 형식주의자들은 시적인 담화를 '친숙한 것의 낯설게 하기'라고 정의 내린다. 톨스토이의 일기의 한 구절을 인용하면서 매일 같이 반복되는 일상에 기계적으로 반응하는 습관적인 인식과 지각은 우리 존재를 희미하게 만든다고 말한다. 보고 있어도 보고 있지 않은 상태, 듣고 있어도 듣고 있지 않은 상태, 다시 말해 살아 있어도 산 것이 아닌 상태라는 것이다. 그리고 예술이, 문학이, 시가 해야 할 일이란 다름 아닌 이처럼 습관화된 지각에 충격을 가하여 쇄신하는 것, 그럼으로써 일상을 새롭게 자각하게 하는 것이라고 말한다.

매일 지나다니는 거리의 풍경만큼 익숙한 것은 없다. 땅만 보고 걷느라, 상념에 젖어 있느라, 혹은 아무런 생각도 없이 멍하게 걷느라 우리는 우리를 둘러싸고 있는 많은 풍경과 사람들과 사물들을 죽어 있는 것들로 만든다. 그러다 문득 정신이 들어 주변을 둘러보면 그때 생경하게 파고드는 풍경들, 마치 처음 보는 것들처럼 낯설다. 그리고 그 낯섦 자체가 의미가 된다. 아니, 낯섦이 의미를 갖지 않는다면 거리는 증발해버리고 만다. 거리의 낯섦 자체도 우리에게는 익숙한 것이 되어버리고 말았기 때문이다.

짧은 시간이 긴 시간을 기다리고 있다
곧 빗방울이 되어 떨어질 뚱뚱한 남자를
은행 입구에서 만난다
라디오에서 흘러나오는 유행가처럼
누구에게나 삶의 높낮이가 있다
목격자를 찾는 현수막이 비에 젖고
사무실의 복사기는 일을 마치고 열기를 식힌다
짧은 시간이 긴 시간과 만나
검은 비닐 봉투로 머리를 가리고 뛰어가는
여고생의 교복이 팔랑거린다
환풍기의 낮은 소음이 들려왔다
깨진 박카스 병 조각 위로 빗방울이 흘러간다

짧은 시간이 긴 시간을 검색해 나가며
실내 골프장이 조명을 한다
경찰은 사고 경위를 받아 적고
SK 주유소의 빨간 지붕 아래 팬지꽃
경찰의 모자에서 빗방울이 떨어진다
신호 대기 중인 택시 운전사는 아스팔트 위
사고 표시 흰 페인트를 힐끗 본다

한 무리의 폭주족이 도로를 질주한다
다른 남자의 약혼녀와 모텔에서 나오는 밤
구두코 위 빗방울의 숫자가 늘어난다
빗방울이 무덤처럼 부풀어
근교의 한계 수위까지 물이 차오른다
짧은 시간이 긴 시간을 깨운다
　　　　　　— 최승철, 「비는 비에 젖지 않는다」(≪작가세계≫ 가을호)

비오는 밤, 아마도 가을밤, 화자는 도시의 거리를 걷는다. 그의 눈에 비치는 도시의 풍경은 우리에게도 낯설지 않다. 비오는 도시의 밤거리를 걸어본 적이 있는 사람이라면 만났을 법한 인간 군상과 보았을 법한 풍경들이다. 눈에 보이는 일상과 보이지 않아도 보나마나 뻔한 그렇고 그런 일상들.

가령, 은행과 약국과 사무실과 모텔 같은 도시의 공간들이 보인다.(모텔을 제외하고) 낮 동안은 사람들로 붐비며 제 기능을 수행했을 그 공간들은 이제 모든 기능을 멈춘 채 도시의 한 좌표로서만 존재한다. 산책자 화자가 주목하는 그 대조는 도시의 적막감을 부각시킨다. 거리에는 뚱뚱한 남자, 교복 입은 여고생, 폭주족과 내연의 청춘남녀들이 제각각 갈길을 가고 있다. 그러나 이들 역시 텅 비어 버린 건물들과 다를 바 없다. 그들은 누군가의 아버지나 딸, 누군가의 남편이나 아내, 누군가의 상사나 동료로서 존재하는 것이 아니다. 깊어가는 밤 화자의 눈에는 이들 역시 도시의 적막함과 공허함을 구성하는 하나의 인자에 지나지 않는다. 그들은 익명의 존재이며, 도시에는 온통 익명성이 흘러넘치고 있다.

'라디오에서 흘러나오는 유행가', '환풍기의 낮은 소음'이 들려온다. 거리의 텅 비어 있음과 익명성을 강화시켜주는 청각적 특수 효과이다. '목격자를 찾는 현수막'은 비에 젖어 펄럭이고 있으며 거리의 모퉁이에는 '깨진 박카스 병 조각'이 뒹굴고 있다. 삶의 신산스러움과 무자비함을 보여주는 시각적 특수 효과이다. 그 모든 사물들은 도시에 만연한 적막함의 기표일 뿐이다. 뚱뚱한 남자와 여고생, 폭주족과 내연의 청춘남녀가 도시를 떠도는 익명의 기표이듯이 시각적·청각적 기표들은 적막함의 기표이다. 그것이 꼭 유행가 가락이거나 깨진 박카스 병조각일 필요는 없다. 거리에 있는 그 어떤 것이라도, 가령, 가로수 밑에 버려진 담배꽁초

이건, 물 뿜기를 멈춘 분수나 쓰레기통을 뒤지는 고양이이건, 생명이 있는 것이건 없는 것이건, 움직이는 것이건 멈춰있는 것이건, 거대한 자본의 집하장인 도시에 존재하는 것들은 모두 각자의 기의를 잃은 기표일 뿐이다.

이들 떠도는 적막함의 기표들 사이로 비가 내린다. 뚱뚱한 남자는 곧 비가 되어 떨어질 것이고, 목격자를 찾는 현수막은 비에 젖고, 여고생은 비를 가리며 뛰어간다. 깨진 박카스 병위로 빗방울이 흘러내리고, 구두코 위 빗방울의 숫자가 늘어난다. 그리고 그 빗방울은 무덤처럼 부풀어 오른다. 바로 이 지점에서 비가 도시의 다른 사물들과는 다른 무게를 지니게 된다. 비는 도시의 적막함을 온 몸으로 증명하는 기호 이상의 역할을 하고 있는 것이다. 시인은 비를 통해 깊은 밤 도시의 모든 멈춰있는 존재들의 사물성을 소멸과 죽음이라는 코드로 한데 묶으면서 증폭시키고 있기 때문이다.

가령, 작품 말미에서 "근교의 한계 수위까지 물이 차오른다"고 하는 것은 일차적으로 강수량의 증가를 의미하겠지만, 거기에 함축되어 있는 것은 한계 수위까지 차오른 도시의 쓸쓸함과 적막함, 그리고 무의미함이다. 빗방울 하나 하나가 부풀어 오르는 무덤이며 또 긴 시간과 짧은 시간이라면, 계속해서 내리는 비는 거리에 가득 차오르는 죽음의 수위를 상승시킬 것이다. 또한 '비는 비에 젖지 않는다'는 제목은 어떤가. 도시의 곳곳에 계속해서 내리고 있는 무덤과 길고 짧은 시간들, 아무도 인식하지 못하는 새 우리는 죽음에, 무의미함에 젖어가고 있다. 그렇게 보면, 이 제목은 얼마나 비극적인 인식을 드러내고 있는 것인가. 작품을 관통하고 있는 <비=시간=죽음>의 병렬체를 적극적으로 해석할 때, 도시는 이미 비에 젖어 있으며 따라서 공동묘지라는 말에 다름 아니니 말이다. 그러므로 새삼 비에 젖을 일도 죽음에 감염될 일도 없다. 이미 죽음 그 자체이다.

이 작품이 흔한 도시의 풍경을 스케치하고 있는 것처럼 보이지만, 거리 산책자를 화자로 하는 여타의 작품들과 다른 점은 거리의 풍경들과 그 풍경이 만들어내는 적막함을 단순히 스케치하는 것에서 끝나지 않는다는 점에 있다. 거기에 드리워진 쇠멸의 징후, 헛헛함의 흔적들을 진술하는 대신 적절한 소품들을 병치하고, 비를 중심으로 병치된 소재들을 한데 엮는다. 그러나 앞서 언급한 비의 기능적인 작용을 읽어내지 못하면 이 작품은 산책자를 화자로 하는 여타의 작품과 크게 변별점을 갖지 못하는 작품이 되고 말 수 있다.

다음 작품 역시 산책자를 화자로 내세우고 있는데, 최승철의 작품과는 달리 보다 전통적인 방식으로 거리의 모습을 재발견한다.

> 아파트 공사장 뒤쪽
> 서너 채 집들이 담장 뒤에서 졸고 있다
> 지나가던 구름이 빗물 웅덩이를 기웃거리고
> 좁은 공터에 자라난 새파란 파 줄기들이
> 흙탕에서 길어 올린 물 몇 방울로
> 은밀한 소망을 둥글게 피워 올린다
>
> 빈 집 앞에 나와 앉은 깡마른 노년이
> 파밭 쪽을 보고 있다
> 공사가 쉬는 동안 파꽃 부푸는 소리뿐
> 주위는 멈춰있고
> 이제 날아갈 준비를 끝낸 파꽃이
> 노인의 말라가는 기다림을
> 공터와 함께 들어 올린다
>
> — 백현, 「파밭」(《심상》 10월호)

화려한 도시의 또 다른 풍경이다. 화자는 땅이 파헤쳐지고 철근이며 시멘트며 건축자재를 쌓아 놓은 아파트 건축 현장에 서 있다. 아마도 아파트 건축 붐에 맞춰 작고 낮은 집들을 허물고 아파트를 짓고 있는 중일 것이다. 누군가의 표현처럼 서울은 항상 공사 중이니 새삼스러울 것도 없는 풍경이다. 자본의 최대 이윤을 만들어내기 위해 지속적으로 허물고 세우고 쌓는 한 현장을 바라보고 있는 것이다.

그 파괴와 생성이 공존하는 현장에서 화자가 보고 있는 것은 '좁은 공터에 자라난 새파란 파 줄기'와 '빈 집 앞에 나와 앉은 깡마른 노년'이다. 평생에 아파트에서는 살아 본적이 없었을, 그리고 남은 생에서도 그런 기회는 가질 수 없을, 그 노인은 그러나 이제 아파트 주민들을 이웃으로 갖게 될 것이다. 아니, 아파트 주민의 이웃으로 살게 될 확률도 그다지 높지 않다. 십중팔구 그는 또 다른 좁은 공터가 딸린 집을 찾아 떠나야 할 것이다. 화자는 빈 집에 사는 그 노년의 시선을 따라간다. 집 뒤쪽의 조그마한 공터에 손수 일구었을 파밭이 있다. 삶의 무료함과 쓸쓸함을 달래기 위해 소일거리 삼아 씨를 뿌리고 돌보았을 것이다. 잠시 후 흔적도 없이 사라질 것을 아는지 모르는지 새파란 파줄기들이 그 좁은 공터에서도 '흙탕에서 길어 올린 물 몇 방울로/ 은밀한 소망을 둥글게 피워 올리'고 있다.

그 파밭을 바라보는 노인은 무슨 생각을 하고 있을까 하는 화자의 소박한 호기심은 그 노인이 갈 곳은 어디인가, 그리고 공사장이 되어버린 파밭은 어떻게 될 것인가 하는 연민과 우려로 이어진다. 높고 거대한 아파트의 그늘 속에서 빛을 보지 못한 채 하루하루 말라가다 결국 소멸하게 되는 것 말고는 어떤 일도 가능할 성싶지 않다. 그러나 지나가는 행인에 지나지 않지만, 화자의 따뜻한 시선은 기적을 그려낸다. "이제 날아갈 준비를 끝낸 파꽃이/ 노인의 말라가는 기다림을/ 공터와 함께 들어 올린다." 그것은 시적인 탈출이며, 따라서 비현실적인 해결이다. 동시에 가능한 유일한 탈출이기도 하다. 그러나 노인의 기다림이란 무엇인가. 파꽃의 생명력으로 들려 올려진 공터와 노인이 갈 곳은 어디인가. 이러한 질문이 남는 것은 화자의 애정어린 시선이 평면적이지 않다는 것을 증거다.

우리시에서 거리의 별것 아닌 일들을 다루기 시작한 것은 겨우 반세기 정도에 지나지 않는다. 1900년대 초 서구의 근대시가 들어왔을 때 시는 특별한 정서와 사상을 담는 것이라는 생각이 지배적이었다. 일상의 평상심이라든지 주변의 사소한 것들은 시적인 대상으로 여겨지지 않았다. 시는 그리움이나 슬픔, 절망과 우울 같은 특별한 감정을 다루는 것이며, 일상을 떠난 특별한 공간과 그곳에서 만나는 사물들이 주로 다루어졌다. 아름답지 않고 추한 것은 물론이거니와 특별하지 않은 것들을 시로 다루지 않았던 것은 전통적인 한국 시가나 서구의 새로운 근대적인 시나, 시란 것에 드리워진 엘리트적인 관념 때문일 것이다. 30년대 이미 이상이나 박태원 등 같은 소설가들이 도시의 일상적인 풍경을 그리고 있었던 것과 비교해보면 이는 시대적 요인 때문이라기보다는 장르적 요인 때문이라고 보는 것이 타당할 것이다.

시 속에 일상의 평범한 것들이 들어오기 시작한 것은 50년대 경에 이르러가 아닌가 싶다. 전쟁이라는 지극히 비일상적 상황 속에서 일상은 오히려 추구해야 할 가치가 되었으며, 60년대에 들어 본격화된 근대화 작업은 서울을 자본주의적인 도시로 재탄생시키면서 일상을 배치해간다. 여전히 아름답고 특별한 대상과 감정이 시의 주된 화제였지만 시 속에도 일상의 풍경, 거리의 스케치, 직업인의 일상과 사생활이 하나 둘 들어서기 시작한 것이다.

그리고 이제, 서울이 세계에서 손꼽는 거대 도시가 되고, 지방의 웬만한 중소도시도 아파트들이 속속 자리를 차지하고 있는 지금, 도시의 거리는 더 이상 새로움과 변화를 미덕으로 갖지 않는다. 그것은 우리를 단자화시키고 단절시킨다. 이미 외로움과 무의미함에 깊이 젖어버렸다는 사실조차 자각하지 못할 정도로 철저히, 그리고 은밀하게 고립되어 서서히 말라가고 있는 우리의 삶. 이 사태를 바라보는 인식이 절망과 불가피함에 기울어있건, 일말의 가능성을 갈구하고 있건, 중요한 것은 이렇게 고착되어 있는 우리 삶의 모습을 주목하고 또 뒤흔들고자하는 따뜻한 시선이 여전히 우리 주위에 있는 사실이다.

시인과 독자의 균열을 넘어
— 2005년 하반기

1

새로운 밀레니엄이 시작되고 어느덧 5년이 지났다. 그러나 그간 우리 시가 어디로 어떻게 흘러왔는지는 분명하게 그림이 잡히지 않는다. 그보다 더 알 수 없는 것은 어떻게 흘러가게 될 것인지, 또 어떻게 흘러가야 하는지 하는 점이다. 실로 지난 5년 동안, 세기말에 거세게 불어 닥친 "현대시의 종말론"이 무색하게 많은 시들이 창작되었고, 또 많은 문예지들이 창간되었으며, 여성주의 시, 생태주의 시, 신서정의 시, 디지털 상상력의 시, 동화적 상상력의 시, 영상세대의 시 등등 다양한 개념들로 지칭되는 새로운 시적 경향들이 출현했다. 그러나, 아니 그렇기 때문에 더더욱 이와 같은 질문이 긴요하다. 이러한 현상들이 우리 시의 현재를 낙관적으로 진단하고 미래를 긍정적으로 예측하는 근거가 되지는 않기 때문이다. 이러한 느낌은 2005년 하반기에 선보인 작품들을 돌아보면서도 지울 수 없었다.

그렇다면 호들갑스러움을 무릅쓰고 이처럼 우리 시가 현재 안개에 둘러싸여 있다고 진단하는 것은 어떤 의미가 있는가. 시의 종말론을 새삼 다시 제기하자는 것은 아니다. 또한 지난 하반기에 볼만한 작품이 없었다거나, 눈에 띄는 경향이 없었다거나 해서 하는 말도 아니다. 더구나 이 글이 지도 비평의 성격을 띠는 것도 아니고, 필자의 짧은 식견으로 감히 시의 미래를 전망해볼 수 있는 것도 아니다. 다만, 시의 생산만큼 시의 수용 영역도 주의깊게 살펴볼 필요가 있다는 말이다. 그러한 관점에서 2005년 하반기의 시를 진단하고 또 방향을 모색한다면, 그때의 결과는 이론적인 잣대를 이용하거나 주제적으로 유형을 구분하며 흐름을 살피는 것과는 다소 다른 결과를 보게 될 수도 있을 것이라는 기대가 있다. 무엇보다 그 결과는 어쩌면 새롭게 맞이하게 될 시의 정체를 미리 고민하게 하는데도 도움이 될지 모를 일이다.

2

오규원 시인은 「용산에서」라는 작품에서 아직도 시에는 뭔가 근사한 것이 있다고 믿는 사람들이 있다고 삐딱하게 말한다. 그리고 시에는 조금도 근사하지 않은 우리의 생(生) 말고는 아무 것도 없다고 단언한다. 그 말투의 냉혹함에 흠칫 놀라고, 그 말의 일면적 진실에 뜨끔 한다. 그럼에도 불구하고, 시에는 근사한 무엇인가 있다고 믿는 사람들이 여전히 있다. 그 시가 쓰여진 지 어언 20년 가까이 되었으나 여전히 사람들은 시에서 무엇인가를 기대한다. 그리고 시를 읽는 사람들은 바로 그런 기대를 간직하고 있는 사람들이다.

이때 시를 읽는 사람들이라 함은 시를 쓰는 사람, 시를 공부하는 사람, 그리고 시 쓰기를 지망하는 사람들을 제외한 일반 독자들을 의미한다.

그들은 오규원이 말하는 "시에는 무슨 근사한 얘기가 있다고 믿는/ 낡은 사람들"이다. 그들이 시를 찾는 것은 삶의 누추함과 비루함 때문이지만, 시가 "조금도 근사하지 않은/ 우리의 生"을 노골적으로 보여주는 것을 달가워하지는 않는다. 사는 것도 힘들어 죽겠는데 왜 그런 이야기를 듣고 또 보아야 하느냐는 것이 단순하나 중요한 이유이다. 그들이 시를 읽는 것은 일말의 진실과 더불어 위안과 공감과 따뜻함 때문이라고 말하면 지나친 일반화일까. 그래서 일반 독자들은 접근이 용이하며 따뜻하고 부드러운 시를 원한다고 말하는 것도 조심스럽다. 다음과 같은 시들처럼 말이다.

> 겨울 병동에서 갓 퇴원한
> 삼월
> 햇살 같다
>
> — 송문헌, 「배추흰나비」(≪시문학≫ 7월호)

> 새매 한 마리 날아간다
>
> 하늘은 상처 하나 입지 않았다
>
> — 김경태, 「별리(別離)」(≪시와 사상≫ 겨울호)

　각각 3행과 2행으로 이루어진 이 작품들은 간결함이 일단 주목된다. 전반적으로 시가 길어지는 요즘의 경향에 비추어 보았을 때 이처럼 짧은 시는 그 자체로 눈에 띈다. 게다가 그 짧은 글 안에 서정이 성공적으로 응축되어 공명을 낳는 일은 더더욱 쉬운 일이 아니다. 과격한 비틀림도 없고 자극적인 시어도 없다. 그러나 이 작품들은 눈에 띈다. 아니, 그래서 눈에 띈다. 「배추흰나비」는 삼월의 현기증 나는 회복기의 분위기를 아슴 아슴 불러일으키고, 「별리」는 차마 말로도 표현 못할 이별의 아픔을 읽는 이의 가슴에 한 마리 새매처럼 새기고 간다.

굳이 그 성공 요인을 따져보자면 간결함과 더불어 선명한 이미지, 그리고 그 이미지들끼리 가볍게 스치며 발열하는 정서의 익숙함이라고 할 수 있다. '배추흰나비'와 '삼월/ 햇살'의 동일화라든지, 새매 한 마리 날아가는 하늘의 풍경이라든지 그 어느 것에도 인공적이고 작위적인 억지가 없다. 그렇기 때문에 노년의 독자이건 청년의 독자이건, 도시에서 나고 자랐건 시골에서 나고 자랐건, 남자건 여자건, 독자 개개인에게 새겨진 사적 경험과 무관하게 보편적이고 자연스러운 정서를 불러일으킨다.

정서의 동일화 체험과 더불어 이 작품의 또 한 가지 성공 요인은 은밀하게 감추어진 상호 텍스트성이다. 본원적 정서의 동화 체험이 읽는 이의 가장 깊은 곳에서 이루어지는 작용이라면 각각의 작품 뒤에 아련히 얼비치는 선행 텍스트, 이를테면, 김기림의 「바다와 나비」와 서정주의 「동천」을 떠올리는 것은 그보다 한 층 위에서 읽는 이의 상상력과 공감을 불러일으키기는 작용이다. 「배추흰나비」에서 청무우 밭인가 하고 내려갔다가 시퍼런 파도에 어린 날개가 절어서 공주처럼 지쳐서 돌아온 가냘픈 나비를 떠올린다면, 「새매」에서 우리 님의 고운 눈썹 걸린 맑은 하늘에 조심스레 비껴가는 동지 섣달 매서운 새를 떠올린다면, 이 작품은 더욱 풍요로와진다. 그러나 굳이 김기림이나 서정주를 떠올리지 않더라도 이 작품은 이미 우리들이 모두 체득하고 있는 정서에 뿌리 내리고 있기 때문에 읽는 순간 촉촉하게 피어난다. 독자들이 바라는 시는 과연 이러한 시이다.

그런데, 앞서 말했듯 일반 독자들은 쉽고 따뜻한 시를 원한다고 말하는 것은 매우 조심스러운 일이다. 이 말은 자칫 일반 독자들의 시적 안목을 폄하하고, 덩달아 일반 독자들이 좋아할 만한 작품을 평가 절하하는 말처럼 들릴 수 있기 때문이다. 시라는 장르가 소설이나 수필 같은 여타의 장르에 비해 지속적인 훈련과 특별한 안목을 요구한다는 사실을 전면적으로 부인할 수는 없는데다가, 대중적으로 인기가 있는 시는 문학성이 떨어진다는 편견이 매우 견고하게 형성되어 있고, 그래서 엉뚱하게도 순수 문학을 고수한다는 것은 대중의 취향을 거스르는 것이라는 주장으로까지 이어지고 있는 현실에서는 어쩔 수 없다. 그리하여 쉽게 이해할 수 있고 공감이 잘 되는 시는 문학성이 떨어지는 대중추수적인 시로 매도되기 쉽다. 그러나 이러한 연쇄는 부정해야 할 논리적 비약인데, 시의 좋고 나쁨은 이해나 공감의 쉽고 어려움으로 단순하게 재단할 문제가 아니기 때문이다.

물론, 이와 같은 논리적 비약이 전혀 근거가 없이 만들어진 것은 아니다. 범박하게 이유를 따져보자면, 사조 상으로는 우리 문학이 여전히 '새로움'을 미덕으로 여기는 모더니즘의 영향권에 속해 있기 때문이고, 미학적으로는 '낯설게 하기'의 강령이 신봉되고 있기 때문일 것이다. 그러다 보니 새롭고 낯선 것을 추구한다는 것이 그만 이해가 쉽고 공감이 잘 되는 경향을 거부하는 것과 동일시되고 말았으리라 짐작할 수 있다. 아무래도 익숙하고 오래된 것은 이해와 공감 면에서 용이할 테니 말이다. 따라서 시를 가늠하는 기준으로 새로움과 익숙한 것의 낯설게 하기가 유효하려면 익숙한 것의 낯설게 하기를 통해 새로운 인식에 도달하는 일과 이해하기 쉽고 공감이 잘되는 것 간의 심정적 연결고리를 자르는 일이 반드시 필요하다. 그것이 시를 창작하는 입장과 수용하는 입장의 격차를 줄일 수 있는 한 가지 방법이 될 것이다.

3

　세상에 새로운 것은 없고, 새롭게 말하는 방법밖에 없다는 말은 어언 한 세기 전에 이미 김기림이 한 말이다. 우리 사는 일에 새로운 것이 얼마나 되겠는가 하고 생각해보면, 새로운 것만을 다루겠다는 것은 우리 삶의 극히 일부만을 다루겠다는 말에 다름 아니니 그의 말은 참으로 온당하다. 대부분의 익숙한 것들과 가끔 새로운 것들이 선물처럼 출현하는 게 인생 아닌가. 그러니 익숙한 감정과 경험을 다룬다면 일단은 독자의 공감을 살 수 있는 기본 조건은 갖춘 셈이다.

　그러나 익숙한 것은 지나치기 쉽고, 지나쳐버리게 되면 존재하지 않는 것이나 다름없다. 시의 임무가 이처럼 그냥 지나쳐버려서 거기 있으나 매순간 지워지는 것들을 붙들어 존재하게 하는 것이라고 할 때, 그저 익숙한 것들을 다루는 것만으로는 좋은 작품이 되기 어렵다. 그래서 그토록 닳은 시인들은 누구나 알고 있는 것들을, 한 번씩은 다 다루어진 소재들을 어떻게 하면 새롭게 표현할 수 있을까 늘 고민한다.

　익숙한 것을 익숙하지 않은 방법으로 말하기. 그것은 단순히 어법의 문제가 아니라 관점과 해석의 문제이다. 예컨대, 지난 시기에 발표된 다음 작품들은 '꽃'이라는 매우 상투적인 소재를 얼마나 다채로운 방식으로 해석하고 또 자기화했는가를 잘 보여준다.

　　나무도 똥을 눈다. 따신 바람 불면 겨우내 묵은 꽃똥을 일제히 싸대기
　시작하는데,

　　오동도 동백숲, 나무 가랑이 밑에 똥덩이 널렸는데, 여기저기
　　용쓰는 소리 들리는데, 햐, 디딜 데 업는 똥밭이다.

　　이 놈들, 사람이 곁에 와도 엉덩이 까놓고 볼일 본다. 그늘에 앉은 연인들의 어깨에 철퍽, 봄마중 나온 아지매 얼굴에 철퍽,

　　당최 나올 것이 나오지 않는다. 변기에 앉아 연신 끙끙대는 어머니. 무엇이 그리 단단히 막혔을까. 길은 사라진지 오래. 살 길이 막막함 몸 속에도 길이 있다는데, 들어가면 나올 길도 있다는데.

　　욕실 문 사이로 장작개비 같은 허벅지 보인다. 언제부턴가 문을 열어 두고 볼일을 보신다. 답답해, 답답해, 자꾸 문을 열어젖힌다. 콩알만한 붉은 똥을 누는 어머니. 서서히 몸이 닫히는 중이다. 창 밖으로 또 봄은 가고
— 마경덕, 「꽃아, 뛰어내려라」(《다층》 여름호)

꽃밭에 서면 문득 요절하고 싶었다.
땅은 어떤 힘으로 뿌리를 붙들고
뿌리는 어떤 추억으로 흙속을
악착같이 움켜쥐고 있는가
은밀히 뜨거운 불씨를 나누는
꽃의 눈동자들, 꽃받침처럼
나도 생을 지탱해 왔으니
먼저 진 꽃들의 꽃받침들은
얼마나 뜨거운 상처로
삶의 무게를 지탱해왔던 것인가
모여 산다는 것은 저마다
하나씩의 길을 버리는 것이겠지만
잘못 든 길도 어디서는
한 송이꽃으로 가는 물관이 되는지
물통의 물이 떨어지고 어느 새
발도 흠씬 젖어 있다. 나는
잘못 든 길마다 요절했던 것이다.
어두워 가는 저녁 하늘쪽으로
젖은 꽃잎 하나 분홍의 길을 트고 있다.
— 한용국, 「꽃밭에 서다」(《시와 세계》 여름호)

몇 겹 어둠으로 덧칠해진 철문을 열면
보인다
알몸으로 떨고 있는
백목련 한 그루

봉긋이 부풀어 오른 꽃봉오리가
가난에 찌든 구옥의 내막을 희미하게 밝히고,

어둠은 사월의 담벼락에 검은 천을 깔고
木筆은 달빛을 찍어
그 위에 편지를 쓴다

―아버지 위독하시다
 뿌리가 깊어 옮겨 갈 수도 없고
 무허가로 꽃 피운 죄밖에 없는데
 지는 것도 마음대로 안 되는구나

담장 밖 어둔 길 내다보며
초조하게 피고 지는 어머니,
발아래 수북이
바람 소인 얼룩진 수취 불명의 시든
꽃잎 편지만 쌓이고

―싸우면서 건설하자!
 넋 빠진 굴삭기를 앞세우고
 철거용역반이 들이닥치자
 와르르
 재개발지구 목련꽃이
 한꺼번에 떨어진다

― 박후기, 「목련 편지」(≪시와 사상≫ 여름호)

벚꽃에서 휘발유 냄새가 난다
움켜쥐려던 손들이 비틀린다
벚꽃이 질 때의 일이다
왕벚나무를 빙빙 돌던 개가 벚꽃을 향해 짖는다
방금까지 있던 노란 중앙선이 사라진 후의 일이다

벚꽃을 뽑아내려고
왕벚나무는 엔진을 가동하여
작열하는 불꽃을 피우고 있었는지 모른다

하늘에서 피워 올리는 꽃이
도로를 가득 메운 날
가슴에서 타오르던 냄새
아스팔트 수증기 사이로 보이는
하얀 꽃들이 질 때의 일이다

하늘을 휘감고 오르는
휘발유 냄새를 따라 길이 열리고
심장이 외출 나와 쿵쿵 사라진 길을 맡는다
살짝,
벚꽃을 한번 뒤집어 보는 것이다
두런두런 하관 위의 흙이 만개한다
　　　　　　 ― 최승철, 「하늘에서 피워올리는 꽃」(≪작가세계≫ 가을호)

　매해 같은 무렵 같은 빛깔과 같은 향기로 꽃들이 피어난다고 해서 식
상하다고 한다면 그것은 시인의 눈을 갖추지 못한 자이다. 아니, 누구도
그렇게 생각하지 않는다. 그러나 정기적으로 찾아오는 이 감격스럽고 놀
라운 순간을 마치 처음처럼 표현하는 것이야말로 시인의 역할이다. 위의
작품들은 각각의 방식으로 꽃의 개화와 낙화를 표현하고 있다. 「꽃아, 뛰
어내려라」는 동백꽃이 지는 모습을 나무가 똥을 누는 것에 비유하고 있

고, 「꽃밭에 서다」에서는 꽃들의 어울림을 빌어 더불어 사는 힘을 이야
기하고 있으며, 「목련 편지」에서 목련은 무허가 판자촌의 희망으로 형상
화된다.

그러나 이 작품들이 더욱 눈길을 끄는 것은 이 당연하고 익숙한 것들
을 자신의 삶을 해석하는 매개로 적극 끌어들이는 진실함이다. 「꽃아, 뛰
어내려라」에서 시인이 동백꽃의 낙화를 나무가 누는 똥에 비유한 것은
'콩알만한 붉은 똥을 누는 어머니'의 모습과 중첩될 때 진정 생명을 얻게
된다. 「꽃밭에 서다」에서 꽃은 자신의 욕망을 버리며 삶의 길을 터온 인
생과 중첩되면서, 「목련 편지」에서 목련은 가난하게 뿌리내리고 있는 삶
과 대조되면서 만개한다.

물론, 최승철의 「하늘에서 피워올리는 꽃」처럼 그것을 자신의 삶에 직
접 개입시키지 않더라도 충분히 아름다운 경우가 있다. 벚꽃을 왕벚나무
가 뿜어내는 생명의 열기로 형상화하는 이 작품은 그야말로 미치게 흐드
러진 벚꽃을 본 순간의 감격을 어떻게 해서든 표현하고 싶어 하는 일차
적인 표현욕구의 산물이다. 그리고 "휘발유 냄새를 따라 길이 열리고/ 심
장이 외출 나와 쿵쿵 사라진 길을 맡는다"는 표현은 그 두근거림을 새로
운 방식으로 표현하는데 성공하고 있다.

한편, 송찬호의 「채송화」는 또 다른 방식으로 꽃을 재해석한다.

    이 책은 소인국 이야기이다

    이 책을 읽을 땐 쪼그려 앉아야 한다

    책속 소인국으로 건너가는 배는 오로지 버려진 구두 한 짝

    깨진 조각 거울이 그 곳의 가장 커다란 호수

고양이는 고양이수염으로 포도씨만한 주석을 달고

비둘기는 비둘기똥으로 헌사를 남겼다

물뿌리개 하나로 뜨락과 울타리

모두 적실 수 있는 작은 영토

나의 책에 채송화가 피어 있다
— 송찬호, 「채송화」(≪애지≫ 가을호)

<채송화=책=소인국>으로의 전이는 삶에 대한 특별한 주제 의식을 담고 있지는 않다. 그러나 그 자체로 즐거움과 기쁨을 준다. 구두 한 짝에 인형을 싣고 모험을 떠나는 거라며 꿈에 부풀고, 벌어진 꽃잎은 또 다른 세계로 건너가는 입구라고 상상하던 어린 시절의 소꿉장난이 심오한 철학을 담고 있지는 않았어도 우리 삶에 즐거움과 생기를 불어 넣어주었던 것처럼 말이다.

'버려진 구두 한 짝'과 '깨진 조각 거울', 그리고 졸음에 겨운 '고양이'와 '비둘기똥' 등 채송화와 함께 조그만 뜨락 풍경을 만들어내고 있는 소재들은 매우 소박하다. '버려진 구두 한 짝'과 '배', '깨진 조각 거울'과 '호수'의 비유 또한 인생에 대한 심오한 통찰에서 나온 것이 아니라 쉽고 즉각적이다. 그러나 바로 이러한 소박함과 단순함이 이 작품의 묘미이다. 채송화 세계를 "물뿌리개 하나로 뜨락과 울타리/ 모두 적실 수 있는 작은 영토"로 치환함으로써 발생하는 것은 더도 덜도 아닌 유희의 정신과 가벼운 동경인 것이다. 그것은 앞선 작품들이 꽃의 비유를 들어 삶의 구비구비마다 새겨져 있는 의미들을 표현하고자 했던 것과는 다른 맛이다.

이 작품은 그야말로 아무 것도 아닌 풍경, 심상하고 별 일 없는 느낌을 그려 보일 뿐이다.

그러나 안타깝게도 이 정도의 유희와 가벼운 즐거움으로는 만족하지 못하는 독자들이 많을 것이다. 만족하지 못한다기보다는 불안함을 느낀다고 하는 것이 보다 정확한 표현일 것이다. 그게 다인가? 정말 이런 정도의 이야기를 하는 것으로 이해하는 것이 온당한가, 하는 의심에서 오는 불안 말이다. 우리는 줄곧 문학이란 의미있는 인생 이야기를 담고 있는 것이라고 배워왔고, 이것이 제대로 학습되었는가를 평가받기 위해 몇 개의 단어로 요약되는 주제를 고르는 시험을 치루어 왔기 때문이다. 그 결과 우리는 님에 대한, 조국에 대한, 이상과 꿈에 대한 그리움, 외로움, 또는 동경 등등으로 요약되지 않는 것들에 대해서는 당황해하고 미심쩍어 하게 된 건지도 모른다. 이러한 의심과 당혹스러움은 궁극적으로 독자 자신의 시적 안목에 대한 불신으로 전이된다는 데서 문제가 된다. 시인들은 끊임없이 아직 말하여지지 않은 것을 찾아 눈에 불을 밝히고, 또 새로운 방식으로 말하고자 머리를 싸매는데 독자들은 익숙한 것에 대한 감상마저도 포기하고 달아나는 형국이니 말이다.

4

시를 어렵게 만드는 요인을 따져보자면 두 가지 정도로 정리할 수 있을 것 같다. 어법의 문제와 정서의 문제가 그것이다. 우선, 시의 어법이 일상의 어법을 심하게 왜곡하거나 파괴할 경우, 비유에 있어서도 유사성을 거의 찾아보기 힘든 결합에 바탕한다면 그 시는 독자의 이해를 어렵게 한다. 가령, 김언의 다음과 같은 작품은 직접적으로 일상의 어법을 교란시키는 것을 목적으로 하는 듯하다.

> 내가 나와 함께 있는 너에게 총구를 겨누며
> 나는 힘이 세다가 그대 이름인가 묻자
> 바위는 말이 없다가
> 내 직함이란다
>
> 자정이 훨씬 지나 그들이 들이닥치기 전
> 바위는 말이 없다가 다시 이른다
> 돌이 무섭지도 않니가
> 그대 친구요?
>
> 오래 살기 위해서는
> 나와 상관없는 내 애인이니
> 부디 데려오지 말기를, 그러나 그것은
> 가책받아 마땅한 자의 가면이 아니라고
>
> 미간을 중심으로
> 서너 곤데 빨간 불이 들어왔을 때
> 마지막 경고 없이 들어오는 그대 부하들의
> 진짜 이름은 한두 명이 아니고
>
> 그 사람, 그 방에서 증발해버린 내가 보았던 것은
> 지속되고 속되고 변함없는 빗물처럼,
> 살고 싶지 않으면 무기를 버려라
> 였는지도
>
> — 김언, 「납치」(≪다층≫ 가을호)

이 작품의 어려움은 인용 부호의 생략과 대명사 용법의 교란에서 비롯
된다. 한 마디로 말해 이 작품은 전통적인 언어의 명명 용법을 파괴함으
로써 일상 언어의 견고한 체계를 전복시키고 있는 것이라고 할 수 있다.

등장인물들이 (만약 있다면) 나누는 대화의 주된 내용은 언어를 통해 서로의 정체를 확인하는 일이며, 이 작품은 그 과정의 혼란을 보여줌으로써 언어의 명명화 작용을 조롱하고 있기 때문이다. 이 명명화 과정이 혼선을 빚게 되는 일차적인 요인은 그 명명법이 한국식이 아니라 "나는 힘이 세다", "바위는 말이 없다", "돌이 무섭지도 않니" 같이 인디언 사회에서나 쓸 법한 방식이라는 점에 있다. 두 번째는 이러한 이름들에 인용부호를 생략하고 있다는 사실에서 발생한다. 그 결과 어디까지가 인용하는 말이고 어디까지 인용되는 말인지 알 수 없게 된다.

이와 같은 작품에서 독자는 공감이나 위안 같은 것을 기대할 수 없다. 심지어 가볍고 즐거운 기분전환도 기대할 수 없다. 만약 위의 단계 정도로 작품을 분석해 낼 수 있게 된다면 혹시 모른다. 이 작품이 언어란 아무 것도 명명할 수 없다, 언어는 상호 침투한다, 원문과 주석의 경계도 무의미하다, 어떤 말도 주체적이지 않고 모두가 인용된 말이며 생각이다 등등의 의미를 해석해낼 지도 모른다. 그러나 일상 언어에 대한 절대적인 신뢰를 바탕으로 일상 언어를 이용하여 일상 생활을 영위해 나가는 대부분의 독자들에게 이 작품은 한낱 말장난에 지나지 않을 가능성이 많다. 위와 같은 해석을 읽고서도 심하게는 도대체 왜 언어에 대해 회의해야 하는가, 그것이 무슨 의미가 있는가 하는 의문을 보일 수도 있다. 대부분의 독자에게 언어는 의심해야 할 대상이 아니라 이용해야 할 대상이기 때문이다.

이처럼 독자에게 어렵게 느껴지는 시의 어법에 굳이 이름을 붙이자면, 시를 전통적으로 동일성의 장르라고 보아왔던 것과 비교하여 반대로 반동일성의 어법, 혹은 동일성 파괴의 어법이라고 하기도 한다. 이런 시들은 익숙한 정서를 다루더라도 이미지와 상상력이 생경하다. 분위기는 대체로 어둡고 암울하며 질척거린다. 위의 작품도 언어체계의 교란이라는 궁극적인 효과와 무관하게 '총구', '자정', '무서움' 등과 같이 어둡고 부정적인 사상(事像)들을 끌어들인다. 다음과 같은 작품도 그러하다.

> 당신은 두세 겹의 목소리를 갖고 있어요 당신의 목소리가 검은 재가 되어 두텁게 공중을 채우고 있어요 내 늑골 사이로 당신의 목소리가 쌓여가고 있어요 당신은 두세 겹의 목소리를 갖고 있어요 두 세겹의 목소리로 노래를 부르고 있어요 당신이 부르는 이 노래는 늘 전주일 뿐이에요 당신의 노래, 꿈에서 본 마지막 소절에는 털이 보송보송한 검은 쥐가 있었어요 입안 가득 당신의 목소리가 물려져 있는 검은 쥐 당신은 두세 겹의 목소리를 갖고 있어요 당신이 양팔을 벌리면 세상은 당신의 벌린 양팔 위로 들어올려져요 그 아래로 깃털 없는 까마귀가 날아가요 그 아래엔 식탁에서 달아난 물고기 몇 마리가 눈먼 뱀의 아가리 속에서 펄떡거리고 있어요 당신은 두 세 겹의 목소리를 갖고 있어요 손바닥에서 희멀건한 땀이 솟아나요 손바닥을 펼치면 검은 재가 내려앉아요 검고 희멀건한 땀이 떨어진 땅에서 암술대신 눈알이 달린 꽃이 피어나요 당신의 목소리를 향하여 눈을 깜빡이며 꽃이 뒤틀려요 자꾸 내 시선 바깥에서 꽃이 져요 검은 재가 쌓인 내 가슴 속에서 쥐가 울고 있어요 쥐가 내 늑골을 갉아먹고 있어요 가슴을 뚫고 나오고 있어요 보세요 털이 보송보송한 검은 쥐에요 실은 당신의 목소리 끝에 닿고 싶었어요
>
> — 김안, 「목소리」(≪시와 사상≫ 겨울호)

위 작품의 주제는 당신에 대한 그리움으로 정리될 수 있다. 그야말로 식상한 것이다. 그러나 그리움을 노래한 이전의 어떤 시와도 분위기가 다르다. 우울한 감미로움과 가슴 저미는 애절함 대신 답답하고 혼란스러운 고통이 느껴진다. '두세 겹의 목소리'라든가, 그 '목소리가 검은 재가' 된다든가 '가슴 속에서 쥐가 울고 있'다거나 하는 상상은 그 원의를 따지기 이전에 생경하고 불편하다.

그러나 그리움이라는 정서에 대해 가만히 생각해보면 그것이 감미롭

고 애틋한 것과는 오히려 거리가 먼 것임을 알 수 있다. 그리움은 오히려 들끓는 욕망과 냉혹한 현실이 부딪히는 날카로운 접점에서 생겨나며, 그래서 아련한 비애 뿐 아니라 이처럼 혼란스럽고 자기 파괴적인 감정도 동반한다. 그러한 점에서 이 작품은 우리 시단에 만연해 있는 낭만적 감상주의가 그리움이라는 정서를 눈물과 애수로 윤색해 온 것에 대한 저항이자 거부라고 볼 수 있다. 또한 그 감각을 매우 육체적이며 동물적으로 구체화하고 있다는 점에서도 의의를 찾을 수 있다. 귓가를 떠나지 않는 그대의 목소리를 '검은 재가 되어 두텁게 공중을 채우고 있'다고 하거나, 마음속에서 무시로 떠오르는 그리움과 원망의 느낌을 '내 가슴 속에서 쥐가 울고 있어요 쥐가 내 늑골을 갉아먹고 있어요'라고 표현하는 것은 고통의 감각을 몸의 감각과 연결시킴으로써 정서를 추상화하고 관념화하는 평이함을 거부한다. 달리 말하면 평이한 이해를 저지하는 것이다.

물론 그 결과 이 작품은 전통적인 방식으로 그리움을 노래한 작품들처럼 독자들의 지지를 쉽게 받기는 어렵게 된다. 일단 독자들이 이 작품에서 그리움의 정서를 읽어내는 것이 쉽지도 않을뿐더러, 설령 읽어낸다고 해도 얼마나 공감을 할지는 의문이다. 늘 보아오던 것이 아니기 때문에 지적인 사고의 과정이 요구되며, 그러한 지적인 사고 과정의 수고로움을 거치다 보면 아무래도 그 작품에 배어 있는 정서가 희석될 위험이 있기 때문이다. 그럼에도 불구하고 이러한 작품은 이제까지 우리의 시들이 포착하지 못한 그리움의 이면을 건드렸다는 점에서 주목할 만하다.

정도의 문제일 수도 있겠으나, 시를 어렵게 만드는 또 다른 요인은 시가 그리움과 외로움, 쓸쓸함이라든지 사랑과 이별, 삶의 의미와 시간의 덧없음 등등과 같이 오래되고 익숙한 정서나 주제를 다루지 않는 경우이다. 대신, 후기 자본주의 사회로 접어들면서 한층 가중되는 불안과 공허

내지는 허무감, 또는 속도에 의한 현기증과 패닉 상태에 가까운 혼란 같은 정서이라든지, 죽음과 파괴와 분열과 균열 같은 주제들을 다룬다면 이 또한 독자들에게 어려움을 준다. 이미 한참 전부터 우리 대부분이 직접 경험하고 있는 체험인데도 그것을 글로, 특히 시로 만나는 일은 여전히 익숙하지 않은 것 같다.

> 네 잠은 젖어 불고 퉁퉁 불은 잠의 피부에선 몰세혈관들 툭툭 터지고 꽃처럼 더러운 시반들 네 잠은 쉽게 부패하고
> 네 잠 속에서 자꾸 쓰러지는 사람들 파랗게 쓰러지고 빨갛게 쓰러지고 샛노란 바탕에 검은 얼룩무늬로 쓰러지는 사람들의 가슴에서 뿜어져나오는 꽃처럼 더러운 피
> 꿈없는 잠 탄력을 잃고 네 잠의 점토판 물렁물렁해지고 네 잠의 쐐기문자들 사라지고 흐물흐물 네 잠의 이름도 그만 사라져 보이지 않고 마침내 너 깨어나고 깨어나도 잠 속이고
> 미꾸라지처럼 네 잠의 피부에 온통 구멍을 내도 너 영원히 잠 속이고 풀풀 피어나는 꽃처럼 더러운 냄새 잠의 척추 허물어져 내려앉아 잠에서 잠으로 옮겨가지 못하고 나 또한 네 잠 속에 영원히 눕고
> ― 김근, 「잠 書記官」(≪문학동네≫ 가을호)

얼굴로부터 넘친 얼굴,
나는 당신이 모르는 표정을 짓지만

내 얼굴엔 무언가 빠진 게 있을 거야

코로부터 넘친 코, 코에서 코까지 달려가면 결국 코가 없고,
귀로부터 넘친 귀, 귀에서 귀까지 귀를 막고 뛰어가면 세상은 온통 귓속같고,
입을 꽉 다물면 이빨은 자라지 않고, 편도선은 부풀지 않는가, 거품은 일지 않는가.

사진 속의 파도처럼 내 혀는 꼬부라져 있네.
　얼굴을 침실처럼 꾸미고, 커튼을 내리고, 나는 혀를 달래서 눕히네. 나
는 사탕 같은 어둠을 깔고,

　나는 당신이 모르는 표정을 짓지만
　내 얼굴엔 무언가 남아도는 게 있을 거야

　여관 여주인처럼 자다 깨어, 자다… 열쇠를 건네네.
　빈 방 같은 눈동자
　소파 같은 입술
　그리고 샤워기 밑에서 50분 동안 비 맞고 서서
　얼굴로부터 넘치는 저 얼굴.
　닮은 얼굴을 하고 비를 피하네.

　얼굴을 차양같이 꾸미고
　그리고 오늘은 얼굴을 베란다같이, 해변같이, 모래알같이 꾸미고,
　　　　　　　　　— 김행숙, 「해변의 얼굴」(≪현대시학≫ 9월호)

　귀신들은 언제나 투덜투덜, 그래요
　그중에서도 억울하게 죽은 여자들이 제일 시끄럽조
　첫사랑에 빠진 귀신은 의외로 추적추적 조용하게 오고요
　미친 여자 귀신은 조금 무섭게 오죠
　머리칼에 번개가 붙어 오니까요

　호수는 그렇게 세게 두들기면 안 돼요
　두드린 자리마다 핏물이 올라와요

　입에서 지렁이가 나오는 저 여자
　너무 두들기진 마세요
　매일매일 두들겨 맞으니까 입에서
　지렁이가 한 가마니 두 가마니 쏟아지 잖아요
　나중엔 제 내장까지 꺼이꺼이 다 토하고

빈 몸으로 뭉개지네요
냄새 한번 요란하네요

숲 속에서 산 귀신에게 당해보았나요?
입속에서 한없이 뻗어나오는 넝쿨을 꺼내
넝쿨마다 푸른 혓바닥 주렁주렁 매달아
그 혀들이 밤새도록 떠들게 하더라니까요
귀신들은 참 질기게 시끄러워요
갔다가 돌아오고 쫓아내도 찾아오고
제삿날 온 집안에 퍼지는 연기처럼
투덜투덜 침방울 천지에 튀긴다니까요

호수가 수천 개의 입을 벌려 떠들기 시작했어요
이제 누가 저 벌건 입술들을 틀어막지요?
아이구 천지 사방이 호수네요 벌겋네요

— 김혜순, 「장마」(≪문학과사회≫ 가을호)

어렵게 말하기 좋아하는 이들은 이러한 작품들이 그간 이성과 합리성
에 의해 억압되어 있던 인간의 어두운 부분을 그려내고 있다고 말할 것
이다. 한 번도 이름을 가져본 적 없는 것들, 가령, 질척거리고 끈적거리는
욕망과 수런거리고 부글거리는 어둠과 방기되고 외면되었던 타자를 비
로소 불러냈다고 말할 것이다. 엄연히 존재하나 그 존재를 인정하는 게
하나도 좋을 게 없다고 여겨져 어디에서나 배척받았던 것들, 보이지 않
는 곳 깊숙이 유배되어 움츠리고 있어야 했던 것들.

그 타자에 대한 텃세가 특히나 심했던 것이 시의 제국이 아니었나 싶
다. 고작해야 30년대 이상 정도가 잘 정돈되어 있는 삶의 이면을 슬쩍 들
추어 보았을 뿐이고, 인간의 추악한 본성이 백일하에 폭로되는 전쟁 체
험 후에 이르러서야 그러한 어둠이 일시적으로 조명을 받았던 걸 보면

그런 것 같기도 하다. 그나마 그 시기의 작품들은 이데올로기의 그늘에
서 완전히 자유롭지 못해 언제나 다소간의 위장이 있곤 했다. 다행인지
불행인지 너도 나도 대놓고 생의 어두운 면을 까발리는 시대가 되면서
시 역시 조심스럽게 그간 외면해 왔던 영역들을 돌아보기 시작할 수 있
었다.

이제 와서 시가 이러한 검은 욕망을 들여다보게 된 것은 시대의 영향
때문이기도 하겠지만, 동시대의 다른 예술들과 비교하여 보면 꼭 그런
것만은 아니다. 유난히 타자를 꺼림칙하게 여겼던 것은 시에 대한 독자
들의 기대 지평 때문이기도 하다. 다시 말해 독자들이 시에서 기대하는
것은 그런 것이 아니었기 때문이다. 그러나 우리 삶의, 정서의, 사고의 어
두운 영역들은 엄연히 존재하는 것이니만큼, 아니 그 어두운 영역이 눈
에 보이고 입으로 말할 수 있는 다른 어떤 것보다 더 리얼하게 우리의
현실을 지배하고 있는 것이 사실이니만큼, 그리고 매일 온 몸으로 그 존
재를 확인하고 있으니만큼, 새로운 세기의 시들이 과감하게 그 영역을
다루기 시작한 것은 매우 고무적인 일이라고 생각한다. 그러나 여전히
남는 문제는 단순하지만 중요한 것이다. 과연 이와 같은 시들이 일반 독
자들에게 어떻게 받아들여질 것인가. 난해하고 어렵게만 보이는 그 시들
을 말이다.

5

‘미안해, 서정아.’

지난 가을에 발표된 이낙봉의 「지우다」는 이렇게 끝난다. 맞붙어 싸우
고 또 이겨야 할 당위가 분명했던 시절을 되돌아보는 이 작품은 온갖 소

비해야 할 풍요로 가득찬 세상 속에 서서히 사장되어 가는 서정에게 미안함과 안타까움을 고백한다. 더 이상 분명한 진리도, 간직해야 할 순수도 찾아보기 힘든 시대, 거대 자본과 거대 매스컴은 우리 자신조차 모르는 새 우리의 의식과 생활을 잠식해 들어와 아무 것도 자명한 것은 없으며 지켜야 할 것 또한 존재하지 않는다고 우리를 세뇌한다. 이 작품은 이런 시대에 과연 시가 할 수 있는 일이 있을까를 회의하며 서정에게 미안함을 고한다. 서정을 지키지 못한 것에 대한 죄책감과 안타까움을 말하고자 한 것이리라.

얼마 전 한 편의 영화를 보았다. 일본의 소설가이자 영화감독인 무라카미 류의 1992년 작, 「도쿄데카당스」. 여섯 번의 심의와 세 차례의 제한상영가 판정 끝에 개봉된 영화를 보고 나온 마음은 느닷없이 시작된 겨울만큼이나 춥고 쓸쓸해져 있었다. SM 콜걸이 주인공인 그 영화는 자극적이고 폭력적인 장면이나 에피소드로 가득 차 있지만, 정작 남는 것은 그 선정적인 장면들이 아니라 후기 자본주의에 깊이 침윤되어 가는 사회의 우울함과 허탈함이다. 벌써 10년도 전의 일본 사회의 모습이지만, 이미 우리에게도 너무 익숙한 현실이고 실제이다. 우울하고 또 암담한 삶의 그늘, 그것을 고스란히 드러내어 우리 눈앞에 들이대는 것은 어쩌면 폭력일지도 모른다. 과연 그 누가 그 어두움을 직시하고 싶어 할까, 과연 그 누가 그 어두움을 직시할 수 있을까.

그러나, 바로 그렇기 때문에 서정이 고마운 것이며, 또 바로 그렇기 때문에 서정만으로는 안 되는 것인지도 모른다. 다행스럽게도 우리는 지난 2005년 하반기에도 양질의 다양한 작품들을 만날 수 있었다. 그 가운데 일부는 서정으로 우리를 얼르고, 또 일부의 작품들은 서정을 파괴함으로써 우리를 아프게 했다. 일부는 우리에게 위안을 주고 일부는 우리를 다

그쳤다. 수용의 측면에서 보았을 때 후자의 난해한 작품들은 여전히 난점을 갖고 있지만, 그 태생적인 한계 때문에 들춰내기를 그만 두어서는 안 된다. 다만, 그 난해함이 이제까지 호명되지 않았던 것들을 표현하기 위한 방법론적 모색에서 기인했는가, 혹은 단순히 새로움의 모색에서 기인했는가 하는 일은 시인 각자가 정직하게 돌아보아야 할 일일 것이다.

농익은, 설익은
— 2006년 봄

1. 연륜의 풍경

또 한 해가 시작되었다. 또 한 살을 먹는다. 한 살 더 먹으며 여전히 기대한다. 그만큼 더 지혜로워지고 또 성숙해지기를…. 그러나 그런 기대가 턱없는 것임을 알게 된 지도 꽤 되었다. 몸의 나이가 정신의 나이를 보장해주지는 않는다.

그런데, 오랫동안 시를 써온 시인들의 작품을 볼 때는 그 잣대가 또 달라진다. 지혜와 여유가 못마땅해 보인다. 연륜이 빚어내는 안정감이라기보다는 삶에 대한 지나친 관조이며 순응처럼 보인다. 작품은 긴장이 풀어져 지루하고 심심하다. 청년기의 정리되지 않은 불안과 욕망, 혹은 지나치게 자의식적인 포즈들도 불편하지만 너무 편한 작품들도 영 마땅치 않다. '산은 산이오, 물은 물이라'는 성철 스님의 법어 같이 연륜 깊은 시인들의 시에 삶에 대한 깊은 통찰이 담겨있음을 모르는 바 아니다. 그럼에도 불구하고 사는 게 다 그렇고 그런 거라는 태도도, 반대로 그럼에도 불구하고 삶은 그 얼마나 가치 있는 것인가라는 태도도 나로서는 아직 쉽게 받아들이지 못한다.

　단순하지만 두 가지 정도 이유를 생각해볼 수 있을 것이다. 하나는 경험의 차이 때문일 것이고, 또 하나는 언어의 문제 때문이 아닐까 싶다. 반드시 몸의 나이가 정신의 나이와 비례하지는 않는 법이라 하더라도 세월이 만들고 간 욕망과 좌절은 흔적을 남기기 마련이다. 그것도 다른 곳이 아닌 바로 몸에 새겨진다. 겪고 난 후의 달관이란 말이다. 내 몸에는 아직 그 모든 과정이 새겨져 있지 않다. 그래서 그들의 말을 머리로는 받아들이나 몸은 받아들이지 못한다. '혹시'하는 기대가 미망에서 나온 헛된 것이라 하더라도 내 몸에 그 흔적들이 새겨지기까지는 그 '혹시'를 포기하지 못할 것이다.

　그러나 달관을 노래하는 시라고 다 같은 것은 아니다. 내 몸이 완전히 이해하지는 못하더라도 마음에 담고서 두고두고 곱씹고 싶은 시가 있는 것이다. 그것이 가능한 이유는 언어로서 경험의 간극을 극복하는 데 성공했기 때문일 것이다.

사람이 길을 끌고 가네
길 끝에 사람이 매달려가네
겨울잠 자다가 먼저 일어난
사람,
길게 누워 잠자는 길 깨워
세상 속으로 끌고 가네
잠이 덜 깬 길
삐뚤삐뚤 걷고 있네
그 뒤에 나타난 사람들,
길 끝자락에 불안하게 매달려
서지 않는 시간을 점찍듯 가네
순간,

사람은 보이지 않고
길만 길을 걷고 있다

— 박명용, 「길만 길을 걷고」(《월간문학》 1월호)

　인생에 대한 비유로서 길은 상투적이다. 그 길에서 만나는 사람과 풍경은 살며 만나는 사람들과 풍경에 다름 아니다. 따라서 이 작품이 담고 있는 연륜의 무게는 <삶=길>의 메타포를 찾아내었다는 데서 발생하는 것이 아니다. 이 작품에 배어 있는 연륜의 무게는 길의 플롯에 대한 통찰에서 비롯된다. 처음 길을 떠날 때는 목적지를 찾아 길을 간다고 생각한다. '사람이 길을 끌고' 간다는 다분히 의식적이며 자기 주도적인 생각이다. '나는 나', '내 삶의 주인은 나'라고 외치는 요즘 광고 문구들은 다들 그런 생각에서 나온 것이다. 그러나 이내 알게 된다. 길이 사람을 끌고 간다는 것을, '길 끝에 사람이 매달려'간다는 것을. 이 작품은 이러한 자각 이후의 길에 대해 말하고 있다. 길, 또는 인생이 함의하고 있는 이중성을 보여준다.

　그렇다면 내가 길을 가고 있는 것인지 의심스러워지는 순간이란 어떤 순간인가. 내가 내딛는 발자국 하나가 엉뚱한 곳을 향해 나를 이끌고 있음을, 이끌어왔음을 발견하게 되는 순간, 내 모든 계획과 꿈과 노력이 어처구니없는 결과로 이어지는 순간, 삶이란 인간이 제어할 수 없는 방향으로 흘러가기도 한다는 것을 알게 되는 순간이 아닐까. 이런 절망과 좌절이 연륜을 만드는 원료이며, 길이란 내가 걸어가는 것일 뿐 아니라 내가 매달려가는 것이기도 하다는 것을 깨닫게 만드는 것이다.

　이러한 길의 이중성을 깨닫지 못하게 되면, 혹은 깨달았지만 무시하게 되면 낭만주의자로 남게 된다. 그런 자들은 나이와 상관없이 영원히 청년으로 살게 된다. 그러나 그것은 삶의 깊은 심연을 외면한 선물, 아니

희생이다. 길을 끌고 갈 수도 있지만 길에 끌려갈 수도 있다는 이중성을
깨닫는다고 모두 같은 태도를 취하는 것은 아니다. 나를 이끄는 길에 순
종하며 매달려갈 수도 있지만, 나를 잡아끄는 그 길을 애써 내 쪽으로 끌
어당기는 줄다리기를 하며 갈 수도 있다. 이 작품은 후자의 태도로 길을
걸어간다. 길에 끌려가기도 하다가 길을 끌고 가기도 하면서, '사람은 보
이지 않고/ 길만 길을 걷고 있'는 풍경을 향해 천천히 다가가고 있는 것
이다.

　세상의 모든 풍파 다 겪었다고 삶에 대한 욕망이 사그라들까. 몸의 나
이가 정신의 나이와 같지 않다는 것은 우리의 부모님만 보아도 알 수 있
다. 환갑이 지난 그분들은 여전히 소년 같은 이상과 소녀 같은 꿈을 품고
있다. 그래서 언제나 마음을 배반하는 당신들의 몸에 때문에 슬퍼하고
두려워한다.

　　　　1.
　　굽이굽이 구불구불
　　또 굽이굽이 구불구불
　　다시 휘어져 구불구불
　　위암걸린 내 인생처럼
　　비포장으로 돌고돌아서
　　우툴두툴 끝난 곳.
　　왔던 길은 모두 잘려나가고
　　우울한 초록그늘이
　　하늘마저 덮어버렸다.

　　　　2.
　　새도 귀양사는 곳
　　나는 요양을 한다.

        3.
하루종일 있어도
달포를 지내도 물소리,
바람소리와 새소리뿐이다.
사람소리가 끊겼다.
사람도 고요해진다.
그런 데
내가 있다.
새처럼 흰 알약 쪼며 있다.
하루 종일
하늘 한번 보고
하품 한번 하고
그러다 크게 뭔가를 그리워하며……
기가 막히게도
그런 데
내가 있다.
— 강우식, 「요양: 가마소에서」(≪월간문학≫ 2005년 12월호)

　자전적 화자는 위암으로 요양을 하고 있다. 박명용의 시에서와 마찬가지로 이 작품에서도 길은 삶에 대한 보조 관념으로 사용되고 있다. 다만, 그 길이 가닿은 곳이 요양소라는 점에서 차이가 있다. 박명용 식으로 이야기하자면 그도 모르게 길에 매달려 갔는데, 거기가 그만 요양소이고 만 것이다.

　요양소 가는 길에 대해 묘사하는 <1>은 단순하지만 참으로 진실하다. '굽이굽이 구불구불/ 또 굽이굽이 구불구불/ 다시 휘어져 구불구불'이라는 표현은 상투적인 관용어구여서 구체적인 장면을 보여주지도 않고, 또 어떠한 감흥을 불러일으킬 것 같지도 않다. 그러나 이러한 단순함과 상투성은 길이 '위암걸린 내 인생'에 대한 보조관념으로 사용되었음이 밝혀지는 순간 구체성을 낳는다. 말로 다 할 수 없는 인생 역정의 응축으로 해석되면서 길에 대한 상투적인 표현이 결을 갖게 되는 것이다. 애통하고 절절한 인생 역정에 대한 이와 같은 절제된 표현은 마지막 부분을 위해 준비된 것이기도 하다. '왔던 길은 모두 잘려나가고/ 우울한 초록그늘이/ 하늘마저 덮어버렸다'는 진술은 화자의 고립감과 허탈함, 그리고 원망을 담담하지만 사실적으로 보여준다. 이 단순한 묘사가 생동감을 갖게 되는 것은 이 진술이 나오기까지의 진술이 단순하고 또 담담했기 때문이다.

요양소에서의 생활을 그리고 있는 <3>도 간결하지만 아프다. 의도하지 않은 요양의 무료하고 불안한 생활을 '새처럼 흰 알약 쪼며', '하루 조일/ 하늘 한번 보고/ 하품 한번 하고/ 그러다 크게 뭔가를 그리워하며' 보낸다고 하는 표현보다 더 적절한 표현이 있을까. 이 작품이 눈에 띄는 것은 이와 같은 감정의 진실함과 절제에 있다. 자신에게 닥친 예기치 못한 불행에 대한 원망을 숨기지 않을 뿐 아니라 과장하지도 않는다. 어쩜 그의 내면에는 작품에 표현된 것보다 훨씬 더 강렬한 감정이 소용돌이치고 있을지 모른다. 그러나 그것을 그는 지긋이 누른다. 그것이 연륜의 힘이다. 그것이 이 작품을 아프고도 절실하게 만든다. '기가 막히게도/ 그런데' 그는 있지만, 그 스스로 귀양이라고 말했듯, 그 귀양은 그야말로 '굽이굽이 구불구불'한 길의 한 정거장에 잠시 멈추어 선 것에 지나지 않을 것이다.

위의 작품이 꾸밈없는 담백함을 미덕으로 한다면 다음 작품은 자의식적인 날카로움이 주목된다. 노년이 되어서도 끊임없이 내면을 들여다보며 자신의 현재를 가늠하고 나아갈 방향을 조준하는 지성적 화자의 독백이다.

누군가 말했다.
'머리칼에 먹칠을 해도
사흘 후면 흰 터럭 다시 정수리를 뒤덮는 나이에
여직 책들을 들뜨게 하는가,
거북해하는 늙은 사전 들치며?
이젠 가진 걸 하나씩 놓아주고
마음 가까이 두고 산 것부터 놓아주고
저 우주 뒤편으로 갈 채비를 해야 할 땐데.'

밤중에 깨어 생각에 잠긴다.
'얼마 전부터 나는 미래를 향해 책을 읽지 않았다.
미래는 현재보다도 더 빨리 비워지고 헐거워진다.
날리는 꽃잎들의 헐거움.
나는 익힌 것을 낯설게 하려고 책을 읽는다.
몇 번이고 되물어 관계들이 헐거워지면
손 털고 우주 뒤편으로 갈 것이다.'

우주 뒤편은
어린 날 숨곤 하던 장독대일 것이다.
노란 꽃다지 땅바닥을 기어
숨은 곳까지 따라오던 공간일 것이다.
노곤한 봄날 술래잡기하다가
따라오지 말라고 꽃다지에게 손짓하며 졸다
문득 깨어 대체 예가 어디지? 두리번 거릴 때
금칠로 빛나는 세상에 아이들이 모이는
그런 시간일 것이다.
　　　　　　　　　　— 황동규, 「손 털기 전」(≪문학사상≫ 2006년 1월호)

'손 털기 전'이라는 제목이나 '머리칼에 먹칠을 해도/ 사흘 후면 흰 터력 다시 정수리를 뒤덮는 나이'라는 표현은 이 작품의 화자가 '저 우주 뒤편으로 갈 채비를 해야 할' 나이임을 말해준다. 삶의 어느 지점을 넘어설 때 무언가를 행하는 것이 더 이상 미래를 위한 일이 아닐 수 있게 되는가, 또 어떤 구비를 돌아서야 미래가 현재보다 더 빨리 수축됨을 느끼게 되는가. 이 작품의 화자는 모르는 것을 알기 위해서가 아니라 이미 익숙해져버린 것들을 '낯설게 하려고 책을 읽'게 될 때가 바로 '손 털고 우주 뒤편으로' 가게 되는 때라고 말한다. 문자보다 삶이 더 식상하고, 문자가 그려내는 관계들보다 삶 속의 관계들이 헐거워지는 때 말이다.

'몇 번이고 되물어 관계들이 헐거워지면/ 손 털고 우주 뒤편으로 갈 것'이라는 다소 무정한 말이 염세적으로 들리거나 허무하게 들리지 않는 것은 아마도 그가 꿈꾸는 우주 뒤편의 소박함 때문이리라. 그가 묘사한 '우주 뒤편'의 모습을 보라. 유년의 시절로 묘사되는 우주의 뒤안길은 얼마나 아름답고 평화로운가. 숨바꼭질하는 나이에도 제 나이에 맞는 고민과 두려움이 있을 터이지만, 멀리서 돌아볼 때 그런 것들은 봄날의 노곤함 뒤에 사라지고 만다. 장독 뒤에 숨어 술래가 찾아주기를, 아니 영영 못 찾기를 바라는 감정의 긴장마저도 졸음 속으로 풀어지는 풍경. 두고 온 시간과 남아 있는 시간의 틈바구니에서 이 노년의 화자는 자못 이지적이고 냉정한 태도로 인생의 이면을 말하고 있지만, 그 이면의 풍경은 감성과 온기로 충만한 유년의 풍경이다. 이 풍경은 또한 사변적이고 철학적인 태도를 고수하던 시인의 여린 내면 모습이며, 더 이상 바랄 게 없는 이들의 유일한 기대이자 위안일지도 모르겠다.

늙어가는 부모님을 보면서 어떤 노년을 맞이하여야 하는가에 대해 생각하곤 한다. 상투적이지만 그때마다 떠오르는 풍경은 노부부가 나란히 길을 걸어가는 뒷모습이다. 그 둘은 손을 잡고 있어도 좋고, 멀찌감치 떨어져 걸어가도 좋다. 중요한 것은 그들이 같은 곳을 향해 함께 걸어가는 것이다. 다음 작품은 그런 풍경이 왜 아름다운지를 잘 보여주고 있다.

지하철 역, 지하 5층으로 내려가는 엘리베이터
먼저 달려와서 잡아놓고
문을 멈춰 세우는 할머니
한 손은 버튼을 꽉 누르고
다른 손은 아예 문 밖으로 내놓은 채다
손끝을 바라보며
느릿느릿 뒤따라오는 병든 할아버지
열댓명 바쁜 출근길 승객들이
할머니 뜻 하나를 밀쳐내지 못한다

저 할아범
젊어서 공 차듯 지구를 차며
미친 듯 뛰었으리
술이 거나해 전봇대도 걷어차고
술집 여자에게 빠져
코 납작한 여편네도 걷어찼으리
한창 때 세상을 감아들었을 오만한 저 다리
지금은 뒤뚱거리고 있다
허물어져 있다

그 모든 힘
역사(歷史)로 깔리고
이제 내미는 손에 얹혀있구나

— 김현숙, 「짝」(≪심상≫ 12월호)

특별한 시적 기교가 보이지 않는 담백한 진술이다. 그래서 특별한 설명도 필요없다. 그러나 한국의 어머니, 아버지들의 삶이 잘 표현되어 있

다. 그러므로 이처럼 함께 걸어가는 노부부의 모습이 아름다운 이유가
그들이 금슬 좋은 부부이기 때문이라고 결코 말할 수 없다. 검은 머리 파
뿌리 되도록 함께 했기 때문에 아름답다고 말하는 것도 충분하지 못하
다. 마지막을 향해 함께 가고 있기 때문만도 아니다.

노년의 두 부부가 함께 있는 모습이 감히 아름답다고 말할 수 있는 이
유를 위의 작품은 잘 보여주고 있다. 다시 말해 그 모든 '함께 함' 이면에
는 함께이지만 각자로 흘러왔을 각자의 인생이 있고, 또 그 때문에 서로
에게 상처 입고 또 상처 입혔을 관계의 힘겨움과 그럼에도 불구하고 여
전히 함께 있음 때문이다. 먼저 엘리베이터에 타서는 '다른 손은 아예 문
밖으로 내놓은 채' 영감님이 따라오기를 기다리는 할머니의 당당함에서
어찌 방만했던 지난날의 영감에 대한 원망과 푸념을 예상하지 못하랴.
출근길이 바쁜 우리들은 그렇기 때문에 한때 '오만'했을 할아버지의 '저
다리'와 그럼에도 불구하고, 여전히 함께하는 할머니의 '내미는 손'에서
희망과 의미를 읽을 수 있는 것이며, '할머니 뜻 하나를 밀쳐내지 못'하
는 것이리라.

2. 언어, 존재의 탐조등

언어는 보이지 않는 심연으로부터 존재를 건져 올린다. 몸짓으로부터
이름을, 무명으로부터 존재를 구별해 내는 일은 일찍이 김춘수 시인이
주목했던 언어의 신비이기도 하다. 끈적거리는 혼돈이 존재를 위협하는
그곳에 언어라는 그물을 드리워 존재를 구조해내는 일은 시인의 사명이
기도 하다.

그러나 모든 시인이 그런 것은 아니다. 언어가 무(無)로부터 존재를 구

별해 내고, 존재와 존재를 가름으로써 정체성을 형성하는 매개가 되는 것은 인정하지만, 그것이 최종적이고 안정적이라고는 생각하지 않는 이들도 있다. 시인이 그러한 생각을 가질 때 감히 언어를 사용하면서도 자신의 연장을 믿지 않는다. 그 연장이 손에서 미끄러져 자신의 발등을 찍을지 모른다고 생각한다. 그러나 자신의 발등이 그 연장에 찍혀 피가 철철 뿜어질지라도 결코 연장을 놓지 않을 사람들이다.

언어의 힘을 믿으면서도 그것을 절대적으로 신뢰하지 않는다는 말은 곧 자신의 정체성이라는 것 또한 절대로 신뢰하지 않음을 의미한다. 더 나아가 존재, 의미, 본질, 진리 등과 같은 것들도 결코 안정적이거나 설명 가능한 것이라고 생각하지 않는다는 것을 의미한다. 그들은 우리가 온전하다고 믿는 것, 절대적이라고 믿는 것이 사실은 순간적인 착각에 지나지 않는다고 생각한다. 그뿐만 아니라 우리의 삶이 착각의 연속이며 그래서 우리의 삶은 알고 보면 텅 비어있고 그래서 더없이 불안하고 위태롭다는 것을 폭로하는 데까지 나아간다. ‘위태롭다’, ‘불안하다’라는 언어를 사용하지 않고서 말이다. 그러나 그들에게 그와 같은 불안과 위태로움은 생명력이 가득한 불안이며 위태로움이다.

> 토끼는 달린다
> 토끼는 달린다
>
> 당신이 원하는 바로 그 대답이 아닌 토끼도 달리고
> 당신이 원하던 바로 그 토끼도 빠른 발로 대답하며 달아난다
> 여전히 대답하지 않는 저 먼 시간의 침묵까지 짊어진 토끼는
> 자기가 토끼라는 사실을 잊기 위해서라도 달린다
> 자기가 토끼라는 사실을 알리기 위해서라도 달린다
> 토끼가 달린다
> 토끼는 달리면서 자꾸만 토끼 아닌 것이 된다

　　토끼 아닌 것이 된 토끼가
　　오래도록 토끼가 되기 위해 달리고 또 달린다

　　토끼가 달리는 이곳은 당신이나 내가 한 번도 가보지 않은 어느 바닷
가여도 좋고
　　토끼를 바라보는 그 눈이 수십년 전에 첫 울음을 터뜨린 어느 음악 속
의 귀쓰라린 진공이어도 좋다
　　토끼는 유일한 한 마리가 더욱 좋을 수 있으나
　　토끼가 유일한 한 마리라는 건
　　토끼를 더더욱 사랑할 수 없는 유일한 조건이 된다
　　　— 강정, 「들판을 달리는 토끼: 준규에게」(≪문학동네≫ 2005년 겨울호)

　　강정의 작품은 기표와 기의의 불일치를 기본 모티프로 하고, 또 그 불
일치를 언어 생산의 기본 원리로 하여 언어의 연쇄를 만들어 가고 있다.
그 연쇄는 매우 길어서 시라고 하기 부담스러울 정도이다. 작품의 종결
도 완결이나 완성의 의미를 갖는 종결이 아니다. 아리스토텔레스가 '끝'
을 그 다음에 오는 것이 더 이상 없는 상태라고 정의한 것을 떠올려 보
면, 위 작품은 그 다음에 더 많은 언어 연쇄가 이어져도 크게 문제될 것
이 없는 지점에서 진행을 멈추었고, 반대로 그보다 앞서 종결되었다 해
도 문제될 것이 없어 보인다.
　　그와 같은 종결법은 이 작품이 기대고 있는 세계관의 단면을 잘 보여
준다. 가령, 이 작품에서 '토끼'가 의미하는 바는 무엇이며, 토끼가 달린
다는 것은 무엇에 대한 은유인가? 이와 같은 질문을 하는 순간, 우리는
이 시가 파놓은 덫에 걸려든다. 토끼는 무엇에 대한 보조 관념도 아니고,
토끼가 달린다는 것 또한 어떠한 행위나 사태를 비유하고 있지도 않다.
다만, 첫 번째 연의 "토끼라는 이름을 가진 이 소리"라는 진술에서, 토끼
란 특정한 무엇이 아닌, 하나의 소리의 명칭, 즉 기표들을 대표한다는 사

실을 추론해볼 수 있을 따름이다. 그리고 그 기표에 대한 기의는 "가벼운 발과/ 소리나지 않는 입과/ 가늘게 찢어진 눈 옆에 길고 뾰족한 두 귀를 가지고 있"는 어떤 존재이다. 그러나 바로 이어서 이러한 존재를 '토끼'라는 기표로 표시하는 것에 대해서 "당신은 불만을 표시해도 괜찮고/ 박수를 치며 환영해도 나쁘지 않다"라고 말하고 있는데, 기표와 기의의 결합에 대한 불신을 의미한다고 할 수 있다.

이는 언어의 자의성에 대한 인식이라고 할 수 있다. 이처럼 기표와 기의가 필연적으로 연관되는 것이 아니며, 우연히 관습에 의해 연결될 뿐이라는 사실은 현대 언어학에서 어느 정도 공인된 관점이라고 할 수 있다. 그럼에도 불구하고 언어의 힘을 믿는 시인들에게 이러한 생각은 시와 시인의 정체성을 흔드는 위협으로 여겨지기도 한다. 기의와 기표가 느슨하게 일시적으로만 결합되어 있는 것이라면, 언어가 그토록 불안정하고 유동적인 것이라면 어떻게 언어로 존재를 드러내도록 할 수 있다는 말인가.

그러나 이와 같은 자의성은 언어의 또 다른 힘에 대한 전제가 된다. 지시(指示)와 표상(表象)이 아닌, 멈추지 않는 생성과 효과로서의 언어. 강정의 작품이 보여주고 있는 언어의 연쇄는 바로 이와 같은 움직임을 생생하게 보여주고 있다. '토끼가 달린다'는 언어 연쇄에서 주목할 것은 그 의미보다도 변형과 반복을 거듭하는 자체이다. "토끼는 달리면서 자꾸만 토끼 아닌 것이 된다/ 토끼 아닌 것이 된 토끼가/ 오래도록 토끼가 되기 위해 달리고 또 달린다"는 것은 의미를 포착하기 위해 끊임없이 증식하는 기표들, 그럼에도 불구하고 한 가지 의미에 정착할 수 없는 기표의 운명을 떠올리게 한다. 토끼가 되기 위해 토끼가 달리지만, 토끼는 "새가 되기도 하고/ 가랑잎처럼 쓰러지기도 하고/ 동전이 되어 구르다가/ 자동

차 앞바퀴에 깔려 제 생의 모든 슬라이드 필름을 상영해버린 생쥐마냥
내장을 드러내기도 한다.”

무엇이든 될 수 있고, 또 무엇도 될 수 없는 ‘토끼’처럼 언어가 한없
이 불안하다는 걸 인정한다면 그 언어를 통해 구축되는 정체성마저도
평화로운 상태를 유지할 수는 없다. 장희정의 「두 평 반의 나나」(≪문
학동네≫ 겨울)가 보여주는 인식은 바로 그것이다. ‘나’라는 기표와 그것
이 지시하는 것 사이의 괴리, 이는 곧 기표 ‘나’의 해체와 증식을 초래하
며, 그처럼 해체된 ‘나’는 라캉의 ‘오믈렛hommelette’과 같이 형태도 성질
도 뚜렷하지 않는 흐물거리는 상태로서만이 존재할 뿐이다.

다음 작품은 보다 파괴적인 방식으로 언어와 존재, 그리고 그 둘의 관
계를 탐구하고 있다.

<세 번째 방문>
0.4는 구름 중에서도 착한 개 한 마리처럼 멍멍 짖는 구름, 사람 중에
서도 몹시 기억력이 나쁜 사람이다. 0.4는 말하지. “처음 뵙겠습니다.” 그
순간, 나는 그를 찾아왔다는 것을 알게 되지. 나는 고백하고 그는 지우네.
나는 곧 잠이 들 것처럼 중요한 것이 없어지지.

<우리들의 약속>
나의 쌍둥이 동생 0.5가 내 이름을 걸고 약속을 하는 바람에 나는 배신
자가 되었다. 나는 억울한 마음으로 0.5의 멱살을 잡고 뒤엉켰는데, 누가
누군지 알 수 없는 기분이 들어서 갑자기 힘이 빠져버렸다. 아, 날아오는
주먹과 주먹 뒤에 남아 있는 똑같은 얼굴! 얻어맞으면서, 나는 너를 세 번
부정하고 여섯 번 긍정한 끝에 형제애를 느꼈다. 그러나 우리는 끝까지
반대할 것이다.

<0.0을 향하여>
그들은 각자 걸어갔다. 시간은 언제나 점점 어두워지는 시간이거나 점

점 밝아지는 시간이었다.

<요양소의 창문>
요양소의 창문은 0.8이다. 환자들은 요양소의 창문을 통하여 요양의 의미를 터득한다. 낮에 창문은 가까운 꽃나무와 먼 바다를 보여준다. B.B. 양은 심장을 요양하기 위해 이곳을 찾게 된 묘령의 아가씨다. 빠르게, 터질 듯이 빠르게 뛰는 심장이 먼저 현관에 당도해 있었다. 많은 폭탄이 요양소의 홑이불에 묻혀 있고 복도를 어슬렁거리고 정원에서 문득 꽃을 꺾는다. 가까운 꽃나무가 멀어지고 먼 바다가 가까워지면 밤의 창문이다. 가까운 바다와 먼 바다의 파도 소리에 오랫동안 귀가 젖으면 물 위를 걷는 사람들이 보인다. B.B. 양은 저녁마다 해변을 산책했다. 그녀의 산책길에도 가까운 바다는 가까이 먼 바다는 멀리 놓여 있었다.

<해변의 얼굴>
녹아내리는, 끝없이 다가오는, 웅웅웅웅 끓어오르는,

<0.01>
다음날 아침 0.01은 길에 쓰러져 있었다. 0.01은 비스듬한 사람이었기 때문에 그 모습은 내게 안정감을 주었다. 나는 쭈그리고 앉아 흙장난을 하는 아이처럼 0.01을 모으고, 곱게 뿌리고, 깊게 팠다. 굴다리 같은 형상이 만들어졌다. 나는 손을 넣었다, 뺐다, 넣었다.
— 김행숙, 「소수점 이하의 사람들」(≪문예중앙≫ 2006년 봄호)

'소수점 이하의 사람들'이라는 기묘한 제목의 이 작품은 '0.4', '0.5'와 같은 소수들을 정의하는 것에서부터 시작한다. '0.4'는 '구름', '혹은 기억력이 나쁜 사람', '0.5'는 '나의 쌍둥이 동생' 등으로 그 정체를 분명히 밝히고 있다. 이와 같은 명명하기는 기의를 갖지 않는 순수한 기표 그 자체인 숫자와 그에 대한 의미를 결합시키는 행위라고 할 수 있다. 이러한 짝짓기는 기표와 기의가 원래부터 하나가 아니었음을 폭로하고 조롱하고 있을 뿐 아니라 이를 이용하여 낯설음의 효과를 창출한다.

구름을, 기억력이 나쁜 사람을, 그리고 나의 쌍둥이 동생을 왜 0.4, 혹은 0.5로 불러야 하는지, 그것이 지닌 의미는 도대체 무엇인지를 묻는다면 이 또한 작품의 의도에서 벗어난 질문이다. 그와 같은 물음이 전제로 하고 있는 언어와 존재, 그리고 의미에 대한 확신이야 말로 이 작품이 뒤흔들고 있는 대상이기 때문이다. 그것은 시계와 시간의 관계 같아서, 우리가 비록 지금을 몇 시, 몇 분, 몇 초라고 정확하게 지시하려고 해도, "시간은 언제나 점점 어두워지는 시간이거나 점점 밝아지는 시간"이 있을 뿐이며, 기표와 기의의 경계는 육지와 바다의 경계처럼, "녹아내리는, 끝없이 다가오는, 웅웅웅웅 끓어오르는," 그러면서 끊임없이 위치를 바꾸는 '해변의 얼굴'과 같은 것이다. 지시하는 것과 지시되는 것 사이의 이 모호한 혼란과 간섭은 궁극적으로 존재에 대한 진술 불가능성을 결과한다.

다음 작품들은 이러한 인식을 보다 전통적인 방식으로 보여주고 있다.

내 안의 여러 길들에 관해서는 당신에게 물어야 한다 당신이 어느 곳에선가, 내게서, 새어나갔기 때문이다 온 길을 말아 쥐고 갈 길을 다 모아 당신을 만질 수도 있었을 테지만

그때, 내가 왜 가지 않았는지, 나도 모른다*

우리의 길은 그렇게 우리를 비껴갔다 여러 갈래의 마디와 골을 타넘으며 당신은 떠났다 한 번도 감싸지 못한 이 손으로, 이 시멘트벽을 주먹으로 찧으며 운명을 위협할 수도 있었겠지만

그때, 내가 왜 가지 않았는지, 나도 모른다

당신 얼굴에도 내 안의 여러 길들이 자취를 남겼으리라 내가 한 번도
당신을 찾아가지 않았기 때문이다 수화기 저 편의 당신 목소리가 지푸라
기 같아서 몇 번이고 손을 뻗치고는 싶었으나

그때, 내가 왜 가지 않았는지, 나도 모른다
*노라 존스의 노래 「Don't know why」에서
— 권혁웅, 「手相記·4」(≪현대시학≫ 2006년 1월호)

떠나간 연인에 대해 노래하고 있는 것처럼 보이는 이 작품은 바로
그 때문에 존재의 상호주관성이 잘 드러나 있다. 연애만큼 주체들 간
의 '상호 –', '간(間) –' 등의 접두사를 적나라하게 보여주는 것은 없기
때문이다.

이 작품에서는 특히 '얼굴'이 언어와 존재, 그리고 존재들 간의 관계를
표현하는 매개로 사용되고 있다. 레비나스 같은 이들이 말했듯이 얼굴이
야 말로 존재를 있는 그대로 보여주는 거울과 같다. 얼굴이라는 것은 그
가 바로 그 자신임을 확인해주는 표지이며, 그의 존재가 그대로 배어나
오는 인화지 같다. 그래서 순수한 기표처럼 보인다.

그러나 그것은 고립된 존재, 갓 태어난 아기와 같은 존재에게나 허락
된 축복이다. 타자와 조우하는 순간부터 우리의 얼굴에는 타인의 존재가
겹쳐지고 어른거리게 된다. 특히, 사랑하는 사람의 존재는 우리의 얼굴
위에 그 존재를 깊이 각인시킨다. 그래서 얼굴은 나도 모르는 '내 안의
여러 길'로 이어진 입구이며, 내가 바라보던 '당신 얼굴에도 내 안의 여
러 길들이 자취를 남'기게 된다. 그래서 얼굴을 통해 '당신을 만질 수도
있었을 테지만', '당신 목소리가 지푸라기 같아서 몇 번이고 손을 뻗치고
는 싶었으나' 그것은 기실 이루어질 수 없는 환상이이다. 시인은 "내가
왜 가지 않았는지, 나도 모른다"고 대중 가요의 가사를 빌어 말하고 있지

만, 사실은 '가지 않'은 것이 아니라, 애당초 갈 수 없다는 것이 맞는 말일 것이다 .그것은 마치 언어들이 서로에게 감염되어 있으면서도 온전히 겹쳐지거나 전환될 수 없다는 사실과 마찬가지이다.

언어가 우리에게 부여한 능력은 삶에 대한 이해를 높이고 또 그것을 소통하고 공감하게 만드는 것이다. 그 가운데서도 시의 언어는 텅 비어 있는, 혹은 반대로 지나치게 가득 차 있는 존재에 비추이는 한 줄기 빛과 같아서 그 정체의 일면을 드러내는 힘을 갖고 있다. 그것을 드러내는 방식은, 또 그처럼 드러난 것에 대한 믿음은 모두 동일할 수는 없겠지만, 한 가지 분명한 것은 아무리 찰나적으로 드러난 것이라도, 그래서 영원히 지속될 수 없는 것이라 해도, 그것은 엄연히 존재의 일부라는 사실이며, 아직 밝혀지지 않은 부분과 언젠가는 드러나게 될 부분, 그리고 어쩌면 영원히 밝혀지지 않을 부분과 함께 존재를 이룬다는 사실, 그리고 시는 그 어둠 속을 비추는 탐조등과 같다는 사실이다.

3

치유, 유희, 탈출의 몸짓들

시간(時間), 또는 시간(詩間)에서 탈출하기
– 정찬일 시집『죽음은 가볍다』

1. 안과 밖

우선 이 기묘한 그림을 보자.

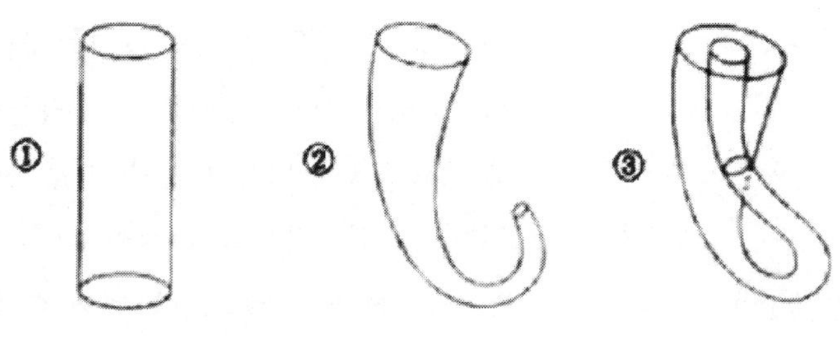

〈그림〉 조세희, 『난쟁이가 쏘아올린 작은 공』(문학과 지성사) 중
「클라인씨의 병」에서

이 병은 독일의 수학자 클라인의 작품이다. ①과 같이 위아래가 터진 유리병의 한쪽 끝을 ②와 같이 잡아 늘린다. 그리고 몸통 부분에 구멍을 낸다. 그 구멍에 잡아 늘린 한쪽 끝을 연결시키면 ③과 같이 된다. 자세히 들여다보면 안팎이 없는 공간임을 눈치챌 수 있다. 뫼비우스의 띠나 마그리트의 그림들이 그렇듯이 말이다. 이 병이 보여주는 공간은 정찬일의 첫 시집을 이해하는 데 아주 유용하다. 그의 작품들 하나하나가 바로 이러한 공간을 구축하고 있기 때문이다.

그의 시에는 '안'과 '밖'이라는 시어가 유난히 자주 등장한다. 시집의 소제목만 봐도 알 수 있다. <②그 환한 빛 덩어리>를 제외하고, <①벽 이쪽과 저쪽>, <③내 속의 광물성>, <④내 중심은 너를 기다린다>는 모두 공간에 대한 지각을 예민하게 드러내고 있다. 그리고 그 공간은 안팎으로 이분되어 있다. 그래서 그의 인식을 단순한 것처럼 보이게도 한다.

그러나 그의 작품은 결코 안팎의 구분이 확실한 유리병이 아니다. 안으로 들어왔는가 하고 보면 여전히 밖에 있고, 밖으로 빠져나갔는가 하고 보면 여전히 안에 있는, 클라인씨의 병 같은 미로를 숨기고 있기 때문이다. 더구나 그 병은 얇은 유리가 아닌, 단단하고 강도 높은 양질의 대리석으로 이루어져 있다. 정으로 쪼고 사포로 다듬어 한 층 한 층 신중하게 쌓아올린, 그래서 무척 견고하게 보이는 것이 그의 작품들이다. 그렇기 때문에 우리는 그 내부에 들어가고픈 충동을 느낀다. 너무 견고하기 때문에 낱낱이 분해해 보고 싶고, 너무 단단하기 때문에 깨보고 싶은 마음이 드는 것, 바로 그의 작품이 지닌 마력이다.

2. 시간(時間)에서 벗어나기

사람들은 안 아니면 밖에 있기 마련이다. 안에 속한 사람은 밖의 자유를 동경하고, 밖에 속한 사람은 안의 안정을 꿈꾼다. 일견 정찬일 시에 등장하는 화자들은 안에 있는 것 같다. 벗겨도 벗겨도 안인 양파처럼 '우주의 천체' 안에, 그 중에서도 '조그마한 제주섬' 안에, 제주에서도 '방' 안에 있다.(24)[1], '출구가 보이지 않는 금이 간 담장의 검은 구멍'이나(36), 저녁이 오는 도시 안에(58) 있기도 하고, 거울 안에(61) 있기도 하다. 그리고 자신이 안에 있다고 생각하는 사람들이 흔히 그렇듯 그 공간이 그를 가두고 있다고 느낀다. '지구'를 '수용소'로, 자신의 운명을 '종신형'을 살고 있는 수인(囚人)의 그것으로 느끼는 것만 보아도 알 수 있다.(13)

그러나 그가 딱히 안에 있다고 말할 수도 없다. 다음 작품들에서 화자는 안으로 들어가지 못하고 밖에서 배회하고 있기 때문이다.

> ⓐ 숲에서 산책을 한다.
> 가끔 일그러진 모습으로도 자기 자리를 지키는 오타처럼 사람이 많이 다니지 않는 호젓한 오솔길을 만난다.
> 나는 그 속으로 가지 못하곤
> 아무런 의미도 주지 못하는 경직된 글자로 서성인다. (22)

> ⓑ (아이들은) 아무렇지도 않은 듯 우주의 중심을 제 방 드나들듯 들락거린다.
> 그리움에 대한, 추억에 대한, 희망에 대한 중심에 다다르지 못해 밤마다 내 심장 고동소리를 듣는 나를 비웃기라도 하는 듯 (26)

> ⓒ 21세기 다다르기도 전에 새하얗게 퇴색된 20세기의 숲 속, 내 뼈들이 겨울 자작나무로 서 있다. 어디에도 21세기의 나는 없다. (54)

---

1) 이하 괄호 안의 번호는 정찬일, 『죽음은 가볍다』(다층, 1999)의 쪽수이다.

ⓓ 숲으로 들어가는 길에서 나는 흔들린다
　길의 끝에서 나는 흔들리고
　또 다른 길들이 시작되는 곳에서도 흔들린다.　(81)

　ⓐ의 화자는 '숲' 속에서 산책을 하다가 '길'을 만난다. 그러나 그는 그 길에 선뜻 들어서지 못한다. '사람들이 많이 다니지 않는 길'이기 때문이었을까. ⓓ의 화자는 '숲'에조차 들어가지 못한다. '숲으로 들어가는 길'이 눈앞에 모습을 훤히 드러내고 있는데도 그 앞에서 흔들리고 있는 것이다. 이런 식으로 ⓑ의 화자는 '중심'에, ⓒ의 화자는 '21세기'에 들어서지 못하고 있다. 안이 완강하게 그를 거부하기라도 하는 듯, 또는 밖이 그를 자꾸 끌어당기기라도 하는 듯 그는 밖에서 떠돌고 있다.

　도대체 그렇다면, 그는 안에 있는 것인가, 밖에 있는 것인가? 혹은 안으로 들어가고 싶은 것인가, 밖으로 나가고 싶은 것인가? 스스로를 갇혀 있으면서 동시에 떠돌고 있다는 인식은 어디에서 비롯된 것인가?

　그 대답은 그가 안과 밖을 시간의 은유로 사용하고 있다는 데서 찾을 수 있다. 그는 공간을 이용해서 자신이 서 있는 자리를 가늠하고자 한 것이다. 그러니까 안에 갇혀 있는 화자는 현재에 갇혀 있는 것이고, 밖을 떠도는 화자는 다름 아닌 미래로 진입하지 못하고 있는 것이다. 시간이 단절된 것이 아니라 연속된 흐름이라고 할 때, 그리고 우리 인간이 그 위에 존재하는 하나의 점이라고 할 때, 우리가 머무는 지금 이 자리를 딱 잘라 과거에 속하는 것, 또는 미래에 속하는 것이라고 말할 수 없듯이, 안과 밖이 시간의 은유로 사용된 것이라면 그는 안에 있다 또는 밖에 있다고 말할 수 없다. 결국 그는 과거이자 미래에 존재하는 것이라고 밖에는 달리 말할 수 없으며, 그러한 자신의 존재를 안에 있기도 하고 동시에 밖에 있기도 한 것으로 표현한 것이다. 이러한 시간에의 천착을 과거, 현재, 미래라는 추상 명사 대신 안과 밖이라는 공간으로 보여 주려는 것이다.

현재가 그를 가두고 있고, 미래가 그를 거부하고 있다면, 과거는 어떤가. 그가 걸어왔고, 지금의 그를 만들었고, 가끔 그립기도 하지만 돌아갈 수도 없는, 그 과거는? 다름 아닌 그의 '몸' 안에 저장되어 있다. 그의 몸 안에 들어앉은 여러 가지 것들, 가령, 그가 생활의 터전으로 삼고 있는 도시라든가, 몇 개의 메마른 기호라든가,(16), 또 길(70, 78) 같은 것들은 모두 과거라는 시간이 물화(物化)된 것이다. 뿐만 아니라 날(生) 시간이 고스란히 몸 속에 퇴적되어 있기도 하다. '내 속에 들어온 날들이 우주의 화석으로 굳어가고 있다'(24), '내 몸에 퇴적된 시간들이 블랙 홀에 빨려 들 듯 자꾸 늘어진다'(26), '내 추억이 몸 속으로 바람처럼 들락거린다. … 지상의 추억들이 몸 속에서 출렁거린다'(89), '아무도 들여다보지 않던 내 하루가 몸 속으로 부드럽게 들어와 눕는다'(94), '몸 속에도 빈 공간이 있는 것일까./ 날마다 집 앞의 방풍림보다 몸 속의 어둠은 습관처럼 빨리 찾아온다'(112) 등등, 그의 몸은 마치 시간의 무덤 같다.

그러나 그것뿐이라면, 그러니까 현재는 그를 가두고, 미래는 그를 거부하고, 또 과거는 그의 발목을 잡고 있는 것뿐이라면 그가 그처럼 시간에 집착할 이유가 없다. 누구나 많게든 적게든 시간의 흐름 때문에 고통을 받기 때문이다. 그럼에도 불구하고 그가 유난히 시간에 천착하는 것은 이 모든 시간이 어긋나고 있다는 사실 때문이다. 그는 이런 어긋남을 그의 '몸'으로 느낀다. 그렇기 때문에 외면하고 싶어도 외면할 수 없다. 다음 작품들은 그가 몸으로 어긋남을 느낀다는 사실을 잘 보여준다.

　　나를 데리고 들어갈 수 없는 검은 벽 속의 나를 닮은 사람들이 앞서 걸
어가고 (16)
　　내가 걸어갈 길을 먼저 그림자 혼자 걸어가고 있다. (20)
　　걸어왔던 내 길이 젖고/ 나보다 성급히 뻗힌 길들이 젖는다. (70)
　　먼길을 달려왔을 차들이 나보다 먼저 내 갈 길을 빠져 나갑니다. (88)
　　기다림의 시간보다 몸 밖의 시간은 빨리 흐른다. (94)

　‘나를 닮은 사람들이’, ‘길’이, ‘먼길을 달려왔을 차들’이 ‘나’는 아직
가지 못한 길로, 그러나 가야하고 또 가고 싶은 길로 늘 ‘나보다 먼저’ 가
고 있다. 그러나 그는 단지 그것을 바라볼 뿐이다. 몸을 경계로 몸 밖의
시간이 몸 안의 시간을 앞질러가는 것을 바라볼 수밖에 없다는 것은 고
통스러운 일이다. 그가 과거의 ‘안’으로부터 벗어날 것을, 그리고 ‘미래’
의 안으로 진입할 것을 강렬하게 소망하는 것은 당연하다. 그러나 그럴
수록 그를 강하게 사로잡는 것은 몸 안에 쌓여 자신을 무겁게 만드는 과
거의 무게이고, 미래로 진입하지 못하는 좌절감이고, 또 자신의 발목을
잡고 놓아주지 않는 현재의 끈질김이다.

3. 시간(詩間)에서 벗어나기

　몸 안의 시간과 몸 밖의 시간은 만나지 못한다. 그 시간의 어긋남이 만
들어 내는 사각지대에 갇혀 있는 그는 소망한다. 그 닫힌 공간에서 벗어
나기를, 그리고 그 앞에 놓여진 미래로 성큼 발을 내딛기를. 그렇지 않으
면 그는 과거의 나, 현재의 나, 미래의 나로 분열되어, 영원히 갇혀 있고,
영원히 떠돌고, 영원히 거부당하는 고통을 겪어야 한다.

　그러나 내일은 언제나 내일일 뿐이라는 세간의 말이 그냥 있는 게 아
니다. 그는 마치 클라인씨 병 속에 갇힌 개미처럼 밖으로 빠져 나왔다 싶

으면 여전히 안에 있고, 안으로 들어갔다 싶으면 여전히 밖에 있는 자신을 발견한다. 그런 닫힌 공간에서, 그 닫힌 시간에서 벗어나기란 불가능한 일이다. 시간의 클라인씨 병을 깨기 전에는 말이다.

이러한 이유 때문에 그의 작품들은 대개 '푸른 싹'이나 '날개' 또는 '별'이나 '새떼'와 같은 비상(飛翔)과 초월의 비전을 보여주며 마무리된다. 솟구쳐 올라 시간을 내려다보는 위치에 서려는 열망의 표현이다. 창, 비상구, 계단, 통로 같은 것들도 시간의 차원으로부터 탈시간의 차원으로 이동할 수 있게 해주는 문이다.

이러한 이미지들이 시간의 클라인씨 병에서 벗어나려는 소망을 작품 속에 녹여낸 것이라면, 시인의 시작(詩作) 행위와 언어에 대한 집요한 관심은 그 자체가 소통과 탈출을 향한 시인의 몸짓이다. 몸 밖의 시간이 몸 안의 시간을 자꾸 앞질러 가듯이, 몸 밖의 사물은 손때 묻은 몸 안의 언어를 자꾸만 앞질러 간다. 이 어긋남을 종식시키고자 그는 몸 안의 언어에 온갖 정성을 쏟는다. 몸 안을 물끄러미 들여다보고, 그 안에 가득 차 있는 기호(16, 38)들을 풀어내 끊임없이 변하고 흔들리는 몸 밖의 사물을 잡으려는 것이다.

그의 작품에서 특별한 사건을 다루는 경우가 드문 것도, 사유의 결과를 유난히 촘촘한 언어망으로 엮어내는 것도 이러한 인식의 결과이다. 즉, 그는 시간을 <사건> 뿐 아니라, <상태>에서도 읽어내는 것이며 그처럼 음각(陰刻)되어 있는 시간의 흔적을 더듬는 일로부터 <존재>라는 <사건>을 풀어보려는 것이다. 이를 위해 그는 가능한 한 촘촘하게 언어를 엮는다. <상태>는 정지해 있는 것처럼 보이기 때문에 듬성듬성한 언어로 잡을 수 있으리라고 생각할 수도 있지만, 변화가 쉽게 드러나지 않는 것을 잡기 위해서는 오히려 더욱 면밀하고 세심하게 언어를 다룰 필요가 있는 것이다. 그래서 그의 작품에는 동작이나 변화를 나타내는 동사보다 상태를 나타내는 형용사가 많이 발견되고, 언어와 언어 사이의 급격한 비약은 좀처럼 발견되지 않는다. 지나치다 싶을 정도의 수식도 그 때문이다. 그러니 그의 작품이 단단하고 견고하게 보이는 것은 당연한 일이다.

이러한 이유 때문에 그의 작품을 읽는 일은 만만치 않다. 단단한 대리석으로 만들어진 언어의 집으로 들어가야 하기 때문이다. 그러나 그 고통만큼, 그 답답함만큼, 탈출을 꿈꾸는 언어의 몸짓은 더욱 생기롭다.

게다가 그는 언어의 숙명을 알고 있다. 몸을 갖고 있기 때문에 시간으로부터 자유로울 수 없는 것이 인간의 숙명이듯, 언어로는 끊임없이 사물들을 스쳐가는 시간을 잡을 수 없기 때문에 그 사물들의 중심에 다다를 수 없는 것이 바로 언어의 숙명임을 아는 것이다. 다음의 작품에서처럼 말이다.

> 내가 그물 같은 언어로 세상을 만들고 나를 만들고 그리움을 만들 때에도 아이는 언어의 집을 짓지 않는다. 나는 몇 개의 단단한 기둥을 세운다. 그것을 날개 달린 사랑이라고 이름을 붙이고, 단단한 추억이라고 이름을 붙이고 무너지는 소망이라고 이름을 붙일 때에도 아이는 몇 개의 기둥을 세웠다 다시 무너뜨린다. 내가 짓던 언어의 집이 아이의 손끝에서 흔들린다.
>
> ― 「언어의 집」에서

위 작품에서 화자는 몸 안의 언어와 몸 밖의 사물들을 일치시키기 위해 그물 같은 언어로 집을 짓는다. 그를 조롱하기라도 하는 듯, 아이는 언어 대신 사물을 갖고 유희를 한다. 아이는 그와는 다른 세상, 언어와 사물이 하나로 일치되는 평화로운 세상에 살고 있기 때문이다. 어긋나는 시간의 구속으로부터 자유로운 아이 앞에서 시간의 구속으로부터 벗어나기 위해 언어로 집을 짓는 그의 시도는 쉽게 흔들린다.

그러나 언어의 숙명을 누구보다 잘 알고 있으면서 포기하지 않는 시도이기에 그의 시작(詩作) 태도는 더욱 값지다. 최근 몇 년간 유행처럼 번지는 시들, 사물을 포기하고, 생활을 포기하고, 자신의 몸 안에 쌓여있는 시간을 포기하고, 언어로만, 언어유희로만 치닫는 극단적인 작품들과 비교해볼 때 더욱 그렇다. 끝까지 언어와 대상 모두를 포기하지 않는 집요함, 그리고 그 둘을 일치시키려는 욕심이야말로 모든 것이 빗나가기만 하는 이 어긋남의 시대에 절실한 것이다. 자신을 대상화하면서도 그러한 류의 작품들이 흔히 빠지기 쉬운 냉소나 자조, 또는 연민과 감상이 아닌 냉정함과 따뜻함을 견지할 수 있는 것도 바로 그러한 이유 때문일 것이다.

텅빈 거울언어로 놀이하기
— 강순 시집 『이십대에는 각시붕어가 산다』

무디어진 언어의 화살촉으로 어둠을 겨냥한다
언어의 화살이 늙은 뱀처럼 도사린 침묵 속으로 날아간다
…
날아간다. 날아가고 싶다
그래서 나를 겨냥한다

— 「언어 게임 속에 갇혀 있다」에서

1. 다산성 언어, 번지는 의미

그녀는 화장을 하듯 시를 쓴다. 그녀의 30대를 감추고, 그녀의 내부에
은밀하게 숨어 있는 또 다른 그녀를 불러내기 위해 화장을 하듯 시를 쓴
다. 때로는 화살보다 날카롭고, 때로는 립브러쉬보다 부드러운 언어로 외
로움이나 우울이나 그리움 같은 정서를 솜씨 있게 배합하여 곱게 펴 바
르는 뛰어난 화장술. 그렇게 화장을 하고 그녀는 어디로 외출을 하려는
것일까.

그녀의 외출을 뒤쫓기 전에 먼저 그녀의 화장술에 시선이 간다. 같은

여자로서, 같은 시 쓰는 사람으로서, 그녀의 그 능수능란한 화장술에 매력을 느끼는 것은 조금도 이상한 일이 아닐 것이다. 그 도발적이면서도 쓸쓸한 손놀림 너머 그녀의 욕망이 내밀하게 숨겨져 있을 것만 같은 징후가 보일 때는 더더욱 그러하다.

그녀가 사용하는 방법은 대략 두 가지로 정리된다. 하나는 관념을 직접적으로 수식하는 것이고, 달리는 하나의 단어를 다른 단어로 바꿔치기 하는 것, 좀더 엄밀하게 말하자면 의미론적으로는 전혀 무관한 것처럼 보이는 기표끼리 치환하는 것이다.

우선 관념을 직접적으로 수식하는 방법은 그녀가 가장 능숙하게, 그리고 손쉽게 택하는 기술인 것 같다. '푸른 외로움', '짙은 상념'(「여자여 화장을 시작해라」), '바닥 위로 떨어지는 노오란 우울 조각들'(「현기증」), '게으른 일상의 머리', '그 속에 공생하는 절망의 헛바닥'(「언어의 게임 속에 갇혀 있다」), '참말과 거짓말을 달콤하게 섞어 놓은 내 입술', '눌변으로 혹은 달변으로 당신을 꾀고 싶은 내 유혹'(「키스를 사세요」), '허상(虛像)의 늪'(「이십대에는 각시붕어가 산다」) 등등, 그녀는 외로움, 상념, 우울, 절망, 참말과 거짓말, 허상처럼 손에 잡히지도, 눈에 보이지도 않는 것들에 형상을 부여하고 색깔을 입힌다. 그다지 별나다고는 할 수 없을 것 같다.

두 번째 방법 또한 마찬가지이다. 이미 90년대 이후 매우 보편화되고 있는 전략, 한때 유행하던 '기표의 미끄러짐'이라든지, 환유적 어법이라든지 하는 것들이 그것이다. 말하자면, 하나의 시어를, 의미의 유사성에 기반해서가 아니라 언어 외적인 맥락이나 언어적 맥락 내의 인접성에 기반해서 대체하는 것이다. 가령, 햇살이 눈부시게 부서지는 창가 책상 위, 길다란 꽃병이 놓여 있고, 거기에 장미 한 송이가 꽂힌 채 시들어 가는 풍경이 있다면, 그리고 그 풍경에서 고적하고 쓸쓸한 정서가 촉발되었다면, 그걸 그녀는 이런 식으로 표현한다. '시간이 잘게 부서지는 창가, 가느다란 고독이 목이 길고 하얀 그녀 안에서 시들어 가고 있다.'

사실 이러한 환유적인 어법은 은유적인 어법만큼 그 의미를 명확하게 한정짓지 못한다. 앞서 든 예에서야 원래 맥락을 먼저 제시하였으니 그 의미를 알 수도 있지만, 만약 그렇지 않았다면, 왜 고독의 목이 길고 가느다란지, 고독이 시들어 간다는 게 무슨 뜻인지 그 의미를 알 수 없었을 것이다. 다만, 그 위태로우면서도 쓸쓸한 분위기만을 감지할 수 있을 뿐. 그것은 의미의 애매성ambiguity과는 다르다. 의미의 애매성이 해석의 개방성에 초점이 맞추어진 것이라면, 환유적인 어법은 불확정성 indetermination의 효과를 노린 것이다. 한 마디로 단언하기는 어려운 그 어떤 의미가 입안에서 맴돌게 할 뿐이다. 다음 작품만 해도 그렇다.

> 다섯 손가락을 벌리고
> 그 사이로 세상을 본다
> 손가락 사이로 서로 다른 강물이 흐르고
>
> 손가락을 왼쪽으로 30도 가량 기울여 본다
> 창 밖 마음식당의 '마음' 자가 지워지고 있다
> 마음은 두 번째 강에서 세 번째 강으로 흘러간 모양이다
>
> 오른쪽으로 둘째손가락을 조금 돌리면
> 잊었던 미움이 되살아난다
> 강과 강 사이를 가르는 산이 자라고 있다
>
> —「사라지는 것은 이유가 없다」에서

이 작품의 배경은 짐작컨대 강변이 아닌가 싶다. 강가에는 '마음식당'

이 있고, 강 건너에는 산이 있는 것 같다. 사실 세계의 인접적인 관계가 텍스트에 반영된 셈이다. 이것이 이 작품이 환유적인 어법을 취하고 있다고 할 때 갖는 첫 번째 의미이다. 그러나 어쩌면 강은 사실적인 강이 아닐지도 모르고, 산 또한 실제 산이 아닐지도 모른다. 강은 손가락을 벌렸을 때 나타나는 사이의 공간이며, 산은 그 손가락 하나를 지시하는 것일지도 모른다. 손가락에 의해 가리워지는 '마음' 또한 '마음식당'의 간판 글자가 아니라, 그녀의 실제 마음을 지시하는 기호일지도 모른다. 작품 하나 하나의 기표는 이처럼 사전적 의미로 읽혔다가, 텍스트를 구성하는 다른 요소들과의 관계에 의해 새롭게 맥락화되면서 또 다른 의미로 읽혔다가, 다시 그 원래적 의미를 획득하기를 반복한다. 기표는 텍스트 내에 자리잡은 채 변함없이 있지만, 그 기의는 확정되지 않고 기표 밑을 끊임없이 흘러간다. 이것이 이 작품의 어법이 환유적이라고 말할 때 갖는 두 번째 의미이다. 만약 이 작품이 은유적인 의미를 지니고 있다고 말할 수 있다면, 그것은 이 작품의 전체 배경이 화자의 내적인 심리 상태를 투사한 것이라는 점에서만 그렇다.

이처럼 작품의 의미를 명확하게 한정짓지 못하게 하는 것, 이것이야말로 환유적 어법의 존재 이유이며, 그녀가 가장 효과적이며 능숙하게 사용하는 방법이다. 의미를 잡기 위해 끊임없이 언어의 연쇄를 생산하게 하는, 의미를 확정짓지 못하기 때문에 불안과 좌절에 빠지게 하는, 그래서 다시 말하고, 또 다시 읽게 만드는 추동력, 이것이야말로 은유로는 불가능하나 환유로는 가능한 아슬아슬한 의미 작용이며, 그 의의인 것이다. 이러한 어법은 언어가 의미를 정확하게 반영하지 못한다는 인식과 연관된다. 다시 말해, 언어(기표)가 꼬리에 꼬리를 물고 발생하지만 결코 중심에 도달하지 못하며, 그 중심은 잡히지 않는 어두운 심연이라는 사실을 깨달은 자의 특유의 어법인 것이다. 그러한 인식은 은유적 어법의 기만성, 가령 언어로 실재에 도달할 수 있으리라는 거짓된 신념과 하나의 기표를 하나의 의미하고만 연결지음으로써 다른 가능성들을 억압하는 폭력성에 저항하지 않을 수 없게 한다.

이와 같은 어법을 주로 사용하기 때문에 그녀의 텍스트들은 난무하는 기호들의 무도장처럼 보인다. 그리고 그 장에서 마음껏 솜씨를 자랑하는 기호들은 그 무도장을 화려하게 수놓으며 하나의 분위기를 형성한다. 그것을 지켜보는 독자로서의 우리는 그 현란함에, 그 모호함에 도취되어 그녀가 뱉어내는 기호들을 따라 점점 그녀의 텍스트로 빠져들어 간다.

그러면서 문득, 그녀의 시작(詩作)은 완성된 하나의 텍스트를 생산하는 것에 목적이 있는 것이 아니라, 마치 분홍신을 신은 소녀처럼 자신이 생산한 기호들과 더불어 무아지경에서 춤을 추는 행위 자체, 다시 말해 텍스트를 생산하는 과정 그 자체를 즐기는 데 목적이 있는 것이 아닐까 하고 생각하게 된다.

3. 배고픈 시쓰기

문제는 중심이다. 그녀가 줄기차게 쏟아내는 기호로도 도달할 수 없는 중심의 어두운 심연, 그녀를 '평범의 집'에서 불러내어 화장을 하고 외출하게 하는 것.(「여자여 화장을 하라」) 그 소용돌이치는 언어 연쇄의 중심에는 무엇이 있는 것일까. 텅 빈 공허? 눈부신 희열? 아니면 또 대면하기조차 무시무시한 나의 또 다른 자아?

그녀의 작품에서 그것은 또 다른 '그녀'로 형상화된다.(이제부터 또 다른 그녀를 그녀로 나타내기로 한다.) 그녀는 그녀를 도처에서 만난다. 가령 '엘리베이터 안에 갇혔다'든지(「이상한 엘리베이터」)하는 특별한 순간은 물론, '어느 날 길을 걷다가'(「날아가 버린 박제를 찾습니다」), '의자에 앉'는 순간(「그녀를 먹고 싶어요」)이나 비디오를 보다가(「내 안의 에일리언」) 그녀는 불쑥불쑥 그녀를 찾아온다.

그녀는 파괴적이고 탐욕스럽다. 그래서 위험하고 경계해야할 존재이다. 그럼에도 불구하고 그녀는 그녀에게 자기도 모르게 끌린다.

> (…전략…)
> 나이프로 내 육체를 잘라 놓은 그녀가 한 조각의 통증을 찍어 먹으며 미소를 지어요. 미소가 음산한 첼로를 켜요. 화이트소스에 내 우울을 뿌려 넣어요. 오이소박이처럼 잘 절여진 절망 한 조각을 입안으로 넣어요. 빠알간 체리가 식도 안에서 툭, 터질 때 그녀는 악녀처럼 호탕하게 웃어요. 깔깔거리며 웃어요. 내 심장 속을 드나들며 미치도록 웃어요.
>
> 나도 그녀를 먹고 싶어요. 깔깔거리며 웃는 소리를 먹고 싶어요. 내 슬픔을 찍어 먹는 그녀의 포크마저 우적우적 씹어 먹고 싶어요. 5번 척추와 6번 척추 사이 물컹한 수액의 집을 허물고 싶어요. 그 곳에 숨어사는 독수리 발톱 같은 통증을 먹어 버리고 싶어요. 나이프와 포크에 힘을 주어요. 스테이크가 입속에서 부서지고 있어요. 그녀가 부서지고 있어요. 오이소박이 같은 내 절망이 부서지고 있어요.
>
> 나는 웃어요. 빈 접시를 보며 웃어요. 그녀를 바라보며 깔깔깔 웃어요. 내 안으로 삼켜지는 나를 바라보며 깔깔깔 웃어요. 내 웃음이 음산한 첼로를 켜요. 황홀한 첼로를 켜요.
>
> — 「그녀를 먹고 싶어요」에서

그녀는 '나이프로 내 육체를 잘라 놓'고, '한 조각의 통증을 찍어 먹으며 미소'를 짓는다. '화이트소스에 내 우울을 뿌려 넣'기도 하고, '오이소박이처럼 잘 절여진 절망 한 조각을 입안으로 넣'기도 하며, '빠알간 체리가 식도 안에서 툭, 터질 때'면 '악녀처럼 호탕하게' 또는 '내 심장 속

을 드나들며 미치도록 웃’기도 한다. 그야말로 타인의 고통을 즐기는 새
디스트적 면모이며, 광폭하여 결코 길들여지지 않는 광기의 육화이다. 그
러나 그녀는 점점 그녀에게 동화되어 간다. ‘나도 그녀를 먹고 싶어요’라
고 말하더니 종국에는 그녀처럼 웃기 시작한다. 그녀가 그녀에게 그랬던
것처럼 그녀도 그녀를 입에 넣고 부서뜨리면서 복수를 한다. 이는 결국
그녀의 행위를 모방하는 것이며, 그럼으로써 그 알 수 없는 심연, ‘독수
리 발톱 같은 통증’의 진원지로 다가가고자 하는 것이다. 그럴 때 비로소
그녀 또한 그녀처럼 거칠 것 없이, 그녀처럼 광란적으로, 그녀처럼 악녀
적으로, 그렇게 그녀 자신을 부수고 자유로운 외출을 할 수 있을 것이기
때문이다.

이 또다른 그녀와의 합일에의 욕망, 중심의 어두운 심연과의 조우, 그
것은 그녀의 경우, 먹는 모티프와 밀접하게 연관된다. 앞에 인용한 작품
이외에도 먹는 행위는 「그녀를 먹고 싶어요」, 「나는 지금 피자를 먹고 있
는 중」, 「라면을 끓이고 욕망을 먹고」, 「배부름에 대한 강박 관념」과 같
은 제목에서, 그리고 ‘잡다한 일상들을 잡아먹는 연어 한 마리’(「연어」),
‘밤에 일어나서/ 밤에 기억들을 먹고 ’(「詩가 자라고 있는 밤을 고백함」),
‘먹어도 먹어도 배부르지 못한 걸인처럼/ 지치고 혼란한 눈망울을 굴리
는 작은 육체’, ‘제발 나를 좀 먹어 줘요’(「이십대에는 각시붕어가 산다」)
등의 시구에서 빈번하게 나타난다. 먹는 행위가 배고픔, 즉 결핍을 전제
한다고 할 때, 그것은 주위를 암만 맴돌아도 결코 도달할 수는 없는 중심
에 대한 동경에 다름 아니다.

그러나 어쩌다 느끼는 포만감은 오히려 부끄러운 일이다. 그것은 결핍
의 순간적인 망각이며 허기진 의식을 기만하는 일에 다름 아니기 때문이
다.(「배부름에 대한 강박관념」) 그럼에도 불구하고 그녀는 그 순간의 망

각을 갈구한다. 그 순간의 포만감에 탐닉한다. 그리고 그녀가 할 수 있는
유일한 방법은 시 쓰기이다.

> 나는 깊은 밤 詩가 잘 쓰여지지 않을 때 라면을 끓인다.
> 원료명 : 면, 분말스프, 추가성분-시를 잘 써 보겠다는 인스턴트 욕망
>
> (…중략…)
>
> 라면을 다 끓여도 시가 완성되지 않는다. 시를 잘 써 보겠다는 욕망이
> 완성되지 않는다. 다시 냄비에 물을 끓인다. 또다시 하나의 의미가 끓여
> 진다. 물 550cc를 끓인 후 면과 분말스프를 함께 넣고 욕망을 4분간 더 끓
> 입니다. 식성에 따라 '원관념'과 '보조관념'을 바꿔 드셔도 좋습니다.
>
> 욕망은 먹어도 먹어도 배부르지 않는 슬픈 라면. 나는 밤마다 라면을
> 끓이고 슬픔을 먹고 그리움을 휘젓고 욕망을 먹고. 그리움은 목구멍을 타
> 고 위장으로 떨어지는 라면발, 라면은 써도 써도 써지지 않는 한심한 詩,
> 詩는 먹어도 먹어도 배부르지 않는 이상한 라면
> — 「라면을 끓이고 욕망을 먹고」에서

화자는 한밤중에 라면을 끓인다. 그것이 곧 시 쓰기의 메타포라는 것
은 알기 쉬운데, 화자가 말하듯이 '시를 잘 써 보겠다는 인스턴트 욕망'
이 그 라면의 원료라는 데서, 그리고 라면을 끓이는 행위와 시 쓰는 행위
가 병렬적으로 진행되고 있다는 데서 곧 드러난다. 라면을 끓이는 행위
가 육체의 허기를 메우기 위한 것이라면, 시를 쓰는 행위는 정신의 공허
를 메우기 위한 것이리라. 그러나 화자도 고백하고 있듯이 '라면은 다 끓
여도 시'는 완성되지 않는다. 아니, 시는 완성되어도 화자의 '시를 잘 써
보겠다는 인스턴트 욕망'은 완성되지 않는다. 그것은 그야말로 '인스턴
트 욕망'이라서, 즉각 채워지는 것 같으면서도 금새 다시 시장기를 느끼

게 하는 것이며, 그래서 또 하나의 라면을 끓여도 결과는 마찬가지일 그런 공복감인 것이다. 애당초 욕망은 채워질 수 없는 것이며, 시도 욕망과 같아서 결코 충만하게 되지 못한다는 사실은 그녀의 결핍을 배가시킨다.

4. 존재, 언어에 빚지다

그녀는 '우울들로 사방이 꽉 차 버린 순간' '할 수 있는' 일이라고는 '아, 하는 감탄사를 내뱉는 것' 뿐이라고 말한다.(「현기증」) 서정시의 본질을 비유컨대 감탄사라고 하는 혹자의 말을 떠올린다면, 우울이 옥죄어드는 순간 내뱉는 외마디 신음, 그것은 바로 시 그 자체이다. 시 쓰기의 작업이 매번 좌절되는 것을 뻔히 알면서도 시 쓰기를 그만두지 못하는 것은 그것이 그녀가 할 수 있는 유일한 일이기 때문이며, 그렇게라도 하지 않으면 허무와 공허의 깊은 나락으로 순식간에 흡수되어버릴 지도 모른다는 불안감 때문이기도 하다. 그런 점에서 그녀의 시 쓰기는 세헤라자데의 이야기하기를 연상시킨다. 이야기하기를 그치는 순간 죽도록 운명지워진 세헤라자데와 시 쓰기를 그만두는 순간 무로 돌아갈지도 모른다는 강박에 사로잡힌 그녀. 이 두 여자는 언어에 그 존재를 빚지고 있는 언어적 주체인 셈이다.

그래서 언어에 대한 그녀의 관심은 유별나다. 「언어 게임 속에 갇혀있다」나 「언어들은 바다거북처럼」, 「탈출」, 「지금은 독서중」 등은 시 쓰기에 대한 반성이자 언어에 대한 탐구이다. 특히 다음 작품에서는 언어의 풍부한 상상력과 무한한 번식력이 마음껏 발휘되고 있는 모습을 볼 수 있다.

<평양냉면> 왼쪽 <새로나문구> 오른쪽

<희망꽃집>을 말할 때는 희망을 함부로 얘기하지 마세요
1.5평 안에 사는 희망을 안다고 얘기하지 마세요
다른 꽃집들처럼 장미, 안개꽃, 후리지아, 국화, 카네이션 같은 것들만
있다고 상상하지 마세요
혹시 금강애기나리나 참나리난초 같은 꽃들과 만나게 될지 모르잖아요
혹시 그 위로 날아다니는 호랑나비, 그 황홀한 무늬의 반짝임을 구경
할지도 모르잖아요
나비를 쫓아 달리다 보면 당신은 푸른 들판 위로 드러누운 뭉게구름이
되고, 그 구름을 타고 올라가는 칡덩굴이 될지도 모르잖아요
희망이란 말이 조금씩 자라서 당신은 페루 안데스산맥 위를 비행하는
콘도르가 되고,
그 독수리의 뼈를 예리하게 다듬어 산포니아라는 피리를 만들어 부는
인디오가 될지도 모르잖아요
1.5평짜리 <희망꽃집>의 희망에 대해 함부로 안다고 자만하지 마세요
— 「이 시는 무료 광고입니다」에서

<희망꽃집>이라는 간판에 적혀진 '희망'과 '꽃집'은 죽은 기호이다. 그러나 그녀는 그 죽은 기호에서 말 그대로 희망을 읽어내고 꽃을 피워 낸다. 관념화되고 관습화된 언어를 말랑말랑하게 만듦으로써 진정 희망 을 부활시키고 삶을 소생시키는 것이다. 꽃집이라면 '다른 꽃집들처럼 장미, 안개꽃, 후리지아, 국화, 카네이션' 같은 꽃들만 있을 것이라는 우 리의 상투형으로부터 출발하여, '금강애기나리나 참나리난초 같은' 진귀 한 꽃들로, '그 위로 날아다니는 호랑나비, 그 황홀한 무늬의 반짝임'으 로 확장되어 가는 것은 언어에 저장된 풍요로운 상상력 덕분이며, 사물 과의 절연 덕분이다. 그녀의 신비한 능력은 일상에 찌든 존재를 '푸른 들 판 위'에 '드러누운 뭉게구름'으로, '그 구름을 타고 올라가는 칡덩굴'로 만든다. 그리고 드넓고 푸르른 '페루 안데스산맥 위를 비행하는 콘도르' 도, '피리를 만들어 부는 인디오'도, 그 무엇도 될 수 있게 한다. 마침내

자유를 얻게 되는 것이다.

그러나 그처럼 만들어진 '금강애기나리'나 '안데스산맥'은 현실이 아니다. 그저 하나의 언어로 만들어진 신기루일 뿐이다. 물론 문학이 사실을 이야기하는 것은 아니다. 오히려 사실 또는 일상을 넘어서는 것이 문학이다. 그로부터 일탈과 새로움을 경험하게 하고 나아가 인식의 전환마저 가져오는 것은 바로 문학의 상상력이 지니는 효용이라면 효용일 수 있다.

오히려 이러한 점에서 그녀의 시 쓰기는 종종 위태로운 지점까지 나아가곤 한다. 언어의 자유를 동경한 나머지 존재를 버리고 언어 그 자체이고자 하는 욕망이 얼핏얼핏 비치기 때문이다. 다음의 작품이 그러한 경우이다.

옷을 벗네
7월 한낮의 더위를 피해서가 아니라
껍질을 깨고 나오려고 옷을 벗네
윗도리와 반바지가 욕실 바닥으로 떨어지네
거울 속에서 이제 막 껍질을 깨기 시작하는 언어들
마지막 남은 속옷마저 훌훌 벗어 던지자
언어들은 바다거북처럼 본능적으로 바다를 향해 기어가기 시작하네

(…중략…)

위선이란 단어가 배수구를 향해 기어가네
슬픔이란 단어가 쏴, 바닥으로 흘러내리네
몸 속이 조금씩 푸르러 오네
해파리가 감겨 오네 미역이 노래하네
아, 자유!
물줄기의 인도를 받으며

더 깊은 바다 속을 향해 달려가네, 달려가네

— 「언어들은 바다거북처럼」에서

그녀는 거울 앞에 서서 옷을 벗는다. 그러면서 그것이 더위 때문이 아니라 '껍질을 깨고 나오'기 위해서라고 말한다. 그런데 거울에는 비치는 것은 껍질을 벗은 그녀의 모습이 아니다. '이제 막 껍질을 깨기 시작하는 언어들'이 비칠 뿐이다. 그녀의 존재는 어디 가고 언어만 남은 것일까. '마지막 남은 속옷마저 훌훌 벗어 던'진 '언어들은 바다거북처럼 본능적으로 바다를 향해 기어가기 시작'한다. 생명과 죽음이 하나인 공간, 무한한 자유와 영원의 공간을 찾아가는 것은 그녀의 전존재가 아닌 것이다. 몸에서 씻겨 내려가는 것도 그녀의 위선과 그녀의 슬픔은 '위선이란 단어'와 '슬픔이란 단어'이다. 그렇다면 위선과 슬픔의 실체는 여전히 그녀의 어딘가에 남아 있는 것 아닐까. 엄밀히 말하자면 자유를 향해 달려가는 것도 그녀라는 존재가 아니라 언어이다. 그녀는 여전히 거울 앞에 서 있다. 따라서 그녀가 느끼는 자유 역시 그녀의 것은 아니다. 그 자유는 언어의 자유일 뿐이다.

그러나 언어만을 무한의 바다로 돌려보내는 일은 그녀의 의도한 바가 있기 때문인 것으로 보인다. 그러니까 먼저 언어를 방생하여 자유를 선취하게 만든 다음, 그것을 매개로 존재의 희열을 느끼려는 것이다. 이것이 바로 그녀의 전략이고, 그녀의 작품이 우리를 사로잡는 이유이다. 언어에서 언어를 받아내는 뛰어난 산파적 상상력과 존재의 소멸 위협을 무릅쓰고 언어와의 합일을 시도하는 담대함, 그리고 언어와 존재의 경계선을 따라 춤을 추듯 걷고 있는 그 화려함.

다만, 그녀가 자유를 너무 동경한 나머지 언어의 자유에만 몰두하게 된다면, 그리하여 스스로의 존재를 언어 그 자체와 동일시하게 된다면,

그러니까 그녀가 쏜 '언어의 화살'이 그녀의 바램대로 존재를 명중시키
게 된다면, 그리고 그것을 현실이라고 믿어버린다면, 그 순간 헤어나올
수 없는 언어의 블랙홀이 그녀를 삼켜버리지나 않을지 염려스럽다.

뾰족하지만 따뜻한 '침'

― 최영철 시집 『그림자 호수』

1

최영철의 시를 읽노라면 세상이 이렇게 아름다웠던가 싶은 생각이 든다. 다대포의 일몰이나 새벽의 우포, 그리고 팽나무와 이팝나무는 그렇다고 쳐도, 그가 시로 보여주면 아무리 우울하고 어두운 현실도 따뜻하고 정겹게 보이기까지 한다. 아마도 모든 생명에 대한 경외심이 느껴지기 때문이리라. 이처럼 누구도 돌아보지 않는, 아니 더 정확히 말해 돌아보기를 꺼려하는 것들을 붙잡아 다시 보게 만드는 것, 그것이 바로 그만의 힘일 것이다. 이는 또한 최초에 그의 시를 있게 한 힘일 터이고, 또 여전히 그의 시를 지탱해주는 힘일 터인즉, 연민, 이웃, 죄의식, 아픔, 소외 등의 어휘가 그의 작품평에 단골로 등장하는 것도 그 때문이다.

이번 시집 『그림자 호수』 역시 예외는 아니다. 3부로 구성된 이 시집에서 특히 주목을 끄는 것은 1부와 2부로서, 산업화와 자본주의라는 두 거대한 괴물에 희생당한 종족들을 추모하는 작품들이 주를 이루고 있다. 구제역 때문에 물건처럼 폐기처분되는 돼지들, 인간의 일용할 양식이 되기 위해 도살당하는 가축과 메기, 그리고 개발의 논리에 따라 제거되는 잡초들, 이런 것들이 자연계의 먹이 사슬 아랫부분에 속한다는 이유로 희생당하는 존재들이라면, 매향리 미(美) 폭격장 부근에 사는 주민들이나 거리의 부랑자, 하반신 없이 손으로 기어가는 동냥치, 빈민가에서 재난을 당한 아이들과 리어카 행상, 눈먼 어머니와 정신 지체 아들 등은 인간의 먹이 사슬 아랫부분에 속한다는 이유로 밟히고 있는 이들이다. 이들은 분명 종을 달리 하지만 최영철에게는 하나나 다름없다. 그래서 비인간적인 것과 인간적인 것은 하나다.

은유 가운데서도 의인화에 기대고 있는 것인데, 이러한 기법은 『그림자 호수』의 시편들을 구성하는 기본적인 전략이다. 아리스토텔레스는 일찍이 시학에서 가장 중요한 것은 은유에 능한 것이라고 말한 바 있다. 이는 타인으로부터 배울 수 없는 천재의 징표이며 은유를 잘 마련한다는 것은 사물의 유사성을 보는 것이라고도 했다. 이러한 점에서 보자면 최영철은 가히 천부적이다.

흥미로운 것은 이들 사물들이 대개 사회적 약자에 비유된다는 사실이다. 의인화가 우리 자신의 동기, 목적, 행동, 특성에 근거하여 세계의 현상들을 이해하는 것이라고 한다면, 그가 하필 이러한 부류의 인간과 사물을 겹쳐놓는다는 사실은 인간과 세계에 대한 그의 관점이 어떤지 짐작케 한다. 그에게 세상은 약육강식의 논리가 지배하는 무자비한 투쟁의 공간이며, 그는 언제나 약자의 편에 서 있는 것이다. 영국의 시인 예이츠가 '책임감은 꿈으로부터 시작된다In dreams begin the responsibility'라고 말한 것처럼, 그의 상상력은 단순히 새롭고 기발한 것을 만들어내는데 그치지 않고 윤리적이며 도덕적인 문제로까지 확장되는 것이다.

이러한 상상력은 때때로 동화적이기까지 하다. "더운 국물이나 마셔두려는 가난한 식탁에/ 저 멀리 하늘에서 뭉텅뭉텅 수제비 알로 오시다가/ 하얀 쌀 소록소록 눈발로 오시다가”(「성탄전야」), “하늘에서는 한바탕 폭설이 쏟아졌지만/ 땅에서는 한바탕 동전이 쏟아졌죠”(「눈」), “하늘의 기운을 몇 번 심호흡한 해가/ 주섬주섬 주위에 흩어진 별들을 주워먹기 시작했다”(「해와 별의 비밀」) 등은 이 시집에서 무작위로 뽑은 구절이다. 현실에서 불가능한 소망을 합법적으로 현실화시키는 이러한 동화적 상상력은 유치하다기 보다는 소망의 순진함을 드러내는데 기여한다.

문제는 이러한 의인화가 갖고 있는 자체의 딜레마이다. 가령, 「금낭화 아래」에서 그는 금낭화를 못마땅해 한다. 그의 눈에는 금낭화가 자신의 생명의 근원인 흙의 희생은 알지 못한 채 자신의 화려한 모습을 ‘으스대는’ 것으로 보이기 때문이다. 흙과 금낭화의 관계를 가깝게는 부모와 자식, 계급적으로는 피착취 계급과 착취 계급, 그리고 보다 더 광범위하게는 자연과 인간의 관계로 치환시키고 있는 셈이다. 물론 이러한 비유는 우리 삶의 한 단면을 적나라하게 보여줄 뿐 아니라 금낭화를 ‘부처에게로 가는 연등 행렬’로 보는 일반적인 해석을 낯설게 한 것임에는 틀림없다. 그러나 금낭화는 과연 ‘으스대는’ 것일까? 새가 지저귀는 자연 현상을 새가 운다고, 또는 노래한다고 표현하는 의인화가 인간 중심적 사고의 산물이라면, 이 경우 역시 다를 것이 없다. 만약 금낭화가 말을 할 수 있다면 억울함을 호소할지도 모를 일이다.

2

철저하게 조직화된 자본주의 사회에서는 표나게 불우한 이들만이 약자는 아니다. 그 누구도 자유로울 수 없으며 누구나 상품이고 수단이라는 점에서 우리 모두 약자이다. 「아래층 여자 그 아래층 남자」라든지 「네모난 집」 등은 통제와 규율에 의해 규격화되고 소외되어 가는 현대인을 잘 보여주고 있다. 이 자본주의의 희생자에는 물론 그 자신도 포함되어 있다.

그러나 그는 그 불가피함과 약함 때문에 면죄부를 받을 수 있는 것은 아니라고 본다. 약함은 연민의 대상이지만 동시에 극복해야 할 유혹이다. 우선 다음 작품을 살펴보자.

집을 가지면서부터 나는 이 세상의 많은 집들을 잃어버렸다
하늘은 그 집 창으로 보이는 보자기만한 허공
빗소리는 그 집 지붕을 두드리는 젓가락만한 콧노래
집으로 가면서부터 나는 집으로 가지 않은 모든 길들을 잃어버렸다
헛디디지 않고 걷는 일은 헌디디고 걷는 일보다 쉬었다
바람이나 개울이나 알이나 잎이나 모두 집을 박차고 나와
비로소 온전해진 떠도는 우주

— 「거미」에서

위의 작품은 소유의 메커니즘에 걸려든 자화상을 자조적으로 그리고 있다. 여기에서 그는 자기 자신이 가진 자라는 사실을 자인한다. 그리고 그 소유로 인해 더 크고 넓고 깊은 것들을 잃어버렸다고 말한다. 대부분의 사람들이 모든 것을 소유하려고 혈안이 되어 있는 마당에, 그는 소유가 오히려 상실이라는 역설을 말하고 있는 것이다. 그래서 그는 자신이 가진 자가 되는 것을 두려워한다. 그가 보기에 진정으로 '온전'한 것들은 모두 '집을 박차고' 나온 것들인데, 자신은 오히려 집을 만들며 집에 스스로 '걸려들'고 있으니, 그는 '바람이나 개울이나 알이나 잎'처럼 순수하고 자연스럽고 또 아름다운 것에서 점점 멀어지고 있다는 것이다. 게

다가 자신의 소유는 타인의 결핍을 전제로 하지 않는가. 그가 집의 소유를 '세상으로부터 버림'받게 되는 원인으로 보는 것은 이 때문이다.

현실에 핍진하게 다가가는 것을 이상으로 삼고 있는 작품들이 대개 그러하듯, 그의 작품 역시 가진 자와 못 가진 자, 피해자와 가해자라는 이분법적인 구도에 의거하고 있다. 때문에 주제의식이 매우 명료하게 노출된다. 교훈적이고 상투적인 비판으로 환원될 여지가 있다는 말이다. 더구나 이번 시집에서는 시인이 자신의 목소리는 감추고 관찰자 내지는 보고자와 같은 태도를 취하고 있다. 이러한 전략이 낭만적인 감정이입을 배제하고 대상으로부터 적정거리를 유지하게 해주는 기능을 하는 것은 틀림없다. 하지만, 자칫하면 오해를 사기 쉬운 태도이기도 하다. 자신이 비판하는 것들로부터 스스로를 제외하고 있는 것처럼 보일 소지가 있기 때문이다. 그러나 자신의 소유에 대한 고백과 반성은 그의 비판이 선험적이거나 이념적이기보다는 체득적이라는 사실을 보여주기에 충분하다. 이러한 반성으로 인해 그의 작품은 여타의 현실 반영적인 작품들이 노정하기 쉬운 함정을 피해가고 있는 것이다.

「손」이나 「862원」도 이와 유사한 사유를 보여준다. 여기에서 소유에 대한 반성은 자본주의의 윤활유인 돈을 매개로 이루어진다. 특히 「862원」에서 이월 정산된 '단돈 862원'을 자본의 끈질긴 유혹에 대한 상징으로 해석하는 그의 염결성은 주목할 만하다. '정말 지랄 같았던 작년이 죄다 이월되지 않고' 겨우 862원만 따라와서 다행이라고 너스레를 떨지만, 그가 진정으로 말하고 있는 것은 그 단돈 862원이 자신을 노예로 만들 수 있는 무시무시한 힘을 갖고 있다는 사실이다.

그러나 앞서 이야기했듯이 그는 체제의 나약한 노예로 주저앉기를 거부한다. 그가 다음 작품에서처럼 극한 상황을 상정하는 것도 그러한 이유에서이다.

> 어서 가자, 서로 발돋움하며
> 하늘 향해 뻗은 줄기
> 물 뿌려주어도 그 물 다 품지 않는다
> 자꾸 달려드는 물기둥
> 더 이상 받지 않고 뿌리치며 흘려보내며
> 바짝 마른 목 위로 치켜세운다
> 가냘픈 다리 아래로 아래로 내려꽂는다
>
> — 「깨진 항아리」

위의 작품 역시 의인화의 기법이 사용되었는데, 화분에 옮겨 심은 이름 없는 들꽃들이 주인공이다. 특이하게도 여기에서 들꽃은 자신의 생장에 반드시 필요한 물을 거부한다. 오히려 물기둥은 '자꾸 달려드는' 것으로, 들꽃은 '뿌리치며 흘려보내'는 것으로 설정되어 있다. 이러한 설정은 「화엄 정진」에서도 발견된다. 가을의 벼이삭은 땡볕을 가려주겠다는 나무 그림자를 마다한다. 그리고 스스로 '불구덩이의 형벌'을 자초한다. 일종의 극기이며 비움인 셈이다.

소유와 안정에의 유혹을 거부하는 것, 그것은 스스로를 약자로 만드는 체제에 저항하는 한 방법이고 자신을 '온전'하게 존재하게 만드는 최후의 보루이다. 목마름을 알아야 물을 찾아 '가냘픈 다리 아래로 아래로 내려꽂'으며 뿌리를 깊숙이 내릴 수 있고, 불볕 더위를 견뎌야 튼실한 열매를 맺을 수 있는 법이다. 이러한 자기 반성은 '깊은 생각에 젖은 내 어깨를/ 전기톱이 지나간다'(「지구는 둥글다」, 『야성은 빛나다』)고 자성하는, 또 '얼마나 지져야 내 삶이 다시 얼얼할까'(「내가 나의 남성까지도」, 상동(上同))라고 자책하는 이전 다짐의 구체화라고 할 수 있다.

그렇지만 그가 이러한 극기를 타자에게까지 노골적으로 요구하는 것은 아니다. 바로 이 점이 그의 작품을 교훈주의의 함정으로부터 구출하는 또 다른 지지대이다. 오히려 자신에게로 향하는 비판의 칼날은 타자에 대한 연민을 천박한 감상으로 빠지지 않게 한다. 이러한 맥락에서 읽어보면 「노숙 공원」은 실직을 하고 공원에서 생활하는 노숙자에 대한 이야기만은 아님을 알 수 있다. 사람이 뿌려주는 모이에 길들여진 비둘기와 무료 급식으로 연명하는 노숙자의 등치를 통해 표면적으로는 '먹고사는 일'에 노예가 되어 비상하지 못하는 평범한 인생들을 풍자하고 있는 것처럼 보인다. 그러나 이는 또한 자기 자신에 대한 경계의 말이기도 하다.

결국 그의 시와 시작(詩作) 행위는 '먹고사는 일 걱정 없는 수족관 고기'가 되지 않기 위해 자기가 있는 수족관에 스스로 '문어 한 마리'를 풀어 넣는 일이며 또 수시로 '달려드는 못된 것들을 모두 물리치기' 위해 집도 없고 호주머니도 비어 있던 과거, 즉 '긴긴 수절의 시간을' '뾰족한 침의 기억'으로 간직하는 일이다.(「내가 소나무 잣나무 같은 것이었을 때」) 뾰족하기만 한 것은 아닌, 따뜻하기도 한 '침'의 기억으로 말이다.

3

그의 작품은 어렵지 않다. 그것이 깊이가 얕다는 것을 의미하는 것은 물론 아니다. 우리의 일상을 다루고 있다는 점, 그리고 그에 걸맞는 일상어법을 구사하고 있다는 점, 마지막으로 의인법에 주로 의존하고 있다는 점 등이 그의 작품에 다가가기 쉽게 만드는 요인이다. 일그러진 현대인

의 초상을 그린다고 하면서 이미지들을 폭력적으로 결합하여 우리에게
부담과 거부감을 주는 최근의 많은 작품들을 생각한다면 그가 구사하는
이러한 시적 전략들은 그의 작품을 읽어나가게 하는 힘임에 분명하다.
　특히 율독하기에 전혀 무리가 없는, 아니 오히려 율독을 해야 그 맛이
살아나는 그의 경쾌한 어법들은 모더니스트들이라면 산문적이며 또 감
성을 자극하고 이성을 흐리게 한다는 이유로 비판을 하겠지만, 이 리듬
감이 우울하고 어두운 현실을 담고 있는 그의 작품에 묘한 울림을 더해
주는 것 또한 부인할 수 없다. 살아 있는 것들에 대한 연민과 이해가 이
성의 문제가 아니라 공감이라는 감성의 문제라고 한다면, 이러한 어법
또한 그가 일구어낸 소중한 가능성이 아닐 수 없다.

유랑을 꿈꾸는 농경민의 선택
― 우대식 시집 『늙은 의자에 앉아 바다를 보다』

1

우대식의 시집 『늙은 의자에 앉아 바다를 보다』는 다른 모든 시들처럼 언어로 지은 집이다. 그러나 그의 집은 자서에서 말하고 있듯이 '음울한 낡은 집'이다. 그것도 서로 다른 두 개의 욕망이 혼류하는 위에 지어진 위태로운 집이다. 떠나고 싶은 일탈에의 욕망과 뿌리내리고 싶은 정착에의 욕망이 그 집을 수시로 흔든다. 그러나 바로 그 때문에 그 집은 음울하고 낡았을지 모르나 결코 퇴락하지는 않는다. 그 흔들림이 그를 앞으로 나아가게 하는 동력이 되기 때문이다.

바로 이러한 점에서 이 시집은 매우 보편적인 현실을 그리고 있다고 할 수 있다. 물론 여기에 실린 작품들이 근자에 보기 드물게 함축적이며 또 그런 만큼 정교한 읽기를 요구하는 것도 사실이다. 그러나 작품들 간의 섬세한 겹쳐 읽기에 성공한다면 다른 누구도 아닌 바로 우리 자신의 모습을 만나게 될 것이다. 농경민의 후예이면서도 유목민이기를 갈망하는 모순덩어리를 말이다.

2

그의 시집에서 떠돌이의 이미지를 찾는 것은 어렵지 않다. 그 가운데 1부의 표제작이자 첫 번째 작품인 「야크의 꿈」과 2부의 첫 번째 작품이면서 역시 표제작인 「역마」가 대표적이다. 우선 「야크의 꿈」에서 화자는 기억 속에서 고산지대에만 산다는 야생의 소 야크나 돈황의 바람, 또는 여자나 남자가 되어 떠돌던 과거의 자신을 불러낸다. 심지어 그는 스스로가 길이 되어 떠나기조차 했었는데, 이처럼 자유로운 존재들로의 쉼 없는 변전(變轉)은 '첩첩이'라는 부사의 반복적인 사용과 어울려 자유를 향한 화자의 강렬한 지향을 환기시킨다. 「역마」 역시 마찬가지이다. '역마살'이라는 어휘가 의미하는 바는 '내' 안에 감금되어 있는 개의 야수적인 이미지를 통해 생생하게 구체화되고 있다.

이러한 갈망들이 낯설지 않은 우리는 계속해서 다음 장을 넘기게 된다. 그러나 이처럼 탈출의 욕망이 강렬한 것은 역설적이게도 그 또한 우리처럼 떠나지 못하는 자라는 증거는 아닐까 의심하게 된다. '떠나다'라는 동사가 언제나 원망형(願望形)의 '~하고 싶다'와 결합하여 나타나는 「역마」는 떠나고 싶어하는 자의 말이지 떠돌고 있는 자의 말은 아니다. 떠도는 자는 떠돎을 꿈꾸지 않는다. 머무는 자에게만 떠남이 꿈이 된다. 「야크의 꿈」에서도 화자의 끝없는 방랑은 과거형일 따름이다.

주목할 것은 그가 길떠남을 격렬한 자기 파괴에 기반하는 것으로 보고 있다는 점이다. 이는 떠나려는 자와 이를 막는 자가 둘이 아니라는 자각과 직결된다. 다시 「역마」에서 개는 주인인 '나'의 내부에 감금되어 있다. 그러나 주인은 개와 생각이 별반 다르지 않다. 주인의 몸을 물고, 파먹고,

찢고, 썩을 때까지 기다려 탈출하고픈 개의 야수적인 속성을 주인 또한 동조하고 공감하고 있다. 급기야 개에게 '끌려가는 내 육신의 신음소리'를 들으며 '개와 함께 떠나고' 싶다고 고백하기까지 한다. 결국 가두는 주인이나 갇힌 개나 아무도 그 족쇄를 원하지 않았다는 말이 된다. 이러한 모티프는 「밤에 쓰는 시」에서도 발견된다. "나 지금 아픈 감옥이다/ 갇힌 몸 하나 이 밤을 밀어간다"로 시작하는 첫 구절은 내가 곧 가두는 자이며 동시에 갇힌 자라는 역설을 성립시킨다.

새가 날기 위해서는 자신의 알을 파괴해야만 한다고 했던가. '내장을 몇 미터쯤 잘라내고/ 구부러진 허리로 걸어'가는 다음 장면에서 자유의 비극성에 대한 고전적인 명제를 떠올리는 것은 자연스러운 일이다.

> 잔인한 달빛 아래 목을 건 나무,
> 사이를 지나 폐허의 유적 위에 서 있다
> 波市의 새벽, 뒹구는 雜魚들처럼
> 내장을 몇 미터쯤 잘라내고
> 구부러진 허리로 걸어 왔다
>
> ― 「바빌론, 도시에서 강으로」에서

물론 애초에 떠남은 '살아야 한다'는 강렬한 생의 욕망에서 비롯된다. 그리고 그 떠남이 길을 만든다. 그러나 그 길은 이처럼 몸의 해체와 파괴를 통해서만이 만들어지는 것이며, 그렇기 때문에 종국적으로는 '죽음의 길'로 이어진다.(「흡반」) 그리고 이러한 길의 끝에는 다음 작품들에서 보듯 언제나 무덤 하나가 솟는다.

> 강물은 말라 불야성의 도시는
> 江岸 뻘 위에 번뜩이고
> 강 건너 저편,

간혹, 새들이 지저귈 뿐
뻘 속에 무덤을 파고사람의 관 하나 쳐박는다

— 「바빌론, 도시에서 강으로」에서

밤마다 무덤을 떠올리는 것도,
밤마다 한 편 시를 쓰는 것도,

— 「밤에 쓰는 시」에서

겁에 질린 누우 떼와 함께
지구 밖을 달려 어느 별을
무덤으로 만들고 싶다
뼈의 행로를 여행하고 싶다
지구는 믿을 것이 못 된다

— 「모래 위의 무덤」에서

그럼에도 불구하고 그는 길 떠남을 열렬히 갈구한다. 짐작컨대 이는 그가 떠나본 적이 있기 때문일 것이다. 그리고 현재로서는 떠날 수 없기 때문일 것이다. 과연, 몇몇 작품에서는 그가 먼 곳을 떠돌다 돌아온 자라는 단서를 발견할 수 있다. 다음 작품도 그러한 경우이다.

피정나온 수녀처럼
귀나간 마루에서 서서
원주교구 내려다본다
청동으로 된 내 맨발이
아주 깊게 마루에 꽂혀 있다
멀리 떠돌다 돌아온 마당에서
죽도화를 보는 일
마리아도
할머니도
아버지도 거기 계셨다

꽃잎 사이,
강철로 된 나뭇잎을 어깨에 이고
돌아온 날
내 몸에서는 이방의 피 냄새가 돌고
죽은 혁명가의 편지에서는
시냇물이 흐르고 있었다
새벽녘 저 산상의 기도처럼
내 푸른 맨발이 그렇게 울고 있었다

— 「새벽의 맨발」

　현재 그는 집에 있다. '멀리 떠돌다 돌아온' 후의 휴식이라고 할 수 있을 것이다. 돌아온 그의 어깨에는 '강철로 된 나뭇잎'이 지워져 있고, 그의 '몸에서는 이방의 피 냄새'가 배어 있다. 의미심장하게도 그는 이러한 상황을 '피정'에, 그리고 그 자신을 '수녀'에 비유하고 있다. 분명 그는 길에서 빗겨나 피로한 심신을 추스르고, 불온한 유랑의 기억을 돌아보고 있는 것이리라.

　그러나 그는 방 안에 있지 않고 마루에 나와 서 있다. 시선은 마당의 죽도화와 할머니와 아버지에게 가 있는 듯 하지만, 그 자신의 몸은 여전히 집과 세계의 경계에 서 있는 것이다. 집으로 돌아온 후에도 그는 방랑 길을 못 잊어하는 것일까? 아니, 오히려 '푸른 맨발'의 울음은 떠돌던 날에 대한 회한의 산물처럼 보이기도 한다.

　이 의문은 '발'의 이미지를 면밀히 살펴볼 때 해결된다. 위의 작품에서 발은 '청동으로' 되어 있으며, 그것도 '아주 깊게 마루에 꽂혀 있'는 것으로 표현된다. 발이 탈출과 유랑을 가능하게 해주는 직접적인 수단이라고 한다면, 발의 이러한 형상은 그의 귀환이 얼마나 운명적이며 또 불가피한 것인지를 함의한다. '더러 허공의 길마저도/ 밟을 수 있을 것 같았'던

발이(「야크의 꿈」) 옴짝달싹 하지 못하게 붙박히게 된 것이니 말이다.

발은 또한 얼음 위에 서 있거나 잘린 이미지로 나오기도 한다.(「유서」, 「빙하의 유목민들」, 「철로」, 「태평천하」 등) 얼음 위에 서 있는 발의 이미지는 푸른 색채와 냉기가 응축된 '청동으로 된 발'의 변이형에 다름 아니며, 쿤타킨테의 잘려진 발은 탈출을 시도한 처벌로 다시는 떠나지 못하는 발, 마루에 꽂힌 채 떠나지 못하는 발이기도 하다. 어쨌건 이 작품집에서 발은 단죄의 대상이 되고 있는 셈인데, 왜냐하면 그에게는 떠나고 싶은 욕망만큼이나 뿌리내리고 싶은 욕망 또한 강렬하기 때문이다.

떠남은 모든 것을 버리는 것이며, 이제껏 살아왔던 삶의 형태를 일거에 부정하는 일이다. 그것은 두려움이며 고통이고, 남겨두고 떠나게 될 것들에 대해 책임을 방기하는 일이기도 하다. 그러나 한 번 떠나봤던 발은 마치 분홍신을 신은 발처럼 멈추려 자신의 의지와는 상관없이 자꾸 떠나려고 한다. 발은 탈출과 유랑의 욕망이 새겨진 상징이며, 바로 그래서 단죄해야 할 대상이 되는 것이다.

만약 그의 집이 견고했다면, 다시 말해 정착에의 욕망이 확고했다면 이처럼 극단적인 방식으로 단죄하지는 않았을 것이다. (이런 점에서 정착에의 욕망은 다소 외재적인 것이 아닐까 싶다.) 그러나 불행하게도 그가 지은 집들은 그렇지 못하다. '인가와 멀리 떨어진 집', 그것도 당장이라도 날아갈 듯 '날렵한 팔작 지붕 기와'를 인 집(「절집」)이거나 '갈대로' 지은 집(「누가 날 노래하나」), 또는 '불타는 집'(「항아리」, 「歲寒行」)이거나 '바람 안의 집'(「집」)이다. 이들 집의 이미지는 편안한 안식과 정착과는 거리가 멀다. 유목민의 천막처럼 언제라도 걷어 치고 다른 곳으로 떠나기 쉽도록 지은 집 같다.

이처럼 흔들리는 위태로운 집은 그를 구속하는 감옥이 될 수 없다. 도리어 그가 단도리하고 지켜야 할 대상이다. 예컨대, 시주를 받아와 부양해야 할 '파란 동자승 둘, 사미승, 하나, 늙은 공양주 보살'이 머무는 적빈의 거처(「절집」)이며, '사람 하나 만들어 놓고 아프게 가신' 어머니의 거처이며(「항아리」), '백일이 안 된 아이'가 기다리는 집이다.(「冬安居」2) 그런 만큼 바람이 불 때마다 밖으로 나아가려고만 하는 발에 대한 단죄는 더욱 혹독해질 수밖에 없다.

그러나 지상에 견고한 집을 짓는다는 것이 과연 가능한 것일까. 어차피 삶은 '주막에서 주막으로 가는/ 적조한' 여행(「밤에 쓰는 시」), 게다가 '쇠살로 된 수레바퀴 아래서' 고행을 감내하며 '한 철에서 한 철로' 옮겨가는 여행이 아니던가.(「수레바퀴 아래서」) '바다를 가르기 위하여' 남건(「통곡의 벽」) 쇠약함 때문에 '아프다 아프다 노래'하며 '관도 없이 눈 속에 몸을 박'건(「빙하의 사막」) 정착은 피안(彼岸)에 이르는 유랑의 길 중 일시적인 휴식에 지나지 않는다. 그 반대도 마찬가지이다. 인적(人跡)을 유혹하는 길의 부름을 못이겨 떠돌건(「길」), '부드러운 만나를 먹기 위하여' 떠나건 유랑은 삶에 붙박힌 존재의 몸부림일 뿐이다.

그렇기 때문에 그가 꿈꾸는 뿌리내림은 보다 근본적이다. 물론 완전한 정착은 죽음에 이르러 가능해진다. 그리고 그의 작품 가운데는 이처럼 죽음을 통해 영원한 정착에 도달하려는 의식을 보여주는 것도 없지 않다. 그러나 그는 정착이 또한 새로운 출발을 담보하고 있어야 한다는 희망을 버리지 않는다. 정착하나 그것이 죽음이 아니라 생명으로 이어지는 정착을 꿈꾸는 것이다.

이러한 희망 역시 발의 모티프를 중심으로 찾을 수 있다. 그의 작품 가운데는 얼거나 잘려진 발 말고도 젖은 발이 적지 않게 나타나는데, 발들은 눈물에 의해서, 비에 의해서, 그리고 파도에 의해서 촉촉하게 젖는다.

이처럼 젖은 발은 막달라 마리아가 예수의 발에 기름을 부어 사랑과 존경을 표현했듯이, 그리고 예수가 마지막 만찬에서 제자들의 발을 씻겨주며 죄를 사하여주었듯이, 스스로 단죄한 발과 화해하고 또 그 발을 용서하는 것을 상징한다. 발의 얼음이 풀릴 때야 비로소 땅 속 깊이 뿌리내릴 수 있다. 그리고 마음껏 뻗어나가며 새로운 방식의 출발을 할 수도 있다. 젖은 발이 대체로 나무나 뿌리내리고 서 있는 사람들과 연결되어 나타나고 있는 것은 이러한 이유 때문이다.

이러한 인식이 압축적으로 표현된 것이 다음 작품이다.

> 가고 싶다 집에 가서
> 수련 한 송이로 물 위에 뜨고 싶다
> 木魚 소리 들리면
> 물 속 깊은 곳 내 뿌리에
> 집을 짓고 새끼를 기르는
> 발이 긴 소금쟁이 또 게아재비며,
> 어리디어려 이름조차 부를 수 없는
> 작은 것들
> 내가 아프면 너희도 아프다
> 생명이 고인 곳
>
> — 「내가 아프다」에서

연꽃이 지니고 있는 해탈의 일반적인 의미를 굳이 떠올리지 않더라도 여기에서 수련은 오랜 방황을 마치고 피워 올리고픈 하나의 결실인 것은 분명하다. 수련은 부유하는 존재이면서도 동시에 뿌리를 내린 존재이다. 물 위를 떠다니다가도 '목어 소리 들리면' 다시 돌아갈 뿌리가 '물 속 깊은 곳'에 내려져 있다. 무엇보다도 '어리디 어려 이름조차 부를 수 없는/작은 것들'에게 보금자리가 되어줄 수 있다. 이제 그는 일탈과 정착 사이에서의 오래된 갈등을 종식시키려고 하는 듯하다.

3

　인류 역사 이래 어떤 종종도 오늘날의 우리만큼 일탈과 안정에의 욕망에 동시에 끌리지는 않았던 것 같다. 지금으로부터 100여 년 전의 우리 조상을 보아도 그렇고, 불과 30여 년 전의 부모님 세대를 보아도 그렇다. 그들은 불가피하게 고향을 떠날 수밖에 없었으며 그래서 고향을 그리워하고 또 집으로 돌아가기를 꿈꾸었다. 그들이 안정을 거부하고 일탈을 갈구했다면 그것은 정치적인 자유나 정신적인 초월에 대한 동경이지 구체적인 개개의 삶으로부터의 떠남과 탈출은 아니었다. 그들에게는 자신의 존재 자체를 정당화시켜주고 생존을 정상화시켜 줄 기본 요건들의 해결이 우선이었기 때문이다.

　우리는 다르다. 정교하게 구축되어 너무나 확실하게 안정을 보장하는 이 붙박이 삶은 원시의 자유와 방랑을 담보로 요구한다. 그래서 우리의 삶을 장악하려는 그 어떤 힘으로부터 끊임없이 탈주를 도모한다. 그러나 동시에 우리는 어딘가 정착하기를 갈망한다. 달라진 것은 하나도 없다. 우리는 떠나고도 싶지만 머물고도 싶은 것이다. 이 시집은 아직 그 두 욕망 사이에서 어느 것도 선택하지 못한 우리의 모습을 보여줄 뿐 아니라, 선택의 한 가지 가능성도 보여준다. 그것은 도피나 타협처럼 보이지 않는다. 선택에 이르는 과정 중의 아픈 자성과 자책의 흔적을 그의 작품 곳곳에서 발견할 수 있기 때문이다. 아니, 설령 그렇지 않다 한들 그것이 왜 문제란 말인가. 다만 그가 '늙은 의자에 앉아 바다를' 보기만 하지는 않을까 염려될 뿐이다. 대부분의 우리가 그렇듯이 말이다.

'지껄이는 침묵'으로 환멸을 고함

— 이은봉 시집 『길은 당나귀를 타고』

환멸은 무엇엔가 온전히 존재를 기투해본 자에게 찾아온다. 그것은 때로 분노와 배신의 감정으로, 때로 그리움과 회한의 감정으로, 그리고 자책과 자기 연민의 감정으로 모습을 달리하여 나타난다. 혹은 이 모든 것이 함께 뒤범벅되어 나타나기도 한다. 이은봉의 6번째 시집 『길은 당나귀를 타고』 전반에 깔린 정서는 바로 이러한 환멸이다.

환멸이 "이상이나 희망의 환상이 사라지고 현실을 접하는 허무함"이라고 할 때, 이 시집의 환멸이 자라난 숙주는 역사와 시대에 대한 이상과 희망이다. 다시 말하면, 걸어왔던 길과 앞으로 걸어갈 길이 보이지 않는다는 사실이 역사의 흐름에 온몸을 맡겼던 시인을 환멸 속으로 몰아넣는 것이다. "더는 길이 보이지 않는다"거나 "길을 잃었다"는 진술이 많은 작품 속에서 반복적으로 발견되고(「밤길」, 「등불」, 「청동기의 마을」, 「진월동의 밤」, 「대나무의 길」 등), 대부분의 작품이 '밤'과 '숲'을 배경으로 하고 있는 것은 시인의 현실 인식을 단적으로 보여주는 지점이다.

이러한 환멸은 단순히 지나간 과거에 대한 집착이나 미련에서 기인하는 것이 아니다. 그것은 오히려 자아 정체감이 뿌리내리고 있는 과거와 절연해야 한다는 시대적 요청을 경청한 결과이며, 그럼에도 불구하고 그것을 대신할 만한 어떠한 가치도 마련하지 못한 채 삶의 한 가운데 서 있는 자가 감내해야 하는 천형이다. "어디로 가야 하지 어디로/ 길 보이지 않는다 뒤돌아보면/ 여전히 허공에 떠 흐르는 지난 시대의 낡은 구호들/ 까맣게 늪 만들고 있다 늪 속으로/ 굴러 떨어지면 끝장이다"(「제암산 안개」)와 같은 구절이 말하는 것은 과거의 신념과 이상이 더 이상 유효하지 않다는 것만이 아니라 과거에의 함몰에 대한 경고이며 새로운 길을 모색해야 할 책임에의 자각이기도 하다.

그러나 이 시집의 화자를 곤궁하게 만드는 것은 그것만이 아니다. 「백화와 독거미」, 「치맛자락」, 「유령들」, 「늙은 창녀의 노래」, 「용광로」 등이 그려내고 있는 자본주의 사회의 흉포함은 빠져나갈 구멍 하나 없이 그를 더욱 철저히 가둔다. 엎친 데 덮친 격이라고 그의 침묵에 대해서도, 발언에 대해서도, 그의 무위(無爲)에 대해서도, 행동에 대해서도 사사건건 '멋대로 주물 대는 것들'(「앵남골 가든」), '눈보라처럼 앞가슴을 파고드는 저 차가운 구설의 화살촉들'(「길은 당나귀를 타고」), '귀신들의 시기와 질투'(「동행」), '칼끝 같은 계산들'(「101동 1209호」)들이 시비를 건다.

이 속악한 것들에 대해 그는 윤리적으로 매우 명쾌한 태도를 갖고 있는 것처럼 보인다. 탐욕스러운 팽창에의 욕망과 이를 생산해내는 자가 발전식의 메카니즘은 그에게 있어 경계와 비판의 대상임에 틀림없으며, 그를 감시하고 비난하는 뭇시선과 풍문들에 대해서도 그는 단호한 입장을 취한다. 이와 같은 윤리적 태도는 주로 알레고리의 어법을 통해 표현되고 있는데, 하나를 말하면서 다른 것을 전달하는 알레고리의 형식이야말로 문학성을 잃지 않으면서 관념을 전달하기에 적합하다. 비록 이들 작품이 보여주고 있는 자본주의 사회의 세태들이 전형적이기는 하지만 이는 의미를 고수하려고 선택한 순간 감수해야 할 결과이다.

그러나 그는 어느 누구도 이 자본주의 사회에서 결코 자유로울 수 없으며, 그 또한 예외가 아님을 알고 있다. 뿐만 아니라 자신이 비판하던 바로 그것을 자기 자신에게서 발견한다. 이 시집에서 이와 같은 자각이 수반된 작품들은 윤리적이고 가치평가적인 입장에서 한 걸음 물러나 있다. 그리고 시선은 밖이 아닌 안을 향해 있다. 흥미로운 것은 안으로 향하는 이와 같은 시선이 다름 아닌 두려움과 공포를 발견한다는 점이다.

과연 그의 작품 속에는 두려움에 떠는 화자의 모습이 많이 등장하는데, 「라일락꽃」, 「진월동의 밤」, 「청동기의 마을에서」, 「사내」, 「오리천국」, 「달빛·침대」와 같은 작품에서 화자는 지속적으로 '겁이 난다'고 고백한다. 이러한 두려움은 사면초가의 국면이 야기한 총체적인 위기감에 대한 것일 수도 있고, 전방위적으로 편재해 있는 후기 자본주의 메카니즘의 집요함에 대한 것일 수도 있을 것이며, 이 모든 적대적인 도전들에 대해 더 이상 신념 하나만으로 대응할 수 없게 되어버린 처지에 대한 것일 수도 있을 것이다. 또한 그의 두려움과 공포는 자신의 내부에서 자신의 적을 발견한 데서 오는 것이기도 하다.

서울로 대표되고 거대한 발전소와 용광로로 비유되는 이들 자본주의의 메카니즘은 사람들을 순식간에 끌어들여 그 체제의 일부로 만들 뿐 아니라, 그들의 내면마저도 그 체제와 같은 방식으로 재편한다.

　　바람 자면 제 스스로
　　멈춰버리는, 떨어져버리는 프로펠러,

　　이내 쑥구렁에 처박힌다

흥건히 피투성이다

사흘만 지나면 누구 하나 기억하지 못한다
상처투성이의 몸 움직여

또다시 돌아가는 프로펠러,
또다시 허공에 부웅 떠오르는 몸,

우두커니 바라보고 있는 눈망울이라니!

싫다 징그러운 프로펠러, 꺼버리고 싶다
제어할 수 없는 이 엄청난 날개.

— 「프로펠러」에서

위의 작품에서 소재로 다루고 있는 '프로펠러'는 욕망의 등가물로 읽기 쉽다. 태어날 때부터 사람들이 제 속에 갖고 있다든지, '바람'으로 비유되는 외부의 자극에 좌지우지된다든지, 자기 파멸에 이르러도 이내 망각하고 다시 작동하기 시작한다든지 하는 점에서 그러하다. 그러나 이는 또한 자본주의 시스템이 갖고 있는 속성이기도 하다. 내외의 이러한 상동성은 암암리에 개인들의 욕망을 통제하고 감시하며 저 스스로를 닮은 꼴로 만들어 가는 근대 자본주의 체제의 작동 원리에서 비롯된 것이다. 내외의 이러한 기제들을 작동시키는 원동력, 욕망은 "순식간에 파랗게 부풀어" 올랐다가 "팍, 터져버리면 한 줌 찢어진 비닐 조각"이 되어버릴 것에 지나지 않지만, 무서운 것은 그 파멸과 고통의 기억은 곧 망각되고 '또다시', '세월가는 줄 모르고' 부풀어 오르고 떠오르고 터지기를 반복하다가 생명이 소진됨에 이르러서야 비로소 중단된다는 사실이다.

물론 그의 내면에 "나도 한때는 이 나라의 역사를 위해, 민주주의를 위해 여러 차례 삐라를 만들어 뿌린 적이 있는 사람"(「지껄여 대는 침묵」)이라는 자부심이 없는 것은 아니다. 그러나 이러한 자부심이 그의 고통과 두려움을 더욱 증폭시키는 원인이기도 하다. 그러기에 그러한 자부심은 "봄날 한때/ 뾰족뾰족 마디를 만들며/ 어쩌다 오염된 세상, 기껏 한번 찔러댔을 뿐"이라는 자조로 전환된다. 그리고 바로 이 지점에서는 그의 현실인식과 시적 진술들은 한결 사실감을 지니게 된다.

다음과 같은 작품이 그 대표적인 예인데, 환멸이 내면의 이중성을 폭로함으로써 팽팽한 긴장과 공감을 자아내는 경우이다. 진정 뒤에도 길이 없고 앞에도 길이 없는가. 그것은 나의 오독은 아닌가. 그는 자신의 현실인식에 대해서 끊임없이 질문을 한다.

> "어디에도 길은 없다", 라고 너는
> 으스러지는 목소리로 엄살을 떨겠지
> 멈칫멈칫 뒤돌아보며 "내 텅 빈 가슴속에도
> 새끼손가락만큼씩 여무는 초승달
> 뽀얗게 떠오르고 있다 잘 닦인 슬픔
> 몰래 키우는 오랜 꿈
> 아침 이슬로 진주알로
> 방울방울 맺히고 있다", 라고 너는
> 또또 능청을 떨겠지 동병상련의 젖은 목소리로
> 울먹이겠지 울먹이는 척 하소연하더라도
> 푸르고 곧은 길, 휘어지기 쉬운 길
> 너무도 천하고 거칠어 더는 네게
> 아무것도 묻지 않기로, 배우지 않기로 한다.
>
> ― 「대나무의 길」에서

그는 "어디에도 길은 없다"고 말한다. 그러면서 그 말이 어쩌면 '엄살'일지도 모른다고 의심한다. 동시에 "내 텅 빈 가슴속에도… 오랜 꿈…방울방울 맺히고 있다"고 하면서 아직 포기하지 않은 희망에 대해 이야기한다. 그리고 이내 그것이 '능청'이고 '하소연'일지도 모른다고 말한다.

이와 같이 일단 말해 놓고 그 말을 스스로 번복하는 자기 배반적 진술은 이 작품 이외에도 곳곳에서 발견된다. 「대나무」에서도 대나무의 곧고 기개로운 모습을 보여주는데 그치지 않고 그 이면을 그려낸 후 다시 그것을 조롱한다. 가령, '파랗게 윤기 이는 늘씬한 몸매'를 보여주고 그 이면에 내재해 있는 '하늘 멀리 새털구름 따위나 그리워하는 마음'을 폭로하고 조롱한다. '숲을 만들고/ 그늘을 만'드는 모습을 언급하고 '해바라기꽃 한송이 키우지 못하는' 피폐함을 역겨워한다. 독설과 자탄 섞인 이러한 질문이 외부가 아닌 자아를 향하고 있다는 점에서 독자들은 마음을 연다.

이와 같은 맥락에서 보았을 때, 다음 작품들에서처럼 빈번하게 발견되는 '침묵'에의 선택이 더 이상 나아갈 곳이 없는 자의 자기 변명이나 방어가 아님을 알 수 있다. 그것은 나름의 세계 인식을 바탕으로 하여 스스로의 의지와 신념으로 선택한 결단이다.

> 적막은 죽어 있는 것이 아니다
> 제 속에 동심원을 그리며 얼핏 멈춰 있을 따름이다
> 잠시 어금니 꽉 다물고 있을 뿐인 적막,
> 속을 뒤집으면 간이 녹아
> 벌써 거머리처럼 피가 흥건히 고여 있다
> 지금은 다만 피를 보고 싶지,
> 않은 거다 더는 피가 싫어
> 눈을 감고 있는 거다 수류탄의 마음을 하고
>
> — 「적막」에서

그러니 내버려둬라 지금 나는 그저 아득히 지고 있는 것처럼 보이고

싶을 따름이다
　　하지만 정작, 무엇이 이기는 것이고 무엇이 지는 것이냐
　　지고 싶은 마음이 이기고 있는 마음을 향해 비눗방울 같은 우스개를
날리는 일이, 너희들은 미울 거다 한갓 비눗방울로 보일 수도 있을 거다
　　비눗방울이라고 해도 좋다 말하는 침묵에 취해 지금 나는 이렇게 마구
지껄여대며 중용을 얻고 있는 거다
　　세상의 하찮고 귀찮은 싸움을 떠나 얼마간은 침묵의 시간을 갖고 싶은
거다

— 「지껄여대는 침묵」에서

　‘적막’은 패배나 포기가 아니다. 적막은 ‘간이 녹아’들 정도의 긴장과
집중을 통해 내공을 키우며 ‘기다리고 있는’ 기대와 인내의 속성이다. 적
막, 침묵, 고요를 선택한 데에는 ‘인간의 더러운 속성’, ‘그것이 만드는 역
사’, ‘예술이라는 것이 생산하는 너절한 포즈’, 그리고 무엇보다 이기고
지는 문제가 모든 가치 있는 문제들에 우선하는 세상에 대한 환멸이 깔
려 있다. 그러한 환멸에 대한 대응 방식으로 택한 것이 침묵이다. 그리고
위 시의 화자는 그 이유를 ‘지고 있는 것처럼 보이고 싶을 따름’이라고
말한다. 그러나 역설적이게도 이들 작품은 매우 요설적이다. 산문에 가까
운 진술로 이렇게 ‘지껄여대는’ 것은 어쩌면 그 모든 포즈와 위선과 가면
들에 대한 직격탄일 것이다.

　그럼에도 불구하고 한 가지 남는 의문은 도대체 ‘지고 있는 것처럼 보
이고 싶을 따름’이란 어떤 마음 상태를 말하는 것일까 하는 점이다. 그것
은 ‘지고 싶은 마음’과는 또 다르다. ‘지고 싶다’는 것과 달리 ‘지고 있는
것처럼 <u>보이고 싶다</u>’(밑줄: 필자)는 것은 보아줄 시선을 전제한 진술이다.
그렇다면 그의 침묵은 청자에 대한 또 하나의 발언이며, 다른 방식의
‘말’이다. ‘지껄여대는 침묵’이라고 말하고 있지만, 이 침묵을 통해 그는

말을 하고 있는 것이다. 이와 같은 형태의 말이 굳이 필요한 것은 그 청자가 '머리칼 풀어헤치며 귀신들', '끊임없이 발목 잡아끄는 실타래 같은 어둠의 뿌리들', '삐쭉거리는 얇은 눈길들'과 같이 한정지을 수도 없고 규정할 수도 없으며 이름붙일 수도 없는 것들이기 때문이 아닐까 싶다. '악다구니'의 세상, '귀신'들이 점령한 세상에서 살아남기 위해서는 특별한 방식의 전략이 필요할 테니 말이다.(「길은 당나귀를 타고」)

그렇지 않은 시가 있겠는가마는 특히 이은봉의 이번 시집 『길은 당나귀를 타고』에는 청자가 중요한 기능을 하는 작품들이 많다. 그것이 현상적 청자건 내재되어 있는 청자건 그의 말은 언제나 누군가, 무엇인가를 향해 있다. 청자 중심적 시가 화자보다는 청자에 동일시하며 읽게 만든다는 독서 관습에서 볼 때, 이 시집의 말들은 듣는 이를 괴롭고 아프게 한다. 그러나 그 아픔은 "너를 만나던 커피숍, 수족관의 앙증맞은 열대어, 를 들여다보고 있어도, 내 마음엔 뽀얗게 얼음이 언다"(「이 겨울에 내겐」)나 "앞뜰에 뛰놀다 엘리베이터 콩닝쿨을 타고 기어올라온 일곱 살 짜리 훈이…… // 검시의원처럼 노파의 코 끝에 귀 대어본다 푸우, 숨소리 겨우 들린다"(「노파: 공중무덤」)와 같은 구절을 읽었을 때의 아픔과는 전혀 다르다. 그 아픔의 차이는 무엇일까. 어쩌면 역사에 온전히 존재를 기투해본 자만이 이 두 종류의 아픔을 다르게 느낄 수 있을지 모르겠다.

옥탑방의 입사식, 분열과 착란의 언어
— 안현미의 시세계

안현미의 첫 번째 시집 『곰곰』의 세계는 크게 세 개의 키워드를 중심으로 교직되어 있다. 여자, 분열, 그리고 언어 유희가 그것이다. 유년 시절이나 가족사, 혹은 세태의 문제를 다룬 작품들도 다수를 이루고 있지만, 훨씬 많은 작품들이 여성으로서의 정체성에 특별히 천착하고 있으며, 그것은 과거의 특정한 경험- 한 사내와 음악과 책과 관련된 경험들, 그것을 연애사라고 해도 좋으리라-에 맞닿아 있다. 유희가 여성으로서의 정체성을 더듬어 가는 그녀의 작업 태도라면, 언어는 그 작업의 도구이자 재료가 된다. 그리고 그 최종 결과물이 피카소의 「우는 여자」를 닮은 시인의 초상이다. 물론 피카소의 작품처럼 비극적이거나 애통하지는 않다. 오히려 여러 사람이 언급했듯이 발랄하고 경쾌한 것처럼 보인다. 그러나 간신히 봉합되어 있는 조각난 이미지들의 틈새를 들여다 볼 때, 우리는 그녀의 시가 지독한 몸살을 파먹고 자라난 것임을 알 수 있다. 이제 이 세 개의 키워드를 중심으로 『곰곰』의 세계를 들춰보자.

끝나지 않는 시련, 불완전한 입사식

이 시집의 첫머리에 실린 작품, 「곰곰」에서부터 시작하자. 이 작품은 일견 재치가 돋보이는 가벼운 소품 같지만, 시집의 제목을 삼을 만큼 그녀의 시세계를 상징적으로 보여준다. 그것은 여성 주체의 입사식이라고 할 수 있다.

> 주름진 동굴에서 백 일 동안 마늘만 먹었다니
> 여자가 되겠다고?
>
> 백 일 동안 아린 마늘만 먹을 때
> 여자를 꿈꾸며 행복하기는 했니?
>
> 그런데 넌 여자로 태어나 마늘 아닌 걸
> 먹어본 적이 있기는 있니?
>
> ― 「곰곰」

이 작품에서 다소 비아냥거리는 투로 하는 말의 핵심은 여성성에 대한 회의이다. 여자가 되는 일, 여자를 꿈꾸는 일, 여자로 사는 일의 허상에 대해 질문하고 있다. 그 질문의 대상은 표면적으로 단군 신화의 웅녀이지만, 궁극적으로는 '여자라서 행복해요'라고 말하며 만족스러운 미소를 짓는 대다수의 여성들인 것처럼 보인다. 동굴에서 나왔을지는 모르지만 여전히 마늘을 먹고 있는 줄은 모르는 눈 먼 여자들 말이다.

단군 신화는 웅녀를 주체로 하는 웅녀의 입사식으로 읽을 수 있다. 시련을 위해 자신이 속한 세계에서 분리되어 동굴 속에서 고립되고, 그 시련을 감내함으로써 여자가 되어 다시 그가 속한 세계로 재편입 되는 이야기이기 때문이다. 그러나 단군신화에서 모티프를 따온 이 작품은 조금 다르다. 온전한 입사식이라면 <분리→시련→재통합>의 과정을 거치기 마련이고, 또 시련이 끝나면 보상을 받기 마련인데, 이 작품은 오히려 그와 같은 온전한 입사식이 웅녀에게는 허락되지 않았다는 사실을 일깨워주고 있다. 그녀의 입사식은 <분리→시련→시련>의 구조로 되어 있는 것이다.

곰이 인간으로 되었으니 그만한 성취가 어디 있느냐고 묻는다면 달리 할 말은 없다. 그러나 여자가 되고나서도 여전히 마늘을, 그것도 마늘만을 먹어야 한다는 것은 사기가 아닐 수 없다. 그리하여 동굴 안에서 100일 동안 마늘을 먹는 일이 재통합을 보장하는 정당한 과업이 아니었거나, 아니면 애당초 여자에게는 온전한 입사식이 허락되지 않은 것일지도 모른다는 의심을 지울 수 없다.

원래, 단군 신화에서는 곰이 여자가 되기 위해서 마늘을 먹은 것이 아니라 마늘을 먹었더니 재수없게(?) 여자가 된 것이다. 그러니까, 환웅에게 인간이 되게 해달라고 빌었는데, 환웅은 곰을 하필 여자로 만들어 아내로 취했던 것이다. 이 시는 원작의 인과 관계를 전도시켜, 여자가 그 스스로 여자가 되기 위해 인고의 시간을 자청한 것으로 설정한다. 그 결과, 여자의 고통은 자업자득이라는 말을 하는 것처럼 보인다. 그러나 그녀들을 여자로 만드는 것은 누구인가? 누가 그녀들에게 여자를 꿈꾸게 하는가? 아린 마늘의 고통을 기꺼이 감내하게 하면서까지? 이러한 질문을 던져보면 이 시집이 제기하는 문제는 그렇게 단순하지만은 않은 것 같다.

이 시집의 작품들이 그에 대한 대답을 직접적으로 들려주지는 않는다. 혹은 그에 대한 명징하고 객관적인 자각이 있는 것처럼 보이지도 않는다. 다만, 「곰곰」에서 조롱하고 있는 대부분의 여자들에 안현미가 그 자신을 제외시키지 않은 것만은 분명하다. 아니, 이 시집은 오히려 여자가 되기 위해 동굴 속에서 마늘을 먹었던 전설과 같던 시절에 대한 자전적인 고백처럼 보인다. 이제 살펴볼 것은 그녀가 동굴에서 겪었던 시련이 어떠한 것인가, 그리고 그 시련이 그녀에게 남겨준 보상이 무엇인가 하는 점이다.

옥탑방, 분열과 자폐의 공간

동굴은 곰을 공동체로부터 격리시켜 과업을 수행하게 하는 시험의 공간이다. 과업의 성공적인 수행이 보상을 기약하는 것이라고 해서 그 어려움이 줄어드는 것은 아니다. 동굴에서의 시간은 욕망의 억압과 자기 부정을 필연적으로 요구하기 마련이다. 그러나 바로 그러한 이유 때문에 안현미에게 동굴은 환상의 모태이자 시의 자궁이 된다.

그녀의 동굴은 산동네의 옥탑방이다(「하시시」, 「옥탑방」, 「사티와」). 그 옥탑방에서 그녀는 '쥐오줌 번진 책장'과 '비키니 옷장'과 그리고 '더듬이가 긴 곤충'과 함께 꽃다운 청춘을 보낸다.(「거짓말을 제조하다」, 「거짓말을 타전하다」) 거기에서 그녀는 바하를 듣고, 사티를 듣고, 세풀베다와 에밀 아자르와 카자르가 포함된 840권의 책을 읽으며, '시 같은 거짓말'를 제조하고, '거짓말 같은 시'를 타전한다.

옥탑방이 안현미의 동굴이라면, '벌레같은 사내'를 만나 사랑을 키우고 또 실패하고, 그래서 상처를 극복하는 일은 그 동굴에서 그녀가 수행해야 할 혹은 수행한 과업이다. 과연 그에게 있어 사랑의 경험은 단순한 추억 이상인 것 같다. 이 시집의 화자가 대체로 여자이며, 더구나 그 화자는 한국 시가의 전통을 잇기라도 하듯 대개가 실연의 아픔을 이야기하고 있다는 사실은 주목을 요한다. 「가시리」나 「진달래꽃」의 화자처럼 애

절하게 떠난 님이 돌아오기를 애원하는 것은 아니지만, 「공무도하가」의
화자처럼 비극적인 처절함으로 이별을 절규하는 것도 아니지만, 사랑을
다루고 있지 않은 작품 속에도 수시로 사랑에 관한 구절들이 끼어드는
것을 보면 그 기억과 상처가 얼마나 깊은가 가늠하기는 어렵지 않다.

　그녀에게 시련을 안겨준 그 사내는 음악에 조예가 깊었던 것 같고,(「G
선상의 아리아」, 「환을 연주하다」, 「사티와」, 「timless time」) 독서광이거나
적어도 책을 좋아하는 사내였던 것 같다(「거짓말을 제조하다」, 「거짓말
을 타전하다」, 「사티와」). 그러나 그러한 내용은 별로 중요하지 않다. 그
것은 그녀의 금간 수정 구슬이 보여주는 데에 잠시 비쳤다 사라지는 영
상에 지나지 않으며, 동일인의 것일 수도 있지만 다른 사람의 것일 수도
있다. 중요한 것은 사후적으로 볼 때, 그 사내와의 사랑이 그녀의 성장을
위한 과업이었다는 사실이다. 그녀가 극심한 정체성의 위기를 겪는 것은
그래서 필연적이다.

> 12개의 사다리를 올라가면 녹슨 열쇠구멍 속에 갇혀 있는 내가 있지
> 내 속에는 내가 너무도 많아 분열을 앓고 있는 나는 나를 사랑한 당신을
> 사랑한 나를 증오하지 증오하는 나를 사랑하는 나는 녹슨 가위를 들고 동
> 맥을 오리지 피 흘리는 나를 안아주는 나는 당신이 선물한 액자 속에 있
> 는 당신이 사랑한 삭발한 여자에게 말해주지 이제 와 생각해보면 그건 사
> 랑도 아니었지 그냥 지상에서 가장 높은 방에 서로를 모셔두는 일이었지
> 그래서 당신과 여자는 울지 못하고 옥탑방만 울고 있는 거지
>
> ─ 「옥탑방」에서

　'12개의 사다리를 올라'가는 일이 시간을 거슬러 고통의 현장을 찾아
가는 일이라면, '녹슨 열쇠구멍 속'을 들여다보는 일은 현재의 시간 사이
에 난 틈을 통해 과거를 들여다보는 일이다. 화자는 '녹슨 열쇠구멍 속에

간혀 있는' 나, 즉, 과거에 유폐되어 있는 나를 보고나서는 '이제 와 생각
해 보면 그건 사랑도 아니었지'라고 말하며 지난 사랑을 정리하고 있는
듯 보인다.

　그러나 그 '나'가 '분열을 앓고 있'었다는 사실마저 외면할 수는 없다.
'나는 나를 사랑한 당신을 사랑한 나를 증오하지'와 같은 이상(李箱) 식의
어법은 자아의 분열적 징후를 단적으로 드러낸다. 사랑과 증오 같은 극
단적인 양가 감정이 사랑의 본질이며, 과잉된 자의식과 출구를 찾지 못
하는 욕망이 마침내 안정되고 통합된 자아를 뒤흔들어 균열을 일으키는
것은 사랑의 낭떠러지에서 떨어진 자에게 자연스러운 일이다. 주목해야
할 것은 그러한 자아의 모습을 인정하고 또 수용할 수 있는 것은 이처럼
과거를 대상화했을 때나 가능한 사후적인 일이라는 사실이다.

　그런 의미에서 이 시집에 자주 등장하는 틀, 혹은 액자의 모티프도 눈
여겨볼 만하다. 거울(「그 해 여름」, 「사티와」), 액자(「옥탑방」) 같은 것들
은 물론 '사내의 그림자 속에 여자는 서 있다'(「개기월식」)는 구절에서도
틀 이미지의 변형을 볼 수 있다. 이러한 틀 혹은 액자 속의 자아 모티프
는 자아의 대상화를 의미하며, 안현미의 틀 모티프도 예외는 아니다. 틀
모티프가 나오는 작품에서는 예외 없이 분열된 자아상을 만날 수 있다.
그러나 그 틀이 거울이나 유리창 같이 반영의 성질을 갖고 있을 때, 자아
성찰의 매개체로 사용되는 것이 일반적인 데 반하여, 안현미의 틀은 분
열된 자아를 가두는 역할을 할 뿐이다. 또 한 가지 중요한 것은 자아의
대상화를 바라보는 자아와 보이는 자아의 분열이라고 할 때, 안현미의
시에서는 바라보는 자아가 동일시하는 시선이 바로 사내의 시선이라는
사실이다.

수은이 벗겨진 거울과 640권의 썩어가는 책들이 전부인 옥탑방에서
나는 840번 되풀이해 벡사시옹만을 연주하고 있다
사내가 가르쳐준 뺄셈을 도통 알아들을 수 없다는 투로
'농담을 던지듯이' 삶이 그런거냐고
거울 속 여자를 흘끔거린다
여자는 쉬잔 발라동처럼 분방하게 웃기만 한다

— 「사티와」에서

시간을 쪼개다 지루해진 사내는
여자의 갈비뼈를 시간의 장작더미 위에 던져놓곤
정물처럼 버려져 있는 여자 속으로 들어간다
나 삼류야 양아치야 독 많은 옻나무야
뒷산 올빼미야 (넌) 아주 작은 형용사야
이제 네 갈비뼈는 너무 무뎌졌고
정물 같은 너도 지루해

— 「아주 작은 형용사」에서

　위의 두 작품에서도 공통적으로 틀의 모티프가 나타난다. 「사티와」에서는 거울에 의해, 「아주 작은 형용사」에서는 여자를 정물로 가두는 액자틀에 의해, 여자는 바라보는 자아와 보여지는 자아로 분열된다. 이렇게 분열이 일어나는 곳에는 언제나 사내가 있다. 그 사내는 여자에게 무엇인가를 가르치거나 지시한다. 「사티와」에서는 '이것을 840번 되풀이 연주할 것'이라는 '암호같은 지시문'을 여자에게 주고, 「아주 작은 형용사」에서는 '뒷산 올빼미야 (넌) 아주 작은 형용사야'라고 여자를 규정하고 또 가르치고 있다. 그 지시에 따라 「사티」에서 여자는 '840번 되풀이해 벡사시옹만을 연주하고' 있으며, 「아주 작은 형용사」에서 '나'는 '무뎌진 갈비뼈를 들고 밑줄 긋'기를 할 뿐 아니라 '나 아주 작은 형용사야'라고 남자의 말을 되풀이하기도 한다. 여자는 입사식의 원만한 수행을 위해

동굴 속에 고립되었을 뿐 아니라 남자의 시선에 의해 갇혀버린 '정물'이 되어 버린 것이다.

갇힌 자아, 목마른 시인의 가면

반복되는 여자의 시련 이야기는 안타깝고 답답하다. 이제 그만 동굴에서, 갇힌 틀에서 나와, 어둠 속에 앉아 조각난 거울을 통해 자기를 들여다보는 일 따위는 그만 둬, 라고 소리라도 치고 싶은 심정이다. 다행히 「개기월식」이나 「timeless time」과 같은 작품에서는 여자를 가두는 그것과의 당당한 대결을 볼 수 있다. 지구의 그림자가 달에 완전히 가려지는 현상을 사내와 나의 관계로 유비시키고 있는 「개기월식」은 '사내의 그림자 속에 여자는 서 있다'라는 구절로 시작해서 '그림자까지 알뜰하게 다 베어 먹고 유쾌하게 사과의 검은 씨를 뱉듯 사내를 뱉는다'라는 구절로 맺는다. 나를 잠식하는 그것에서 탈출할 수 없다면 먹어치우리라. 「timelee time」와 한 짝이 되는 「러시안 룰렛」은 시간을 도둑맞은 여자와 도둑맞은 시간을 찾는 남자, 기다림과 떠남. 복수의 서사로 읽을 수 있다. 그 결말은 다음과 같다. '빙고! 시간의 파편이 사내에게 꽂힌다/ 영원처럼 아찔한 현기증에 사로잡힌 사내가/ 사막 한 가운데 쓰러진다.'(「러시안룰렛」)

이러한 탈출과 극복은 역설적이게도 갇힌 틀 밖의 자아가 아니라 자아에 의해 이루어진다. 거울 속에서 '쉬잔 발라동처럼 분방하게 웃기만 하'는 여자(「사티와」), 즉 분열된 자아 가운데 하필이면 대상화되어 보여지는 자아가 탈출을 감행하는 것이다.

착란에 휩싸인 봄이 그리워요, 비애도 회한도 없는 얼굴로 당신들은

너무나 말짱하잖아요, 착란이 나를 엎질러요, 엎질러진 나는 반성할까 뻔
뻔할까, 나의 죄는 가난도 가면도 아니에요, 파란 아침이고 시구문 밖으
로 나가면 끝날 이 고통도 아직은 내 거예요 친절하지 않을래요 종합선물
세트처럼 주어지는 생을 사는 건 당신들이지 나는 아니에요, 나는 착란의
운명을 타고난 빛나지 않는 별, 빛나는 별도 언젠가는 늙고 죽어요
— 「屍口門 밖, 봄」에서

……악몽처럼 반복되는
일상의 감옥에서
슬프게 그러나 곱게 미친,
…… 그 여자
어둔 잠 속 나를 위해
매일 밤 느티나무 네 잎의 숨결을……
홈치러 가던 그 여자
— 「몽유병」에서

나는 '일상의 감옥', '어둔 잠' 속에 갇혀 있다. 사람들은 '비애도 회한
도 없는 얼굴로' '너무나 말짱하'게 잘 살아간다. 그러나 그녀는 그럴 수
없다. '나는 착란의 운명을 타고 난 빛나지 않는 별'이기 때문이다. 그녀
는 아무런 반성도 삶을 긴장시키는 떨림도 없는 '종합선물세트처럼 주어
지는 생'을 살아가길 거부한다.

그래서 갇힌 자아는 꿈꾸는 자아이기도 하다. 혹은 그러한 자아는 이
미 그녀 안에서 잠자고 있었는지도 모른다. '일상의 감옥에서/ 슬프게 그
러나 곱게 미친,/ …… 그 여자'는 '어둔 잠 속 나를 위해/ 매일 밤 느티나
무 네 잎의 숨결을 ……/ 홈치러' 간다. '느티나무 네 잎의 숨결'은 옥죄
어 오는 현실에 꽉 막혀 버린 숨통을 틔워줄 생명의 잎사귀이며, 안현미
에게 그것은 시이고 음악이고 또 책들이다. 그러한 탈출은 그녀가 지금
속한 현실로부터의 탈출만을 의미하지는 않는다. 그 탈출은 또한 악몽처

럼 되풀이되는 과거의 고통스러운 기억으로부터의 탈출이기도 하다. 권
태로운 오후 세 시, 악몽처럼 되풀이 되는 유년의 기억으로부터도 그녀
는 '구렁이를 탄 계집아이'를 만들어 탈출시킨다.(「오후 세 시」)

감옥이 되어 버린 동굴, 자아를 가두는 시선으로부터 탈출을 감행하는
자아는 다름 아닌 꿈꾸는 자아이다. 자아의 분열이 한 편으로는 자아를
시선의 감옥 속에 가두지만, 오히려 그 봉쇄와 유폐가 가하는 억압의 에
너지로 인해 그녀는 몽상과 광기에 사로잡히게 되고, 이런 광기와 착란
에 의해 여자는 동굴에서 탈출할 수 있게 되는 것이다. '착란의 운명을
타고난 빛나지 않는 별', '물병 속의 달콤한 물을 마시고 노래를 부르는
어린 당나귀, 당나귀의 노래를 꽃으로 만드는 마녀, 마녀의 고독을 시로
적어주는 검은 고양이, 고양이에게 물방울을 선물하는 생쥐, 쥐구멍에도
햇빛을 선물하는 두 개의 태양, 사다리를 타고 태양을 청소하러 가는 청
소부'와 같은 것들은 다름 아닌 착란을 유희로, 억압을 광기로 에너지화
한 자아를 일컫는 동화적 명명이다. 그리고 그녀의 시는 '굳게 닫힌 문
앞에서 물병 속의 물이 달콤해지기를 기원하는 주문'이다. (「열려라 참
깨!」)

> 슬픔은 팡이 팡이 피어오르는 곰팡이꽃처럼 습관적으로 습한 곳만 더
> 듬거렸다 습관적으로 희망하고 반복적으로 절망하는 날들이 지나갔지만
> 아무도 여자가 어디로 갔는지 묻지 않았다 물음이란 본디 목마른 여름날
> 오후의 햇살들처럼 아무것도 말해주지 않는다는 게 이 별책 부록 같은 골
> 목의 불문율이었다
> 그해 여름 팔려간 여자의 화장대 거울은 땀을 뻘뻘 흘리며 목마른 시
> 인의 가면을 뒤집어쓰고 팔리지 않는 위독한 모국어로 시(詩)를 쓰고 있
> 었다
>
> — 「그 해 여름」에서

역시 자아 분열의 모티프가 보이는 이 작품에서 주목할 것은 마지막 부분이다. 슬픔에 젖어 희망과 절망을 반복하던 어느 여름, 여자는 시 쓰기를 시작한다. 그러나 시를 쓰는 것은 팔려간 여자가 아니고, 팔려간 여자가 두고 간 화장대 거울이다. 그것도 '목마른 시인의 가면을 뒤집어쓰고' 시를 쓴다. 팔려간 여자가 "목마르지 않은데도 물이 몸에 좋다는 이유로 습관적으로 물을 마셔왔"다면, '팔려간 여자의 화장대 거울은' '목마른 시인의 가면을 뒤집어쓰고' 시를 쓴다. '물이 몸에 좋다는 이유로 습관적으로 물을 마셔왔'던 허위와 무자각의 과거를 버리고, 과감하게 목마를 것을 선택한 것이다. 왜냐하면 목마름은 다른 이가 아니라 시인의 가면이며, 또 시인의 특권이자 시인의 정체성을 보장해 주는 가혹한 표징이기 때문이다.

그럼에도 불구하고 안현미는 '시인'이 가면이라고 말한다. 이를 간과해서는 안 된다. 시와 시인에 대한 그녀의 생각을 보여주고 있기 때문이다. 대부분의 시인들은 시 쓰기를 진정한 자아를 드러내는 일이라고 한사코 주장한다. 시가 시시하다고는 말해도 시쓰는 자아는 가면이며 그것도 분열된 자아가 쓴 가면이라고 폭로하는 일은 드물다. 그에 비추어 볼 때, 시인으로서의 정체성에 대한 안현미의 이와 같은 규정은 흥미롭다.

과연 안현미의 작품 속에서 시 쓰기는 자아를 드러내는 일이라기보다는 자아를 감추는 위장 행위에 더 가까운 것 같다. 「거짓말을 제조하다」, 「거짓말을 타전하다」에서도 그렇고, '시인은 죽었다'는 구절이나(「짜가투스트라는 이렇게 말했다」), '시인들에겐 소송을 걸 가치가 없다'는 구절(「그렇다면 시인,」)에서도 시와 시인에 대한 다소 냉소적인 시선을 볼 수 있다. 그것은 김수영류의 결벽증적인 독선에서 나온 것도 아니고, 겸손한 자기 인식에서 나온 것도 아니다. 그것은 그녀의 시 쓰기, 혹은 시인 가면이 자기 자신을 향해 있다는 것에 대한 자각과 인정에 다름 아니다. 그녀의 시 쓰기는 유희이며, 그것은 일차적으로 다른 누가 아닌 그 자신의 동굴에서 탈출하는 수단임을, 더도 덜도 아니고 딱 그만큼임을 알고서 하는 말이다. 그래서 그는 "이 별에 불시착한 너의 우주선을 수리해줄 수 없지/ 시인이란, 그렇게 시시하지"라고 말한다 그러면서도, 그의 아이가 '태어나 처음 쓴 시를/ 설위표(雪位標)처럼 내 시 속에 놓아둔다'고 말한다(「여행 온 아이가 여행 온 아이에게」) 이는 물론 핏줄에 대한 특별한 감사와 애정에서 비롯된 것이겠지만, 또, 시가 아니라 그림을 그려주었어도 그렇게 했을 테지만, 중요한 것은 자신의 아이가 쓴 시를 자신의 삶이나 미래가 아닌, '시 속'의 '설위표'로 삼는다고 했다는 사실이다. 그녀에게 시인은 시시한 존재이며 또 그녀의 여러 가면 가운데 하나에 불과하지만, 또 시가 거짓말 같다고 말하고 있지만, 그럼에도 불구하고 현재로서는 시가 그녀에게 유일한 희망일 것이다.

주문을 외다, 탈출하다

그녀의 시는 결코 쉽게 읽혀지지 않다. 핵심이 되는 키워드 몇 개를 조합하여 전체적인 내용이나 분위기를 유추하는 정도의 이해만이 가능할 뿐이다. 그것은 그녀의 시가 소통을 최우선의 목적으로 하고 있는 게 아니라는 사실과 관련된다. 타자보다는 자신의 욕망과 기억을 향하는 언어의 촉수는 그 파편들을 조합함으로써 생겨나는 짜릿한 긴장을 산출한다. '위독한 모국어'(「그 해 여름」)와 '해체된 모국어'(「총잡이들의 세계사」)로 유희를 하는 일은 그녀가 시를 쓰는 제일의 이유이고, 그 유희를 통해 일상과 현실을 벗어나는 일, 환상을 창조하는 일이 그 유희의 목적이라면 목적이다.

가령, '비굴을 잔굴, 석화, 홍굴, 보살굴, 석사처럼/ 영양이 듬뿍 들어 있는 굴의 한 종류로 읽고 싶다'에서처럼 시인은 기표 놀이를 통해 언어와 지시대상, 엄밀히 말하여 기표와 기의의 관습적인 결합을 느슨하게 만든다.(「비굴 레시피」) 그것은 단순하게 언어의 자의성을 재확인하는 작업에 그치지 않는다. '슬픔은 팡이 팡이 피어오르는 곰팡이꽃처럼 습관적으로 습한 곳만 더듬거렸다'에서는 너도 나도 할 것이 다 사용하여 닳고 닳은 슬픔이라는 정서를 그녀만의 것으로 재창조한다. <슬픔-곰팡이-습한 곳>으로 이어지는 질척하고 음습한 슬픔의 의미소를 상쇄시키는 것은 다름 아닌, '팡이'와 '스' 음절의 반복 같은 기표 유희이다.(「그해 여름」) '몽유병'을 '병(瓶)'의 일종으로 치환시켜 고통에 겨워하는 자아를 '몽유병에 꽂혀 죽어가고 있'다고 재치있게 표현하는 것도 단순한 언어 유희가 아니다. 그러한 재치와 위트는 자아가 겪는 고통의 무게와 깊이를 경감시킨다. '도란/도란'이라는 음성적 등가성을 매개로 잣나무의 정겨운 모습과 '도(道)'란 무엇인가 하는 철학적 질문을 천연덕스럽게 연결시키는 것(「나 VS 잣나무」)도 마찬가지이다.

언어의 견고한 지시성을 흔들고 새로운 창조로까지 나아가는 것은 이러한 펀(pun)에 의해서만 이루어지는 것이 아니다. 통사적 차원에서도 안현미는 그녀만의 방식으로 언어들을 조직한다. 객관적 상관물에 정서를 의탁하는 것도 아니고, 정황을 사실적으로 진술하는 것도 아닌 그의 독특한 어법은 은유적 어법과 환유적 어법의 중간쯤에 위치한다. 전체적으로는 유사성의 원리에 의지하고 있지만, 그것이 화제를 선명하게 만드는 데 기여하기 보다는 모호하게 의미를 흩어지게 만든다는 점에서 은유적

어법과는 차이가 난다. 가령,

내가 도착해야 하는 곳은 해가 뜨는 곳이고 당신이 도착해야 하는 곳
은 해가 지는 곳 해가 뜨는 곳과 해가 지는 곳 사이에 세상의 모든 아침
과 저녁이 있지요 사랑은 그렇게 모든 것이죠

— 「마침표」에서

와 같은 구절의 부분 부분은 난해하지도 않고 심오한 비유도 찾아볼 수
없다. 그저 평범한 진술들일 뿐이다. 그런데도 그 의미가 한눈에 들어오
지 않는다. 그 원인을 소박하게 말하자면, 쉽게 말할 수 있는 것을 오히
려 어렵게 말하고 있기 때문이다. '내가 도착해야 하는 곳은 해가 뜨는
곳'이라니, 그것은 곧 '내가 도착해야 하는 곳은 동쪽'이라는 말을 환언
한 것에 지나지 않는다. '당신이 도착해야 하는 곳은 해가 지는 곳'이라
는 말도 마찬가지이다. 이처럼 개념화된 것을 풀어 말할 때 오히려 그 의
미는 모호해지고 다의성을 갖게 된다. 예컨대, '직선'을 '두 점 사이를 가
장 짧은 거리로 이은 채 양쪽으로 곧게 연장한 선'이라고 표현할 때, 그
것은 낯섦의 효과를 낳으며 즉각적인 이해를 방해한다. 그녀의 어법이
그와 같다.

그렇다면 나와 당신이 '도착해야 하는 곳'이란 무엇을 의미하는가. 그
것은 종말, 혹은 죽음 같은 것을 지시한다기보다는 이들을 중심으로 형
성된 의미망 전체를 가리킨다는 것이 정확할 것이다. '해가 뜨는 곳과 해
가 지는 곳 사이' 그러니까 동쪽과 서쪽 사이에 '세상의 모든 아침과 저
녁이 있'다는 말은 또 무엇인가. 동쪽과 서쪽 사이라면 온 세상의 제유적
표현이 될 것이고, 그러므로 그 문장은 결국 동어반복적인 진술이 된다.
이처럼 세상의 모든 순간과 모든 장소를 운운하며 궁극적으로 하고 싶은

말은 단 한 가지이다. '사랑은 그렇게 모든 것이죠'라는 말. 이제까지 해온 말들은 '모든 것'에 대한 안현미 식의 시적 표현인 것이다. 추상과 구체, 개념과 현상의 범주를 자유자재로 넘나들며 환언에 환언을 되풀이하는 시적 동어반복이 그녀의 수사의 비밀이라고 할 수 있을 것이다.

이에 "수상하다면 수상한 날이었지만 수상하지 않은 날이 더 수상한 그 골목에서 그러니까 일상이 수상한 일들로 반복되는 그 골목"과 같은 식의 통사적 말장난이 더해진다면(「혹부리 사내」), 그 리듬으로 시는 생기를 얻게 된다. "여자의 울음은 누군가의 고독을 적어놓은 파피루스에 덧쓰는 밀서 같은 것이어서 그것이 울음인지 밀서인지 고독인지 피아졸라의 음악처럼 외로운 것인지 산사나무 꽃그늘처럼 슬픈 것인지 아무 것도 아닌 것인지 그게 다인지"(「개기월식」)에서처럼, 그 리듬이 단순한 통사적 반복을 넘어서 이질적 보조 관념들을 한데로 모으는 구심점이 될 때, 그러면서도 그 보조관념들의 이질성을 훼손하지 않을 때, 그 작품은 한층 더 풍부하고 흥미로운 것이 된다.

언어는 존재의 집이고, 시는 언어의 사원이라고 했던가? 그리고 시인은 사원을 지키는 사제라고 했던가? 그렇다면 안현미의 시는 그녀의 옥탑방이고 그곳에서 시인 안현미는 입사식을 치루며 마법의 구슬을 들여다보는 마녀이다. 그 구슬을 통해 보이는 세상은 일그러져있다. 그것은 그녀의 구슬, 즉, 그녀의 언어가 온전한 거울이나, 맑은 유리가 아닌, 그 자신의 표현을 빌자면 '수은이 벗겨진 거울'로 되어 있기 때문이다.(「사티와」) 게다가 그 구슬은 금이 가 있어서 그나마 그 영상들은 온전하지 못하다. 피사체의 각기 다른 부분들이 퍼즐 조각을 이어 맞춘 것처럼 보일 뿐이다. 뿐만 아니라 무시로 끼어드는 다양한 문화 텍스트들의 파편들은 한층 더 그녀의 작품을 분열적으로 만든다. 산산이 흩어지려는 이들 원심적인 언어와 이미지들을 지탱해주는 것이 있다면 언어의 청각적 차원에 대한 예민한 감각이다. 음성적 유사성에 기반한 펀(pun)과 통사구문의 반복적 배열을 통한 리듬은 분열의 순간적인 고정점이 되어줄 뿐 아니라, 정서를 증폭시키고 쇄신시켜주는 역할을 한다. 그러나 바로 이와 같은 분열이야말로 안현미 시의 원천이자, 생명이다. 그 분열은 여성으로서의 입사식을 거치며 그가 견뎌낸 시련의 증거이자 또 과업 수행에 따른 보상이기 때문이다.

여백에 대한 사색

— 김윤성 시집 『아무 일 없는 하루』

　　가끔 원로 시인들이 쓴 노년의 작품을 본다. 청년기의 갈등이나 치열함, 장년기의 원숙한 통찰 대신 세상에 대한 화해로운 시선과 편안한 관조를 볼 수 있다. 그들의 여유와 세상에 대한 한없는 포용은 우리에게 편안함을 선사하기도 하지만 우리를 매료시켰던 그들의 날카로움이 무뎌진 것을 보는 일은 허전한 일이기도 하다. 게다가 살아보니 이렇더라, 사는 거 별거 아니더라, 라고 말할 낌새가 조금이라도 보일라치면 불편함마저 느껴진다. 설령 그들의 말이 사실이라는 걸 인정한다손 치더라도 말이다. 그들의 말을 그대로 받아들이기에 우리에게 삶은 몸으로 살아내야 할 공간이며 여전히 새로운 자극과 질문을 통해 우리에게 참여를 요청하는 공간이기 때문이다.

　　그러한 점에서 팔순의 김윤성 시인이 새로 낸 작품집 『아무 일 없는 하루』는 각별한 의미를 지닌다. 물론 이 시집에서도 앞서 말한 원로 시인들의 일반적인 경향이 보이지 않는 것은 아니다. 모든 세상 풍파를 다 겪고, 삶에 대한 나름의 정리를 마친 이의 여유와 반드시 그에 따르는 무료함과 허탈함도 느껴진다. 그러나 전반적으로 이 시집이 보여주는 여유는 긴장감을 동반하고 있다. 그 긴장은 그가 여전히 삶에 대한 의문을 품고 있다는 데서 생겨난다.

그처럼 오랜 시간을 살아온 그에게도 여전히 수수께끼로 남아 있는 건 무엇일까? 그것은 다름 아닌 삶과 죽음에 관한 것이다. 그 수수께끼 자체는 인생에 대한 다른 모든 질문들이 일반적으로 그러하듯 관념적이다. 그러나 그에게 있어 그 질문은 매우 체험적이고 구체적이다. '돌아갈' 날이 더 가까운 그에게 도대체 인간은 어디에서 와서 어디로 가는가 하는 질문이 어떻게 관념적일 수 있겠는가. 80여 년 동안 세상의 온갖 풍파를 다 겪은 그라 하여도 돌아가는 경험은 최초의 경험이자 마지막 경험일 테니 말이다. 과연 삶이 끝난 후에는 어떤 일이 벌어질 것인가, 또 내가 없는 세상은 어떻게 될 것인가, 하는 지극히 평범하지만 아무도 그 답을 알 수 없는 질문들, 그 또한 아무리 생각해봐도 할 수 없는 대답들, 그러나 누구보다 그에게 절실한 질문들을 재차 던지며 그는 자신의 삶의 시작과 중간과 끝, 그리고 그 이후를 바라본다. 인생의 끝이 보인다는 부인할 수 없는 사실과 그러한 사실을 체감케 하는 삶의 사소한 국면들은 그로 하여금 그 어느 때보다도 절실하게 인생의 의미에 천착하게 만든다. 그래서 그는 여러 작품에서 삶을 여행에 비유하고 있으며, 자신의 여행이 곧 끝날 것이라는 말을 하고 있다.

그로서도 처음 하게 되는 경험 앞에서 그는 결코 의연하지 않다. 나이와 상관없이 당혹해하고 또 흔들린다. 더구나 그는 이미 존재에서 부재로의 눈 깜짝할 사이의 전환을 수도 없이 보아온 터이다.

발 밑에 지렁이가 꿈틀거린다
방금 흙에서 나온 지렁이다

닭이 달려와 냉큼 쪼아먹는다
눈 깜박할 사이
지렁이는 온데간데 없고
모두들 아무 일 없었다고
시치미를 떼고 있다
이렇게 평온한 세상

— 「그 동안 지구는」에서

바로 내 발 밑에 지금까지 지렁이가 꿈틀거리고 있었지만, '눈 깜박할 사이에/ 지렁이는 온데간데 없'어져 버렸다. 그래도 세상에는 아무런 일도 일어나지 않는다. 지구가 자전을 멈추지도 않고, 지렁이 한 마리 죽었다고 어떤 꽃도 슬퍼하지 않는다. 지렁이처럼, 언제까지나 곁에 있을 거라고 생각하던 것들이 순식간에 사라지는 경험은 우리도 종종 하게 된다. 그리고 존재의 덧없음과 운명의 가혹함에 깊은 충격을 받는다. 그러나 그것은 순간에 지나지 않는다. 우리는 다시 남아 있는 것들에 둘러싸여 언제까지나 존재할 것처럼 일상을 살아간다.

그러나 그는 그럴 수 없다. 그와 함께했던 소중했던 많은 것들을 떠나보낸 이에게는, 그리고 길고 긴 여행이 끝나고 그 자신도 떠나야 할 날이 멀지 않다는 것을 아는 이에게는 존재에서 부재로의 이행이 결코 사소한 일은 아니다. 순식간에 사라져버리는 일, 그래서 더 이상 이 세상에 보이지 않게 되는 일, 그럼에도 불구하고 세상은 평온하게 돌아간다는 사실을 외면하고 나면 그의 인생에서 남는 것은 거의 없게 되기 때문이다. 부재에 당면하여 부재를, 텅 빔을, 무(無)를 존재의 한 부분으로 끌어안지 않으면 안 되게 된 것이다. 머지않아 그의 정체성 그 자체가 될 것이기 때문이다. "그림을 그리자면 흰색도 필요하단다" 하신 어린 시절 선생님의 말씀을 그 스스로 흰색에 가까워짐으로써 비로소 깨닫게 된 것이다.(「흰색 크레용」)

> 아무 생각 없이 창 밖을 내다보고 있는데
> "뭘 보고 있어요?" 하듯이
> 살그머니 남희가 다가와서는
> 나란히 서서
> 함께 창 밖을 내다보게 되었다
>
> 한참을 그렇게 말 없이 내다보다가
> 갑자기 남희는
> "아무 것도 없잖아?"
> 한 마디 던지고는 나가버린다.
>
> — 「창 밖」에서

　손녀 남희와의 사소한 일상을 담담하게 그리고 있는 위의 작품은 삶을 바라보는 이와 같은 두 가지 대조적인 모습을 상징적으로 보여주는 것으로 읽힌다. 시인이 창 밖으로 바라보고 있던 것은 무엇이었을까. 그는 '아무 생각 없이 창밖을 내다보고 있'었다고 말하지만, 그의 시선은 머지않아 더 이상 볼 수 없게 될 남아 있는 것들에 닿아 있었을지도 모르고, 이미 사라져가 버린 것들을 더듬고 있었을지도 모른다. 혹은 아무 것도 없는 텅 빔 자체를 향해 있었을지도 모른다. 이것이 종착역에 가까워 옴을 알고 준비하는 그의 모습이다. 그러나 어린 손녀 남희는 그것들을 볼 수 없다. 어린 손녀에게 보이지 않는 것은 보이지 않기 때문에 아무 것도 아닌 것이며, 보이는 것들 또한 언제까지나 볼 수 있을 것만 같아 역시 아무 것도 아니다. 이것이 한창 달리는 중에 있는 우리의 모습이다.

　우리는 그가 창밖을 내다보고 있기에 '함께 창밖을 내다' 본다. '한참을 그렇게 말없이 내다보다가' 우리는 그의 곁을 떠나겠지만, 그가 아니었으면 결코 창밖을 내다보지 않았을 것이다. 내릴 때가 가까워온 사람과 한 차를 타고 있기 때문에 우리가 받을 수 있는 선물이다. 이것이 이 시집의 비전이다.

그는 창밖을 바라보며 필시 이런 생각도 했을 것이다. "팔십 평생을 살아온 세월 속에/ 무엇은 잊혀지고 무엇은 안 잊혀졌나"(「추억1」), 그러나 생각나는 것이 그렇게 많지는 않다. "눈부시게 환한 그때 그 양산 속의 당신 얼굴"만이 생생할 뿐, 대부분은 '보기는 보았으나 기억에 없는 것들'이다(「차창 밖으로 흘려보낸 풍경」). 이러한 체험은 그로 하여금 과연 존재한다는 것이 의미하는 것은 무엇인가 묻지 않을 수 없게 만든다. 그리고 그의 대답은 '의식'이다. 존재하나 '의식'의 대상이 되지 않는다면 그것은 부재하는 것이나 마찬가지다. 그것은 그 자신에 대해서도 마찬가지이다. 자의식이 없을 때 존재는 존재가 아니다.

그러나 이와 같은 깨달음보다 그에게 더욱 생생한 것은 이제껏 보고 경험했던 것들이 너무나 순식간에 눈앞에 나타났다가 흔적도 없이 사라져버려서 마치 꿈만 같다는 사실이다.

한 2, 3 센티쯤 열려 있는 문틈으로
한줄기 아침 햇살이 방안으로 비쳐든다
그 빛줄기 속에 떠다니는 무수한 먼지들
(방금 청소를 했는데 이렇게 많은 먼지가 있다니!)
손을 내밀어 먼지를 만진다
손바닥에 빛줄기가 닿으며 빛줄기가 차단된다
먼지를 손으로 휘저어 본다
황금가루 같은 먼지가 마구 흩날린다
넌지시 일어나 문을 꼭 닫는다
순간 빛줄기와 먼지는 온데간데 없고
한바탕 시끄럽고 어지럽던 방은

다시 고즈넉한 방으로 돌아온다

—「빛줄기」에서

마치 한줄기의 빛이 방에 들어 주변을 환하게 비추었다가 사라지고 난 것처럼, 조명이 거두어지면 다시 암흑 속으로 돌아가는 것이 인생인가. 그는 그렇다고 말하고 있다. 그처럼 많은 일이 일어났었는데도 불구하고 '아무 일 없는 하루'였다고 말하고 있다. 시작과 끝 앞에서 어떤 일이 대단한 일이 될 것인가. 돌을 힘껏 던지면 '던져진 힘만큼 포물선을 그리면서/ 저만큼 풀밭에 가 떨어'지겠지만, 결국 돌은 '풀밭에 묻혀 다시 잊혀져갈 뿐'인데, 그것도 모르고 기를 쓰고 더 멀리, 더 힘껏 돌을 던지고자 애쓰는 인생들. 도대체 '무엇이 달라졌나?'(「돌을 던진다」) 존재에 대한 깊은 허무가 느껴진다. 그래서 쓸쓸하다.

그러나 체념적이거나 순응론적으로 읽히지는 않는다. 두 가지 이유 때문이다. 우선, 그는 인생이 아무것도 아니라고 말하지 않는다. 오히려 그는 인생의 아름다움과 생명력에 대해 말한다. 어린 손녀와 갓난 아기, '아침 햇살에/ 보송보송 솜털도 드러나뵈는 연분홍 살갗의 복숭아'며(「복숭아」), '가물가물 빛가루로 흩어져버린 나비'며(「나비」) 등, 어차피 사라져버리게 될 테지만 적어도 지금 이 순간만큼은 여전히 생기롭게 삶의 자태를 뽐내고 있는 것들을 간과하지 않는다. 그의 허무에는 삶에 대한 애정이 깔려 있는 것이다. 그가 그러한 것들과 함께 숨 쉬고 호흡하며 느끼는 한 그는 아직 여행 중의 사람이다. 그래서 그가 "나마저 가고 나면/ 얼마나 더 시원할까"(「울타리」)라고 말하는 것은 모든 노인들이 흔히 하는 입버릇과 같은 말일 뿐이다.

그의 작품이 인생의 무상함을 이야기하면서도 체념적이거나 운명론적으로 읽히지 않는 또다른 이유는 말하는 방법 때문이다. 그의 작품에는 강요가 없다. 그저 보여줄 뿐이다. 그것도 매우 일상적인 장면들을 번득이는 비유나 자극적인 수사 없이 담담하게 기술한다. 그럼에도 불구하고 담담하게 기술된 이와 같은 일상의 장면은 삶에 대한 깊은 통찰을 그 스스로 드러내고 있는 것처럼 보인다.

열린 창 밖으로는
파란 하늘과 녹음이 보이고
방 안으로는
탁자 위 화병에 꽂혀 있는
장미 한 다발
그 앞의 의자에는 동그마니 앉아 졸고 있는
검정 고양이
벽에 걸린 시계는 언제나
열시 십오분

가난한 살림살이 이삿짐 트럭에 실려 가는
이 그림 한 폭
뜨거운 여름 햇살은
사정없이 내리쬐는데
고양이는 아무도 모르게
살며시 눈을 떠 주위를 둘러보고는
언제나 변함 없는 방 안 풍경에
안심한 듯 다시금 눈을 감는다.

— 「이 그림 한폭」

위의 작품은 한 마리 고양이의 동작을 보여주고 있을 뿐이다. 물론 여기에도 수사가 아예 없는 것은 아니다. '아무도 모르게', '살며시', '안심한 듯'과 같은 부사들은 고양이가 눈을 떴다가 다시 눈을 감는 지극히 단순한 동작에 대한 시인의 해석이며, 이와 같은 해석이 평면적인 일상에 의미의 결을 만들어 준다.

　이처럼 애써 상황을 만들거나 극적인 상황을 찾는 대신 흘러가는 평범한 순간들을 포착하는 섬세함, 그렇게 포착한 장면들을 비틀거나 조작하려 하지 않고 일상의 어법을 전하는 담백함은 그의 시가 본래부터 지니고 있던 미덕이다. 그것은 독자들로 하여금 다가섬을 쉽게 한다. 자극적이지도 않고 화려하지도 않고, 그렇다고 어렵지도 않아 책장을 무심히 넘길 수도 있겠지만, 잠시 머물러보면 그 담백한 맛에 금새 물들게 된다. 이 시집은 그가 묵묵히 내다보는 창문이다. 그는 그저 묵묵히 창문을 바라볼 뿐 우리를 그의 곁에 와 서보라고 부르지 않는다. 오히려 그래서 우리는 그의 곁에 다가가 그와 나란히 서서 그가 내다보는 창문으로 내다보고 싶다. 우리의 눈에는 아무 것도 보이지 않아 "아무 것도 없잖아?"라고 말하며 돌아서게 될지도 모른다. 설령 그의 창을 통해 무엇인가를 보았다고 하여도 돌아서고 나면 이내 잊어버리게 될지도 모른다. 그리고 '아무 일'도 없었다고 말할지 모른다. 그러나 부인할 수는 없을 것이다. 그가 바라보고 있는 것이 곧 우리가 바라보는 것이라는 것을, 그리고 언제까지나 그 바라봄이 지속될 수는 없다는 사실을….

틈 사이로 난 낯선 길
— 최정례 시집 『레바논 감정』

　꿈속에서 그를 본다. 딱히 그라고 생각할 단서는 없지만 그냥 그라는 사실을 안다. 반가움에 그를 소리쳐 부른다. 그러나 뒤돌아보는 그 얼굴은 이미 그의 것이 아니다. 그의 얼굴은 이미 그녀, 그것, 혹은 전혀 엉뚱한 사람의 얼굴로 변해 있다. 어리둥절해 하는 동안에도 그의 얼굴은 계속 바뀐다. 사람만이 아니다. 골목길에 서 있다고 생각했는데, 어느새 골목길은 허허벌판이 되어 있고, 허허벌판은 다시 천길 낭떠러지가 되어 있다. 정체 모를 그것과의 조우, 문제 삼자면 너무나 사소하여 언어화할 수도 없지만, 그냥 덮어버리기에는 너무 생생하고 자주 일어나는 그러한 마주침, 『레바논 감정』에서 5년 만에 최정례 시인이 우리에게 보여주는 것은 바로 그러한 마주침에 관한 이야기이다.

　일종의 꿈, 혹은 백일몽이라고 할 수 있는 이와 같은 비현실적 조우는 굳이 프로이드나 라캉 같은 유명한 꿈 전문가들의 말을 빌지 않더라도 우리의 무의식적 에너지의 분출에 따른 것임은 주지의 사실이다. 그리고 그 경험은 현실과 꿈의 구분을 흐리고, 앎과 무지의 경계를 교란시켜 합리적이고 이성적인 이해의 무력함을 폭로하고 더 나아가 기이하고 두려운 감정에 휩싸이게 만든다는 것은 경험적으로 알고 있는 일이다.

더구나 그 모든 사태를 말로 전달할라치면 물속에 떨어진 잉크처럼, 공기 중에 뿜어진 담배 연기처럼 순식간에 사라져버리는, 정말 꿈만 같은 지경에 이르게 된다. 언어로 표현할 수 없는 것을 언어로 표현하려는 욕망이 시인의 것이긴 하지만, 비유며 상징이 그러한 욕망을 실현하기 위한 의장(意匠)임에는 틀림없지만, 보여주고 설명하려는 욕망이 클 경우에는 실패하기 십상이다. 무의식은 언어처럼 구조화되어 있다고 하지만 바로 그러한 이유로 언어로는 꿈을 결코 한 손아귀에 움켜쥘 수 없다.

『레바논 감정』이 이처럼 낯선 타자와의 만남을 다루고 있다고 말할 수 있는 것은 비단 꿈 모티프가 자주 발견되기 때문만은 아니다. 물론 여러 작품에서 그녀의 심연에 떠도는 그녀만의 고유하고 원초적인 이미지들이 포착되고 있다. 가령, 「잠깐 반짝였는데」나 「토끼」, 「이불 차버리는 소리」 같은 작품은 꿈을 꾸고 난 후의 체험이나 꿈에서 본 것들을 다루고 있다. 「겨울 유리창」이나 「태양의 잎사귀들」, 「잠 속의 뽕나무 그늘」 같은 작품에서는 공동체적인 차원의 신화가 나타나고 있다.

특히 후자의 작품들처럼 시인 자신의 사적인 꿈을 공동체적 차원의 꿈과 중첩시키는 작품들에서는 갇힌 자아로서의 인식이 두드러지게 나타난다는 특징을 찾을 수 있다.

누가 몸에 그물을 덮쳐 팔다리에 돌덩이를 매단 듯
잡아 늘어뜨리는 걸까
일어나야 하는데

— 「잠 속의 뽕나무 그늘」에서

너덜너덜한 잎 뒤에 만 룩스의 불빛이
두개골 심장 창자를 뒤진다 파낸다 갈피갈피
몸에서 수천의 태양계가 태어났다 사라진다
꿈속의 잎 챙피한 잎 잎사귀들

— 「태양의 잎사귀들」에서

그때처럼 잉잉거리게
햇빛이 벌 떼처럼 달겨들어
혼자 있는 겨울 유리창
으앙하고 또 한 아이 걸어나오게

— 「겨울 유리창」에서

사유화된 신화 공간에서 화자는 쫓기고, 숨고, 결박되고, 폭로되고, 갈망하고 있다. 「잠 속의 뽕나무 그늘」에서 화자는 옴짝달싹도 할 수 없는 가위 눌림의 상태에 놓여 있으며, 「태양의 잎사귀들」에서는 염탐하고 폭로하고 감시하는 '만 룩스의 불빛'을 피해 잎사귀 뒤에 숨어 있다. 「겨울 유리창」에서도 '캄캄한 방에' 갇힌 상태이다. 이와 같은 억압의 상태에서 화자는 '진보라 흥건한 오딧물 들거나 말거나/ 얼른 치맛자락 펼쳐/ 저 검은 열매들 몽땅 따 담아야하는데'라고 하면서 초조해 하고(「잠 속의 뽕나무 그늘」), '햇빛과 자고 하백의 딸'이 갇힌 속에서 아이를 낳았듯이, 새로운 생산을 통한 탈출을 기원한다(「겨울 유리창」).

꿈과 신화를 통해 우리에게 보여주는 그녀의 기원이 섬뜩하면서도 애틋하게 여겨지는 것은 그 그로테스크한 이미지들 때문이기도 하지만, 자신이 정체되어 있고 억압되어 있다는 인식에 뿌리를 두고 있기 때문에 그렇기도 하다. '장마 뒤 길바닥 고인 물'은 그녀의 존재 거점이며 '언제든 떠날 수 있다지만 결코 떠나지 못'하는 '올챙이'는 그녀 자신이다(「웅덩이 호텔 캘리포니아」). '유리 어항에 금붕어가 살랑이듯/ 잠깐 서성였는데' 알고 보니 '수십 년을 거기서 살았다'는 것을 알게 된 '금붕어'의 심정이 바로 그녀의 현재 심정이고(「잠깐 반짝였는데」), '낮도 밤도 아닌', '땅속도 바다 속도 아닌', '수족관'에서 '바위 이끼 뜯고 이빨에 고기 새끼를 끼워/ 잘게잘게 씹고 있는 지 오래'된 물고기의 삶이 그녀가 살아온 방식이다(「수족관 식당에서의 식사」).

그것은 최정례에게만 특별히 짐 지워진 것은 아니다. 현대인이라면 먹고 살기 위해 치러야 하는 당연한 대가이며 불안정한 자유와 위험에 가득 찬 미래를 담보로 한 자발적 구속이며 안정된 현재이다. 그럼에도 불구하고, 혹은 그렇기 때문에 가릴 수 없는 생(生)의 충동이 최정례를 엄습한 듯하다. 욕망의 억압과 통제, 그것을 뚫고 치솟으려는 에너지, 그러나 다시 감시하고 통제하는 부릅뜬 눈(目), 그 역학 관계의 터질듯 팽창하는 에너지가 '허공에 진분홍 풀어/ 지나가는 사람 걸어 넘어뜨리고'(「비스듬히」), '그 소리 잊지 못할걸요/ 햇빛에 웅덩이 날아가 버리도록'(「웅덩이 호텔 캘리포니아」), '허공 속의 공책에/ 사과를 사과나무를/ 다 마셔버리고 싶다고 쓴다'(「길에 누운 화살표」), '구름에 머리채를 맡긴 여자 하나'(「잠 속의 뽕나무 그늘」), '낙화암은 옆구리에 삼천궁녀를 거느렸네'(「온몸을 잊으려고」)와 같이 도발적이고도 기괴한, 그래서 강렬한 이미지들의 뿌리이다.

가릴 수 없는 생(生)의 충동은 역설적이게도 낯선 타자를 유혹한다. 유혹한다는 말이 너무 능동적이라면 이성적이고 납득 가능한 그녀의 일상 세계 속으로 그것이 방문한다. 혹은 가끔씩 누수(漏水)되는 생의 충동과 공모하여 그녀의 일상에 침입한다. 나름대로의 체계와 규칙에 따라 잘 정돈되어 있는 생활 속으로 갑작스럽게 출몰하는 그것을 다음 작품들은 포착하고 있다.

휘황한 상점의 유리에 비쳤던
순간의 그림자처럼
무슨 짐승이 날개를 친 흔적도 없이
앞뒤 없이 백지 위에 발자국만 남겼나

엄마, 위인전 읽다가 태어난 연도나 죽은 연도를 몰라서 물음표가 되
어 있으면 그 속으로 빨려드는 거같애, 예를 들면 장영실(?~?), 이걸 보면
너무 무서워서 확 넘겨버려, 아이가 말할 때

어디선가 휘파람 한줄기 내려오면서 회오리 속으로 머리채를 잡아끄
네

— 「발자국」에서

어젯밤 꿈엔
말만큼 거대한 토끼가 말과 함께 서 있었다
얼룩무늬를 하고
토끼가 왜 저렇게 크냐고 했더니
식용이라서 그렇다고 했다

(…중략…)

깨어나 거울을 보고 입을 오물거려보았다
이상한 동물이 내게로 온 것이 아니라
얼룩무늬를 뒤지어 쓰고 그 시간을
이 황량한 방 안을
내가 급히 지나가고 있는 거겠지

— 「토끼」에서

느닷없이 큰 곰이
천장까지 닿는 검은 그것이 나타나'

우리 집 고양이를 아이들을 때려눕히고
나를 그러면?

(…중략…)

나는 내가 아닌 그 누가 되어
알 수 없는 말 중얼거리다
손바닥 발바닥이 뜨겁다고
느닷없이 창밖으로 몸을 던지고
나뭇가지에 걸려
울부짖다 흩어지고 흩어지고
그러다가
11월이 가고 다시는
오지 않는다면?

— 「11월」에서

   그의 시집 도처에서 발견되는, 순간 스치고 사라지는 정체불명의 것에 대한 감각이다. 이는 낯선 타자에 대한 그녀의 예민한 감지력을 말해준다. 그녀의 예민함은 우리의 기억 속에 묻혀 버린 낯섦의 경험을 상기시켜준다. 외우고 있던 전화번호가 어느 날 갑자기 생소해 보인다든지, 웃고 있는 연인이 타인처럼 느껴진다든지, 골목 입구의 전봇대를 이사 온 지 10년 만에 처음으로 발견한다든지 하는 경험이 모두 그러한 낯섦의 경험이며, 우리의 일상을 위협하는 사건이다.

   최정례는 '느닷없이 너 마주친다 해도/ 그게 무엇인지 알아채지 못할 것 같다'고 말한다(「껌벅이다가」). 그리고 그것의 출몰에 두려움을 느낀다. 그 두려움은 그것의 정체에 이름을 붙일 수 없다는 데서 한층 가중된다. 기껏해야 그녀는 '레바논 감정'이라는 정체불명의 명칭, 지시대상을 결여한 명사를 만들어낼 수 있을 뿐이다. '말은 안 하지요 결국 못하지요

/ 그걸/ 레바논 감정이라 할까봐요', '꿈이 현실 같아서/ 그때는 현실이 아니라고 우겼는데/ 그것도 레바논 감정이라 할까요?'라고 주저하면서 말이다.

이름을 지어 그것의 정체를 언어로 붙잡아 놓는 대신 그녀가 택할 수 있는 최선의 방법은 그것이 야기하는 감각에 집중하는 것이다. 그러나 그 대안적인 방식 때문에 그녀의 작품은 실감을 자아낸다. 명명할 수 없기 때문에 빈 것으로 남은 '그것'에 우리는 마음껏 우리의 경험을 대입하여 해석해낼 수 있기 때문이다. 중요한 것은 그것이 무엇인가가 아니라, 그것이 어떻게 우리에게 다가오는가, 그리고 그것이 우리의 삶에 어떠한 감각의 파장을 일으키는가이기 때문이다.

가령 「슬픔의 자루」에서 그것은 '짐승'으로 불리는데, 그녀는 '그 짐승의 이름은 알지 못'한다고 말한다. 대신 '무뚝뚝하기도 하고 흐느적거리기도 하다가', '두 귀를 펼친 코끼리처럼/ 잎 그물 속에 출렁이다가', '갑자기/ 걷잡을 수 없이 흘러내리던 것도 보았'다고 적는다. 그 짐승을 죽음의 그림자, 혹은 죽음에 대한 공포, 혹은 죽음이 동반하는 슬픔이라고 읽는 것은 우리들이며, 이러한 해석이 가능한 것을 작품에 나타난 어머니의 병구완이나 오빠의 죽음과 같은 문맥, 그리고 '슬픔의 자루'라는 제목의 도움 덕택이다.(「슬픔의 자루」)

다음 작품과 같은 경우는 과거의 깊은 상처에 대한 메타포로 그 낯선 타자를 끌어들인 것처럼 보이기도 하다. 그러나 중요한 것은 메타포의 원관념이 아니라 여기에 표현되어 있는 그것과 나의 조우의 순간이며, 그 조우의 메카니즘이다.

당신은 찔레 가시 속에 있었지요 찔레 덤불 앞에서 이쪽으로 눈길을
주고 있는 것처럼 보였지요 찔레 덤불과 나 사이엔 조붓한 길이 굽어 산

을 오르고 등 뒤로는 산골짝 물이 요란하게 뒤집히며 흘러가고 나는 당신
을 똑바로 못 보고 비스듬히 찔레 덤불만 보는 척 하고 아니 나는 당신을
한 번도 본 적이 없고 당신은 아무것도 모르고 모른 척하고 내가 당신의
가시에 오래 찔리고 있었다는 걸 전해야 하나 어쩌나 그러다가 다 흘러갔
지요 그러다가 당신의 눈 당신의 귀 당신의 이마 온통 찔레 가시덤불인
채로 두고

— 「찔레 가시덤불」에서

어느 순간 '당신'(그것)과 나는 눈이 마주쳤다. 아니 마주쳤다고 나는
믿는다. 그것은 내가 당신을 보았다는 것만을 의미하는 것이 아니라 당
신 또한 나를 보았다는 것을 의미한다. 그러나 확실하지 않다. 당신은
'이쪽으로 눈길을 주고 있는 것처럼 보였'을 뿐이며, 나는 '당신을 똑바
로 못보고 비스듬히 찔레 덤불만 보는 척'하며 바라본다. 그들은 서로 보
긴 본 것일까? 어쩌면 당신은 눈길만 이쪽으로 주고 있었을 뿐, 실제로는
내 등 뒤의 더 먼 곳을 바라보고 있었을지도 모르고, 아무런 생각도 하지
않고 있었을지도 모른다. 혹은 더욱 복잡하게, 나를 보면서도 보지 않는
척하고 있는 것이었을 수도 있다. 사실이 어찌되었건, 이처럼 사실이 어
떤 것인지 알 수 없게 되어 버린 것은 내가 '당신을 똑바로 못 보고 비스
듬히' 보았기 때문일 수도 있다. 그러나 분명한 것은 내가 당신을 보았다
는 것이며, 당신이 나를 보고 있다고 생각한다는 사실이다. 그 사실만으
로도, 당신의 시선은 '가시'가 되어 오래된 나의 고통을 재생한다.

근질근질한 잇몸
뚫고 나와 아랫입술
지긋이 누르는 저 이빨

둥근 창 불빛 뒤로

짐승의 쫑긋한 두 귀 같은 것
휙 지나가'는 듯한 느낌

들큰한 바람을 거슬러
물어뜯을 것을 찾아다니잖아
(…중략…)

팩 소리를 지르며 뛰쳐나가
귀머거리 같은, 소경 같은
봄밤에 떠다니는 것들

— 「봄밤 늑대 이빨」에서

꿈엔
입구를 찾을 수 없었다
창밖에서 이파리 하나가 흔들리듯
잠깐 반짝이고 있었다

낮익은 벽지 위에 모란이 박혀 있었다
인동초 잎 덩굴은 연속해서 꼬부라지고
꼬부라지고

(…중략…)

창밖에서 이파리처럼
누군가
손을 흔들고 있었는데
잠깐 반짝였는데

— 「잠깐 반짝였는데」에서

와 같은 경험은 그야말로 아무 것도 아닐 수도 있다. 그것은 그것을 보는
사람이 믿고 또 부여한 의미로 채워진다. 말 그대로 대명사 '그것'이다.

그것은 '어제는 그렇다고 생각했는데/ 오늘은 아닌 것 같'은 우리의 정체
이며, 또 삶의 정체이기도 하다. 지극히 불안정하고 유동적이어서 비극적
인 것도 같다.

　그러나 최정례는 우리의 존재가 '흐르는 강물' 같을망정 전혀 지향이
없는 것은 아니라고 말한다.

　　　우리 모두는 사랑하는 이를 향하여 흐르는 강물이다

　　　어제는 그렇다고 생각했는데
　　　오늘은 아닌 것 같다

　　　조금 바람이 불었는데
　　　한 가지에 나뭇잎, 잎이
　　　서로 다른 곳을 보며 다른 춤을 추고 있었다

　　　저 너머 하늘에
　　　재난 속에서 허덕이다가 조용히 정신을 차린 것 같은 모습으로
　　　구름도 흘러가고 있다

　　　공중에서 무슨 형이상학적 추수를 하는 것 같다
　　　　　　　　　　　　　　　　　　　　　　　　— 「냇물에 철조망」

　우리는 '사랑하는 이를 향하여 흐르는 강물'이다. 조금 바람이 불기만
해도 '서로 다른 곳을 보며 다른 춤을 추'기는 하지만, 우리는 모두 '한 가
지에 나뭇잎'인 것이다.(「냇물에 철조망」) 그것이 『레바논 감정』 전반을
물들이고 있는 낯설고 불가항력적인 공포에 맞서는 시인의 에너지이다.

■ 저자 약력

윤 지 영

1974년 충남 공주 출생.
서강대학교 국문과를 졸업하고, 동 대학원에서 석사 및 박사학위를 받았다.
1995년 ≪중앙일보≫ 신춘문예에 시로 등단했다.
『한국문학과 환상성』(공저), 『한국 전후 문제시인 연구』(공저),
『한국 현대시의 주체와 담론』, 『현대시의 주제학을 위한 試論』
등의 저서가 있으며, 시집으로는 『물고기의 방』이 있다.
현재 서강대 및 숙명여대 등에 출강 중이다.

서정과 환상 - 모방의 시학

2006년 11월 25일 1판 1쇄 인쇄
2006년 11월 30일 1판 1쇄 발행

지은이 • 윤 지 영
펴낸이 • 한 봉 숙
펴낸곳 • 푸른사상사

등록 제2 - 2876호
서울시 중구 을지로3가 296-10 장양B/D 701호
대표전화 02) 2268 - 8706(7) 팩시밀리 02) 2268 - 8708
메일 prun21c@yahoo.co.kr / prun21c@hanmail.net
홈페이지 //www.prun21c.com
ⓒ 2006, 윤지영

ISBN 89 - 5640 - 510 - 7 - 93810
값 22,000원

☞ 21세기 출판문화를 창조하는 푸른사상에서 좋은 책 만들기에 노력하고 있습니다.
　저자와의 합의에 의해 인지 생략함.